历史传记小说丛书

辛弃疾传

风流总被雨打风吹去

刘敬堂　余凤兰　著

中国文史出版社

图书在版编目（CIP）数据

风流总被雨打风吹去：辛弃疾传 / 刘敬堂，余凤兰著．—北京：中国文史出版社，2017.7

ISBN 978-7-5034-9352-2

Ⅰ．①风… Ⅱ．①刘… ②余… Ⅲ．①辛弃疾（1140-1207）—传记 Ⅳ．① K825.6

中国版本图书馆 CIP 数据核字（2017）第 150660 号

责任编辑：徐玉霞

出版发行：中国文史出版社
社　　址：北京市海淀区西八里庄路 69 号院　　邮　编：100142
电　　话：010-81136606 81136602 81136603（发行部）
传　　真：010-81136655
印　　装：廊坊市海涛印刷有限公司
经　　销：全国新华书店
开　　本：16 开
印　　张：20.25
字　　数：412 千字
版　　次：2018 年 3 月北京第 1 版
印　　次：2020 年 7 月第 3 次印刷
定　　价：56.00 元

目录

001　第一章　混过关卡的云游僧人，竟成了县令家中的不速之客。涡河之滨的“曲水流觞”，被一队金兵全搅了局。

011　第二章　苏轼和岳飞成了少年心目中的偶像；在大漠深处，用鱼肠古剑剥下了野狼的皮。

023　第三章　赴任途中，鲁峰大师成了执鞭的车夫；路过青州，他记住了那个叫“骡子”的千户长。

035　第四章　草莽英雄揭竿而起，一根高粱秆插进了千户长的喉咙！开封城里来了位卖“泰山石”的石匠。

048　第五章　头一次纵马夜奔，就被手持板斧的黑影拦在了桥头！好心救下了戒规的僧人，却为自己埋下了祸根。

060　第六章　起义后的第一站，奇袭了青州西兵营，斩杀了作恶多端的“骡子”；再战攻克历城府，击退南北两路七千金兵。

073　第七章　认清了天下大势，毅然率军投奔耿京的天平军；三度救下了走投无路的义端和尚，其实是引进了一只白眼狼。

084　第八章　天平军的帅印深夜被盗，他一人单骑追凶，终于拎回了叛逃者的首级；纵论天下形势，义军决定归附南宋。

095　第九章　一匹泥塑的骏马，真的驮着康王渡过了长江？中原的觐见使终于在建康行宫见到了高宗皇帝。

106　第十章　千里奇袭，孤胆闯敌营，擒回了叛徒；英雄文武兼备，却被派往江阴，成了一名八品签判。

119 第十一章 签判江阴，无意间知道了一段皇宫的恩怨情仇；在江边凉亭，说书先生描绘了一个善于逃跑的“官家”。

135 第十二章 运送粮草的途中，释放了打劫的“强盗”；符离之战带来的隆兴和议，是第二个屈辱的条约。

148 第十三章 《美芹十论》呈上去了，却如石沉大海；收复中原，驰骋沙场已经成了遥远的梦。

163 第十四章 呈上《九议》，石沉大海；治理滁州，青史留名。

176 第十五章 “会子”贬值的痼疾，得到了有效的治疗。仅仅只有四百余人的茶商军，却搅得湖北、湖南、江西的官兵不得安宁。三个月的时间灭了茶商军，谁敢夸下这样的海口？

191 第十六章 三个月内，真的剿灭了茶商军，可是，心中却多了一份隐痛！

205 第十七章 用铁的手腕处置盗贼，以率直的个性和军中恶势力争斗，却不料也伤到了自己。

222 第十八章 一道奏疏直击朝廷要害，却被人轻飘飘地挡开了；心里想着黎民百姓的疾苦，对贪官污吏的处置绝不手软。

240 第十九章 藏起“御前金字牌”，两天变出了二十万片瓦！创建的“飞虎军”，成为金人惧惮的劲旅；开仓赈灾，敢于惩治屯粮的奸商。

258 第二十章 邻州百姓也是自己的百姓，拨出粮食支援他州的饥荒。虽因赈灾有功，却又被谗言所害，一贬再贬，削职为民了！

271　第二十一章　带湖买得新风月，耕读生活其乐融融；名人雅士汇聚信州，山水之乐有诗为证。

286　第二十二章　宦海无边，起起伏伏中藏着难测的凶险；岁月无情，蘸着热血写就的佳篇永远不会老去。

301　第二十三章　国破山河碎时，君王才想起了他；诏命送达时，却已回天无力了……

第一章

混过关卡的云游僧人，竟成了县令家中的不速之客。涡河之滨的“曲水流觞”，被一队金兵全搅了局。

> 千古李将军，夺得胡儿马。李蔡为人在下中，却是封侯者。
> 芸草去陈根，笕竹添新瓦。万一朝廷举力田，舍我其谁也？
>
> ——《卜算子·千古李将军》

1

1149年（宋绍兴十七年、金皇统九年）三月初二，是一年一度的寒食节。亳州的谯县城准时开了城门，城里的人提着装有果品食物的篮子和香烛烧纸，成群结队地涌向城外，到各家各户的祖坟山去祭祖扫墓。

离北门三里之遥的驿道上，有一座用圆木筑起的关卡，几名身佩弯刀的金兵，站在关卡中间，逐个检查进城的行人。在这些行人之中，既有运送柴草的牛车，也有挑着担子进城卖菜的菜农，还有探亲访友的男女，以及行色匆匆的客商小贩。其中还夹杂着衣衫褴褛、挎着破筐子讨饭的乞丐。金兵的检查十分仔细，不但要审问，还要检查所携带的物件。旁边城墙上贴着通缉告示，告示上不但有逃犯者的姓名、年龄，还有画像。每个过关卡的人都要与那告示上的画像进行对照，认定不是所通缉人之后，才能放行。若金兵对行人有所怀疑，便会被先行关押，而后送往旁边的大营进行审讯。由于通过关卡的人太多，检查的速度太慢，关卡前面便聚集了一大群人。

这时，从驿道远处匆匆走来一位僧人，也许是多日没有剃头了，头上的头发楂已有两寸多长。嘴上的胡须好像是一团干巴巴的野草，脸上尽是浮尘和灰垢，让人无法看出他的年龄。他身上穿着一件已分不清是什么颜色的破旧袈裟，脚上的一双圆口麻鞋已裂开了鞋帮，鞋头露出了脚趾。他左手端着一个黑陶饭钵，右手拄着半截打狗棒，打狗棒上有密密麻麻的牙痕，那是化缘时被看家狗咬过留下的牙印。他后背上背着一个小小的行李卷，当他走近关卡时，连忙放慢了脚步，因为前面关卡那里发生了骚动。

原来，一个金兵检查了一个二十多岁的后生后，并没发现可疑之处，但仍不许他通过关卡。那个后生不服，要强行过关卡，却被几个金兵拦住，硬是将他五花大绑起来，押进了旁边的大营。

当轮到僧人过关卡时，他将手中的打狗棒和黑陶钵扔在地上，自己解开了破袈裟的扣子，等待金兵搜身。

一个金兵打量了他一眼，问道："叫什么名字？"

僧人："贫僧叫王家贵。"

金兵又问："从哪里来的？"

僧人："从青州的大悲寺。"

金兵："要去哪里？"

僧人："贫僧外出云游化缘，游到哪里算哪里。"

金兵搜完身后，指着他的行李卷说："解下来，打开！"

僧人很坦然，取下背后的行李卷，解开捆行李卷的麻绳，打开以后金兵才看清，原来那是一张青灰色的狼皮！也许是春季返潮的缘故，狼皮散发出一股难闻的腥臭味。僧人看到金兵们都捂着鼻子，笑着说道："这是贫僧睡觉的皮褥子。"

金兵对照了通缉告示上的画像后，便让他通过了关卡。

他卷起狼皮褥子，捡起地上的黑陶饭钵和半截打狗棒子，不慌不忙地朝谯县东门走去。

一阵"嘚嘚"的马蹄声由远及近传来，转眼工夫四骑人马已飞奔到了关卡，四名金兵滚鞍下马，一个头目问道："有没有个和尚来过？"

守卡的金兵答道："是有个和尚来过，我等对他搜过身，还对照了告示上的画像，就放他过关了。"

"他去了哪里？"

守关的金兵伸手朝谯县北门指了指，说道："他进城化缘去了。"

头目听了，大声对其他三人喊道："快追！别让他进城！"说完，翻身上马，双腿一夹，便朝北门奔去。

云游的僧人刚刚走到城门口，忽听见身后有喊叫声，便疾步进了城门，一闪身便挤进熙熙攘攘的人群中了……

2

在谯县涡河岸畔，有个数百亩的柳湖，湖岸上尽是垂柳，旁边的柳湖书院，是一座远近闻名的书馆，这倒不是书院里辟有大堂、讲堂、崇文阁、先贤殿、明伦堂和宽敞的学生斋舍，也不是藏书楼里收藏着数千卷历代善本书籍，而是学院的主持刘瞻老先生。刘瞻是亳州人，字岩老，号樱宁居士。他学识渊博，诗词造诣不凡，尤其酷爱陶渊明的田园诗，已有《樱宁居士集》和《中州集》刊行传世，是亳州一带名声显赫的大儒。此刻，他正站在讲堂里，向学生们讲述寒食节的来历——

春秋时期，晋国的晋献公已立长子申生为太子，但他十分宠爱妃子骊姬，想把骊姬生的儿子奚齐立为太子，便找了个借口杀了申生，申生的弟弟、公子重耳知道自己继续留在晋国，必将遭到不测。为了保住性命，他带着几个随员逃离了晋国，在各诸侯国之间颠沛流浪。

有一天，一行人在大山里走迷了路，重耳又累又饿，实在走不动了，便坐在地上，仰天说道：“我重耳死了事小，恐怕晋国的百姓们就没有出头之日了！”

追随在他身边的介子推听了，认为重耳虽身处困境，仍忘不了自己的百姓，知道他是位值得辅佐的人，便悄悄来到一个偏僻之处，忍受着剧痛从自己腿上割下了一块肉！又在火上烧熟，让重耳吃了。事后重耳知道了，十分感动，流着泪说，将来一定要好好报答他。

介子推说：“我不求公子的报答，但愿公子将来能做个清明的国君，我就心满意足了。”说完，一行人又继续上路了。

重耳流亡了十九年，终于在秦穆公的支持下回到了晋国，做了国君，史称晋文公。他封赏跟随他一起流亡的功臣时，却独独忘了介子推！经人提醒后，他便连忙派人去请介子推，介子推不来。于是，他便亲自去请，谁知介子推已背着他的老母亲躲进了绵山。晋文公便派人进山搜寻，但一直不见踪影。有臣子建议：从三面放火烧山，只留一面，可将介子推逼出来。

晋文公接纳了这个建议，于是命人从三面放火烧山，山上顿时火焰熊熊，浓烟滚滚。连续三天，青山都烧成了焦土，却不见介子推的身影。大火灭了之后，众人搜山才发现介子推背着他的老母亲，烧死在一棵大柳树下！他身上的衣服都烧光了，唯独他的后背抵在柳树的树洞上，还残留着一片衣襟，上面写有：

割肉奉君尽丹心，但愿主公常清明。
柳下作鬼终不见，强似伴君作谏臣。
倘若主公心有我，忆我之时常自省。
臣在九泉心无愧，勤政清明复清明。

晋文公读过之后，既悲且痛，于是下令礼葬介子推，并将绵山更名“介山”，封赠给了介子推，并规定：每年介子推被烧死的这一天，全国禁烟火，以纪念这位“士甘焚死不公侯”的贤臣介子推。

他讲完了，学生们还沉浸在介山的山火和浓烟之中，讲堂里鸦雀无声。也许是为了打破讲堂里沉闷的空气，他又换了个话题，说道："按照古训，寒食日也是祭祖扫墓之时。"他倒背着双手，一面微微摇着头，一面一字一句地吟哦起来：

乌啼鹊噪昏乔木，清明寒食谁家哭？
风吹旷野纸钱飞，古墓垒垒春草绿。
棠梨花映白杨树，尽是死生别离处。
冥冥重泉哭不闻，萧萧暮雨人归去。

吟哦完了，他转头望着自己的学生，问道："你们谁知道这诗是何人所作？"

学堂里坐着三十八名个头高矮不齐，年龄大小不一的学生，大的已有二十六岁了，最小的只有十岁，他就是谯县县令辛赞的孙儿辛弃疾。刘瞻刚刚说完，辛弃疾便站了起来，稚声稚气地说道："先生，我知道，是唐人白居易所作。"

刘瞻又问："此诗的诗名是什么？"

辛弃疾："是《寒食野望吟》"。

刘瞻听了，点了点头，说道："明天就是清明节了，为师再吟哦一首。"

梨花风起正清明，游子寻春半出城。
日暮笙歌收拾去，万株杨柳属流莺。

吟哦完了，他问道："谁知道这是何人所作？"

自进了柳河书院以后，辛弃疾不但勤奋好学，而且才思聪慧，过目不忘，他已读完了《大学》《论语》《孟子》和《中庸》，还能背诵数百首古风和唐诗，也能背诵本朝王安石、苏轼以及苏门四学子的不少诗词，但却没有读过这首诗。他心想，自己答不上来，其他同学大约也……就在这时，只听讲堂后边有人喊道："先生，我知道，这是吴惟信所作。"

辛弃疾回头一看，原来是党怀英。

"诗名是什么？"刘瞻问道。

"是《苏堤清明即事》。"

刘瞻听了，笑着点点头。

党怀英是山西大荔人，兄长党魁英是谯县的县丞，党怀英比辛弃疾大了七岁，二人同住一个斋舍。他不但在书院里学业最优，而且颇善楷书，常受乡人们所托书写对联。他和辛弃疾一样，都是刘瞻最为得意的学生，在书院里，二人有"辛党"之称。

下学时，刘瞻大声说道："当年的开封城里立有规矩：清明节，太学放假一日，师生可出城踏青郊游。本师宣布：明天清明节，本师与你们同去涡河之滨祓禊，我们也仿效晋人兰亭的‘曲水流觞’，如何？”

学生们听了，一齐欢呼起来。

3

寒食节之前，不是下着毛毛细雨，就是头顶上老阴着天。人们不但觉得潮湿、阴冷，而且心里也有一种说不明白的纠结。谁知到了三月初三的这一天，也就是上巳日，忽然云开天晴，初升的太阳给人间送来了阳光和温暖，也给人带来了好心情。

虽然大宋的都城开封被金兵占领了，但谯县城里人，还是仿效多年前的开封，在上巳日这一天，成群结队地出了城，或去乡间踏青、观景；或在草地上蹴鞠、牵钩；或在山坡上放风筝、荡秋千。涡河两岸，游人如潮，笑语不绝。

今天，太阳刚刚从东山露出了头，柳湖书院的学子们便离开了书院斋舍，在刘瞻的率领下，早早地来到了涡河岸边。已有五十八岁的田园诗人刘瞻，显得格外兴奋。他年轻时曾在开封、洛阳和济南等地参加过数次“曲水流觞”，当年的情景至今仍然历历在目。

自大宋都城易主之后，他来柳湖书院任教，这还是第一次参加“曲水流觞”。

选定了位置之后，他告诉学子们，在春秋时期，周朝有一种祓禊的风俗。祓，就是祓除病气；禊，就是洁净身体。合在一起，就是洗濯身子、却病灾、祈吉祥，此风俗薪火不断，已沿袭至今。

当学子们在河水中祓禊时，刘瞻又讲述了“曲水流觞”的来历——

“曲水流觞”是晋代书法大家王羲之的首创。

当年，他与谢朓等四十一位文朋诗友，在绍兴城外举行祓禊仪式之后，便在兰亭的一条小溪旁席地而坐。他命人将酒盛于觞中，又将觞放在溪水上，任觞在溪水中曲曲折折、碰碰磕磕地漂流。当觞在谁的面前停留或打转转，谁就要即兴赋诗一首，若一时无诗，便要受罚，饮尽觞中之酒。那一次的“曲水流觞”，有十一人成诗二首，十五人成诗一首，有十六人因未赋诗，每人罚酒三觞。

活动结束后，王羲之将众人之诗集中起来，用鼠须笔在蝉茧纸上作序，又乘兴挥笔写下了《兰亭序》。此铭被称为天下第一行书。“曲水流觞”也就成了千古佳话，后人竞相模仿。

待学子们在河边坐好之后，刘瞻担心他们即兴作诗有些难度，便大声宣布：“大家可即兴作诗，也可背诵前人诗词。”说完，他命人将酒倒进酒杯。放在涡河上游的水面上，一只酒杯便随着水流一簸一颠地向下游漂去。坐在岸边的学子们紧张地盯着漂浮不定的

酒杯，生怕它停在自己面前。

酒杯在水中漂流了一会，忽听大家一齐欢呼起来，再看时，原来酒杯漂到了刘瞻身边，只见酒杯不停地打转转，转了一会，又碰碰磕磕地到了辛弃疾的面前，酒杯便不动了。

学子们大声喊着："辛弃疾，赋诗！"

"辛弃疾，吟诗！"

辛弃疾有些羞涩，他不置可否地转头望着刘瞻。

刘瞻笑着说道："你不是山东人吗？你就吟诵一首山东老乡李清照的词吧！"

辛弃疾是济南历城人，李清照是历城相邻的章丘人，这是刘瞻在为辛弃疾解围。

辛弃疾听了，正中他的心意。因为他十分喜爱这位女词人的诗词。他不但收集了李清照的四十多首诗词，又工工整整地抄录下来，还能一字不漏地背诵出来。于是，他站起来，背诵了李清照的《双调忆王孙》：

湖上风来波浩渺，秋已暮、红稀香少。水光山色与人亲，说不尽、无穷好。莲子已成荷叶老，清露洗、蘋花汀草。眠沙鸥鹭不回头，似也恨、人归早。

刘瞻听了，一面击掌，一面说道："好！好！李易安的词，如章丘的漱玉泉，字字珠玑，超凡脱俗。"

不一会，大家又欢呼起来，原来，酒杯已停在了刘瞻的面前！他见了，哈哈大笑起来，说道："本师最敬重陶渊明，也喜欢他的诗。"

说完，他面对涡河，高声吟诵了陶渊明的《归园田居》。

有些学生害怕酒杯停在自己跟前，显得有些紧张，也有些学生希望酒杯停在自己面前，党怀英就是其中的一个，因为他心里早已有了准备。他想吟诵唐人高适的那首《别韦参军》。

果然如他所愿，酒杯真的停在了他的面前。他刚要站起来吟诵时，忽然一队金兵气势汹汹地赶了过来。一名头目模样的金兵恶声恶气地问道："你们在这里干什么？"

刘瞻不卑不亢地说道："没看见吗？我等在这里'曲水流觞'。"

那个金兵头目第一次听说"曲水流觞"，顿时来了兴趣，问道："什么是曲水流觞？曲水流觞是谁？"

秀才遇到兵，有理说不清！刘瞻有些无可奈何，苦笑着说道："你还是回去问问你们的上司吧！"

辛弃疾看到金兵头目不肯罢休，还在不断地纠缠，便愤愤地说道："他们只知道杀人放火，抢田占地，是一群还没开化的女贞人！"说完，呼地站起来，想过去质问这些金兵："凭什么扰乱我们的'曲水流觞'？"

坐在辛弃疾旁边的党怀英一把按住了他，低声说道："千万别惹事！他们也是奉命行事。”

金兵头目又朝河边的学子们打量了一会，看到的都是一些十几、二十几岁的学生，便问道：“你们可看到有一个和尚？”

刘瞻听了，摇了摇头。

学生们也摇了摇头。

这时大家才明白过来，原来这些金兵是在追捕一个僧人。

“看到那个僧人要向我们报告，你们听到了没有？”金兵头目瞪着眼睛朝师生们吼道。他回头朝士兵们挥了挥手，金兵们便离开涡河，去别处搜捕去了。

柳湖书院的“曲水流觞”就这样被金兵们搅乱了，师生们已经没有了兴趣，还没等到太阳偏西，便离开河边，回到了柳湖书院。他们乘兴而来，败兴而归。

4

辛弃疾的家在谯县署衙后面的一座颇为宽敞的院子里。他刚刚到家，管家辛文秋笑着问道：“少爷，今天的‘曲水流觞’可玩得尽兴？”

辛弃疾愤愤说道：“别提了！‘曲水流觞’被几个金兵搅砸了，我要是长大了，非把他们赶出中原……”

没等他说完，辛文秋连连向他摇手，又转身向客厅指了指，压低声音悄悄说道：“金营的敦武校尉，正和老爷在里边谈事呢！”

“敦武校尉？他来干什么？”

见辛弃疾不解，辛文秋把他拉到一边，说道：“听说是追查一个和尚，和尚是一名刺探金国的探子。”

辛弃疾连忙问他：“抓到了没有？”

辛文秋：“还没有，这不，他正和老爷谈论这件事呢。他要老爷在谯县城里张贴告示，捉拿这个和尚。”

辛弃疾听了，朝客厅瞪了一眼，便回到了自己的书房。

掌灯时分，辛文秋来到辛弃疾的书房时，他见书案上有一张诗笺，轻轻走过去一看，原来是岳飞的那首《满江红》，辛弃疾正忘情地在那里吟诵，他太专注了，以致辛文秋站在他身后，他也毫无觉察。

“少爷，老爷让我叫你去吃饭。”辛文秋轻轻喊道。

辛弃疾回过神来，朝辛文秋看了一眼，忙收起那张词稿，说道：“那个金兵校尉走了吗？”

辛文秋点了点头：“他已经走了。”

辛弃疾跟着辛文秋进了灶房隔壁的饭厅，见爷爷辛赞已坐在首位的椅子上。他向爷爷请过安后，坐了下来。

辛赞问他：“孙儿，你今天第一次参加‘曲水流觞’，有什么感想？”

辛弃疾：“先生正和我们‘曲水流觞’，不料来了几个金兵，说是要追捕一个僧人，耽搁了我们‘曲水流觞’的时间，也败了大家的兴，先生只好领着我们回来了。”

辛赞听了，并未问及那个和尚的事，说道：“快吃饭吧！吃了饭，你不是还要临颜真卿的帖吗？”

辛弃疾点了点头。

就在这时，忽听院子里“咕咚”响了一声，好像是什么物件倒了。辛文秋连忙出去查看，一会儿慌慌张张地跑回来，说道：

“老爷，有人翻越院墙，摔伤了，倒在南墙旁边。”

辛赞：“是个什么人？”

辛文秋：“好像是个僧人。”

辛赞听后，不再问了，急忙去了院子里，果然见到有人半卧在墙根旁。由于天色已晚，一时看不清那人的模样。于是，便和辛文秋把那人搀扶着进了饭厅。移灯一看，伤者是僧人打扮，辛赞心中便明白了！他让辛文秋取来跌打损伤的药膏，又为僧人换上辛文秋的衣服。

辛弃疾连忙添了一碗饭，递给僧人。僧人几口就吃完了，像是饿极了，辛弃疾又递上一碗水，僧人感激地看着辛弃疾说：“谢谢少爷！”

辛弃疾从地上拾起了僧人的行李卷和半截打狗棍，递给僧人。

辛赞知道，这就是金兵追捕的那个僧人。

僧人“扑通”一声跪在辛赞面前，说道：“贫僧王家贵，感谢大人的救命之恩，贫僧知道您是府衙官人，我不能连累您，告辞了。”

辛赞一把拉住了他：“现在外面正在追捕你，同为汉人，说感谢就见外了，你脚上有伤，走不了多远，你在我这里住下来，调养几日。我是县令，他们还不敢随便搜查我家。”

僧人听了，看了看自己的脚伤，点了点头。

辛赞又说：“师父是从哪里来的？不知金兵为何要追捕你？若无不便，还望相告。”

僧人听了，低头沉默了一会，再抬起头来时，眼睛已经红了。他说他叫鲁峰，因在金国想家盼归，便化名王家贵。他原是大宋皇宫的御林军，当年亲身经历了那场城破国亡、万劫不复的“靖国之难”，他边说，边流下了眼泪。

宋宣和七年（1125年），金兵兵分两路，直奔南下，目标是大宋的汴京开封城。这时，开封城里，依然是灯红酒绿，歌舞升平。

这天午后，宋徽宗赵佶睡醒了，忽然心血来潮，想去刚刚建起来的万岁山散散心。

蔡京笑着说道："陛下，前不久从吕宋、天竺买来了一些孔雀、枣猴、袖犬、矮马等珍禽奇兽，还有一只通身雪白的长尾野鸡，生于南海，常在南极仙翁座前听经，已得灵气，此鸟叫'南极侍者'，臣愿陪陛下前往观赏。"

赵佶听了，点头称好。当他们刚刚登上万岁山，一封十万火急的军报传了进来，金兵的两路大军已兵临开封城下！

军报像一声响雷，震得大宋君臣们心惊肉跳，赵佶觉得自己的两腿发软，一下子瘫在山径上了！待大臣们给他灌了药，扎了针之后，他才慢慢缓过气来。他睁开眼的第一件事就是命给事中吴敏起草禅位诏书，将皇位传给长子赵桓，也就是后来的钦宗皇帝。

赵桓即位不久，太学生陈东登上了闻鼓楼，一边击鼓，一边历数蔡京、王甫、童贯、朱勔、梁师成、李彦六贼种种罪行，祈求钦宗诛斩六贼，以谢天下。

为了平息城中军民心中的怒气，钦宗决定将他们处决于都城以外，对王甫，先撤了他的一切衙职，抄其家产，押送永州安置，再派人将他斩杀于贬所！

第二个被杀的，是朱勔。先将他罢官贬往循州，再派人将他就地斩杀！

童贯被贬往黄州，半路上被斩下首级，高悬于城门示众！

梁师成被贬往彰化，半路上被勒死！

李彦被削官赐死，抄没家产！

六贼之首的蔡京，被贬儋州，他带着大量的钱财上路，沿途百姓却不卖东西给他吃，终于饿死在途中。

赵佶退位后，城外的金兵并未撤退，要求大宋的太上皇赵佶前往金营谈判。赵佶不敢出城，钦宗以太上皇受惊过度又痼疾缠身为由，自己代为出城谈判。

十一月三十日，宋钦宗率领京城一行大臣一进金营，就被关押在三间小屋子里，屋里只有土炕和两张毛毡，屋外有金兵把守，晚上用铁链锁门。

靖康二年二月六日，钦宗被废为庶人。

靖康二年二月七日，徽宗等人被迫前往金营。金人逼迫徽宗、钦宗两人脱去龙袍。

当时同去的宋臣李若水抱住钦宗，不让他脱去帝服，还对金人骂不绝口。金人恼羞成怒，用刀割断了他的喉咙，割下了他的舌头，至死他都是怒目圆睁。

说到这里，鲁峰已是泣不成声。辛赞一面安慰他，一面让辛秋生奉上热茶。鲁峰饮过茶后，情绪渐渐平静下来了，继续说着——

金兵进城后，不但索要一千万两黄金，白银两千锭，帛一千万匹，还日夜掠抢，任意杀人。除了抢光了宋库中的财物，凡是太庙中的祭天礼器、天子法器、各种图册、典籍、大成乐器、演戏所用的服装道具，全都掠去！同时，到处捕捉民间郎中、教坊乐工、厨师和工匠，以及年轻貌美的女子。掠不走的就肆意放火焚烧。

金兵撤离开封时，分为两路，一路由宗望监押，包括徽宗和郑皇后、亲王、皇孙、驸马、公主、嫔妃等，沿渭河北行；一路由宗翰监押，包括钦宗、嫔妃、太子、宗室，孙傅、张叔夜、秦桧等大臣，沿郑州北行。随行的还有被掳去的宫人、内侍、倡优、工匠、厨师等，以及数不清的男女百姓，共计八千余辆车，数万余人。

千里泣血、千里哭声……

建炎二年（1128年），徽、钦二帝被押到金国上京，他们在乾元殿里拜见金太宗时，金太宗封宋徽宗为昏德公，封宋钦宗为昏德侯。不久，金人又将徽、钦二帝押解到金国的一个偏僻小镇——五国城。在那里，两位君王品尝了生不如死的滋味。

因为是御林军，鲁峰跟随徽、钦二帝被押往金营。城破后，他又被金兵逼着去运送所掠财物。到了金国后，他趁着混乱，逃出了上京，在离上京三百多里的青云寺剃度出家，当了一名僧人。

在晨钟暮鼓的岁月里，他常常外出化缘，在化缘的路上，他熟悉地形并绘制了金国的山川、关卡、渡口、营库、道路等，想把这些地形图送往江南的宋军。没想到在谯县城外被金兵发现，他在城中东躲西藏时，又遇见了巡逻的金兵，慌乱中翻过院墙，跳进院子中，没想到是辛赞的府第。

鲁峰说："给大人带来麻烦，我心中十分不安。"

"这里就是你的家，放心好了，虽说金兵蛮不讲理，但是也不敢在我这里随便撒野。"

鲁峰有些不解，望着辛赞想说什么又没说出来。

辛赞说："在下惭愧，心中压着亡国的石头，却在为金国效命，做了县令。"

鲁峰恍然大悟，说："大人也是身不由己。"

"好好休息吧，等你身体康复了，我找个机会送你出谯县城。"辛赞说。

"梆！梆！梆！"街上传来了三更鼓声，辛赞问辛文秋："文秋，师父歇息的地方安排好了吗？"

辛文秋："安排好了，师父，请随我去歇息吧！"

鲁峰跟着辛文秋离开了客厅。

第二章

苏轼和岳飞成了少年心目中的偶像；在大漠深处，用鱼肠古剑剥下了野狼的皮。

吾道悠悠，忧心悄悄。最无聊处秋光到。西风林外有啼鸦，斜阳山下多衰草。

长忆商山，当年四老。尘埃也走咸阳道。为谁书到便幡然，至今此意无人晓。

——《踏莎行·和赵国兴知录韵》

1

暮色四垂时，辛弃疾从书院刚刚回到家中，见鲁峰师父坐在院子里，正在一针一线地缝补他的那件又破又旧的袈裟。

辛弃疾有些好奇，因他的身材和管家辛文秋的矮矮胖胖都大体相同，祖父已命辛文秋去后街的裁缝店里，按照他的身材给鲁峰定做了两套衣衫，长衫取回来后，非常合身。辛文秋见放在一旁的旧袈裟，便对丁婶说道：“你将鲁师父的袈裟拿去洗一洗吧！”

丁婶刚刚拿起袈裟，鲁峰连忙抢了过来，说：“洗不得！洗不得！”

丁文秋哈哈一笑：“这么脏了，怎么洗不得？”

鲁峰：“袈裟是出家人的至爱之物，不可见水。我缝补一下，拍打一下灰尘就可以穿了。”说完，将袈裟紧紧抱在了怀里。

辛文秋见了，也不勉强，只好依了他。

其实辛文秋做梦也没有想到，就是这件又破又旧的袈裟里面，藏着一个天大的秘密。

起更时分，四周十分静寂，只听见大街上不断传来更夫的喊声：“天干物燥，小心火烛……”

在辛赞的书房里，辛赞和鲁峰隔灯而坐。鲁峰挑亮烛光，用剪刀轻轻挑开袈裟的针脚。从袈裟的夹层里，轻轻抽出一张薄绸。他将薄绸铺在桌子上，说道：“辛大人，请看！”

辛赞借着灯光一看，顿时明白了。原来这是一幅金国的地域图！上面绘有山川、地形、城邑、渡口、营寨、关卡、路径、粮草库、养马场，甚至还有打造兵器的作坊！辛赞侧耳听了听，四周十分安静，只有孙儿在隔壁房间里低低的读书声，他连忙将薄

绸折叠起来，在上面压上了一本《后汉书》，低声问道：“这可是大师亲自绘制的？”

鲁峰点了点头：“我是出家之人，常年在外云游，便将所见所闻，都绘在了这张薄绸上，想将这幅地图送到江南大宋军中。谁知到了谯县，过了关卡，刚到城门，便遭到金兵的追杀。我在城里东躲西藏，幸亏辛大人出手相救，此图才得以保住。”

辛赞抓住鲁峰的双手，动情地说道：“师父之心，可敬可佩，这是师父用性命绘制的一幅金国地域图，对大宋收复中原大地大有用处！师父放心好了，我虽无执政实权，又无缚鸡之力，但驱除金人，恢复大宋，一直是我的终生大愿。”

鲁峰：“辛大人之心，天地可鉴！”

辛赞：“师父就暂时在寒舍住些日子，养好伤，避开风头。我会想方设法送师父出城，然后将此图送往江南，请你放心好了。”

鲁峰的眼睛里滚动着泪水，他站起来，双手合十，向辛赞深深地施了一礼，才回房间歇息去了。

2

有一天，辛弃疾在爷爷的书架上看到了一册《苏子瞻集》，因为书名中也有个“瞻”字，和书院老先生同了一个“瞻”字，觉得有些好奇，便从书架上取了下来，摆在书案上，专心致志地读了起来。

刘瞻老先生曾在讲堂里讲过，苏子瞻就是大宋的苏轼，也就是苏东坡。他不但向学生们讲了“三苏”赴京赶考的故事，还讲了他在“乌台诗案”“贬谪黄州”“放逐海岛”的种种遭遇。当他讲到动情之处时，便倒背着双手，半眯着双眼，左右摇晃着脑袋，吟诵苏子瞻在杭州任通判时，为小歌姬王朝云写的一首诗：

水光潋滟晴方好，山色空蒙雨亦奇。
欲把西湖比西子，淡妆浓抹总相宜。

吟诵完了，意犹未尽，刘瞻说道：“苏子瞻的诗词，不但传遍中原大地，他还用诗句文字，打败了辽国的无理挑衅！”

接着，他讲了一个故事——

当年远在大宋北边的辽国，曾派使臣到了大宋的京城开封，向大宋皇帝提出了一个无理要求：大宋的军队要从宋辽边界向后让出百里，并要求每年增加岁银十万两、岁绢十万匹。

神宗皇帝并未答应，辽国使臣只好悻悻而归。

谁知不久又派出使臣入京，这次没提增加岁银和岁绢之事，而是提出了一个十分古怪的要求：他们带来了辽国的几副楹联的上联，要求大宋的君臣们对出下联，若对不出，大宋要尊辽国为上邦，大宋为下邦。

原来，在宋真宗景德元年（1104 年），辽国军队在萧太后和辽圣宗的率领下，向大宋发起了进攻。大宋宰相寇准受命率军奋力抗辽。在作战中，真宗皇帝亲临前线，寇准率军渡过了黄河，抵达澶州。宋军将士士气大增，齐声欢呼“万岁”，声闻数十里。就在抗辽军队节节胜利，宋军可一鼓作气收回被辽军占领的大片国土时，神宗皇帝却派出使臣，前往辽营进行议和，议和的地点设在澶州。

辽国提出的议和条件是：将关南地区割让给辽国，并每年给予一定数量的白银和绸绢。

寇准坚决不同意，他不但想收回被辽军占领的幽州、蓟州，还提出辽国要向大宋称臣！

但求和心切的真宗不听寇准的方案，他派出曹利作为大宋的使臣前往谈判，答应每年输给辽国白银一百万两。

曹利出发前，寇准将他召到自己帐中，向他交代说：“虽然陛下答应每年给辽国一百万两白银，但是你谈判时若超过了三十万两，我就取下你的头颅！”

到了澶州后，曹利真的据理力争，毫不妥协，终于达成了议和条件：大宋每年给辽国白银二十万两，丝织物二十万匹，双方结为兄弟之邦。这就是当年的“澶渊之盟”。

后来，大宋的国力渐渐衰弱，而辽国的游牧文化又远远不及中原，尤其诗词歌赋上更难以与大宋相比，于是，辽国国主便从国内挑选了一些人才，又从大宋地区召集了不少的文人雅士，用了数月工夫，拟出了数千副楹联，再从数千副楹联中挑出了几副认为是天下绝对的楹联，派人前来大宋都城，准备以楹联为武器，向大宋的君臣显示辽国的文化实力，以提高辽国的国威。

辽国派出以络耶律为使节的一行人，到了开封后便向宋神宗递交了国书，并奏道：“辽宋两国，相互友好已有多年，辽国为增进两国在诗词歌赋方面的交往，辽主命微臣带来了数副楹联的上联，请贵国君臣对出下联。若能对出下联，辽国便尊宋国为上邦；若对不出下联，宋国便是辽国的下邦！”

宋神宗对辽使的傲慢和无礼十分反感，但对辽国提出的条件，又觉得十分可笑，便笑着说道：“我大宋乃礼仪之邦，诗歌之国，书籍成山，人才济济，朝野吟诵对联已成风气。大凡宫殿、庙宇、楼台、亭榭、名川、大山，皆有楹联。而天下的百姓，家家都有楹联，其数难以计量！不知贵国的马鞍和帐篷是否也贴对联？”说到这里，他顿了顿，本想说：“我大宋乃泱泱之国，想以区区楹联挑战大宋，简直就是蚍蜉撼树，不自量力！”但他忍住了，说道：“请把贵国的楹联上联呈上来吧！”

络耶律听了，连忙呈上了半联楹联："请陛下过目！"

侍从将楹联在龙案上展开后，只见上面写着五个字：

三光日月星

神宗看了，觉得这上联并无奥妙之处，可是再一琢磨，心中大吃了一惊，因为上联不但刁钻，且暗藏玄机：三光的"三"是数量词，"日月星"又是与光有关的名词，不但要求上下联要字字相对，又要合乎平仄、音律和意境，十分难对。一旦对错了，后果不堪设想，他顿时吸了一口凉气。于是便连忙命人将对联传给了宰相王安石。

王安石看了上联后，心里已经有了下联的腹稿，但是觉得不及辽国的上联，便又将这副上联传给了身边的文臣同僚。谁知文臣们看过之后，都不说话，大家心照不宣：此联难对！

络耶律见此情景，心中窃喜，他冷笑着说道："微臣先将此上联留在这里，以三天为限对出下联。若对不出来……"他得意地笑了笑，"微臣告退了！"说完，转身离开了大殿。

神宗望了望满朝的文武百官，愤愤说道："我大宋承袭春秋百家、汉唐遗风，天下多少锦绣文章，朝野多少文学俊士！你们都是其中的佼佼者，竟然无人对出辽国的上联，寡人为之汗颜，大宋也有失颜面！"

大殿里鸦雀无声，空气似乎凝固了。

生气也罢，发火也罢，神宗知道，三天内若对不出来，大宋将沦为辽国的下邦！他叹了口气，说道："养兵千日，用兵一时，我大宋文士众多，却无人对得上辽国的下联，难道我大宋真的要败给辽国？"

这时，文臣列班中的文同奏道："陛下，微臣举荐一人，必能对出下联。"

神宗忙问道："爱卿举荐何人？"

文同："微臣举荐苏轼，以苏轼之才，必能对出辽国的下联。"

神宗听了，紧锁的眉头舒展开来，脸上也有了笑容。连忙说道："速召苏轼进殿！"

苏轼进殿后，神宗向他讲述了辽国使者提出的条件后，命人将辽国的上联递给了他，问答："苏爱卿，你觉得辽国的这上联……"

没等他说完，苏轼微微一笑，说道："陛下，臣已经对出来了。"

神宗听了，长长地舒了一口气，说道："宣辽国使节进殿！"

络耶律进殿后，昂着头，问道："是不是对不出下联，想要……"

神宗听了，哈哈大笑起来，说道："在我大宋，贵国的这种楹联，学童稚子都能对出！"说到这里，他朝大殿问道："哪位爱卿愿对辽国的下联？"

苏轼出班奏道："陛下，臣愿对辽国的下联。"

说完，他走到摆有笔墨纸砚的龙案旁，在众人的注视之下，挥笔写下了五个行书大字：

四诗风雅颂

络耶律看了，竟一时说不出话来！

因风雅颂都是《诗经》里的诗歌体裁，可称为三诗，而雅又分为大雅和小雅两种，合起来刚好是四诗。"四"对"三"，"风雅颂"对"日月星"，既贴切，又巧妙！大厅里一片赞叹之声。

神宗笑着问道："贵使觉得如何？此下联已经对出了你国的上联，服输了吧？"

络耶律有些尴尬，嚣张的气焰灭了不少，他依然不肯罢休，连忙说道："这是我辽国的第一联，也是最简单的一联。微使还有第二联。"他转向苏轼："请苏大人对出下联！"说完，他从随从手里接过一联，只见上面写着：

炭黑火红灰似雪

苏轼看完，挥笔写出了下联：

谷香米白稻如霜

络耶律见第二联仍然未难倒苏轼，心里已有些发虚，他对宋神宗说道："微使在来贵国途中，路过一湖泊时，看见了一件怪事，十分有趣。"

神宗说道："哦，什么怪事，说来听听。"

络耶律："湖边长着一棵李子树，树上的李子落入湖中，刚好打中了一条鲤鱼，微使见了，便口占了上联，不知道苏大人可有兴趣对出下联？"

苏轼："请出上联！"

络耶律的上联是：

李打鲤　鲤沉底　李沉鲤浮

络耶律走到苏轼面前，捻着胡须干笑着说道："苏大人，在下可要提醒你，如对不出，嘿嘿，事关你大宋国格，可要三思啊！"

苏轼并未理他，他大步来到龙案旁，将一支狼毫蘸满了浓墨，笑着对络耶律说："昨日我与文友在园中赏花时，见一群蜜蜂在花丛中采蜜，忽有一阵清风吹来，将蜜蜂纷纷

吹到地上。待风停了，蜜蜂又纷纷飞舞起来，这就是在下的下联。”说完，挥笔写下了十个大字：

风吹蜂　蜂扑地　风息蜂起

络耶律见了，心中称奇，暗自赞叹，却又不动声色：“苏大人才思敏捷，佩服！佩服！”他连忙低下头，和随行人员商量着什么。

苏轼见了，笑着说：“来而不往非礼也，在下也有几副对联的上联，请贵国使节对出下联，若对出来了，我大宋便尊称辽国为上邦；若对不出，辽国便是下邦，不知贵使觉得如何？”

络耶律也算是辽国的文坛高手，他见苏轼对他挑战，知道已无退路，他硬着头皮应战：“请苏大人出上联！”

苏轼在纸上写的上联是：

天上月圆　地下月半　月月月圆逢月半

络耶律一看，顿时懵了，他想了大半天，也没想出一个字来，显得十分狼狈。

苏轼笑着说道：“辽国使节不必急着对出下联，也以三天为限，如何？”

络耶律听了，见苏轼给个台阶，连忙同意，然后悻悻地离开了大殿，回到了驿馆。

三天期限到了，络耶律还是没有对出工整的下联。他便要求回国。离开开封前，在大殿上他向宋神宗提出了一个请求：“恳请陛下将苏轼的大作‘四诗风雅颂’赐给微使，以作传家之宝。”

宋神宗答应后，络耶律将苏轼的下联用锦缎包好，如获至宝，一路上，揣在胸前，带回了辽国。自此以后，苏轼之名就在辽国传开了，不过他们不叫他苏轼，而是称他为“大苏”。

辛弃疾听得如痴如醉，他想若今朝有苏轼之才，教训教训金人该有多好！我一定要刻苦学习，做个像苏轼那样的人！他又想起了《苏子瞻集》中的那首《念奴娇·赤壁怀古》，便一笔一画地默写起来：

大江东去，浪淘尽，千古风流人物。故垒西边，人道是，三国周郎赤壁。乱石穿空，惊涛拍岸，卷起千堆雪。江山如画，一时多少豪杰。

遥想公瑾当年，小乔初嫁了，雄姿英发。羽扇纶巾，谈笑间，樯橹灰飞烟灭。故国神游，多情应笑我，早生华发。人生如梦，一樽还酹江月。

3

辛弃疾是个聪明透顶的少年，自从鲁峰师父在家中住下后，他总觉得鲁峰师父身上有着太多的谜。

在涡河边“曲水流觞”时，金兵突然前去搜查，搜查的是不是他？他的那件又破又旧的袈裟，为什么不肯让丁婶洗干净？他每次与爷爷掌灯长谈时，又谈了些什么？还有，他晒在院子里的那件皮褥子，真的是狼皮吗？

今天下学后他刚进院子，就见鲁峰师父正在收拾晒了一天的那张狼皮褥子。辛弃疾上前问道：“师父，这张狼皮褥子真的是狼皮的吗？”

鲁峰笑着说道：“是的，是从一只大青狼身上剥下来的。”

“大青狼？”辛弃疾瞪圆了那双大眼睛，“是谁杀了那只大青狼？”

鲁峰：“是老衲杀的。”

辛弃疾：“出家人不是不杀生吗？”

鲁峰笑了，摸了摸辛弃疾的头，亲切地说：“那要看是什么时候。我若不杀他，他便咬死我，你说该不该杀他？”

辛弃疾一想，也有道理啊：“这狼该杀。”

鲁峰：“听不听我杀狼的故事？”

辛弃疾：“好呀，好呀！师父，我要听！”

鲁峰告诉他说——

有一天，他在大漠里迷了路，又渴又饿，正想找个避风的地方歇歇脚，忽然发现身后有只大青狼跟着他。他走得快，那只大青狼也走得快；他走得慢，那只大青狼也走得慢。他知道这只饿极了的大青狼在找机会袭击他。

大漠里的野狼有个习性，它不怕人击头打腰，只怕打它的前腿，这就是当地人所说的：狼是铜头铁腰麻秆腿。要打狼，先要打断它的前腿。

当鲁峰走到一个小山坡上时，果然觉得有人在用双手拍打他的双肩。鲁峰知道，这是狼的一种绝招，当行人觉得有人在拍打双肩时，都会回头看看，这时，狼便一口咬住人的喉咙，人一倒地，便成了野狼的一顿美餐！

鲁峰十分镇静，他既不回头看，也不慌张。他向前走了几步之后，猛一回头便双手抓住了野狼的前腿，猛地一掰，只听“咔嚓”一声，狼的前腿已经掰断！接着，他提起野狼猛地往地上一摔，野狼便站不起来了，成了他的猎物。

他先剥下了狼皮，在沙地上晒着，又切下了一大块狼肉，捡了些干枯的野蒿，在火堆上烤熟，吃饱了肚子，将狼皮卷起，又继续上路了。

从此以后，这张狼皮就有了用处，天冷能御寒，下雨能挡雨，晚上垫在身子下，也能防潮。

辛弃疾听了，顿时觉得其貌不扬的鲁峰师父身上有了一种神秘感，这种神秘感，又引起了他更多的好奇。他忽然问道："师父，你是用什么剥下了野狼皮？"

鲁峰："用剑，我随身携带的一柄鱼肠剑。"

"剑？"辛弃疾四处望了望，除了这张野狼皮就是墙边的半截打狗棍了，院子里别无他物，哪有什么剑？

辛弃疾问道："师父，我能看看你的鱼肠剑吗？"

鲁峰点了点头，接着又摇了摇头："不行，你爷爷不是说了吗？你每晚都要读书一个时辰，你快去书房读书吧！"

辛弃疾听了，不敢违背祖父为他定下的规矩，于是只好不情愿地去了书房。

亥时刚到，也许是读书读累了，辛弃疾伸了伸懒腰，正准备回房睡觉，忽然听到院子里传来一阵"嗖嗖"的声音。他以为是起风了，可是朝窗外一看，窗前的石榴树叶子一动也不动。那是什么声音呢？

于是他悄悄地出了书房，过了一个圆拱门，进了后院。此时，一轮明月高悬天际，院子里银辉如水。在月光下，有人正在舞剑。他的身手十分敏捷，剑术娴熟，挥舞起来"呼呼"生风。月光照在剑刃上，舞剑的人整个裹在一团白光之中。

这时，舞剑的人也发现了辛弃疾，他收剑后走到辛弃疾身边问道："少爷，书读完了？"

原来舞剑的人是鲁峰！

辛弃疾点了点头。

鲁峰："天已不早了，少爷，快回房睡觉吧！"说完，他走到墙边拿起了半截打狗棍。

辛弃疾心里又多了个谜：明明看见鲁峰师父在舞剑，可现在两手空空，却不见剑的影子！难道那柄剑不翼而飞了？他不敢问，只好把这件事藏在了心里。

令他想不到的是，就在第二天，鲁峰主动解开了鱼肠剑之谜。

4

鲁峰当年是京城开封御林军的教头，他与大宋皇室的赵琏交往颇多。赵琏是简王赵似的侄儿。因赵琏喜爱剑法，便拜鲁峰为师，闲暇时二人经常切磋剑术。

赵琏平素喜爱收藏历代名剑。有一天，他在大相国寺后边的古玩店里，看到了一把十分罕见的短剑，没有剑鞘，剑柄上的饰物已朽，剑长不足二尺，剑身极窄，约有寸许，上面镌有数字，因年代久远难以辨认，但剑刃依然十分锋利。店主将一只马尾拂子在剑刃上轻轻一甩，马尾便齐刷刷地断在地上了！

赵琏向店主打听古剑的来历。店主说是从浙江来的一位古董商手里买来的，并说此件是铸剑大师欧阳子的传人仿效鱼肠剑所铸，世上仅此一把。他想将此剑作为镇店之宝，便狠了狠心，用八十两银子买下了此剑。

赵琏听了，连忙说道："此剑让给我吧，我付给你一百六十两银子。"

店主起初不答应，赵琏便解下了自己随身佩带的一把宝剑，那是宋神宗当年赐给他父亲的，宝剑不但精美无比，剑鞘上还镶有金线和红绿宝石，十分珍贵。店主知道，这是皇室之物，价值难估，他终于动心了，便把那柄鱼肠古剑交给了赵琏。

金兵攻下京城后，徽宗、钦宗被金兵押往金国途中，除皇后、公主、嫔妃和众多宫女外，还有成群结队的文武官员，以及众多的画师、郎中、药师和各种各样的工匠。赵琏等皇亲国戚也一并押往金国。他们一路上除了要遭受金兵的打骂、杀害外，不少公主、嫔妃被金兵拉出队伍，肆意奸淫，甚至糟蹋致死！因路途遥远、腹中饥饿，身上的单衣难以抵御北国的寒风，还有不少人因冻饿而死！死后无人掩埋，被野狗啃食。

当大队人马走到半路时，赵琏患了病，实在走不动了，身子一歪，便倒在了沙漠里，鲁峰连忙背起赵琏，继续前行。赵琏在鲁峰背上大口地喘气，他求鲁峰放下他，说他不行了。鲁峰便放下了赵琏。赵琏挣扎着从行李卷中掏出鱼肠古剑，递给鲁峰，说："看来我是回不了中原了，这柄古剑就留给你吧，我……"还没说完，头一歪，便断气了。

鲁峰将赵琏掩埋在黄沙中，堆上几块石头做记号，又随着队伍继续北行。

当金兵将他们押向五国城时，有一天夜里，狂风大作，砂石漫天，马匹乱窜，人群混乱，鲁峰知道机会来了，他趁着混乱离开了人群，向沙漠深处逃去……

"师父，那柄鱼肠古剑呢？"听到这里，辛弃疾特别关心那柄鱼肠古剑，"古剑丢了吗？"

鲁峰摇了摇头："没有，要是丢了，沙漠中我怎么能杀那匹野狼？"

辛弃疾："古剑现在在哪里？"

鲁峰指了指墙根的那半截打狗棍："你把它取来。"

辛弃疾连忙将打狗棍取来递给鲁峰。只见鲁峰拔去棍上的木塞，从里面抽出了一柄短剑，笑着说道："这就是那柄鱼肠古剑。"

原来那半截打狗棍的中间是空的。

辛弃疾接过这柄非铜非铁的古剑，用手轻轻抚摸着，然后拿起来掂了掂，觉得剑身并不重，但是剑锋却寒气逼人。

"喜欢这柄古剑吗？"鲁峰突然问道。

辛弃疾点了点头。

“想习武吗？”

“太想了！”辛弃疾连忙回答，他想起了月夜里舞剑的那团白影。

“我把古剑送给你吧！”鲁峰说到这里，顿了顿，又说，“不过你还小，正在读书，等你到了‘冠礼’时，再给你吧！”

鲁峰将鱼肠古剑又插进了打狗棍。

这天晚上，辛弃疾做了一个梦：他梦见自己手持鱼肠剑，健步如飞，正在追杀一群金兵……

第二天，辛赞让辛弃疾给鲁峰行了拜师礼，从此，每天早晚，辛弃疾在院中跟着鲁峰学习剑法。

5

因为心里总惦记着爷爷的那册《苏子瞻集》，辛弃疾下学后刚刚回到家，便直奔爷爷的书房。谁知刚到门口，便被辛文秋拦住了，他轻声说道：“老爷吩咐，谁都不能进去。”

辛弃疾听了，有些奇怪。爷爷最疼自己的，总是在书房里教他习字、读书，今天为什么不许他进去？便问道：“为什么不许我进去啊？”

辛文秋连忙示意他不要出声，悄悄将他拉到了一边，说道：“老爷和鲁峰师父在书房里说话，不许别人进去打扰。”

辛弃疾听了，便不再追问，他假装回房睡觉。

待辛文秋走了后，他悄悄走到书房的窗下，透过窗棂朝里一看，见书案上摆着一支香烛，青烟袅袅。爷爷与鲁峰背向窗户，正在香案前跪地而拜。待他们站起来后，二人都已满脸是泪了。辛弃疾大吃一惊。爷爷和鲁峰师父祭拜的是谁？他们为什么会哭？他想看得再仔细些，刚刚探起身子，忽然听到爷爷说话了：“外面是幼安吗？”

幼安是爷爷为他取的乳名，是祈盼他幼年安康无灾。他连忙回答：“爷爷，是我。”

爷爷又说：“你进来吧！”

辛弃疾进了书房后，见香案前放着的一张白纸上写满了文字，因天色已暗，看不清上面写的是什么，只看到题目是“祭文”二字。

辛赞将辛弃疾唤到自己身边，问道：“你可知道今天是什么日子？”

辛弃疾：“我知道，今天是十一月二十七日。”

辛赞：“对，今天也是大宋岳元帅的九周年祭。九年前，也就是你两岁那年，岳飞在清风亭里，被奸臣杀害了！”接着，辛赞向刚刚懂事的孙儿讲述了岳元帅从湖北鄂州出发，率兵北上抗金的往事——

岳飞率领岳家军，在郾城和颍昌打败了兀术的金兵主力后，先锋部队奋勇北进，夺得了郑州；西进收复了洛阳。河北、河南境内的抗金忠义之师已经切断了金兵的后勤补给线，以迎接岳家军北上。岳家军正准备直捣金国老巢幽燕之际，也就是这个时候，南宋的高宗皇帝赵构和宰相秦桧却害怕起来，一是怕岳家军壮大了之后，会威胁到宋高宗的半壁江山，二是秦桧正在和金国商定议和的条件，即南宋与金国的划割方案。他怕岳家军的胜利影响和金国的议和，于是召令岳飞班师回朝。为了达到召回岳飞的目的，朝廷的班师令以金牌的形势送达岳家军。秦桧仍不放心，他一天竟向岳家军发出了十二道金牌！

岳飞知道抗金的大业已经被毁，他面东而拜，哭着说道："抗金十年之力，竟毁于一旦！"说完，悲愤而泣。

回朝后，宋高宗先削去了岳飞的兵权，而后秦桧伙同张俊给岳飞的部将张宪捏造了一个谋反的罪名，认定是岳飞唆使部下谋反，将岳飞关押于清风亭里，不久便将这位抗金英雄秘密杀害了！岳飞的儿子岳云、部将张宪也同时遇害。

辛赞说完后，将香案的祭文递给辛弃疾，让他在烛火上点燃，祭文在火焰中跳动了几下，便化成一群纸蝴蝶了。

接着，辛赞又从一只笔筒中取出一张折叠起来的诗笺，上面写着岳飞的《满江红》，辛赞苍老的声音，鲁峰浑厚的声音和辛弃疾清亮的童音，汇成了一种声音，在书房回荡：

怒发冲冠，凭栏处，潇潇雨歇。抬望眼，仰天长啸，壮怀激烈。三十功名尘与土，八千里路云和月。莫等闲，白了少年头，空悲切！

靖康耻，犹未雪；臣子恨，何时灭？驾长车，踏破贺兰山缺。壮志饥餐胡虏肉，笑谈渴饮匈奴血。待从头，收拾旧山河，朝天阙！

6

自从听了刘瞻先生讲述了苏轼的故事之后，苏轼便成了辛弃疾心目中无人能比的大才子；而听了爷爷讲述了岳飞的功绩后，岳飞便成了他心中顶天立地的英雄！他在心里暗暗发誓，从文，要以苏轼为楷模；从武，就以岳飞为榜样。

有一天中午，辛弃疾趁着刘瞻正在午睡的时候，和书院的几个学伴溜出斋舍，坐在柳荫下，辛弃疾给大家讲起了岳飞的故事。他的这些故事都是从鲁峰师父那里听来的。由于他讲的故事不但新鲜，而且生动，学伴们听得十分认真。前几天他讲了岳母刺字、枪挑小梁王，今天讲的是岳飞大战朱仙镇。正当大家听得津津有味时，党怀英从斋舍里走来，问道："你们不去午睡，在这里干什么？"

一个学伴说道："听故事，岳飞大战朱仙镇的故事。"

党怀英听了，连忙摇手，低声说道：“别讲了！要是让……”他指了指头顶，“要是让他们听到了，那还了得！”

另一个学伴说：“我们的先生能讲苏轼以楹联让辽国服输的故事，为什么不能讲岳飞的故事？”

党怀英毕竟比他们大了几岁，他以学兄的口吻对这些小学弟们说：“要知道，苏轼的对头是辽国，辽国又是金国的对头，当然可以讲了。而岳飞是南宋之帅，他打的是金国的军队，你说我们现在在谁的地盘？若此事被金人知道了，还能允许我们参加科考吗？不许科考就没有功名，没有功名，就不能跻身仕途。”说到这里，他转头望了望辛弃疾，“别忘了，你爷爷是金国的县令，你不能害了他老人家呀！以后再也不要讲这种故事了，记住了吗？”

辛弃疾正想反驳他，忽见刘瞻老先生披着褂子，手里握着一根二尺半长的枣木戒尺走了过来。他也不问缘由，在每个人的手心上打了十戒尺。不但讲故事和听故事的挨了打，连党怀英也挨了十戒尺！

都打完了后，刘瞻叮嘱道：“你们谁也没说过什么，谁也没听过什么！此事到此为止，都听明白了吗？”

大家齐声回答：“都听明白了！”

刘瞻又说：“罚你们每人默写三遍《千字文》！”

说完，他握着枣木戒尺回房午睡去了。

第三章

赴任途中，鲁峰大师成了执鞭的车夫；路过青州，他记住了那个叫“骡子”的千户长。

> 少年不识愁滋味，爱上层楼。爱上层楼，为赋新词强说愁。
> 而今识尽愁滋味，欲说还休。欲说还休，却道天凉好个秋。
> ——《丑奴儿·书博山道中壁》

1

宋绍兴二十八年，金正隆三年（1158 年）六月十八日，天刚拂晓，谯县的城门尚未开启，一辆马车便驰到了西门的城门洞，执鞭的车夫高声喊道：“辛大人到——”

守门的值更官连忙迎了上去，施礼说道：“听说辛大人要离开谯县，下官和百姓们都舍不得大人走啊！不过，上命难违，何况是高就开封府。我等都祈求上苍，保佑大人福寿双全，步入青云。”说完，朝着辛赞的马车深深一拜。

车篷的帘子掀开了，辛赞探出身子，向他招了招手，笑着说道：“尔等心意，下官领了。因要急着赶路赴任，下官就不下车了，就此作别吧！”说完，双手抱拳，向值更官辞别。

“开城门——”值更官大喊了一声，两扇笨重的城门便缓缓开启了。执鞭的车夫甩了个响鞭，马车便驰出了西门。马车后边还系着一匹枣红马。那是谯县驿站特意为离任的辛赞备下的坐骑，供他路上骑行之用。随着一串“嘚嘚嘚”的马蹄声，马车沿着驿道朝西驰去。

为了路途中遮风挡雨，马车上搭了个篷子，坐在车篷子里的辛弃疾一直都在琢磨：为什么鲁峰师父成了执鞭赶车的车夫？管家辛文秋去了哪里？

原来，自辛赞接到了金国诏他为开封府知府的敕命后，辛文秋就神不知鬼不觉地离开了谯县。辛弃疾曾问过祖父：“爷爷，文秋叔叔去了哪里？”

辛赞：“他回济南老家了。”

辛弃疾：“他什么时候回来？”

辛赞：“该回来的时候，他就会回来。”见辛弃疾还想再问，他又叮嘱了几句：“若有人问起，就说他回老家探亲去了，记住了吗？”

辛弃疾：“我记住了！”

爷爷的叮咛让辛弃疾琢磨不透。

自从鲁峰师父在自己家中住下后，他白天诵经，晚上舞剑，已有一百余天，他在辛赞的授意下早已蓄起了胡须。今天一大早，他又换上了管家辛文秋的短褂，手里握着一条鞭杆扭成麻花状的竹条鞭子，鞭子上系着牛皮鞭梢。一个地地道道的车夫模样。

辛弃疾看在眼里，心里却在想：难道他也随祖父去开封？

在出发之前，辛弃疾就有个心愿：前往开封途中，须经潍县，青州就在潍县旁边，他想顺道去青州看看，因为他十分敬仰女词人李清照。她离开京城后，与丈夫赵明诚以金石诗词为伴，在青州屏居十度春秋。他们的“归来堂”是个什么模样？里边收藏了一些什么样的古籍和金石？还有，大宋名臣范仲淹曾在青州任职，他的寓所就在“归来堂”附近，若到了青州，应该去瞻仰一番。不过爷爷急着前往开封府上任，不知道他肯不肯答应。

辛赞手里握着一卷《唐人绝句》，他一边低声吟哦，一边不断地点着头。鲁峰扬着鞭子，马车不紧不慢地沿着驿道前行。

2

正是三伏天，酷热难当，再加上长途跋涉，不但人疲马乏，而且寂寞难耐。车篷里连一丝风都没有，辛弃疾感到又燥又闷，浑身已被汗水湿透，于是便跳下车来，在路边的池塘里洗了洗脸上的汗水，又折了些柳枝条，盘成一个柳条头盔戴在头上，然后解下车后面的那匹枣红马，他跳上了马背，双腿一夹，枣红马便“嘚嘚嘚”地奔跑起来。跑了一会儿，见马车被远远地甩在了后边，他又勒转马头跑回来，显得十分兴奋。

唯独辛赞不怕热，他坐在车篷里，左手执书，右手摇着一柄蒲扇，好似《唐人绝句》里有习习凉风拂来，他在尽情地享受诗中的意境。

鲁峰侧身坐在车辕上，既是马夫，就不能离开马车，也不能打盹，他的职责是保护好车篷里的辛赞。

当走到第五天晌午时，骑在马背上的辛弃疾指着路边的一座茅屋说：“师父，您看！那里有口水井！”

鲁峰顺着他的手指方向看了一眼，果然看到了茅屋旁边的井架子，井架子上还有一台辘轳。

“你把车停在树荫下，”辛弃疾对鲁峰说，“我去井上讨些水解渴。”说完，便翻身下马，朝茅屋跑去。

当他走近茅屋时才发现，井架旁边有一片瓜田，种瓜人和一个七八岁的女孩儿正在为瓜田浇水，瓜田里到处都是银白色的瓜。辛弃疾问种瓜人：“老伯，这是什么瓜？”

种瓜人有五十多岁，满脸晒得黑黝黝的，他抹了一把额头上的汗水，笑着说道：“小哥，这是银瓜，青州的银瓜。”

辛弃疾：“银瓜甜吧？”

种瓜人没有回答，他弯腰摘了一个圆滚滚的银瓜，在井台上洗了洗，用手一掰，银瓜成了两半！他将银瓜递给辛弃疾，说道：“请小哥尝一尝。”

辛弃疾连忙说道：“不！不！在下还没有付钱呢！”

种瓜人连忙说：“小哥这就见外了，天热口渴，吃个瓜算什么！”说完，将银瓜塞到了辛弃疾手里。

盛情难却，辛弃疾只咬了一口，顿时满嘴生津，他连忙说道：“好甜的青州银瓜！我要让爷爷尝一尝。”说完，手里拿着甜瓜，便疾步回到了马车旁边。

辛赞接过辛弃疾送来的半块甜瓜，刚咬了一口，便啧啧称赞起来：“好甜的瓜！此瓜叫什么名字？”

辛弃疾：“种瓜的老伯说，这叫青州银瓜。”

就在这时，种瓜人领着女孩子走过来，女孩子臂弯里挽着半筐子银瓜，银瓜上还盖了几片翠绿的瓜叶。

老伯说道：“看这小哥如此孝顺爷爷，我摘了些瓜，天热，路又远，你们带在路上吃吧！”

“使不得，使不得！”辛赞连忙说道，“锄地护苗、浇水施肥，种瓜不易。请问，买下筐里的瓜需要多少钱？”

种瓜人连忙摇手：“都是自己地里种的瓜，说起钱就见外了。再说，我若路过贵府，口渴了，想讨碗水喝，您老人家也不会收我的钱吧？”

辛赞听了，一时不知道说什么才好。他换了个话题：“请问您尊姓大名，家住哪里？”

种瓜人：“免贵姓何，叫何大山。”他指了指身边的女孩子说：“这是我的孙女桃花，今年九岁了。我们祖孙二人相依为命，以种地为生。”

辛弃疾问道：“桃花的双亲呢，不在身边？”

种瓜人听了，眼圈渐渐红了，声音也有些哽咽。

他告诉辛赞，他家在南山坡上有一片桃树林，结的桃子叫青州蜜。青州蜜虽然结果迟，个儿小，外表也不中看，但桃肉紫红，甘甜如蜜，所以才叫“青州蜜”，摘下“青州蜜”，挑到城里卖钱，就是一家人大半年的口粮。

金兵占领青州那一年，正是“青州蜜”熟透的季节，有一天，自己的儿子、儿媳正在南山坡上摘桃子，金兵千户长率领一队金兵路过桃林时，他们不但抢了摘在筐子里的“青州蜜”，还砍下桃枝喂他们的战马。儿子急了，用身子护住桃树，要求金兵不要砍树时，千户长“唰”地抽出腰刀，猛地朝儿子砍去，儿子应声倒地，血流如注！儿媳妇见状，拼着性命要去救丈夫，谁知那禽兽不如的千户长竟然……

说到这里，何大山已经泣不成声了。

站在一旁的辛弃疾听了，脖子上的青筋冒了出来，心跳加快，双拳紧握着“咯咯”作响。

他问道：“那千户长叫什么名字？”

何大山用袖子擦了擦眼泪，说道：“不知道千户长叫什么名字，只知道他有个外号叫骡子。”

辛弃疾听了，便牢牢记住了“骡子”这个名字。

桃花将半筐子银瓜递给了辛弃疾，辛弃疾正想婉拒时，看见爷爷朝他招了招手，他便将柳条筐子递给了辛赞。望着厚道、热情的种瓜老伯和天真无邪的小桃花，辛弃疾心中涌起一股怜悯之情。他将空筐子还给了桃花，又在井里打了一些水，灌满了盛水的陶罐。

临走时，辛弃疾对何大山说：“谢谢老伯和桃花，我们后会有期！”

说完，双手作揖，告别了种瓜人和小桃花，马车又“嘚嘚嘚”地上路了。

何大山领着桃花，回到瓜田里的茅屋时，忽听见桃花高声喊道：“爷爷，快来看筐底！”

何大山接过桃花递来的柳条筐子，掀开筐底的瓜叶一看，瓜叶下面盖着一把碎银！他连忙对桃花说：“快去还给人家！”

桃花跑出茅屋，朝驿道望了望，那辆马车早就看不见踪影了。

3

过了青州，就是临淄，那可是春秋战国时期齐国的都城，辛弃疾曾读过《晏子春秋》，他十分敬仰这位齐国宰相的智谋和胆略。

晏子虽然个头不及常人，却是一位顶天立地的巨人。辛弃疾尤其喜爱晏子使楚的故事。晏子一个人斗败了楚王和楚国的文武百官，赢得了天下的赞誉。辛弃疾很想进城去看看齐国留下来的遗迹，但爷爷不许，说是要急着赶路，以免误了去开封赴任的日期。

辛弃疾听了，只好作罢。

不过，令他不解的是，当马车到了章丘县外时，正是晌午，爷爷却让鲁峰将马车赶进了城外的一家车马店，还说要在那里住宿。第二天再继续赶路。

自金兵占领中原后，仍沿用宋朝制度，各州府都设了驿站，为金国官员和信使提供食宿，还可以更换马匹。辛弃疾心中想：爷爷为什么不住官方的驿馆而住城外的车马店呢？再说，正是午时，至少能赶数十里路程，为什么又不急着赶路了呢？他不明白爷爷为什么做出这一决定。

在车马店住下之后，辛赞笑着对鲁峰和辛弃疾说道：“坐了半个多月的马车，走了一千多里，两条腿都麻木了。走，到街上去溜溜腿。还有，早就听说章丘的大葱是天下一绝，煎饼卷大葱，是章丘的一道美味，今天有口福，去尝一尝！”

辛弃疾听了，连忙搀扶着他，三人便离开了车马店。

车马店外面就是一条长街，长街两边尽是些卖布匹、药材、粮油、纸张、蜡烛和南北杂物的店铺，更多的则是一家挨着一家的铁匠铺，铺子里炉火熊熊，火光四溅，锤声叮当作响，打好的锄头、镰刀、犁耙等农具堆放在铺子门口，供人挑选。辛赞告诉辛弃疾，章丘是远近闻名的铁匠之乡，这里的铁匠都有家传手艺，锻打的铁货功夫硬，火候好，又精细又耐用，一把菜刀能用三代人！

当他们走到大街尽头的一家铁匠铺时，一个熟悉的身影引起了辛弃疾的注意，仔细一看，原来是管家辛文秋！他不是回济南老家了吗？为什么出现在了章丘？还没等到他开口，辛文秋已笑眯眯地走到辛赞跟前，说道：“老爷、少爷和师父，一路上辛苦了！”说着就要下跪。

辛赞连忙拦住了他，低声问道：“你在这里等待多时了吧？”

辛文秋：“晚辈接到老爷的信后就来了，只等候了三天。”

辛赞听了，点了点头，问道：“还没吃饭吧？走，找家饭店吃饭去。”

辛文秋指着不远处的一家饭店说道：“我已在‘东来顺’饭庄定下了饭菜。”说完，便在前面引路，去了比较清静的“东来顺”饭庄。

酒菜上齐后，辛文秋端着杯子站起来，说道：“老爷，晚辈先敬您一杯，为您洗尘！”说完，将杯中之酒一饮而尽。

辛赞点了点头，抿了一小口。

辛文秋端起杯子，对鲁峰说道：“大师一路替我赶车，照料大人和少爷，在下敬您一杯。”

鲁峰指着放在墙边的鞭子，笑着说道：“不敢，不敢。贫僧靠着你的这根鞭子，顺利离开了谯县城，终于回到了老家山东，贫僧要敬你一杯。”说完，二人碰了碰酒杯，各饮了杯中之物。

在饭桌上，辛文秋向辛赞禀报了辛氏族人的一些情况。辛赞边听边点头，至于说的什么，因为声音不大，辛弃疾听不清楚，只是知道与自己有关。

在饭庄的前厅，有七八个腰粗膀圆的后生，正围着饭桌吃饭，辛文秋悄声地对辛赞说道：“我临来时，泰山东岳禅寺的荣广方丈，托我在章丘雇佣几个铁匠。我已挑选了几位。”他转身对鲁峰说道，“我要送老爷去开封赴任，他们，”他指了指前厅，“几位铁匠师傅，就拜托师父将他们送去泰山东岳禅寺。”

鲁峰点了点头，说道：“荣广方丈也是我当年的师父，自我去了京城，做了御林军的教头，便再也没有见到他了。算来，他已是九十岁的人了。他还好吗？”

辛文秋：“荣广方丈虽已耄耋，但身子骨还算硬朗，除了悟禅，每天正向徒弟们传授武艺呢！”

鲁峰此次回来，本来就是去投奔荣广师父的，听辛文秋说他身体尚好，便会意地点了点头。他对辛文秋说：“你放心好了，我一定将他们送到东岳禅寺。”

到了此时，辛弃疾终于解开了心中的谜团。原来这一切都是爷爷安排的。他让辛文秋提前离开谯县，一是让鲁峰大师充当管家，躲过金兵的盘问，顺利离开了谯县城；二是回了济南四风闸的老家，筹办了辛氏家族的一些事宜。

不过，他心里又有了新的疑惑，东岳禅寺的荣广方丈，雇佣这些章丘铁匠干什么？难道他想在泰山上开座铁匠铺？

当天后半晌，鲁峰大师便告别了辛赞，领着章丘的铁匠们去了泰山。第二天一大早，辛文秋手执鞭子，又赶着马车上路了。

4

辛文秋虽然只比辛弃疾大了三岁，但论起辛氏家谱，他与辛弃疾的父亲辛文郁同辈，所以，辛弃疾称辛文秋为叔。又因为相差年龄不大，又多年生活在一起，二人既没有主仆之分，也没有叔侄之别。他们朝夕相处，无话不说，感情笃厚，在去开封的路途中，辛文秋便将在老家四风闸的所见所闻，告诉了辛弃疾。

辛氏家族坐落在济南府历城县的四风闸，族谱上载：先祖辛庆忌，是西汉时期的著名战将。他年轻时就立志报国，在战场出生入死，是一位远近闻名的善射军校；中年去了西北战场，曾在乌孙国的赤谷城屯田守边，屡建奇功；汉元帝时，封他为车骑将军，任张掖、酒泉太守，是西汉名将，威镇西羌、匈奴。史书上称他是“为国虎臣”。

辛氏的六世祖，辛维叶，任过北宋的大理评事。由甘肃迁到中原的济南府，在历城四风闸落地生根。

五世祖辛师古，任过北宋的儒林郎。

曾祖辛寂，任过北宋的滨州司户参军。

到了辛赞这一代，靠科举入仕后，先后任过北宋的县尉、主簿。金兵攻陷北宋都城开封后，掳去了宋徽宗和宋钦宗父子，又在城中大肆抢劫、屠杀，并将赵氏的皇室成员悉数关押起来，将他们和文武百官、后宫嫔妃及无辜工匠押往了金国。

既不是皇室成员和文武百官的百姓们，纷纷弃家抛园逃往江南，开封城成了一座死城！

因为辛家是当地的大家庭，男女老少有数千余人，除少数仓促南逃，老幼妇孺都滞留在了四风闸。

辛赞是家族中威望和辈分最高的长者，他本打算带领族人南迁的，谁知老弱病残的族人太多，行动十分困难，况且金兵封锁了道路、关口，若强行南迁，全族必遭灭顶之灾！再加上唯一的儿子辛文郁正在病中，儿媳王氏又在家中待产，无法行动。于是，只好留在了四风闸。

随着时局的变化，入侵中原的金兵为了长期霸占中原，巩固金国统治，便千方百计地招募北宋的旧有官员和人才，为金人的地方政权服务。于是，他们将赋闲在家的辛赞强行拉去，让他在历城县当了一个正九品的主簿，若不从便要灭九族！为了族人，辛赞只好上任了。

辛赞虽然是历城县的主簿，其实是个摆设，真正执掌历城实权的人，是斗大的汉字不识半升的僵大恩。当年僵大恩还是在大漠里放牧牛羊，今日却成了历城县的土皇帝——千户长。

有一天，县令孙达奉命去了济南府，辛赞正在县衙里批阅文书，忽然听到大堂里响起了一阵“咚咚咚”的击鼓声。前堂击鼓，必有大事，他连忙放下手中的笔，匆匆去了大堂。

原来，城东李家庄的李斗，率领百余名父老乡亲，前来县衙击鼓告状。他们告的人就是千户长僵大恩。

原来僵大恩看中了李斗家的八亩菜园地，硬说此地是北宋官员的田产，官员已逃往临安，此菜园地被他强行没收，由他雇人耕种。

李斗自然不服，他据理力争，并拿出自家的地契，证明此地是李家的祖传田产，李斗的乡亲们也纷纷在诉状上签了名，按上了手印。

僵大恩毫不理会，派人犁了园中的青菜，还在菜园四周扎上了篱笆，不许李家人进去。

李斗前去质问僵大恩时，他理屈词穷，气急败坏，竟然派出一队金兵，将李斗绑在菜园中的槐树上，用皮鞭将他打得遍体鳞伤，人已昏死过去。李斗的老伴余氏得知消息后，连忙领着已有身孕的儿媳，赶到了自家的菜园地，拆开篱笆，前去营救李斗时，遭到了僵大恩的一顿暴打！余氏腰部受伤，倒地不起。儿媳妇去搀扶她时，被僵大恩猛地踢了一脚，她顿时不省人事，下身流血不止！当乡亲们将她抬回家时，她已气绝身亡了！余氏看见儿媳没了，一口气没上来也撒手人寰。一眨眼工夫，婆媳两人就这样没了。

当乡亲们冲进菜园地，将李斗从槐树上解下来时，他已气息奄奄。于是，愤怒的族人和乡亲抬着李斗，来到历城县衙，在堂前击鼓申冤，要求严惩杀人凶手僵大恩。

辛赞接过状纸看了一遍，又听了李斗的口供和众多乡亲的证言之后，十分愤怒，立即下了传票：传千户长僵大恩前来县衙受审！

衙役们找到僵大恩，并将传票交给了他。谁知僵大恩将传票向地上一扔，骂骂咧咧地说道：“老子是大金国的千户长，就是不尿你汉人的屁官！滚回去吧！”

辛赞听了衙役的禀报后，极为震怒，他当即决定：宁愿不当历城的主簿，也要严惩为害一方的僵大恩！他当即将县衙的捕快悉数派往李家庄，将杀人凶手缉拿归案。

僵大恩被拘到县衙之后，因天色已晚，辛赞下令：“先将人犯僵大恩关进大牢，严加看守，待县令孙达从济南回县后，再行审讯。”

历城县衙离济南府衙不远（历城为今济南市的历城区），千户长僵大恩被关进历城大牢的消息，很快便传到了孙达的耳朵里，他虽然为辛赞捏了一把冷汗，担心金人会找他的麻烦，但自己也想借着这个机会，收拾一下祸害一方的僵大恩，为汉人百姓出出心中的恶气！他打算在济南办完事后，就立即返回历城，亲自审理这个案子。

谁知第二天，孙达匆匆回历城后才知道，驻扎在济南的金兵将军蓝鱼冻，已亲自率领金兵抢先到了历城，说是此案事关重大，要将僵大恩押往金都燕京审讯，逼着辛赞放人。

辛赞据理力争，但蓝鱼冻根本不听，他把手一挥，金兵推开狱卒，从大牢里放出了僵大恩，僵大恩便随着金兵扬长而去了。

眼睁睁地看着杀人元凶被金兵带走了，辛赞又气又急却又无可奈何。待孙达回到县衙时，他指着躺在公堂上的李斗和围在旁边的族人、邻居说道：“在下虽是历城主簿，却保不住历城的黎民百姓，既愧对苍天，又愧对百姓，在下就此请辞历城主簿之职！”说完，便匆匆回到后院官舍，挥笔写下了辞呈，让孙达转送济南太守，便收拾行李去了。

孙达怕他辞职引起金人的不满而节外生枝，引来大祸，说道：“辛兄此刻的心绪，下官感同身受，请辛兄暂时委屈几月，待上头准了你的辞呈之后，下官将为辛兄送行。”

辛赞听了，只好点头应允。

谁知过了几日，济南府派人送来了金国的敕书：“诏历城县主簿辛赞为谯县丞，限月内赴任所履职。”

本想辞官归乡务农，在儿孙身边颐养天年，谁知却官升一级，竟成了一县之主！这令辛赞哭笑不得。

在欢送辛赞的宴席上，孙达笑着说道：“辛兄啊，你可是因祸得福啊！今后仕途不可估量。来，下官敬辛兄一杯！”

辛赞端起杯子，低声说道：“在人家的屋檐下，不得不低头啊！倘若不是为了孙儿……”未等说完，他喝干了杯中之酒，便匆匆离开历城，去了谯县的任所。

辛文秋说完了辛赞在历城的经历后，辛弃疾顿时理解了爷爷心中的委屈和苦衷。在谯县时，他总是觉得爷爷心甘情愿地当金国的县令，是没有骨气的。后来，从爷爷收留鲁峰师父，深夜拜奠抗金英雄岳飞等事中，终于明白了爷爷所说的“在人家的屋檐下，不得不低头”这句话的含意。

今天，身为谯县县丞的爷爷，又被金国国主诏为开封府太守，看来，在金人的屋檐下，爷爷还得低着头忍受下去。想到这里，他回头望了望辛赞，见爷爷手里总握着那册《唐人绝句》默默地吟哦着，额头的皱纹又深又长，好像是用刀刻出来的！辛弃疾有些心疼爷爷，心里说，我已经十九岁了，今后一定要保护好爷爷！

马车沿着驿道继续西行，车后边扬起了一阵黄色的尘埃。

5

过了济南府之后，路过曲阜城时，辛赞告诉辛弃疾，他年轻时进京参加科举考试，曾在曲阜的“阙里客栈”住了一宿，第二天一大早，便随着一大群赴考的生员去了孔庙的大成殿，跪在“天地君亲师”的牌位前面，虔诚地拜谒孔圣人。

在辛赞的指点下，辛文秋赶着马车，到了阙里，终于找到了辛赞当年投宿的那家“阙里客栈”。第二天一大早，他们便去了孔庙。

令他们想不到的是，孔庙、孔府，甚至那座天下最大的孔氏墓园孔林，都成了金兵的兵营，战马拴在合抱不了的粗大柏树上，孔府的院子里堆放着金兵的粮草，鲁壁旁边也成了临时的羊栏，里面养着数百只待宰的绵羊。几个屠夫正在一旁剥羊皮，满地都是血水。辛赞领着辛弃疾刚刚走到大成殿的门口，便被守门的金兵拦住了。一名留着络腮胡子的金兵头目凶巴巴地吼道：“大金兵营，汉人一律不得入内！”

辛弃疾年轻气盛，他横了络腮胡子一眼，大声问道：“孔子是天下读书人的老师，也是千古圣贤，为何不许进去拜谒？”

站在一旁的辛文秋吓了一跳，要是少爷激怒了这个金兵头目，说不定会惹出什么事来，连忙拽了拽辛弃疾的袖子。

谁知金兵头目不但不生气，反而“哈哈”大笑起来，他拍了拍腰间的刀鞘，问道：“孔子能阻拦大金的铁骑？圣人能挡住金兵的腰刀？哈！哈！哈！”

辛弃疾听了，觉得浑身的热血一下子涌上了心头，他刚想质问金兵头目，就被辛文秋拦住了：“少爷，走吧，咱们还要赶路呢！”说完，便硬拉着他离开了大成殿的大门。

见辛弃疾脸上的怒气未消，辛文秋低声说道：“少爷，你犯不着跟这些金兵计较！‘秀才遇见兵，有理说不清’，还是走吧！”

一直没有说话的辛赞说了一句，“何况是从大漠来的兵呢！”

6

离开了曲阜城以后，马车直奔开封而去。

在曲阜的遭遇，让辛弃疾既恼怒，又心烦。他对沿途上的风光也没有心思欣赏了，对马车后边的那匹枣红马也失去了兴趣。每逢路过金兵把守的关卡，他就皱起眉头，怒目而视；每当看见那些背井离乡、携儿带女的逃难人群从身边经过，心中便会生出一种自责和愧疚。眼不见为净，他闭上双眼，想让自己睡上一会，但又觉得心神不宁，眼前渐渐浮现出第一次远赴燕京应试的经历——

宋绍兴二十四年，金贞元二年（1154 年），金人虽然占领了中原，夺取了大宋的半壁江山，但江山并不稳固。由于金兵到处抢掠财物，滥杀无辜，惹得天怒人怨，引起了中原百姓的不断反抗。再加上金人是游牧民族，不但欠缺中原的传统文化，更缺乏各类理政人才。金主完颜亮认为，金国要仿效大宋科举制度选拔人才，任用官吏，以确保金国对中原地区的统治。于是，他颁旨在燕京举行科举考试，并规定凡参加燕京考试者，不论是汉人还是金人，须先参加祖籍所在地的乡试。考取了金国的“随计吏”，如同宋朝的举人之后，才有资格参加金国在燕京举行的策试，也就是考取进士的资格。

因辛弃疾和党怀英的祖籍都在山东济南府，于是，辛赞便打发他们回乡参加乡试。二人凭借各自的才华，考取了金国“随计吏”后，便结伴前往金国都城，在燕京应试。

金国的都城早年设在上京会宁（今黑龙江阿城县），后来迁到了大定府（今内蒙古宁城）。完颜亮突然发动了宫廷政变，杀死了其兄金煦宗完颜亶，自立为帝，即海陵王。海陵王将金国的都城迁到了燕京（今北京市），并颁发了诏书：凡是年满十五岁以上的士子，均先府选后，再进京会试，也就是大宋的殿试之制。

柳湖书院的刘瞻认为，自己的学生若参加了金国的会试，就有中第的机会。作为老师，也有自己的一份荣耀。他将自己的想法告诉了辛赞。辛赞觉得辛弃疾虽然年龄不大，学历尚浅，就是参加会试不能中第，也是一次历练，于是便点头同意了。

辛弃疾听说爷爷让他前往燕京参加会试，十分高兴，觉得自己不但不用在书院里背诵四书五经，还能去外边开开眼界。

与他同行的，是他的学长党怀英。

第二天一大早，二人便骑着马，意气风发地离开了谯县城。一路上晓行夜宿，长途跋涉，虽然吃了不少苦头，但有看不尽的北国风光，见识了沿途的风土人情，也就忘记了路上的辛劳。每天晚上投宿之后，辛弃疾不是记述他在路上的所见所闻，便是吟诵唐代诗人高适、岑参和王昌龄的边塞诗，读累了，便“呼呼”大睡起来。

党怀英却不然，他白天骑在马背上也在背诵《五经》，住进客栈，便坐在灯下，埋头苦读《三传》《三史》，夜夜都是读到午夜才睡。辛弃疾曾多次劝过他：“怀英兄，功名固然重要，但也无须拼命熬夜啊！”

谁知党怀英反而劝导辛弃疾：“幼安学弟，大宋的宋真宗曾御笔写了一首《劝学诗》。”说到这里，他便摇头晃脑地吟诵起来：

富家不用买良田，书中自有千钟粟。
安居不用架高堂，书中自有黄金屋。
娶妻莫恨无良媒，书中自有颜如玉。
出门莫恨无人随，书中车马多如簇。
男儿欲遂平生志，勤向窗前读六经。

吟哦完了，他似意犹未尽，接着说道：“你我都是读书之人，只有求得了功名，才能出人头地，光宗耀祖。”

辛弃疾听了，问道：“难道在金国取得了功名，也能光宗耀祖？”

党怀英有些生气，说道：“你不要认死理嘛，俗话说，‘鸟争一口食，人争一口气’，就算是金国诏命的官员，只要上对得起祖宗，不与大宋为敌，下对得起乡梓，不欺负平头百姓，也就问心无愧了！”

辛弃疾听了，刚要反驳他，听见党怀英又说：“你的祖父辛赞大人，我们的恩师刘瞻先生，不也都盼着我们金榜题名吗？”

辛弃疾愤愤说道：“人各有志，我就是终身不仕，也不仕金国！若在女贞人的金榜上题名，那是一种耻辱！”

还没等他说完，党怀英连忙用手捂住他的嘴巴，低声说道：“幼安学弟，这里可是金国呀，隔墙有耳呀，若是被金人听见，你我可要遭殃了。”

辛弃疾听了，不高兴地嘟哝：“胆小鬼！”不再和他多说，便蒙头睡下了。

一个月后，燕京放榜，二人皆名落孙山。

7

“快看！”赶车的辛文秋忽然指着远处大喊起来，“前面就是开封城！”

辛弃疾挑开帘子一看，远处果然隐隐约约地显出一座巍峨城池的轮廓，只是因为距离太远，一时尚看不清楚。只看到高高的城墙蜿蜒不见尽头，城门上的城楼直耸云端、气势非凡！

在来开封前，辛弃疾曾听人说过，开封又称汴京，也叫东京，是华夏最大也是最繁

华的城市，人口超过了一百万，是天底下人口最多的一座皇城！辛弃疾被开封城的雄伟所折服，同时，也为大宋都城轻易易主，被金人所占而感到痛心。心痛的同时，又夹杂着莫名的羞惭和耻辱。

辛赞指着越来越近的开封城说，远在春秋时期，郑国的郑庆公便命人在这里筑了一座城池，并命名为开封。到了战国时期，魏国的魏惠王将都城从山西的安邑，迁到了开封，成为大梁；北周时，开封改为了汴州，五代的后梁、后晋、后周都曾以开封为都城。经过了历代的营建和扩建，开封城的规模越来越大，城里的水系也越来越发达，金水河、五丈河、惠民河、汴河、蔡河等都从开封穿城而过。河多桥就多，城里有观桥、横桥、州桥、虹桥和云骑桥、广备桥、白虎桥等二十五座桥梁。

开封城的外城，城墙周长五十余里，有四座城门；里城周长二十里，有十座城门。里城的中间就是紫禁城，城里尽是金碧辉煌的宫殿和雕龙画凤的亭阁……

开封还有座天下独一无二的万岁山。有人说，万岁山是用白骨撑起来的一座山！

辛弃疾在柳湖书院读书时，就听刘瞻先生说过，开封城里有座万岁山，仅山上的一块太湖石，就有十万余斤重！为了将太湖石从太湖中捞起来，就动用了一百多只船，和一千多根合抱的圆木，民夫用了八千余人，日夜不停地拉纤运石，一路上遇村破村，遇田毁田，共拆民房三千余户，毁田一万余亩。运到开封后，因城门太低，只好拆了城门，挖深了护城河，共花了三百万两白银，才将这块太湖石运到了万岁山上，成了宋徽宗的最爱。

辛弃疾想，如此劳民伤财，贪图享乐，难怪外族入侵，却无兵力抵挡，拱手将偌大的都城送给了金兵！

马车抵达开封城的南门时，辛赞说：“幼安呀，待安顿好之后，我带你去看看开封的琼林苑、金明池、玉津园、芳林苑这些皇家宫苑。”

辛弃疾心中更想看看万岁山到底是个什么模样，它真的是白骨撑起来的一座山吗？

第四章

草莽英雄揭竿而起，一根高粱秆插进了千户长的喉咙！开封城里来了位卖“泰山石”的石匠。

陌上柔桑破嫩芽，东邻蚕种已生些。平岗细草鸣黄犊，斜日寒林点暮鸦。
山远近，路横斜，青旗沽酒有人家。城中桃李愁风雨，春在溪头荠菜花。

——《鹧鸪天·代人赋》

1

英雄好汉出山东！这是天下人对侠胆义肠、疾恶如仇的山东人的评语，此语既含敬仰之情，也有褒奖之意。先说远的，春秋时的齐国战将田穰苴，赶在出征的誓师之际，下令斩了迟到的监军、齐王的舅弟；军事家孙武在后宫演练兵法时，下令斩了不遵守规矩的宫女；战败了的齐王田横，不甘忍受刘邦之辱，在去长安的路上拔剑自刎，他留在海岛上的五百名义士，齐声唱着《露韭歌》，集体挥刀殉节！近的就更多了，如辅佐李渊创建大唐王朝的秦琼、程咬金，以及本朝水泊梁山上的宋江、武松等英雄，都是山东人。

中原地区地域宽阔、人口众多。自从金兵入侵以后，各地民众不堪忍受金人的野蛮暴行，纷纷进行反抗。金兵虽然铁骑骁勇，毕竟难以应付。河南的造反还未平息，河北的百姓已揭竿而起，金兵刚刚镇压了城中的反抗，丧失土地的城外农民已包围了金人的屯田军！金兵顾此失彼，终日惶惶不安，就像他们居住的北国草原，一旦发生了野火，火势便如燎原之势，无法扑灭。

今天的山东，就像干柴碰上了火星，顿时间便会熊熊燃烧起来，而且会越烧越旺，火苗越烧越高！各地自发组成的反金复宋的义军，更是风起云涌，令金人如坐针毡，日夜惊恐不安。在众多反金复宋的义军中，活跃在山东的一支义军，尤为英猛。他们人数众多，战斗力强，攻城破邑，屡战屡胜，不但极大地鼓舞了南宋军民抗金的决心，也令金国的入侵者惊恐不安。金兵曾数次派兵前去围剿，皆被义军打得狼狈不堪，落荒而逃。这只义军的首领，就是令金兵闻之丧胆的耿京。

有一天，泰安城里正在悄悄传说一个大快人心的消息：

金兵的万户侯姜沸，听说北宋的户部侍郎王大友在金兵未来之前，已全家随同高宗逃往了临安。虽然他们族人未南迁，但族人的五百六十亩田产，却被姜沸以“无主官田”为由强行霸占，又雇佣一些失地的长工为他耕种，他不流一滴汗，一年就能收到万斤高粱米！

有一天夜里，他躺在床上睡得正香，忽然梦见高粱地里的高粱穗子，都变成了一支支燃烧的火把，无数火把铺天盖地地朝他扑过来！他以为是耿京的义军杀来了，吓得浑身哆嗦起来，眼看着就要丧身火海了，便推开窗子，纵身跳了出去……

姜沸的妻子推醒了他，忙问他怎么啦。姜沸将那个噩梦说了一遍，妻子说他多心了。两人又继续睡觉。

第二天一大早，长工们发现姜沸一动不动地躺在窗户下面，喉咙上插着一支又尖又硬的高粱秆！

万户侯姜沸被人用高粱秆戳死的消息，传遍了大街小巷，而这戳死姜沸的，据说就是耿京！于是，寻找耿京抗金的人越来越多，耿京的义军越战越勇，他的威名也越来越响。当地和外地的青壮年纷纷前来投奔，他的义军队伍像滚雪球似的，越滚越大，人数从最初的几十人迅速扩大到数千人。

耿京原本是个本分憨厚的庄稼汉，农忙时他下地犁地播种，锄草收割，冬闲时便拜师习武，舞刀弄枪。有时也听说书人说《秦琼卖马》《罗通扫北》等故事，日子过得虽不富足，倒也不愁温饱。谁知自金兵攻占了济南后，他和成千上万的山东人一样，平静的日子被金兵的暴行打乱了。

因金军的战线太长，兵源又严重不足，他们便以抓宋兵逃犯为名，到处抓丁拉夫，扩充兵源。

有一天，一队金兵窜到耿家村，想强抓村里的青壮年，谁知村里的青壮年们已闻讯逃进山里，金兵扑了空。

第二天，当青壮年们回到耿家村时，发现全村的房屋烧得没剩一间！在村头的槐树下，遭到金兵杀害的乡亲躺了一地，血水染红了旁边的水沟！

耿京费了好大的劲才找到了父母的遗体。他悲痛欲绝，安葬了双亲后，怀着一腔血海深仇，扛着打谷场上的一把三齿钢叉，腰里别着一把镰刀，领着村里七八个青年，连夜摸进了金兵的营地。

一个放哨的金兵正在门口打盹，耿京扑了过去，手举镰刀朝他挥去，他连哼都没哼一声，脖子就断了。

冲进兵营后，他们用手中的镢头、铁锹、锄刀等农具，对着睡梦中的金兵便是一顿猛砸乱剁。一个金兵头目刚刚逃出营房，耿京将手中的钢叉朝他身后扔过去，他再也没有爬起来。

天亮后，有人发现金兵的兵营已被烧成了一堆废墟，黑乎乎的墙上贴着一张告示：

杀狗金者，耿京爷也！

耿京的这张告示，让人想起了北宋时期的宋江，他杀了准备告发梁山好汉的阎婆惜后，曾在墙上写了五个字：杀人者宋江！

耿京的告示和宋江如出一辙。

自此以后，耿京之名，在齐鲁大地不胫而走。当地的百姓听了，奔走相告，金兵听了，胆战心惊。

又过了月余，耿京便拉起了一支抗金的义军。这只义军不但得到了百姓的拥戴，也受到了各界的支持。附近州县的青壮年纷纷前来投奔，人数很快超过了十万。耿京率领着这支义军一举攻陷了莱芜城，又乘胜前进，占领了泰安城。

耿京的为人，正如他的姓：耿直、爽快、豪放。对入侵的金兵，他恨之入骨；对朋友，他推心置腹；对百姓，他视若手足。但随着义军人数越来越多，所占地域越来越大，耿京心中便有了一种无形的压力：自己虽然将脑袋别在裤腰带上去冲锋陷阵，但毕竟不懂得怎样带兵、练兵，如何进退布阵。而且因为不识字，没读过兵书。随着形势的变化，义军下一步的目标是什么？自己的左膀副统帅张安国，虽然读过几年书，还在北宋时期的县衙里当过官员，他一不能领兵作战，二不能出谋划策，但他对自己忠贞不贰，另一位副统帅，自己的右臂贾瑞，虽然粗通文墨，也跟随自己打过几次胜仗，但若把义军的指挥大权托付给他，恐他难以挑起这副担子。这支队伍虽然兵多将广，但缺了一位善于谋略又能文能武的人才，倘若找到了这个人，这支义军就有了主心骨，才能战无不胜，将金兵驱赶出中原地区。

为了找到这个人，有一天，他突然领着四名贴身卫兵悄悄出了营地，一行五骑直奔东岳禅寺而去。

2

辛赞刚刚到了开封，便忙着与前任知府进行交接，交接完了之后，不是与府衙中的金人和汉人的官员见面，就是去核查官仓、户籍和盐税治所，接见各界绅士名流。城里的公事刚刚理出个头绪，又要忙着去巡视所属县邑，更重要的是去拜会驻扎在开封城外的金兵将军蓝鱼冻。蓝鱼冻已被金国的枢密院任命为了万户长。万户长是金国的世袭军职，统领所辖的千户长。金国的万户长又分为上万户长，有兵员七千人；中万户长，有兵员五千人；下万户长，有兵员三千人。蓝鱼冻属上万户长，他的七千金兵就驻扎在城外的汴河旁边。历城县的千户长僵大恩是他的舅弟。蓝鱼冻调任开封后，便将僵大恩也调到自己身边。这个从历城大牢里放出来的杀人犯，竟成了驻扎在开封城郊的千户长！

由于日夜忙于公务，辛赞无暇领着辛弃疾去游览当年大宋皇城的花园、御园，他吩咐辛文秋领着辛弃疾到处走走、看看。

辛弃疾听了，连忙说道："不可，不可，爷爷年纪大了，又日夜操劳，身边需有人照料。文秋叔留在爷爷身边最好。我呢，可一个人四处走走看看。"

于是，辛弃疾离开府衙，独自一人出门了。

"靖康之乱"以后，金人占领下的开封城，当年的繁华已经消退，但是仍然不失皇城的气魄。辛弃疾不喜欢闹市的喧哗，便沿着一条僻静的小街漫步而行。当他走到利仁坊时，看见路边有座废弃的宅子，门楣上写着"贤良宅"三字，"贤良宅"的门楼已经坍塌，门前已经长满了荒草，院子里有一棵古梅，不知是被火烧过，还是被雷击中过，树干已成了焦黑色。一位路过的老者告诉他说，这是李煜和女英当年住过的宅子。

辛弃疾听了，大吃一惊。他谢过老者之后，便迈步走进了半垮的大门，绕过照壁，便是一座有数亩大的院子，在一方尚存的粉墙上，有游人题写了李煜的那首《虞美人》：

春花秋月何时了？往事知多少。小楼昨夜又东风，故国不堪回首月明中。

雕栏玉砌应犹在，只是朱颜改。问君能有几多愁？恰似一江春水向东流。

就是这首《虞美人》，引起了大宋皇帝的不满，铸成了一场杀身大祸。

忽然，一只野狐从残破的窗口探出头来，也许它看见院中有人，便悄无声息地钻进窗下的草丛中去了。

李煜二十五岁成了南唐的国主，四十岁时成了宋太祖的阶下之囚，被封为"右千牛卫上将军、违命侯"，其实就是个被软禁的囚犯。他与小周后女英住在这座宋太祖赐给的贤良宅。在这里，他写下了很多凄婉幽怨的亡国之音，被人传唱的这首《虞美人》，终于惹恼了大宋的天子，在他四十二岁生日那天，他饮了宋太宗赐给他的一壶美酒，因酒中放了剧毒之药牵机，他饮后痛极而死！牵机药是中药马钱子，服用后破坏中枢神经系统，全身抽搐，头脚缩在一起，状如牵机，极其痛苦。李煜死后，葬于洛阳北邙山，小周后悲痛欲绝，不久也随之而死。

离开贤良宅后，辛弃疾仍然念念不忘这位亡国之君的命运。他寻思，若李煜不是国君，定然会是词坛上的泰斗。

他由李煜又联想起了宋徽宗。二人都是风流倜傥、多才多艺的帝王，却都成了亡国之君。难道这是上天对人间的一种警示？

3

由于政事繁忙，辛赞曾答应带辛弃疾去看看闻名遐迩的皇家园林，却总是抽不出身来，他歉意地对辛弃疾说：“幼安，爷爷真的是太忙了，唉！年岁大了，有些力不从心啊！”

辛弃疾：“爷爷，你忙你的吧，我已经是成年人了。对了，爷爷，听说万岁山已被金兵所毁，你说的那块十万余斤的太湖石，也被金人所毁，有的运往燕京，有的丢弃在河中了。我想去看看。”

辛赞：“去吧，去看看。万岁山因建在开封城的艮方，也就是东北方，所以也称艮岳。如今兵荒马乱，艮岳一带已经十分荒凉，常常有恶徒在那里为非作歹，你一个人前去，我有些……”

没等辛赞说完，辛弃疾说：“有几个毛贼怕什么，我正想练练拳脚呢，他们怕是近不了我的身，爷爷你放心好了！”

辛赞拍了拍辛弃疾的肩头，看着高出自己一头多的孙子，欣慰地笑着点了点头。

见爷爷点头了，次日一大早，辛弃疾就出门了。

万岁山其实是人工用土石堆积起来的小山，高约九十五步，山周却有四十余里，是仿效浙江余杭山修筑起来的。

万岁山修好后，宋徽宗曾率领群臣前往观瞻，并赐名太湖石为“昭功敷庆神运石”，还亲自用他的瘦金体题写了石名，又命人刻在石上。山上筑有众多楼阁，山下凿有多个池塘。满山都是名花嘉树，林间小路幽静曲折，麋鹿悠闲嬉戏。此山花了十年才建成，为建此山，不少工匠民夫死于非命，遗骸便埋进万岁山的底下了。

被称为六贼之一的朱勔，为了讨好宋徽宗，花重金从吕宋、天竺和西域等地买来了孔雀、鹦鹉、袖犬、短马、狮子狗等珍禽奇兽，并派七品专吏饲养。

宋徽宗不但喜爱书法，而且有丹青天分，他曾在万岁山上的行宫里绘过一幅《芙蓉锦鸡图》，画中有两枝芙蓉，一只锦鸡。芙蓉盛开，枝繁叶茂，双蝶飞舞，生动地勾勒出了锦鸡的动态和静物的呼应，笔法工细，设色艳丽。画上写有“宣和殿御制并书”，并盖上了“天下一人”之章。

因运来了太湖石有功，朱勔得到了宋徽宗的青睐，宋徽宗不但赐他玉带，还诏为“太傅，总治三省事”。

辛弃疾正在万岁山下的荒草中寻找遗落下来的太湖石碎块，忽然听到远处有人喊道：“救命啊！救命……”

辛弃疾回头一看，见山下的河岸有一个穿皂色短衫的男子，正在追赶一个年轻的女子，也许女子跑不动了，看到旁边有个水塘，便拼命向水塘跑去，原来她想投水！

救人要紧！辛弃疾想都没想，便从万岁山上飞奔而下，一把拉住了跳水的女子，转身斥责那个男子：“光天化日之下，你竟敢欺负一个弱女子！”

男子也不示弱，他一边捋起衣袖一边骂道：“你坏了爷的好事，看爷怎么收拾你！”说着就扑了过来。

辛弃疾猛一转身，顺势在那男子的后背一推，只听“扑通”一声，那男子摔了个嘴啃泥！

只一交手，辛弃疾知道此人不过是花拳绣腿、虚张声势的混混。辛弃疾后退了一步，向刚爬起来的男子说：“此招不算，我让你三招！三招之后我就不客气了。”

那男子心中胆怯，知道今天碰到了高手。他变了语气，低声问道：“请问壮士是……”

辛弃疾：“本人姓辛，名弃疾。不多说了，你动手吧！”

男子站在那里，迟疑起来。

就在这时，忽然听到有人喊道：“少爷！”

辛弃疾回头一看，他看见辛文秋气喘吁吁地跑过来了，说道：“少爷，老爷让你速速回去，他正在府衙等你。”

听了辛文秋的话，辛弃疾知道爷爷有要事找他。他对怔在一旁的男子说道：“还想过招吗？去开封府找我！”

男子听了，以为要带他去府衙，吓得连忙跪下，连声说道：“在下瞎了眼，该打！该打！”

他自己打了自己耳光。

辛弃疾瞪了他一眼：“要是让我再碰到你，绝不轻饶你，快滚吧！”

那男子听了，头也不回地溜走了。

4

被辛弃疾救下来的女子，只有十五六岁，她脚穿麻线芒鞋，身穿一件灰色道袍，原来是一位小黄冠。她双手合十，连忙向辛弃疾施礼：“谢谢少爷出手相救！”

辛弃疾说道：“在下辛弃疾，请问小师父，你在哪家宝刹出家？”

小黄冠指着远处的一座破旧的古刹说道：“在瑶华宫。”

瑶华宫？那不是孟皇后出家的道观吗？

孟后是宋哲宗的皇后，她知书达理，又有女仪风范，被宋哲宗封为了皇后。

宫中的刘婕妤，心胸狭窄，又越后宫之礼，还想与孟后争位，常在哲宗面前哭闹，还说孟后用道家的符水治病，犯了后宫禁忌，以此来中伤孟后。曾惇等权臣为了巴结刘婕妤，便上书哲宗，要求废除孟后，另立刘婕妤为后。孟后被废后，被逐出了后宫，赶到了这座瑶华宫。

哲宗驾崩后，太后下令，又将孟后迎进宫中，被诏为元祐皇后，太后驾崩后，她又被废，再次住进了这座古刹，法名为华阳教主。

孟后未诞子女，有一天，她看到宫外的台阶上有只筐子，筐子上还盖着一床薄被。她揭开被子一看，竟是一个被人放在筐子里的弃婴！孟后将弃婴抱进来，因被弃的女婴是在杏花盛开时节捡到的，孟后便给她取名为杏花，二人相依为命。

十三年前，杏花三岁时，发生了“靖康之乱”，金兵攻陷了开封城后，按照大宋宗亲府的名册，将皇室成员全部拘禁起来，押送去了金国的大漠。孟后因祸得福，因被废的皇后不在名册上，所以逃过了一劫。高宗南渡以后，是她悄悄携带大宋国的玉玺逃到江南，交给了宋高宗，这才正式建立了南宋王朝，她被尊为裕隆太后。她虽然命运坎坷，忍辱负重，被大宋皇室除名，但却为大宋立下了不朽之功！

在护送杏花回瑶华宫的路上，辛弃疾问道：“孟后走了以后，你一个人住在宫中？”

杏花：“宫中还有云中子师父，她出家前是一个宫女。”

辛弃疾：“你打算今后去哪里？”

“我哪里都不去，我就守在瑶华宫里。”杏花幽幽地说，“我在这里等孟后回来，她会回来的。”说着，她的眼眶红了。

走到瑶华宫门口时，辛弃疾和辛文秋告别了杏花。

走出半里路远了，辛弃疾回头看了看，见杏花仍然站在一抹斜阳下，不住地摇着手……

5

刚刚回到家中，辛弃疾见爷爷正站在院子里等他，他便随着爷爷进了书房。

辛赞指了指书案旁边的一张椅子，待他坐下后，说道：“幼安啊，金主已经下诏，不论金人还是汉人官吏子弟中的举子，均应参加一年一度的燕京科考，各州府已经接到了诏令，不许怠慢此事。爷爷知道你对金国的科考了无兴趣，但是爷爷身为开封知府，不敢违抗这个诏令。”

辛弃疾听了，没有说话。

辛赞又说：“还有，金国一直图谋渡江南下，攻打建业和临安，又要守住已占领的中原，无奈兵力不足，必会强行征召汉人子弟补充兵员，对此，爷爷也有些担心。”

辛弃疾仍不说话。

辛赞接着说：“幼安，你的心事爷爷知道。你不是读过《孙子兵法》吗？你不是敬仰那些在疆场上出生入死、建功立业的英雄吗？”

辛弃疾点了点头。从五六岁开始，爷爷就有意让他习文练武，《孙子兵法》中的十四篇文章，他早已背得滚瓜烂熟了，唯一缺少的是实战经验。他不知道爷爷这个时候提这做什么。

“我知道你立志领兵抗金，想收复大宋失地，你刻苦习武从不懈怠。兵书上说‘知彼知己，百战不殆’，在一场战争中，军形篇、九变篇、兵势篇和地形篇尤其重要。你还记得，鲁峰师父在大漠逃回来的路上，将沿途的山川、地形、渡口、营寨、关卡、城邑、路径都绘在了一张锦帛上，藏在袈裟的夹层中。这幅地形图将对大宋收复中原有着不可估量的作用。”辛赞眼中满含期待。

辛弃疾终于懂得了爷爷的心，也理解了爷爷在金国为官的目的。他站起来，走到爷爷身边，伏在爷爷的膝盖上。

辛赞摸了摸辛弃疾的头，叹口气说：“爷爷老了，以后只有靠你来完成爷爷的心愿了。”

辛弃疾握着爷爷干枯的手说：“爷爷，孙儿愿意去燕京应试，定不会让你失望！”

听了辛弃疾的话，辛赞紧紧锁着的眉头展开了。他望着孙儿那张年轻刚毅的脸庞，苍老的脸上露出了笑容。

6

第二次的燕京之行，辛弃疾仍与学长党怀英结伴而行。

与第一次前往燕京赴试一样，辛弃疾骑在马上，东看看、西瞅瞅，显得格外兴奋。党怀英还是像当年一样，他的人虽然坐在马背上，白天嘴里背着四书五经，到了晚上住店，总是守着一盏油灯读到子夜，有时甚至整夜不眠，大有金榜不题名绝不罢休的雄心壮志。

当他们走到河南与河北交界的东流村时，正是午时，二人在唯一的一家面食店吃饭时，一位老人指着店外的石磙对一老妇人说：“当年大宋的两位皇帝徽宗和钦宗，被金兵押往金国时，曾路过这里。我看见徽宗坐在那个石磙上，一边啃着又冷又硬的馍馍，一边悄悄地流泪。”

那老妇人叹了口气，说道：“早知今日，何必当初？作孽呀！”

坐在一旁的辛弃疾听了，连忙从马鞍上取出笔墨，走到面食店的粉墙跟前，稍一思忖，便提笔写了一首《念奴娇》。这是他写的第一首词，这首词抒发了他对大宋社稷的一种哀愁。

当他刚刚写完，党怀英看到词中写有两句：

旧恨春江流不断

新恨云山千叠！

党怀英担心此词会招来灾祸，连忙拉着辛弃疾匆匆离开了面食馆，二人又匆匆上路了。

策试考过之后，各地来的举子们天天盼着皇榜公布的那一天。辛弃疾和党怀英一大早就出了举子们居住的会馆，前去看榜时，二人均名落孙山！

看榜回来后，党怀英像霜打的茄子，软不拉耷的，像掉了魂一般。回到会馆后，不是忙着去结交已经中第的新秀，就是拜访在金国任职的汉人官员。有一天，他交结了山西的汪大明。汪大明说，他的连襟在太原设有书馆，邀请他去大同执教。党怀英觉得自己已经落榜，无颜再回济南，便当机立断，决定跟随汪大明前往大同。

党怀英离开燕京的那一天，辛弃疾特意设酒为他送行，二人分手后，“辛党”二人再也没有见过面。

后来，党怀英在北方四处游学，游览了金国各地风光，结交了不少的文朋诗友，终于中了金国进士，仕途一帆风顺，被金国诏任翰林学士承旨，成为金国著名的学者，身后还留下了颇丰的作品。他虽然在金国为官，但他真正兑现了他的诺言，终身只文不武，绝不在战场上与南宋对抗。

不过，这都是后话。

离开燕京之后，辛弃疾按照辛赞的叮嘱，他绕道去了邯郸、沧州、菏泽、焦作、徐州等地，经商丘回到开封。

刚到开封城门，辛弃疾就看见城门上贴着一张“缉拿钦犯耿京”的告示，告示上列举了耿京聚众谋反、抗拒屯田、杀害金兵等八项罪状。还有凡举报有功者重奖，藏匿者同罪等语。旁边贴着一张耿京的画像。

因在金国的关卡、要道上到处都贴有这种告示，辛弃疾并不感兴趣，他只匆匆瞄了一眼，便牵马进了城。

回到家之后，他连续数天将自己关在书房，整理在游历过程中画下的城邑、关卡、军营、道路等，很快就绘成了一幅详尽的地形图。他将地形图双手递到爷爷手中。辛赞看了，连声说：“好！好！好！很详细，你没有辜负爷爷对你的期望。”

辛赞伸出手，拍了拍辛弃疾：“你辛苦了这多时日，现在可以好好歇息歇息了。”

说完，便轻轻带上门，去府衙办公事去了。

7

天刚亮，开封城的城门便按时开启了。那些卖柴、卖菜的人经过金兵的查验之后，

便成群结队地进了城门，涌进了开封的大街小巷。

在进城的人群当中，有一辆载着石块的马车，赶车人是一位三十多岁的汉子。他一边赶车，一边大声吆喝："谁要石敢当？真正的泰山石敢当！"

城里人听了，都觉得十分新鲜，石敢当？什么是石敢当？有何用处？

那汉子接着喊道："石敢当，泰山的石敢当，能辟邪驱妖，可庇护全家老少免灾去祸！"

人们听了，更加好奇了，为了亲眼见到"石敢当"，便纷纷围拢过去。谁知道到了跟前一看，原来车上装的都是一些二尺见方的青石块，石块上还刻着五个大字：泰山石敢当。

汉子顺手从车上拿起两块石敢当，轻轻一敲，石块发出清脆的响声。

凭这块石头就能辟邪驱妖？是唬人的还是骗人的？

那汉子见马车周围聚拢了一大群人，便双手抱拳施礼，说道："在下姓武，名平，是泰山东乡人氏，家中历代都是石匠。这泰山的石敢当，是敝人用钢凿凿下来的。若将此石砌在自家的屋墙上，不但家中无病无灾，此石还可以传给后世，保佑全家安宁。"

正说着，一位路过的老者听了，伸手摸了摸车上的石敢当，点着头说："对！对！我曾在齐鲁一带经商过，亲眼看见有些人家的山墙上，砌着一块这样的'泰山石敢当'，我还听过'石敢当'的传说呢！"

老者的话，引起了众人的好奇，纷纷问道："是个什么传说？"

"说来听听！"

"对，说来听听！"

……

老者笑着说道："还是请这位石匠师傅说吧！"

武平听了，显得有些羞涩，他见人们都嚷着让他快讲，便笑着说道："在下手拙嘴笨，不善言辞，诸位真的要听，在下愿意从命。"说到这里时，他顿了顿，接着说道，"泰山石敢当的故事，也是上辈子传下来的。"接着，他便讲了一个流传在泰山附近的故事——

早年间，泰山有个村庄叫石家村。村中有个叫石敢当的后生，因为家境贫困，自小便以砍柴为生。不论春夏秋冬，也不管刮风下雨，常年在山上摸爬滚打，磨炼了一副铁骨铮铮的身子板，百斤重的一捆山柴，他能双肩挑两担，在山路上行走如飞。他还练就了一双铁手，锄头柄粗的树枝，他一掰就断！他不但力大无穷，还为人仗义，敢做敢当。

有一天，他在东岳庙会上卖柴时，看到几个无赖在大庭广众面前调戏一个村女，他抽出挑柴的扁担，朝着无赖们抡去，几个无赖们应声倒地，爬起来落荒而逃，自此，他便出名了。

有年冬天，山中出了一个妖精，常常出来迷人、害人，凡是被妖精迷住了的，不死即病。有位老员外的独生女儿被妖精缠上了，整天疯疯癫癫，胡言乱语，闹得家中日夜不宁，惶恐不安，若不除妖，将性命难保。

于是老员外便贴出告示：凡是能降服妖精，救他女儿者，家产分他一半，并将女儿许配给他。

石敢当得知后，连忙去了员外家。他问清了小姐发病的时间、地点后，便让小姐搬出了闺房，他换上小姐的衣衫、手执一把黄铜手炉，坐在闺房的床上。到了三更时分，随着一阵阴风，妖精破门而入。妖精刚刚掀开帐子，石敢当猛地用手炉扣住了妖精，只听“哎哟”一声，妖精化作一阵青烟逃遁了！

石敢当制服妖精后，老员外不但设宴庆贺，还忙着将一半家产分给他，并张罗着让女儿嫁给石敢当。

但是，石敢当婉拒了。

江南有户人家的女儿被妖精迷住了，难以解脱。那妖精扬扬得意地说：“天不怕，地不怕，就怕石敢当的火龙爪！”

那户人家得知只有石敢当能制服妖精后，便派人到了泰山，请石敢当前去捉拿妖精。

石敢当刚刚到了那户人家，迷住女儿的妖精便闻风而逃了。

自此以后，石敢当的名声越传越远，前来求救的人让他应接不暇。于是，他便请石匠在泰山石上刻上“泰山石敢当”五个大字，让求救的人搬回去砌在墙上，果然灵验，妖精再也不敢出来作祟了。

故事刚刚讲完，人们便纷纷争着要买“石敢当”。

有人问：“请问壮士，你这‘石敢当’多少钱一块？”

武平：“半斗米钱。”

众人以为“泰山石敢当”既然如此神奇，价格肯定高，没想到半斗米钱可以搬回去一块。于是，众人你一块，我一块，不一会，车上的“泰山石敢当”都被人买光了。

“泰山石敢当”的传说固然神奇、动人，但众人还有个心照不宣的心结：在金人占领的开封城里，金兵欺压百姓，无恶不作，而歹徒又趁乱爬墙越壁，打家劫舍，家家户户都惶惶不安，提心吊胆，若家中有了“泰山石敢当”，就能辟邪免灾，逢凶化吉。

晚上，辛弃疾坐在书房里读李清照的《词论》。李清照在《词论》中，首先由歌者李八郎说到词的出现，以及词与诗的不同之处，然后笔锋一转，评述了自唐、五代以来的词家。她认为，李后主父子之词文雅艳丽，但都过于哀伤，属“亡国之音”；柳永虽在格律上有所突破，其词可以入乐演唱，但格调不高；张先、宋祁等人虽有妙语，却难成泰斗；晏殊、欧阳修、苏轼、秦少游、黄庭坚虽有才华，但逊于格律，难以入歌。她甚至批评王安石、曾巩的文字虽好，但不擅长写词。晏几道的词不善铺设，贺铸的词缺少典故，秦观的词虽然精妙，但用典不当，像一个贫女而身着贵妇服饰。黄庭坚虽然词中有典，但常有不周之处而影响词的价值。

李清照还认为，诗和词应该严格分开，词不但要按照平仄来写，还要讲究五音、五声、六律，应能谱上曲。不同的词牌要有不同的音律，若不讲究音律，就唱不成调子。

辛弃疾钦佩女词人的胆识和坦然，《词论》中提到的这些词人，有的是她的长辈、师长，有的是词坛上的泰斗大家，但她敢于说直话、真话，不畏别人说她狂妄、无知，这是一种气魄。辛弃疾认为，若论词坛上的女词人，第一名非李清照莫属！

随着轻轻的叩门声，辛文秋推门进了书房，说道："少爷，有客人来访，老爷请你去。"

辛弃疾问道："哪里来的客人？"

辛文秋："是山东老家来的客人。"

辛弃疾听了，连忙放下手中的《词论》，随他去了客厅。

客人就是在开封大街上叫卖"泰山石敢当"的武平。

辛赞指着辛弃疾说："他就是我孙子幼安。"

武平施礼："辛少爷好！"

辛赞又指着武平说道："我们的同乡武平，带来了鲁峰师父的亲笔信。"

辛弃疾连忙向武平施礼："请受幼安一拜！"

武平连忙拉住了他。

原来，山东各地已纷纷拉起了抗金复宋的义军，义军一方面保护自己的父老乡亲，一方面抗击金兵的侵扰，如今风头正威。历城县四风闸的辛氏家族，已有一支三百多人的义军，近来参加的人数越来越多，数十里之外村庄的青壮年，也纷纷前来投奔，这支义军现在已经超过了千人。义军虽然作战勇敢，还打了几个胜仗，但缺少懂军事、会指挥的当家人才，于是他们去请教了泰山东岳禅寺的鲁峰师父。鲁峰师父派武平以卖"泰山石敢当"的名义，来到了开封，将辛氏家族的请求，告诉了辛赞和辛弃疾。

辛弃疾听了以后，心中十分激动。他想，自己日思夜盼的抗金机会，终于来了！这么多年来，从《孙子兵法》中学到的战略战术，终于派上用场了。

他连忙问辛赞："爷爷，我何时回历城四风闸？"

辛赞听了，摇了摇头："先不要急着回四风闸，你要先去东岳禅寺。"

"去东岳禅寺？去那里干什么？"辛弃疾不解地问。

辛赞："鲁峰师父在东岳禅寺等你，你要在那里住些日子。你可愿意？"

辛弃疾："只要是抗金复宋，我愿意。"

辛赞点了点头："明天你就启程回山东。"顿了顿，他又说："不过，路上要小心，不可逗留，更不要惹是生非，记住了吗？"

辛弃疾连忙答应："孙儿都记在心里了！"

当天晚上，辛赞将辛弃疾叫到书房，祖孙二人一直谈到了子夜。

第二天一早，辛弃疾怀着抗金复宋、干出一番轰轰烈烈功业的雄心壮志，随着辛文秋出了开封城，直奔泰山而去。

第五章

头一次纵马夜奔，就被手持板斧的黑影拦在了桥头！好心救下了戒规的僧人，却为自己埋下了祸根。

壮岁旌旗拥万夫，锦襜突骑渡江初。燕兵夜娖银胡𩨒，汉箭朝飞金仆姑。
追往事，叹今吾，春风不染白髭须。却将万字平戎策，换得东家种树书。
——《鹧鸪天·有客慨然谈功名，因追念少年时事，戏作》

1

通往泰山的山路，崎岖难行。一路上，辛弃疾大步走着，原打算在天黑之前能赶到泰山的南天门，去看第二天日出，谁知从清晨一直走到太阳西沉，才到了泰山脚下。他擦了擦额上的汗水，抬头眺望，只能看到泰山的远影。

昨日，他随辛文秋回到历城的四风闸时，已是亥时。他见父亲大病初愈，便放心了。又听父亲说，辛氏家族的子弟，已拉起了一支义军，保护着四风闸父老乡亲的安全，心中非常兴奋。他本想去看看这些义军，但父亲却说："幼安啊，四风闸义军的事，你暂时不必分神，眼下最要紧的，是速速去泰山东岳禅寺，鲁峰师父正等着你呢！切记，去泰山，走东路！"

父亲的话，也正是他离开开封时，爷爷对他的嘱咐。于是，他让辛文秋留下来照料父亲，自己前往泰山，去拜见鲁峰师父。

自古以来，登泰山的路径就有很多，但父亲为他选的这条东路，是最近的也是最好走的一条山路，没想到竟是这样难走！看来，在太阳落山之前是登不上南天门了，不过，可借着天上的星星，去爬泰山的"好汉坡"。于是他在路边的小溪旁，用双手捧着清凉的溪水喝了个够，又匆匆上路了。

泰山是华夏的五岳之首。《诗经·鲁颂》上说："泰山岩岩，鲁邦所瞻。"孟子说："孔子登泰山而小天下。"汉武帝登封泰山后称赞说："高矣，极矣，大矣，特矣，壮矣，赫矣，骇矣，惑矣。"杜甫虽没能登上泰山，却留下了"会当凌绝顶，一览众山小"的感慨，在泰山大大小小、高高低低的山峰中，还有数不清的佛寺道观，有许多高僧大德在里边悟禅修道。

古人认为：“天以高为尊，地以厚为德。”“天高不可及于泰山。”于是，泰山便成了天的象征。从此，历代的帝王国君，都千里迢迢前来举行“封禅大典”。

辛弃疾边走边想：若今后有了机会，一定要登上泰山的“天街”和“玉皇顶”，去欣赏“一览众山小”的风光。

第二天一大早，辛弃疾在一位采药老者的指点下，终于在东麓的峡谷中找到了东岳禅寺，不过，他见禅寺的大门紧紧关闭着，只有一个十二三岁的小沙弥坐在台阶上打盹。辛弃疾连忙走过去，问道：“请问小师父，鲁峰师父可在寺中？”

小沙弥睁开眼，朝他打量了一会儿，笑眯眯地问道：“你可是——辛少爷？”

辛弃疾连忙答道：“在下正是辛弃疾，前来拜会鲁峰师父。”

小沙弥说：“师父云游去了，不在寺中。”

辛弃疾：“师父去了哪里？”

小沙弥摇了摇头。

辛弃疾又问：“师父何时才能回来？”

小沙弥摇着头说：“那可说不定。有时三五天，有时三五个月，说不定明年才回来呢！”

辛弃疾听了，觉得被一盆凉水猛地浇了一身！更令他不解的是，明明是鲁峰师父托人捎信让他来的，为何自己来了，他却走了呢？

小沙弥望着他失魂落魄的样子，偷偷笑了，他说：“不过师父临出门时，给辛少爷留下了功课。”

辛弃疾连忙问道：“功课？是念经吗？”

小沙弥摇摇头，他向寺前一指，说道：“师父说了，辛少爷的功课，就是拔干净山门前的这些野草。”

辛弃疾听了，不由得笑了起来。心想：拔野草有什么难的？他放下行李，刚要去拔草，小沙弥又开口了：“师父交代过，拔草不许用锄头、镰刀，要用手拔。那些长在石头缝里的野草，要用拇指和食指连根拔出来。”说完，便转身进了东岳禅寺。

辛弃疾听了，便蹲在地上拔起了野草。

不一会，小沙弥又出来了，他左手端着一瓢凉水，右手拿着一卷高粱煎饼，说道：“辛少爷，你要是渴了，这里有泉水，饿了，这里还有煎饼。”

辛弃疾听了，说道：“我不饿，也不渴。”说完，又低下头拔草。

小沙弥朝他做了个鬼脸，说道：“师父还说过，少爷要是吃不了拔草的苦，就下山回家。”

辛弃疾听了，知道这是鲁峰师父的激将法，他再也没有理会小沙弥，专心致志地做着鲁峰师父交代的功课！拔着长在石头缝里的那些野草。

2

三天后，东岳禅寺门前的野草，便被辛弃疾拔得一干二净了。他对小沙弥说：“在下的功课做完了，可以拜见师父了吧？”

谁知小沙弥摇着头说：“师父已带来了口信，初更时，让辛少爷骑上马，去祁山的佛祖寺，在如来菩萨面前点燃三炷香，五更时分要准时赶回来！”

这有什么难的！不也就是百十里路的路程吗？再说，骑马奔跑，对辛弃疾来说，并非难事。他曾和党怀英赴金国燕京科考会试，往返数千里，骑在马上，从未有过什么闪失，这区区百里路程还能难倒自己？于是，辛弃疾随着小沙弥进了东岳禅寺，在马厩里挑选了一匹黄骠马。刚要走，小沙弥又将他拦住：“辛少爷，这条路上不但有野狼，还有拦路打劫的，你带上它。”说着，递给他一把剑。

辛弃疾心想：这个小沙弥想得还很周到呢！接过剑后，辛弃疾跳上马背，双腿一夹，黄骠马便沿着一条小路飞奔而去。

刚刚过了二更，辛弃疾便赶到佛祖寺，没等到他开口，一位值更的和尚问：“施主可是辛少爷？”

辛弃疾听了，连连点头：“在下就是辛幼安。”

值更和尚听了，连忙从香笼里取出了三炷香，递给了辛弃疾。辛弃疾点燃后，恭恭敬敬地插在了大殿的香炉里。谢过值更和尚后，他便策马离开了佛祖寺。

在回程的路上，他心里暗自高兴，因为一路上十分顺利，约莫四更他便可以回到东岳禅寺。由于心中高兴，他猛地抽了坐骑一鞭子，黄骠马便四蹄生风，奔跑如飞了。

当他路过一座小石桥时，忽见桥头立着一个黑影，黑影手里还握着一把长柄斧头。因是夜间，头顶上虽有星星，但依然看不清黑影的面目，不过他知道，自己遇到了拦路打劫的绿林了。

黑影向前跨了一步，瓮声瓮气地说道：“守桥太岁在此！拿出银子，放你过去！”

辛弃疾连忙勒住马头，问道：“若没有银子呢？”

黑影嘿嘿笑了两声，他挥了挥手中的板斧，冷笑着说道：“那就看看俺的斧头答应不答应了！”

在此之前，辛弃疾已经听说过，自金兵入侵后，山东一带绿林们便占山为王，他们中有的是官逼民反，劫富济贫，也有不法之徒混迹其中，趁机拦路打劫，他没想到自己竟然遇到了！

辛弃疾笑着说道：“在下是过路之人，身上没带银两，请让在下过桥，不胜感激。”

黑影恶狠狠地说道：“若无银子，留下你的坐骑也中。”

辛弃疾：“我若不答应呢？”

黑影听了，二话不说，挥舞着板斧扑了过来。

辛弃疾并未躲闪，也没下马，他见黑影扑了过来，猛勒马头，躲到了一边，当黑影转身再次向他扑来时，他唰地抽出利剑，一阵连刺带劈，黑影边躲避，边后退，不想一脚踏空，掉进桥下的激流中了。

辛弃疾站在桥头，待黑影从激流中站起了身子，便用剑尖指着他说：“你在水里，我在桥上，若再动手，有失公道，你上来吧，我们在桥上较量。”

那黑影见辛弃疾身手不凡，知道自己不是他的对手，便连连告饶：“好汉饶命，好汉饶命！在下上有八十岁的老母，下有三岁幼儿，家中已经无米下锅了，才想着干此勾当……在下再也不敢了！”说着，站在齐腰深的水中不停地作揖。

辛弃疾望着激流中的黑影，不屑一顾地“哼”了一声，也不和他多纠缠，便翻身上马，继续赶路。

当他回到东岳禅寺时，天已大亮。他身上的衣衫早已被汗水湿透，浑身也像散了骨头架一般。谁知站在禅寺门前的小沙弥看着辛弃疾，连连摇手说道：“五更已过，辛少爷回来迟了，这次不算，今晚再去一趟。”

辛弃疾心中不服，若半路上没遇到拦路打劫的黑影，自己四更之前准能赶回来。但不服不行，自己回来确实是已经过了五更。

辛弃疾在寺中的木床上整整睡了一天，当暮色四垂时，小沙弥将他摇醒，让他前往长清县城，将二斗黄豆交给孙家豆腐坊，换成豆腐干带回来……

十来天的时间，辛弃疾已十余次单骑前往泰山附近的城镇。就在第十六天时，他牵着黄骠马，在寺前等候小沙弥交代鲁峰师父留下的功课时，小沙弥笑眯眯地说：“少爷的功课已经做完了，师父正在藏经阁里等候少爷。”

辛弃疾一听，问道：“师父回来了？”

小沙弥没有回答，只说：“请辛少爷随我去见师父吧！”说完，便在前面引路，辛弃疾跟在他的身后，二人径直去了古刹别院的藏经楼。

3

自从荣广方丈圆寂之后，鲁峰师父便来到东岳禅寺挂锡。

虽然东岳禅寺坐落在泰山的深山之中，但是香火十分旺盛，前来敬香的香客，有为年迈的父母祈福增寿的年轻人，也有为晚辈许愿、以延续血脉的长辈，还有虔诚的信徒，前来求菩萨指点迷津。更多的是因战乱而无家可归的逃难者，他们只为能临时栖身，求碗饭吃，这其中也有被金兵追杀的义军士兵。

鲁峰师父对来者一概不拒，还将避乱的义军士兵和对金国有深仇大恨的青壮年收留

寺中，传授武艺，教会他们使用兵器、兵法等。待人数超过了百人，便将他们送到耿京那里，先后已有千余人加入耿京的义军。

他不但支持耿京不断扩充实力，还将从各地收集到的消息转给耿京，以供他指挥义军作战时参考。不仅如此，他还是耿京的军师，二人常常在藏经阁闭门密谈，直到次日拂晓，耿京才离寺回营。

自攻下莱芜和泰安之后，兰州人贾瑞，便率领一支五百余人的义军归附了耿京。贾瑞曾经读过几年书，人也聪明，还懂得一些谋略。他发现山东东平府的金兵力量薄弱，建议抓住这个时机前去攻打，胜算很大。耿京听了他的建议后，便率兵前往，所到之处，金兵闻风而逃，一路上，民众纷纷投奔他的义军，他一鼓作气地攻占了东平府，打出了义军的威风，也获得了百姓的爱戴。义军的兵力一下就扩大到二十余万人，成了山东地区最大的一支反金复宋的义军队伍。

义军扩大以后，贾瑞又向耿京上书，建议他以大宋的官吏制度，命名自己为“太平军节度使”，还派人到河北大名府与义军首领王友直、沧州义军首领魏胜取得了联系。他们都表示，愿意听从耿京的调度和节制。于是，耿京便以太平军节度使的名义，任命贾瑞为太平军节度使的都提领。

贾瑞虽然是耿京最得力的左膀，但他也有自知之明。在一县一邑与金兵周旋，自己尚能应付，今后与外省的义军配合作战，他就感到力不从心了，至于如何练兵、治军，如何指挥义军与金兵决战等，就更难以胜任了。他把自己的想法告诉了耿京，耿京也有此同感，于是，耿京连夜去了泰山的东岳禅寺，向鲁峰讨教。

耿军回到义军的营地后，便兴冲冲地向贾瑞说：“鲁峰师父已经答应了，三个月之内，他将为我们义军送来一位文武双全的帅才。”

鲁峰师父说的这位帅才，此刻正坐在藏经阁里，听鲁峰师父向他面授机宜。

4

自从辛弃疾进了藏经阁之后，阁门就紧紧关闭了，小沙弥便一直守候在阁外，不经师父允许，谁也不许叩门打扰。

藏经阁是东岳禅寺最为隐秘的地方，阁中除了几尊象牙、沉香木雕刻的佛祖之外，还有不肯轻易示人的众多佛经。其中有数卷施主用缝衣针刺破手指，以血代墨写成的《孝经》和《般若波罗蜜多心经》等经书。

辛弃疾坐在蒲团上，对面坐着鲁峰师父。他有些不解，这就是当年吃尽了千辛万苦，从大漠深处逃到谯县，在自己家避乱一百多天，又与辛文秋换了衣服，打扮成赶车人，将自己送到了章丘的鲁峰师父？此刻，坐在他对面的鲁峰师父，慈眉善目，白须垂胸，一双眼睛明亮犀利，似乎能看透人心，声音却依然是当年的语调：“老衲知道贤侄的志向，贤侄一心想加入义军，与金兵决一雌雄，收复失地，恢复大宋，可钦可佩。辛赞大人也将你托付于老衲，贤侄离开开封到了泰山。古人云‘天降大任于斯人也，必先苦其心志，劳其筋骨，饿其体肤，空乏其身，行拂乱其所为，所以动心忍性，曾益其所不能’。你尚缺乏历练，仅凭一腔热血豪情，难成大事。”

辛弃疾听了，不住地点头。

鲁峰师父又说：“你若此时去投奔耿京，虽然文武双全，因无战功，想进入高层，难以服众。”

辛弃疾：“我可先回四风闸，率领辛氏义军抗击金兵，守护乡梓，不知大师意下如何？”

鲁峰听了，摇了摇头：“虽然四风闸的义军大都是辛氏族人，但他们一是缺少作战兵器，二是缺乏训练，你去了四风闸，用什么武装他们，你说的话他们听吗？”

辛弃疾听了，一下子泄了气。鲁峰师父既不同意他去投奔耿京的义军，也不同意他回四风闸参加族人的义军，难道看到金兵的铁蹄肆意践踏中原，民族存亡就在自己跟前时，自己能无所作为？

大约鲁峰师父猜到了他的心事，沉默了一会才说：“你不妨先在我寺里住些日子，读读兵书，练习武艺。至于你何时去投奔义军，投奔哪支义军，要审时度势，顺理成章。到时老衲自然会告诉你的。”

辛弃疾：“我住在寺中？”

鲁峰：“学习历代兵法，不但要学布兵摆阵之法，还要学会练兵、治军、进退、车马粮草之法，仅仅有一身武艺是不够的。白天，你读兵书，入夜之后，就在寺中跟我一起练习剑法。那柄鱼肠剑，我已经让工匠特地打造了剑柄，配上了剑鞘。我传授几套自创的东岳剑法，你可愿意学一学？”

辛弃疾听了，连忙说道：“愿意，幼安愿意！”

鲁峰站起来，从壁上摘下一柄剑，从剑鞘里抽出剑来，辛弃疾看到，剑刃上闪过一道寒光。

这就是鲁峰在大漠中剥下野狼皮、讨饭时藏在打狗棒中的鱼肠古剑，佩上剑柄后，显得更加古朴、庄重，还有一种神秘感。

5

就在辛弃疾和鲁峰师父在藏经阁里侃侃而谈时，一个一脸络腮胡子，脸上还有些伤疤的中年和尚，悄悄走到藏经阁的门口，刚刚要叩门，便被小沙弥拦住了：“师父正在

和辛少爷谈事，无事不可打扰。”

络腮胡子问道：“辛少爷？哪里来的辛少爷？”

小沙弥：“从开封来的辛少爷。”

络腮胡子对辛少爷不感兴趣，他将小沙弥拉到一边，在他耳边说了一阵子。小沙弥连忙说道：“不可，不可！我不敢进去打扰师父。”

络腮胡子：“若许我下山，回来后，我给你捎只羊腿。”

小沙弥瞪了他一眼，说道：“你是出家人，喝酒吃肉，六根不净；若师父知道了，非罚你不可！”

络腮胡子嬉皮笑脸地说道：“机不可失，时不再来。你跟师父说，我下山化缘去了。”说完，便转身离开了。

络腮胡子叫彭元，当年他是沂源县的一个无业游民，由于赌博成瘾，打牌九时输了钱，还不起赌债，便偷偷撬开了邻家的房门，正在盗窃财物时，被赶集回来的邻居逮了个正着，便将他扭送到了县衙。县衙以犯盗窃罪将他关进了大牢。谁知不久，金兵来犯，县衙的官员们纷纷外逃了，大牢无人看管，彭元便弄断了大牢的大栅栏，领着几十个犯人逃出了大牢，趁着街上混乱时，抢了几家商铺。不少人把他们当成抗金的义军，便纷纷前来投奔，不几天工夫，他就拉起了一支百余人的义军，他成了义军的首领。

有一天，彭元带人到邻县抢劫一家当铺时，谁知与金兵不期而遇。他看到金兵人数众多，又都训练有素，便管不了自己的部下，丢下抢来的财物，拼命逃窜。谁知金兵在后面穷追不舍，他像一只无头苍蝇，一头钻进了一户人家。这户人家有个病人，一位年逾古稀的和尚正在为病人号脉。他连声喊道：“金兵来了，救救我！”

说话间，金兵已追到了村头。他们满大街地吆喝着、搜查着。彭元连忙跪在和尚跟前，恳求道：“师父您行行好，救我一命吧！”

老和尚看了他一眼，问道：“救你一命，可以，不过，你要破相。”

彭元拖着哭腔说道：“只要能保住命，破相就破相。”

和尚向土炕上一指，让他仰面躺下，紧闭上双眼，又在锅台上倒了半盆子煮开了的小米粥，猛地朝他脸上泼去！

彭元疼得惨叫了一声，便昏死过去了。

不一会，一对金兵闯进屋里搜查时，看到土炕上躺着一个蒙着被子的男子，正想要问，老和尚朝他们摇了摇手，说道：“痘疮，他得了痘疮！”

金兵不信，揭开被子一看，见男子果然满脸都是水痘，水痘旁边还有黄色的黏液。他们知道，痘疮的传染性很大，一旦接触，必会受到传染，于是，便连忙捂着脸离开了！

队伍散了，自己也伤了，于是，他便苦苦哀求老和尚收他为徒。

这位救了彭元的老和尚，就是东岳禅寺的鲁峰师父，于是，彭元便成了东岳禅寺的一名和尚，法号义端。

彭元虽然皈依了佛门，但他身上沾染的恶习未改。

他听上山砍柴的人说，王家大院的公子今日拜堂成亲，王员外要设席宴请贺喜的亲朋好友。他知道这是个难得的好机会，想趁着主家客多人杂，混进人群，顺手牵羊弄点财物，换些酒喝。他让小沙弥替他向师父禀报，说自己下山化缘去了，谁知小沙弥硬是不肯答应，他便来了个先斩后奏，自行下山了。

晌午时，师徒正在吃斋饭，小沙弥便向师父禀报了彭元下山化缘的消息。鲁峰听了，脸色顿时变了，他说，他悔不该收彭元为僧！倘若他恶习不改，不但难成正果，说不定还会连累东岳禅寺呢！说到这里，他紧锁眉头，说道："此人不可留，应将他逐出山门！"

小沙弥问道："师父，要是他不肯走呢？"

"那就让他自残一肢，以示教训！"鲁峰师父斩钉截铁地说道，"寺规如军规，决不可姑息养奸！"

辛弃疾听了，心里想，违犯寺规的僧人固然该惩，若让他自残一肢，是不是过于严苛了？

6

一轮明月悬在天际，如水的月辉均匀地洒在群山的石峰上，石峰像镀了一层银子，夜风掠过远处的松林，发出低沉的"呜呜"声，像大海的涛声。辛弃疾坐在灯下，正在整理他去燕京科考时绘下的地形图，这时，鲁峰师父从一口樟木箱中，取出一册《孙子兵法图谱》，上面的文字，是他一字一句抄写的，附在后面的图谱，也是他亲手绘出来的。这是他根据自己在北宋御林军中任职时的回忆，整理出来的。他不但要一句一句讲给辛弃疾听，还要对一幅幅图谱进行详细解释。辛弃疾已学了半个月，不但记住了兵法的要义，也对兵法图谱牢记在心。根据鲁峰的要求，今晚他要绘制一幅中原地形图。

当年，鲁峰绘在袈裟里子上的，是金国西路的地形图，辛弃疾两次往返燕京，走的是中路。鲁峰让他卷起中线地形图，再凭记忆重绘一幅。辛弃疾按要求绘制了，完成后已是第二天了。鲁峰收起《孙子兵法图谱》和《中原地形图》，又取下了那把鱼肠宝剑，说道："时辰到了，走，随我去后院练剑吧！"说完，便领着辛弃疾出了藏经阁。

鲁峰虽是古稀之年，但舞起剑来，仍身手矫健。在皎洁的月光下，古剑在他手中"呼呼"生风，银须在他胸前随风飘拂。人到剑到，剑随人舞，人剑合一，很难分出哪是剑影哪是人影。他舞了一阵后，便收势站定，将鱼肠古剑递给了辛弃疾。今晚，他向辛弃疾传授的，是东岳剑法中三十六式的青蟒吐信、老猿探海、古梅迎春等几式剑法。二人

一直练到了子夜时分，才收了剑，各自歇息了。

刚刚入夜，泰山脚下的王家大院门口，左右各悬着一只大红灯笼，每只灯笼上都贴着一个“喜”字。一阵鞭炮响过之后，前来贺喜的亲友和看热闹的男男女女，便涌进了大门的天井。

主持婚礼的司仪站在天井中央，拖着长腔，高声向一对新人喊完了“一拜天地”“二拜高堂”之后，当他喊道“夫妻对拜”时，也是婚礼最热闹的时候。混在人群中的彭元趁人不备，已悄悄潜进了新房。他借着红烛的光亮，伸手向梳妆台上摸了一把，便神不知鬼不觉地溜到后院，借着夜色翻墙而去了。

等一群后生拥簇着一对新人走进洞房时，新娘子的小姑子眼尖，她突然发现，她亲手放在梳妆台上的一对玉镯和一支金簪不见了！她连忙大喊起来：“我放在梳妆台上的玉镯和金簪呢？是谁拿走了玉镯和金簪？”

经她一喊，众人转身朝梳妆台望去，果然空无一物！

此事不但惊动了主家，也让贺喜和看热闹的人十分难堪。大家先是在洞房到处寻找，又互相搜身以证明自己的清白，但是仍然不见两件首饰！难道首饰会不翼而飞？还是有什么高人施展法术取走了首饰？

一场本来是热热闹闹的新婚典礼，就这样不欢而散了。

三天后，辛弃疾坐在藏经阁里，正在读《孙子兵法》，却迟迟不见鲁峰进来向他授课。就在他焦急等待时，小沙弥端着盘子送来了茶水。

辛弃疾：“师父去了哪里？”

小沙弥：“师父在前殿里。”

辛弃疾：“在前殿做什么？”

小沙弥：“师父在那里惩罚彭元师父。”

辛弃疾：“如何惩罚？”

小沙弥：“师父让他自残一肢。”

辛弃疾听了，心中一惊。若彭元缺了一肢，今生岂不是残废了？他没多想，便连忙去了前殿。

前殿里供着弥勒菩萨的雕像。彭元跪在菩萨雕像的前面，身边放着两锭五两的银锭，鲁峰站在一旁，一脸怒气望着彭元，厉声呵斥：“金兵到处杀人放火，抢劫财物，祸害百姓，百姓们恨之入骨！你却去盗窃王家的首饰，这行为和金兵有什么两样？”

“我从王家偷的两件首饰，已在当铺里当了两锭银子，”彭元指着旁边的银锭说道，“为的是给东岳禅寺做开销之用。师父，我知道我错了，不该私自下山行窃，犯了寺规……”

鲁峰：“犯了寺规，该如何处治？”

彭元的声音有些颤抖：“自残一肢。”

鲁峰将一把锋利的菜刀仍在地上，便转身离开了。

见鲁峰走了，跪在地上的彭元不停地朝辛弃疾磕头：“辛少爷救我，只有辛少爷能救我，师父非常看重你！只有你能救得了我！我以后一定改过自新、重新做人，不忘少爷的大恩大德……”

望着一把鼻涕一把泪的彭元，辛弃疾叹了一口气，说道：“好吧，我去师父那里求情，求他网开一面，只是不知道他肯不肯答应。”

彭元听了，连忙说道：“只要辛少爷肯出面求情，我就有救了。”

说完，又不住地磕起头来。

辛弃疾捡起那把菜刀，递给了身边的小沙弥，便匆匆去了藏经阁。

鲁峰知道辛弃疾是为什么来的，看着站在面前的辛弃疾，他说道：“看人要看心，人心不古者，不可信。老衲严惩了他，其实是救了他，若是放过了他，必生祸害。”

辛弃疾说道：“师父不如将他逐出东岳禅寺，让他去自寻生路，重新做人。”

鲁峰沉默了一会，长长地叹了一口气，说道：“好吧，就依你所言，让他下山去吧！”

见鲁峰点了点头，辛弃疾连忙去了前殿，对彭元说：“师父说了，‘自残一肢’可免，但是得逐出师门。今后，你自己好自为之，下山去吧！”

彭元听了，向藏经阁方向拜了三拜，又对辛弃疾说道：“辛少爷的大恩大德，彭某终生不忘，日后必将报答！”说完，连磕了三个响头。

当他出了东岳禅寺的山门，小沙弥追了出来，他把两锭银子递给了彭元，说道：“辛少爷让你用银子将首饰赎回，还给王家。还有，这是辛少爷给你的盘缠。”说着，将一包碎银递给了他。

彭元点了点头，接过银子，便下山了。

辛弃疾为彭元求情，虽是仁者之心，但却埋下了可怕的祸根。正是因为他救下了这个欲壑难填的络腮胡子，不但伤害了反金复宋的义军，也险些丢了自己的性命。

这种结果，是辛弃疾万万没想到的，不过，这是后话。

7

东岳禅寺的左右两廊，各有一排石头垒起来的平房，左边平房是出家人的僧舍，右边平房供香客们起居。辛弃疾发现，香客大多是从外地来的青壮年，他们以进香之名在

寺中集结，每当人数超过百人之后，鲁峰便将他们送往耿京处参加义军。辛弃疾非常羡慕他们，自己什么时候才能离开这里，参加反金复宋的战斗？

今天一大早，辛弃疾正在寺后的空地上练剑，小沙弥跑来告诉他：“辛少爷，师父叫你赶快去斋院。”

辛弃疾听了，连忙收了剑，随着小沙弥来到了佛堂东头的斋院。一进院门，就见鲁峰在桌前吃斋饭。见辛弃疾来了，鲁峰笑着说：“幼安，快吃饭吧。吃完饭，我带你去爬玉皇顶。”

辛弃疾听了，十分高兴。自己前来投奔鲁峰师父时，只爬过好汉坡，未来得及攀登玉皇顶，心中总有一种遗憾，平时读书练剑，没有时间去。不想今日如愿以偿了！于是，他拿了一份斋饭，狼吞虎咽地吃完，就随着鲁峰出发了。

一路上，望着那些拔地而起的山峰，听着不绝于耳的松涛之声，辛弃疾想起了唐代的李白。李白离开长安之后，曾随朋友在泰山上逗留了半月之久，留下了六首《游泰山》，诗中想象丰富，意境高远。不同凡响，其中一首诗是：

平明登日观，举手开云关。
精神四飞扬，如出天地间。
黄河从西来，窈窕入远山。
凭崖览八极，目尽长空闲。
偶然值青童，绿发双云鬟。
笑我晚学仙，蹉跎凋朱颜。
踌躇忽不见，浩荡难追攀。

当二人走到山路的拐弯处时，见路边长着五棵又高又粗的松树，树干约三人才能合抱，树枝如虬，其形其势，令人震撼。一位樵夫正在树下寻找着什么。辛弃疾走到他的跟前，问他寻找什么，樵夫指着身边的松树说道：“寻找五大夫松的种子。”

辛弃疾听了，有些好奇：“五大夫松？”

樵夫看了看身边的这位年轻人，告诉他，当年秦始皇到泰山封禅，走到这里时，恰逢一场阵头雨，随行官员因未带雨具，便拥簇着秦始皇站在树下避雨。因为头上的松树叶子密集，秦始皇的龙服未湿，他认为这五棵松树护驾有功，便下诏封这五棵松树为九品爵位的大夫，俗称“五大夫松”。如今，常常有人在五大夫松下寻找松子，拿回家去培育松苗，以承接五大夫松的好运气。

师徒二人登上南天门时，忽见远处有一座巍峨的道观，走近时，看到门楣上写着“碧霞祠”三个大字。祠中住持白云道姑见鲁峰来了，连忙将二人迎进客室，并命小童送上茶来。在品茶时，白云道姑指着祠中供奉的碧霞元君说，碧霞元君又叫泰山玉女，民间都称她为泰山老母。按道家说法，男子得仙，成为真人；女子得仙，则称元君。据古籍记载，秦始皇统一中国后，来泰山封禅时，在岱顶山发现了一尊女性石像，称神州姥姥，并进行了祭奠。宋神宗封泰山时，在水池中发现了一尊已损坏了的石雕女像，便命随行的官员更换为玉石雕像，并封为“天仙玉女碧霞元君”。在民间，有关碧霞元君的传说很多，经过历代修葺和扩建，这里已成为今天的碧霞祠，前来烧香许愿的人群，络绎不绝。

辞别了白云道姑后两人继续登山。

8

泰山的岩石不但坚硬如铁，而且气势不俗，有的如刀劈石刻，有的如擎天巨擘。上面既有秦代李斯的《泰山刻石》，也有汉代的《张迁碑》、晋代的《孙夫人碑》、宋真宗的《青帝碑》，等等。

辛弃疾指着《泰山刻石》问鲁峰：“师父，唐玄宗也登过泰山？”

鲁峰点了点头，说道：“他的封禅大典就是在这里举行的。”

接着，他讲述了历代国君帝王在泰山举办封禅大典的盛况，其中最为隆重的当属黄帝。

根据古迹记载：黄帝出巡泰山时，大象驾辕，六龙拉车；蚩尤在前开路，虎狼在后护卫；群鬼列侍保驾，众神簇拥陪行；风伯扫地，雨师洒道；蟒蛇伏地，凤凰覆上。黄帝登临泰山之巅，诏鬼神议国事。定大位、划疆域、祭天神，并作清角之音，似两凤双鸣，如二龙齐吟。玉皇大悦，天女起舞。

鲁峰又向辛弃疾讲了其他几位帝王在泰山封禅的盛况。

当夕阳为泰山抹上了一层耀眼的金色时，是该下山了。辛弃疾提醒鲁峰：“师父，时辰不早了，我们若不下山，今晚就赶不回东岳禅寺了。”

鲁峰：“我们今晚就不回东岳禅寺了。”

辛弃疾有些不解：“不回东岳禅寺？我们在哪里歇息？”

鲁峰：“我们去青龙涧。”

“去青龙涧做什么？”辛弃疾。

“你去了，就自然知道了。”鲁峰回头望了他一眼，微笑道，“随老衲走吧！”

说完，领着辛弃疾，大步流星地向山下的松林走去。

第六章

起义后的第一站，奇袭了青州西兵营，斩杀了作恶多端的“骡子”；再战攻克历城府，击退南北两路七千金兵。

欲上高楼去避愁，愁还随我上高楼。经行几处江山改，多少亲朋尽白头。
归休去，去归休。不成人总要封侯？浮云出处元无定，得似浮云也自由。

——《鹧鸪天·欲上高楼去避愁》

1

泰山东麓，有层层叠叠的山峦。在崇山峻岭之中，又有数不清的山谷深涧，那里地势险要，人迹罕至。辛弃疾随着鲁峰刚刚走到一块突兀巨石跟前时，忽然听见“轰隆”之声不绝于耳，犹如阵阵雷声，同时还有冰凉的水雾扑面而来。抬头看天，蓝天如洗，烈日耀眼，这雷声是从哪里来的呢？

就在辛弃疾独自纳闷时，忽听鲁峰说道：“青龙涧到了，我们进去吧！”说完，他拨开茂密的树枝，转身绕到了巨石的后边。

辛弃疾紧随其后，进去一看，巨石后是一条望不见尽头的山涧，上面是遮天蔽日的森森古树，下面是一股湍急的水流，两岸的石头上长着厚厚的一层青苔。远远望去，真像一条青龙卧在山涧之中，青苔就是它绿色的鳞甲！远远听到的雷声，就是激流冲击卵石发出的声响。

二人越向山涧深处走，树林越密，光亮越暗。约莫走了半个时辰，忽然听见前面有“叮当”之声。走近一看，见石崖上有一盘洪炉，炉火熊熊，有人一手执铁钳，一手拉着风箱，另一后生光着膀子，正在抡着大锤。烧红了的铁块在铁砧上被猛锤了一阵，不一会，铁块渐渐被锻打成一把大刀的毛坯。见鲁峰来了，掌钳的师傅连忙放下了手中的铁钳，向鲁峰施礼。

这时，那个抡大锤的后生也走了过来，他用手背抹了一下额头的汗水，望着辛弃疾说道：“这不是辛少爷吗？”

辛弃疾一时想不起他是谁了，正想再问时，那后生笑着说道：“俺叫邹虎，在章丘时见过辛少爷。”

辛弃疾听了，恍然大悟。原来当年从谯县去开封时，在章丘见过他和他的铁匠同伴，后来鲁峰便带着他和铁匠师傅们走了，原来他们来到了青龙涧。

鲁峰问掌钳的铁匠：“李师傅，打了多少件了？”

李师傅：“我的这盘炉子，已打了七百多件了，他们正在后面打磨，走，我带大师去看一看！”

原来，在青龙涧中一共有八台洪炉，十多位铁匠师傅，正在日夜打造兵器，打造好了的兵器，被源源不断地运往了反金复宋的义军队伍。

在树林深处的石墙小院里，辛弃疾看到一些人正在磨刀石上“霍霍”地打磨着锻打好了的刀坯、剑坯，旁边有一堆戟、七节鞭等兵器，还有成捆的木棍，木棍的一头装上矛头，就是一杆红缨长枪。

在青龙涧里打造兵器，是鲁峰亲自精心选定的地方。因为金兵是以骑兵为主的，在平原一带，骑兵所向无敌，而在深山密林中，战马不但寸步难行，反而成了金兵的累赘，所以金兵不敢贸然进山。再说，山中有大量的木炭，可供冶炼之用。打造出的兵器，也容易隐藏。辛弃疾望着熊熊的炉火和成堆的兵器，心中十分敬佩鲁峰师父。在他的心中，鲁峰师父有胆有识，胸有雄兵十万！今后跟随在鲁峰师父身边，可向他学习兵法、布阵之法。

谁知就在当夜，事情发生了变化。

太阳刚刚落山，鲁峰领着辛弃疾进了一间石屋。石屋内的桌子上，点着一盏油灯，二人对面而坐。油灯将二人的剪影投到石壁上，周围十分静谧，唯有虫鸣之声此起彼伏。

鲁峰望着辛弃疾的脸，说道：“幼安呀，你已在山中住了数月，兵法掌握了不少，武艺也变得高强了，你，可以下山了！”

下山？辛弃疾感到十分突然，他问道：“师父，我下山去哪里？”

“回四风闸。”

“什么，我回四风闸？”辛弃疾惊奇地问道。

鲁峰拨了拨灯花：“老衲在谯县时，已明白你的心志，那时你年龄尚小。如今你离开辛大人回到山东，已经成人，文韬武略、有胆有识。现在你可以施展你的抱负了，完成辛大人对你的期望。”

“可是我回四风闸能做什么啊？”辛弃疾问。

鲁峰给辛弃疾详细分析了当前的时局，和辛弃疾将来要走的路，告诫他“当断不断，必留后患”这个道理。

四风闸的辛氏义军，虽有一千余人，但他们缺乏训练，也缺少领军之人。他们都热切地盼望着老族长的孙儿辛弃疾回到四风闸，率领族人抗击金兵，保护乡梓。但辛弃疾毕竟年轻，虽然有一身武艺，但缺少历练，作为领军人物，难以服众。再说，辛氏义军虽有千人，人数还在不断地增加，但兵器的供应严重不足，有的乡民甚至手持扁担和铁

耙作为兵器！倘若四风闸的义军有了足够的兵器，那就是如虎添翼。现在鲁峰亲自挑选了已经打造好了的兵器千余件，送给四风闸的义军使用，这是为辛弃疾回四风闸备下的一份厚礼。

辛弃疾听了，感到周身的热血在沸腾。他知道了鲁峰的良苦用心。他问："师父，我什么时候动身？"

鲁峰："明天吧，你今天爬山也累了，今晚好好歇息，明天有人来接你。"

辛弃疾还想说什么，见鲁峰摆了摆手，就不再言语了。只见鲁峰走到石壁旁边，从壁洞中取出一个木匣，借着灯光打开木匣，从里面取出一册用油布包着的书册。原来这就是他从金国逃回来的路上，绘下来的地形图谱。接着，鲁峰解下腰中的鱼肠古剑，说道："这两件东西，虽非稀世之珍，却也是老衲的一份心意，今赠予你。今后你率兵伐燕，此图会派上用场。这把鱼肠古剑，来自大宋皇室，你随身佩带，可时时不忘抗金复宋的大业！"说完，鲁峰将图谱和鱼肠古剑递给了辛弃疾。

辛弃疾双手接过，向鲁峰深深一拜："师父之言，幼安铭记在心了。"

夜已深了，石桌上那盏油灯还在亮着……

2

在历城四风闸的东头，有一座青瓦砖墙的祠堂，祠堂虽不高大，但古朴肃穆，祠堂门前两旁立着一对石兽，大门匾额上写着遒劲的四个大字：辛氏宗祠。进了大门，院子里有两棵柏树，树龄虽已有了数百年，但依然枝繁叶茂。这两棵老树，像两位忠心耿耿的武士，守护着祠中列祖列宗的灵位。

时辰未到，辛文秋就进了祠堂，他一边忙着安排人打扫院子，准备祭器、香烛等物，一边忙着接待四乡八村赶来的族人。刚到辰时，四风闸的老老少少便陆续进了祠堂，因为今天是个不寻常的日子：辛氏家族要在这里正式成立自己的义军！过去家族中也有义军，但多以分支为主，比较分散。附近村庄的辛氏义军又以各自的村庄为主，彼此配合不够。有的义军有固定的首领，有的却是临时推荐；有的人数众多，常年训练，有的人数较少，平时务农，农闲练武。更为困难的是兵器不足。听说家族中威望最高的族长辛赞，派他的孙儿辛弃疾回到了四风闸，各房的族人经过共议，一致推举辛弃疾为辛氏家族这支义军的首领，以统领家族中的子弟兵反金复宋。今天辛氏族人将在祠堂里祭祖，正式成立义军。

时辰刚到，案桌上的蜡烛便点亮了，香炉里的香也点燃了。辛文秋走到案桌前面，高声说道："在下辛文秋，系受本族族长辛赞大人所托，在祠堂召集族人集合，正式成立本族反金复宋的辛氏义军。经全族共议，推举文武双全的辛弃疾为统领，各位子弟要听从他的指挥！”

辛弃疾听了，连忙跪在列祖列宗灵位前，祭拜之后，站起身来，说道：“我辛氏一族，自汉代以来，上忠于朝廷，下护佑百姓。自从金兵进犯，江山破碎，百姓涂炭。我辛氏皆为大宋臣民，不忘大宋社稷，幼安在列祖列宗灵前发誓：生是大宋人，死为大宋鬼！驱除金虏，光复大宋，乃辛氏子弟之天职！”

他刚说到这里，众人掌声如雷，声震梁上之瓦。

就在这时，忽听外面响起了“噼噼啪啪”的鞭炮声。有族人跑进祠中，兴奋地大声嚷着：“兵器送来了！兵器送来了！”

辛文秋问道：“哪里来的兵器？”

族人：“是东岳禅寺送来的。”

辛文秋说道：“兵器暂时放在门外，仪式结束后我们再做分配处理。”

族人头领一一在列祖列宗灵位前发誓。

等仪式井然有序地完成后，大家纷纷涌出祠堂。只见祠前有数十匹毛驴，每头毛驴驮着柴火。众人卸下柴火，打开一看，柴火里包着的，全是新打制出的兵器！既有刀、剑、戟、矛，也有锋利的箭镞。清理登记后，数了一下，兵器有两千三百二十六件，摆满了祠堂的院子。

这时，一个后生走到了辛弃疾跟前说道：“少爷，鲁峰师父说了，你收了兵器。也要收下我。”他又指了指身后的那些送兵器的后生：“还有他们，都要参加辛少爷的义军。”

辛弃疾一下子就想起来了，他就是在青龙涧打铁的铁匠邹虎。他笑着点了点头，收下了他们，并将邹虎留在自己身边，专职护卫，兼传达命令。

3

四风闸临近济南府，济南府驻有数千金兵。辛弃疾勘察了济南周遭的地形后，认为不应该在四风闸集结太多的义军，便将义军转移到济南东麓的山村里。一来可方便义军的训练，二来那里山峦起伏，悬崖峭壁，居高临下，易守难攻。在平原作战，金国的骑兵行动快速，所向无敌；而在山上的乱石丛中，军马则寸步难行。若金兵离开了马匹，心理上已经输了三分，义军由山上向下杀去，金兵被马匹所累，无法招架，就只有挨打的份了。

经过了数月的训练，义军士气大振，求战心切。辛弃疾也想检验一下义军的作战能力，树立义军的军威，于是决定挑选个合适的地方，寻找个合适的机会打上一仗。

有一天，一个年轻人从青州来投奔义军时，辛弃疾把他叫到帐中，详细询问了青州的情况。

这个年轻人叫宋杨，他家就住在李清照故居的旁边。金兵攻占青州城后，在城里到处抢掠百姓的财物！就在金兵破城的第二天，一名千户长领着一队金兵闯进了“归来堂”，他们东翻西找，并未找到值钱的财物，只有一些看不懂的典籍和未带走的碑刻、青铜器皿等物。原来“归来堂”里的贵重金石、古董等物品，早在金兵到来之前，李清照已装满了十五车，随着逃难的人群逃到了胶州湾，乘船渡海去了江南。临行前，李清照将带不走的善本古籍，匆匆装满了十二间房子，房门还上了锁，指望有朝一日回来时再作整理。金兵原本想弄到很多值钱的东西，却扑了个空！这令千户长非常恼火，他运走一些他认为有价值的财物后，临走时放了一把火，十二间房子中的珍贵藏书，便被冲天的大火吞没了，只剩下一堆灰烬！

“归来堂”的这场大火也蔓延到了他家的房子，顷刻间他家的房子也烧得只剩下了黑黑的墙壁。

辛弃疾问道：“金兵的千户长叫什么？住在哪里？”

宋杨说：“千户长叫什么我不知道，只听人们喊他‘骡子’，‘骡子’的千户所设在城里的北河沿。”

当听到“骡子”这个名字时，辛弃疾顿时想起了何大山和他的孙女桃花。又是他！辛弃疾当即做出决定：突袭青州城，除掉“骡子”！

不过他也知道，身为义军首领，不能意气用事。这是自己率领义军打的第一仗，只能大胜，不能小胜，不容许有丁点闪失，必须有周密的计划。于是，他先后派宋杨等人数次前往青州，摸清了通往青州的几条道路，以及金兵的兵营在什么地方。

摸清了城里城外金兵的情况后，辛弃疾率义军分为两队，一队包围城外金兵的西兵营，并交代义军带上桐油、火把等易燃之物，到了金营之后，只围不攻，在四周点燃大火即可。他自己亲率一队义军，入夜后隐蔽在城外的林子中，并规定，战马备足精料，不许生火做饭，每人备足煎饼、大葱，还约定了点火时间和暗号。

邹虎小声问：“少爷，要是‘骡子’不肯出城怎么办？”

辛弃疾显得胸有成竹，说道：“放心好了，我会让他出城的。”

邹虎不再问了。立刻去马厩备马去了。

青州是座有名的古城，史书上记载，华夏有九州，青州就是九州之一。自从被金兵占领之后，曾经繁华的青州城，不但十分冷清，而且还有些恐怖。天刚擦黑，家家户户紧闭了大门，早早歇息了。到了起更时，除了能听到“梆梆梆”的更声，街上不见任何人影。

这一天亥时，青州城里百姓忽然看到城外有一片火光，火光照红了半边天。紧接着城西的金兵兵营传来了阵阵惊叫声。百姓们不知道发生了什么事情，也不敢出门去看，都耐着性子躲在家中，等天亮了再打听情况。

辛弃疾派出的义军已神不知鬼不觉地靠近了陀山的金兵兵营，刚到亥时，便在兵营四周点燃了浇上桐油的柴草，熊熊大火顿时越烧越旺，一支支火箭射到了金营的屋顶上，迅速点燃了几间营房。金兵们惊恐万分地从睡梦中惊醒，像无头的苍蝇四处逃窜，有的甚至赤条条的一丝不挂。金营的马厩被大火烧塌了，有的马被活活烧死，有的挣脱缰绳在火海中乱跳乱窜，踩踏死了一些金兵！

“骡子”十分狡猾，虽说他在城里有两处宅子，千户所里也有他的卧室，但是他知道自己作恶太多，恐遭仇家报仇，经常居无定所。今天晚上他既不住在城里的家中，也没有回千户所，而是去了“闻莺院”。

“骡子”统兵七千，他将七千名金兵分居城东和城西两处营房，每处三千名金兵，剩余的一千名驻扎在千户所里，用作机动兵力。他自己坐镇城中，以为万无一失。

时至子夜，“骡子”在“闻莺院”里正和汪牡丹调情时，忽有马弁急报：城西兵营起火了！

“骡子”急忙来到窗前，朝外一看，半边天的火光让他惊出一身冷汗！他当即派人去东营下令：立即前往西营接应！自己则带着三十余骑亲兵，离开了“闻莺院”，出了西门，在夜色中直奔西营而去。

当一行人出了西门，刚刚疾驰不到数里，只听“扑通”一声，跑在最前面的马弁连人带马摔倒在地上了，还没等“骡子”回过神来，他的坐骑一闪，前蹄已陷进了盖着树叶的深坑，马的两条前腿便折断了！“骡子”从马背上甩出去一丈多远，摔倒在地上。他刚刚爬起来，向前跑了几步，辛弃疾从邹虎手中接过弓来，从背后的箭囊里抽出一支箭，拉满了弓弦，猛地射了出去，“骡子”踉跄了一下，但未倒下，他又拼命向前逃跑，辛弃疾飞身上马，冲了过去，他从腰中拔出剑来。大喊：“桃花，我为你的父母讨还血债来了！”说完，猛地挥了一剑……

天亮后，当东营的金兵赶到西营时，西营已经变成了一片废墟！当找到他们的千户长“骡子”时，他已经身首分离，暴尸路边！

辛氏义军首战大捷，大快人心。

火烧金兵西营，斩杀“骡子”的消息，立刻传遍了青州的大街小巷。自此以后，辛弃疾的威名传遍了齐鲁大地，金兵们一听到辛弃疾的名字，都会坐卧不安，胆战心惊。

4

自四风闸起兵之后，辛弃疾的这支义军便受到了金人的注意。当他率兵奔袭了青州城，烧了金兵的西营、斩杀了金兵的千户长之后，金国上下大为震惊。

辛弃疾刚刚回到泰山的大营，就接到了辛文秋派人送来的急信。信中说，济南府的金兵多次惊扰四风闸，甚至还闯进了辛氏祠堂进行搜查，虽然没搜出什么，但是已让辛氏族人十分不安。信中还说，济南府驻扎着五千金兵，随时都会发兵泰山，攻打辛弃疾的义军，嘱咐让他有所准备。

辛弃疾看了信后，立即将义军的几位首领召到自己的帐中。他说，青州之战，金兵吃了大亏，必不甘心。他们今天敢出兵惊扰四风闸，明天就敢攻打泰山。他让大家进行分析，提出应对之策。

有的首领认为，金兵经常惊扰百姓，只要避过了风头就行了，不必多虑。有的担心金兵会加害义军的眷属，主张将四风闸的族人迁到义军驻地，加以保护。

还有的提出，可派少量义军回到四风闸，保护族人的安全和家中财产。

首领们谈了各自的想法，因主张不同，一直争论不停。辛弃疾坐在大帐中间，只是耐心听着大家的意见，并不发一言。当众人纷纷让他做出决定时，他站了起来，在大帐中踱了几步，说道：“金兵侵扰四风闸，其实是一种恐吓，他们想借以动摇义军将士的军心。若将族人迁到义军的驻地，今后就要随军行动，遇到战争，既背不起，又丢不下，还要增加粮草供给，必然成为义军行军作战的负担。”

众首领听了，纷纷点头。

辛弃疾停了一会，缓缓说道：“依我之见，应该趁着青州之战大捷，金兵惶恐之际，义军乘胜再战，再打一场比青州还大的胜仗。”

大家听了，为之一振，但又不知道他所说的大仗在哪里打，又是怎样的打法！

所有的目光都集中到辛弃疾的身上。辛弃疾清了清嗓子：“各位，我们移师下山，攻占历城。不过，计划一定要周密。我和大家共同商讨。”

众人听了，都十分激动。

有的说：“对！打回老家去！”

有的说：“攻占历城，拿下济南府！”

……

待大家的情绪平静下来后，辛弃疾说道：“攻占历城，我军占有天时地利，因义军将士对历城都了如指掌，这是地利。济南府虽然有五千金兵驻扎，但是已经抽调两千人去攻打耿京的义军去了，城里只有三千人，与我军人数不相上下。现在金兵已成了惊弓之鸟，未战就已经人心惶惶，而我军士气正旺，况且粮草兵器充盈，此战必胜无疑。兵书上有围魏救赵，我们攻打济南府，亦可在战法上支援耿京。”

首领们十分信服辛弃疾对敌我形势的分析，纷纷要求他尽快下达出战的命令。

准备数日后，辛弃疾将义军的首领召集起来。

他下达了命令：辛冬率五百义军，以进城卖柴卖菜为名，分批进城，子夜时分攻占金兵的器械库，夺取库中所有的兵器。辛长海、辛夏各率五百义军，入夜前潜入城中，切断历城通往济南的要道，他自己率领一千义军，子夜准备攻打历城府。

下达完了命令之后，辛弃疾又向他们交代义军如何混进城，如何攻占军械库，以及里应外合协同作战的暗号等，要求他们回去后反复琢磨几遍，做到万无一失。

即将进行的这场历城大战，辛弃疾还有一个只有他自己知道的原因。

辛弃疾的父亲辛文郁，是一位崇拜墨子的儒生，却常年患病。辛弃疾还在襁褓中时，不知祖父辛赞是从汉代大将霍去病那里受到了什么启发，还是担心自己的孙儿会像其父那样体弱多病，便给他取了“弃疾”的名字，乳名“幼安”，寓其孙儿无病无灾，强壮健康生长。后因其母早逝，辛赞便将孙儿留在自己身边，亲自教诲，并敦促他学文习武。

辛弃疾与祖父相依为命，受祖父言行的影响，他对祖父不但十分敬重，还有一种难以割舍的血脉之情。祖父不但为他的学业操心，也为他能实现反金复宋的心愿用尽了心思。如今，爷爷仍然在开封为官，可他的心却在山东老家。辛弃疾藏着一个心愿：爷爷老了，告老还乡的日子快到了，自己要率领义军将历城的金兵赶出去，迎接爷爷回到他日思夜想的四风闸，让他像唐代诗人贺知章那样，在自己的故乡颐养天年。

不过他的这个心愿，除了鲁峰，他对谁都没有说过。

下达了命令之后，辛弃疾就一直坐在帐中，他不吃饭也不喝茶，仔细推敲着每支义军攻城的路径、作战的细节，以及如何才能截断济南府的金兵出兵历城。

这时，邹虎端着一碗饭进了大帐，说道：“辛少爷，你都一天没吃饭了，快吃饭吧！”

辛弃疾摇了摇手：“我不饿，你去吃吧！”

邹虎刚退出中帐，辛弃疾又连忙叫住他：“你还记得历城的四风闸吗？”

邹虎：“记得，我记得。”

辛弃疾：“还认得辛文秋吗？”

邹虎：“认得呀，当年就是他雇我去泰山打铁的，鲁峰师父命我牵着毛驴给四风闸送兵器，也是他接待我的。”

辛弃疾听了，点了点头，说道：“邹虎，我派你今晚速去四风闸。”

邹虎：“遵命！”

辛弃疾：“你挑选几名义军，化了装回到四风闸，暗地里保护好辛氏祠堂。还有，你将这封信交到辛文秋手里。”说完，他提笔将信写好，递给了邹虎。

邹虎接过信后，便出了大帐。辛弃疾望着他的背影，长长地舒了一口气，将邹虎放在帐内的饭一口气都吃完了。

5

攻打历城府的这场大仗，不但比辛弃疾在战前预料的要大得多，而且出乎辛弃疾的意料，因为这是两场大仗!

辛冬率领的义军，按照事先约定的路径、信号，子夜刚到，他们便趁着夜色摸到了金兵的器械库。

当两个守库的金兵正坐在门前的台阶上“呼呼”大睡时，他们就被几条黑影悄无声息地抹了脖子！义军从守兵身上摸出钥匙，打开了库门。这时其他义军鱼贯而入，将库房内的一捆捆兵器都扛了出来。

历城知府张廷钰，是个久经官场的汉族官员，为人圆滑。自从他当了金国的知府后，才知道什么叫生不如死了。他虽然是一府之长，不但没有实权，还要时刻看金人同僚的脸色行事，平素里看到的是汉族同胞们仇恨鄙视的目光。他还听人说过，有的汉族官员卖了良心去巴结女贞人，遭到汉人的唾弃而死于非命，所以，他老是提心吊胆地过着日子。今天起床后，他觉得眼皮不断地跳动，心中便不安起来，害怕今天有什么横祸落到自己的头上。他好不容易熬过了白天，到了晚上，连衣服都不敢脱，躺在床上想挨到天明。

就在他迷迷糊糊将睡未睡时，忽然从外面传来阵阵呐喊声，好像有人冲进了府衙。他连忙爬起来，命令驻扎在府衙的一队金兵和十几名值更的衙役，拼命守着衙府的大门，自己瞅了个空子，溜进了后院，跳墙逃出去了。他边跑心里边念叨着：谢天谢地，总算捡了一条命!

驻扎济南的金兵将领孟安，他虽然统领金兵的各千户长，但当他得知历城已经被义军占领的消息后，连忙率领金兵前去救援。谁知刚刚出营，就被义军截在了路上。当他听说是遇到了辛弃疾的义军时，立刻成了缩头乌龟，下令金兵撤回了济南，死活不肯出兵了。

第二天一早，义军完全占领了历城全城。辛弃疾立即下令贴出安民告示，又派人处理府衙政务，开仓放粮，救济灾民。义军秩序井然、对各行各业秋毫不犯。城里的百姓奔走相告，欢欣鼓舞。

由于一晚上占领了历城府，义军声势大壮，城里城外的年轻后生们纷纷赶来投奔义军，这支义军又增加了千余人。

就在军民们庆贺历城光复之际，金国上下大为震惊。金主完颜亮立即下令从山东各地调集五千金兵，分南北两路向历城进攻。南路由千户长扎木率领，他骁勇善战，深得金主完颜亮的器重。北路由金国将军完颜爽率领，不过他的部队尚在南下途中。这两路金兵超过了七千人，再加上济南城里的金兵，兵力超过万人。而辛弃疾的义军却只有三千人，其中还有刚刚招募未经过训练的千余名新兵。

面对来自金兵三方面的强敌，对辛弃疾的义军来说，真可谓是黑云压城了。

这支成军不久的义军，正处在生死攸关之际。

辛弃疾虽然知道大战就在眼前，形势极为严峻，但是他显得异常镇静。待他听了探马的禀报之后，立即在自己的大帐——历城府的议事大厅里，召集义军各首领开会。他说：“七千余金兵由南北两路夹攻而来，北路金兵以骑兵为主，南路骑兵、步兵各占一半，这些金兵训练有素。济南城里的金兵也蠢蠢欲动。我军以区区三千义军抗击金兵的万余兵力，胜算极小，但是若弃城避敌，不但有损军威，历城得而复失，也会伤了家乡的父老乡亲们的心。我认为，我们义军不但不能避敌弃城，而是要与金兵决一死战！”

众首领都默默地听着，议事厅里空气异常紧张，接着辛弃疾又详细讲述了这次决战的部署：

从得到的消息得知，北路三千金兵从德州出发，明天便可抵达济水。渡过了济水，才能抵达历城；而南路的三千金兵，正在向泰安城集合，须三天时间才能集结完毕，第四天才能抵达历城城外。若义军的三千兵力同时与南北两路金兵作战，必败无疑。好在两支金兵不是同一天抵达历城。若义军先打退北路的骑兵，再转头抵挡南路的金兵，义军就有胜算。

首领们听了，都十分赞同辛弃疾的先击退北路，再打南路的作战方案。

五月的济水，正值涨水的季节。完颜亮率领三千金兵抵达济水北岸后，便开始扎木筏、征民船，他先派一千金兵乘船过了河，若发现南岸没有敌情，便向北岸发出了渡河的信号，将战马先赶上了木筏，陆续将马匹渡到了南岸，金兵则乘民船或站在木筏上押后渡河。

装载着金兵的船只，在波涛里起起伏伏地颠簸着，不时有水花溅在船上。生活在草原上的金兵们不谙水性，也极少乘船，一个个紧张地抓住船帮或木筏上的绳索，害怕被波涛卷进水中。

当第一拨船只和木筏刚刚抵达了南岸，还未下船时，突然从岸边的蒿草丛中射出了一阵箭雨，箭镞“嗖嗖”响着，像密密麻麻的蝗虫向船上和木筏飞去！有的金兵中箭后大声惊叫，有的在慌乱中坠入水里，被滚滚波涛卷走了！

就在船上的金兵惊慌失措之际，义军点燃了蘸了桐油的火把，接二连三地投掷到了船上、木筏上。有的船只的帆布、甲板烧着了，火乘风势，越烧越大；受了惊吓的马匹因挣脱不了缰绳便乱蹦乱跳起来，木筏翻了，战马和金兵纷纷坠进了河里。

先抵达南岸的金兵，知道中了义军的伏击，少部分沿着河岸拼命逃窜，大部分被随后冲过去的义军斩杀在济水岸上！

那些刚刚渡到济水中间的船只、木筏，害怕全军覆没，便连忙掉转船头回到了北岸，再也不敢贸然渡河了。

济水一战，不但打乱了金兵渡河的企图，还获得了不少的战利品，不包括坠河毙命的，金兵已损兵千余人，毁船三十余只，俘获了战马四百余匹！

可喜的是，义军未伤一兵一卒。

6

济水之战大捷后，辛弃疾立即下令撤军回历城，迎战扎木率领的南路金兵。

按照辛弃疾原先的作战方案，要尽快将义军部署在群岭起伏的山区，与南路金兵决战，谁知南路的骑兵速度很快，已经过了山区，正逼近历城，这是不曾料到的。

义军刚刚布好了阵势，一队举着狼牙棒，骑在马上的金兵，已经恶狠狠地冲到义军的阵前。辛弃疾喊了一声："放箭！"无数箭镞便飞了出去，冲到最前面的金兵顿时人仰马翻，不是被密集的箭矢射中，就是被受伤的战马拖倒在地，未死的金兵慌忙勒马退回去了。他们不明白，为什么义军所射之箭又快又密集？让他们无法前进一步。

金兵哪里知道，义军除了弓箭手，还用上了从历城缴获的踏张弩，射出去的是轮射和迭射，根本无法抵挡。

半个小时不到，金兵忽然改变了战术，骑兵撤到了左右两侧，中间是步兵，骑兵、步兵形成了合围之势。中间的金兵一手持着皮革盾牌，一手握着腰刀，一步一步向义军紧逼。

两军若一交手，金兵的两翼骑兵将会飞快扑向义军，将义军包围其中。

军情对义军明显不利，义军刚和金兵的步兵交手，两边的骑兵便冲了出来，冲破了义军的阵势。前面的义军伤亡渐渐增多，后续的义军又被金人的骑兵缠住，一时难以前去接应。辛弃疾贴在马肚子上，打马飞奔在金兵骑兵阵中，他掏出那把鱼肠古剑，所到之处的金兵马匹受伤了，受伤马匹胡蹦乱跳，扰乱了金兵阵势。金兵看到了辛弃疾，纷纷丢下其他义军，朝他围过来，辛弃疾看着越围越多的金兵，机智地躲过金兵的乱刀乱枪，他胯下的马匹都似乎懂得主人的意图，随着辛弃疾的指挥冲撞着金兵的马匹。

忽然，从金兵后边传来了一阵喊杀之声，一支勇猛的骑兵冲入了金兵阵营中，对着金兵一阵砍杀！金兵顿时乱了阵脚，在扎木声嘶力竭的叫喊中，金兵有的仓促迎战，有的受伤跌下马来，骑兵在这支勇猛的骑兵攻击下，慌忙四处逃窜。扎木不知道虚实，怕陷入包围，他不敢恋战，连忙下令撤退，顿时，金兵一窝蜂地向南逃窜了。

这支从天而降的骑兵队伍，不但在紧要关头改变了战场上的局势，还令金兵受到了致命的打击。

他们是谁的队伍？从何而来？为什么要助自己一臂之力？

辛弃疾连忙翻身下马，向前来助战的骑兵走去，问道：“请问贵军如何称呼？”

一名骑兵答道：“我们是太平军节度使的军队，是他——”骑兵指了指不远处一位身材魁梧的中年男子，“率领我们来的。”

辛弃疾听了，连忙走到那中年男子跟前，抱拳施礼：“感谢将军出手相救，请问尊姓大名？”

“在下贾瑞。”男子连忙跳下马来，还礼说道，“请问将军是……”

辛弃疾连忙说：“在下辛弃疾，早闻将军英名，今日战场上有幸相逢，是弃疾之幸！”

贾瑞一听是辛弃疾，连忙说：“久仰久仰！早就闻名辛将军年轻有为，文武双全，有胆有识。在下已从太平军节度使耿京将军那里听说过多次，只是无缘相见，今日相见，是上天赐予的缘分。”说完爽朗地大笑起来。

原来，贾瑞奉命率领一队义军，在前往沂蒙的路上看到一队义军与金兵进行激战，他毫不犹豫，便率领他的义军，从背后冲进了金兵阵中，将金兵杀了个措手不及，也为苦战中的辛弃疾解了围。

辛弃疾对身边的邹虎说道：“你速回历城，告诉文秋，我要设宴为贾瑞将军等义军洗尘。”

他又吩咐义军首领清理战场，将受伤的义军和战死的义军都妥善安置，然后，对身后的贾瑞说道：“将军，我们进城吧！”

贾瑞点了点头，二人牵着手，走在前头，后边是两支义军队伍，离开了刚刚厮杀过的战场。

7

历城府衙的大堂明亮、宽敞，义军的庆功宴兼为贾瑞的洗尘宴共设三席。贾瑞和辛弃疾坐在首席位置上，两支义军的首领们分坐左右两席。酒菜上桌后，辛弃疾站起来，他高高举起手中的酒盏，大声说道：“各位将士，今日与金兵决战，幸得贾瑞将军相助，故而凯旋。弃疾的第一盏酒先敬贾瑞将军！”

说完，两人碰了杯盏，一饮而尽。

紧接着，他又分别走到左右两席，向两支义军的首领们敬了酒。

当他再举起酒盏时，忽然单膝跪地，朝天拜了三拜，说道：“这盏酒，敬献给为反金复宋殉难的义军将士！”说完，将盏中的酒轻轻洒在了地上……

送走了贾瑞的义军以后，已经是酉时了，辛弃疾率领几十位首领去探望受伤的义军将士，又祭奠了这次捐躯的一百七十多位义军英烈，还连夜慰问了他们的眷属，回到帐中时，已过了子夜。

辛弃疾独自一人坐在烛光下，默默思索着。这次大战，先是在济水大胜北路金兵，而在城南又击退了南路金兵，三天两胜，值得庆贺。但是他心里高兴不起来，他仔仔细细回忆起决战前所做的对敌判断和制订出的作战方案，以及作战的经过和得失，才深深领悟到，光从兵书上学得的兵法，远远不能应对不同的对手和变化的形势。在与南路金兵的决战中，若没有贾瑞率骑兵相助，打乱了金兵的队形，恐怕难以胜算。就是打赢了金兵，也是敌死一千，我捐八百的惨烈之胜。

天亮以后，辛弃疾将邹虎叫到帐中，将一封写好了的信交给了他，说道：“你立即赶往东岳禅寺，将这封信交给鲁峰师父。”

邹虎接过信，翻身跃上了马背，迎着朝阳飞奔而去了。

第七章

认清了天下大势，毅然率军投奔耿京的天平军；三度救下了走投无路的义端和尚，其实是引进了一只白眼狼。

身世酒杯中，万事皆空。古来三五个英雄。雨打风吹何处是，汉殿秦宫。

梦入少年丛，歌舞匆匆。老僧夜半误鸣钟。惊起西窗眠不得，卷地西风。

——《浪淘沙·山寺夜半闻钟》

1

天刚拂晓，一队人马便来到了城外的山坡上，辛弃疾将人马分为了两队，一队是手持长矛的步兵，一队是手挥大刀的骑兵，二队正在山坡上操练攻守战法。

昨天晚上，邹虎从东岳禅寺带回来鲁峰的一封短信，信笺上只有寥寥数字：溪归河，则成大势；河汇海，方可不衰。

辛弃疾知道，鲁峰师父虽然身居深山，却一直关注着天下形势的变化，也关注着辛氏家族的这支义军的命运。信中建议他率领自己的义军，向耿京的天平军靠拢。因为耿京的义军，是中原一带人数最多、实力最强的一支反金复宋的劲旅。

昨天晚上，辛弃疾独自坐在大帐中，一面借着烛光仔细查阅着山东地区的地形图，一面思索着如何说服自己手下的首领，以及何时去投奔耿京最为合适等事宜。

天亮后，他出了大帐，在院子里舞了半个时辰的剑，然后让邹虎传下令去：各队首领率领各自的部属，前往城外的山坡，列队进行演练。

第一轮是步兵进攻骑兵，演练刚刚结束，忽有探马来报：十里之外的林家庄一带，有一支路过的义军被金兵阻挡在村外的芦苇丛中，双方正在激战。

听说是义军正在和金兵激战，辛弃疾连忙下达了停止演练的命令，正准备率兵前去助战时，忽见一队骑兵冲出重围，正朝山坡奔来，身后便是挥动着弯刀的金兵，在后面穷追不舍。辛弃疾当机立断，跃身跳上马背，率领着义军向山下疾驰而去。但他刚刚冲到了路边，一位首领模样的骑者已奔到了他的眼前，也许他看到了旌旗山的“辛”字，便高声喊道：“辛少爷快来救我！”

辛弃疾一看，原来是当年东岳禅寺的师兄——义端和尚。

辛弃疾立即下令，让义端的人马进入自己的营地，又率军向追来的金兵猛扑了过去。

这支金兵是一队骑兵，因在芦苇丛中激战，许多马匹已经陷入了泥沼之中无法动弹，不少金兵只好弃马作战，义端才得以冲出金兵的包围，率领残部冲了出来，又幸好遇见了正在山坡上进行操练的辛氏义军。

原来义端和尚自被鲁峰大师逐出山门之后，他便在家乡拉起了一支数百人的义军，还偷袭过金营，打了几次小规模的胜仗，抢了金兵的库房，他的义军一下子发展到一千余人。没想到在林家庄遭遇到了金兵，栽了一个大跟头！要不是辛弃疾率兵相救，恐怕难以摆脱被杀或被俘获的结局。

也许是辛弃疾的义军是以逸待劳，而金兵们经过激战之后，已人疲力竭，且无马可骑，又听说遇到的是辛弃疾的义军，早已怯了三分，双方刚一交手，金兵们招架不住，便扭头而逃了。辛弃疾是一举两得，他的义军既练了兵，又从芦苇丛中俘获了数十匹战马。

辛弃疾刚刚回到营地，义端便走到他的马前，大声说道：“此次与金兵交手失利，正在危难之际，幸得辛少爷相救，师兄才得以脱险。”

说完，“扑通”一声跪在地上，“辛少爷救命之恩，我义端铭记在心，必将报答！”说完，连连磕头。

辛弃疾连忙跳下马来，一把扶起了义端，道：“师兄言重了，此事不论是师兄，还是我大宋同胞，凡遭到金兵的欺凌，弃疾绝不会袖手旁观！走，去我的大帐，我要为师兄备酒压惊。”

说完，便拉着义端的手，回到了自己的营地。

说是为义端备酒，其实就是命邹虎备了几样小菜，烫了一壶老酒，也未让其他首领作陪，二人便在帐中的案几上对酌起来。义端谈了自离开东岳禅寺之后，拉起了一支人数不多的义军，毕竟人少势单，又缺少训练，虽也打了几次胜仗，但也有死里逃生的经历，说着，深深地叹了一口气。

辛弃疾问道：“师兄打算今后去哪里？”

义端说：“我要回去招兵买马，找到伏击我的那一支金兵决一死战，以报今日之仇。”

辛弃疾摇了摇头：“伏击师兄的，是金兵中的一部分。我们不能与金兵单打独斗，而是要把金兵全部赶出中原，恢复大宋。”

义端连连点头：“师弟所言甚是，依师弟所见，师兄应何去何从？”

辛弃疾：“溪归河，则成大势；河汇海，方不可衰。我们抗金的义军，只有拧成一股绳，连成一体，才能创立反金复宋的大业。”

义端似乎听出了辛弃疾的话外之音，问道：“师弟是说，让我去投奔耿京？”

辛弃疾点了点头：“对，去投奔天平军节度使、中原义军的首领耿京。”

义端听了，既未点头，也未摇头，只是闷头喝酒。

辛弃疾知道他在犹豫之中，接着说道：“小溪之水，时有时无，难以长流，若进了黄河，势如万马奔腾，一泻千里。黄河之水进了东海，就永不枯竭了。”

义端问道：“师弟的这支义军兵强马壮，补给充裕，已成气候，难道也要去投奔耿京的义军？”

辛弃疾点了点头。

义端又问：“师弟的义军，都是家族的子弟兵，你可是一言九鼎啊，若投奔了耿京之军，不知道能任何职？”

辛弃疾已明白了他的意愿，笑着说道：“师弟只求一职，就心满意足了。”

“求的何职？”义端有点迫不及待。

辛弃疾：“驱除金虏，收复中原！”

义端听了，心有所动，说道：“师兄的这支义军，只是区区二百余人，又是各色人等，人心不齐。投奔耿京，乃是大事，回去之后，与首领们商量一下，若有了眉目，我会派人来告知师弟，与师弟同去投奔耿京。”

辛弃疾听了，端起酒盏，笑着说道：“望师兄尽快做出决断。”说完，二人碰了碰杯盏，各自饮了杯中之酒。

太阳偏西时，辛弃疾将义端送到了营外，说道：“弃疾专候师兄的佳音。”

义端双手抱拳：“以半月为期，必有信来。”说完，策马而去。

辛弃疾望着他远去的背影，心想，吃过亏的义端和尚，也许今后能走上一条正路。

2

已连续数天的操练，每天照例进行。不过，都是由义军的首领们轮流主持。辛弃疾正在着手一件比操练更为重要的大事，他不但要造出义军二千四百六十八人的花名册，填写每人的年龄、祖籍以及在义军中的任职，还要对自己家中的田产、房舍、牲畜、财物等进行变卖，一部分转为族产，一部分作为义军的开支费用，另外，如何安置族中的老弱病残，都一一做了详尽的安排，待这一切安排妥当了，方可率领义军前去投奔耿京。

就在他日夜忙碌之际，有一天，一位云游的僧人带来了鲁峰的口信，让他速去东岳禅寺。

辛弃疾不知道鲁峰为何事让他速去东岳禅寺，但他知道，鲁峰必有大事、急事相告。于是，他向辛文秋交代了几句之后，便和邹虎星夜出发了。

当二人策马赶到东岳禅寺时，已是子夜。辛弃疾看到禅房的窗口仍然亮着橘黄色的灯光时，就知道鲁峰正在里面等着他。他轻步走到门口，刚要叩门，门便开了，小沙弥低声说道：“进去吧，师父正在等候辛少爷呢！”

辛弃疾轻步进了禅房，小沙弥从外边关上了门，便和邹虎守候在院子里。

辛弃疾发现鲁峰半卧在木榻上，跳动的烛光在他的脸上镀上了一层金色。辛弃疾刚要跪拜，鲁峰摇了摇手，又指了指旁边的蒲团，轻声说道：“幼安路上辛苦了，坐下吧！老衲有话要告诉你。”说着，想要撑起身子来。

辛弃疾看到他的动作十分吃力，声音也很微弱，顿时有种预感：师父病了，而且病得不轻！辛弃疾连忙扶着鲁峰半卧在病榻上，又在他的腰间垫上了一个枕头，说道：“师父，你慢慢说，幼安听得见。”

鲁峰点了点头：“老衲请你前来，是想告诉你一个消息，你听后，不许哭，能答应老衲吗？”

辛弃疾听到这里时，心中突然一惊，难道爷爷……他不敢往下想。

鲁峰：“辛大人已于月初驾鹤西去了，老衲本该派人前往历城报信的，但辛大人生前曾有嘱咐：‘此事暂不告诉幼安，以免哀伤而影响义军军心，他专心抗金便是对我最好的孝道。’故而未去告诉你。”

辛弃疾只觉得眼前一阵眩晕，泪水“哗”地流了下来，但他强忍着没哭出声来，问道：“祖父的灵柩……”

鲁峰：“已暂时厝于汴京莲花寺，他生前曾交代过，待驱除了金人强虏，恢复了大宋，再将他的灵柩迎回历城，葬于辛氏家山。”

辛弃疾边听边不停地揩拭着不断涌出的泪水。

鲁峰安慰了他几句，说道：“老衲让你来，还有一件大事。”

辛弃疾听了，说道：“幼安已经知道了，本打算月底之前带领辛氏义军投奔耿京，既然爷爷已经离世，幼安将提前率军前往东平府，只是此事尚未禀报师父，不知是否妥当？”

鲁峰听了，脸上绽出一丝笑容，缓缓告诉他，当年金国宫廷政变，当了金国国主的完颜亮经过四年准备之后，亲自督军六十万，号称百万金兵，渡过淮河，从泸州发兵，大举进攻南宋，又命工部尚书统领水军，由海上直取南宋都城临安。同时下旨荆、襄、大散关等边境的金兵全线出击。

由于完颜亮的兵力南征，造成金国后方空虚，黄河、淮河流域的百姓高举义旗，聚众反抗，现在正是收复中原的最佳时机。独木难成材，你要当机立断，瞅准时机，投奔中原抗金主力耿京的义军，方可建功立业，这也是你爷爷生前的唯一夙愿。

辛弃疾边听边点头，听完了，他面北而跪，朝着窗外的夜空，喃喃说道：“爷爷，您的心愿，幼安铭刻在心，待驱除了金兵，收复了中原，幼安一定亲自将您迎回历城，您放心好了！”说完，连叩了三个头，站起来以后，脸上的泪迹已干，说道，“幼安将于十日以内率军前往东平府，不知师父……”

鲁峰点了点头：“好！好！就按照你说的去做吧！”他稍微歇了歇，又说，“事关重大，时间紧迫，老衲就不留你了，你速速回营吧！”

辛弃疾还想再问，见鲁峰已有了倦意，便悄悄离开了禅房，他接过邹虎递过的缰绳，借着头上的星斗之光，两匹快马便一前一后地上路了。

3

今日的历城府衙，比往日多了不少人，义军的首领们都早早地来到了议事大厅。

此时的辛弃疾正跪在辛氏祠堂里，将刚刚写好的辛赞灵位，摆放在列祖列宗灵位的旁边。这时，邹虎来报各位首领已经到齐。他将手中的三炷香递给了辛文秋，便匆匆去了议事大厅。

首领们从他刚毅的脸上和冷峻、严肃的目光中，已经猜出今日必有大事，至于是什么大事，谁也猜不出来。

辛弃疾站在大厅中央，大厅里的议论之声戛然而止，一时间鸦雀无声。辛弃疾依次看了看几位首领，说道："在下将诸位首领请到这里，是有要事要告诉大家。第一件，已经得到消息，祖父老人家已经谢世。"

众首领们纷纷问道："辛大人是何时仙逝的？"

辛弃疾："应是半个月前。"

"怎么不早告诉我们？"众人纷纷责怪。

"我也是刚刚得到的消息。祖父生前留下了'暂不告诉族人'的遗言。"辛弃疾低声说道。

"他老人家的灵柩何时运回历城？"

"灵柩暂厝京郊莲花寺中。"辛弃疾说道，"待收复了中原，再将灵柩迎奉回来。"

首领们听了，都流下了泪水。

辛弃疾擦了擦眼泪，接着说道："为了抗金复宋，我辛氏子弟的义军，由小渐大，由弱渐强。为抗击金兵，守护乡梓，功不可没。如今，金国抽调重兵开赴江南，准备与南宋决一雌雄，对其占领的中原地区，难以顾及。这对中原义军极为有利，为此，我打算率军投奔耿京的天平军，与他们同仇敌忾，驱逐金兵，恢复大宋。为此，我请诸位首领前来共商此事。"

一听说要去投奔耿京，首领们立即议论起来。辛冬首先站起来，由于心情激动，他向前迈了两步说道："辛将军说的，也正是我和将士们心中所想的！我们这支义军，虽然已有三千余人，与小股金兵作战，不在话下。若遇上金兵主力，或去攻打坚固的城邑，就有些力不从心了。若投奔了耿京的义军，不但威震中原，还敢与金军主力决战，决战必胜！我赞成投奔天平军。"

辛冬原是济南府顺丰镖局的镖师，有一天，镖局护送着载满车辆的物品去洛阳时，路上遇到了一队金兵。金兵不但劫了车上的财物，还想杀人灭口。眼看着镖局的几个兄

弟倒在了血泊中，辛冬眼疾手快，伸手从马上拽下了一名金兵，猛给了他一刀，便跃身跳上马背，飞快逃离了金兵的重围。回家之后，便参加了历城的义军。

辛夏听了，半天无语。辛冬急了，说道：“你是赞成辛将军的主张，还是不赞成，你说话呀！”

辛夏望了望辛弃疾，说道：“我赞成投奔耿京，只是我们离开了历城，家中老小的生计有些艰难。”

辛弃疾听了，点了点头，他转头望了望辛长海。

辛长海说道：“辛夏说得在理，现在刚进伏季，庄稼都在地里，若秋收之后，再去投奔东平府，家中老小就不愁口粮了，这只是我的想法。至于我们去不去投奔耿京，何时投奔耿京，我听辛将军的。”

辛冬急了，说道：“若过了秋收再去投奔，耿京义军也许转战外省了，我们将面临金兵压境，此事宜早不宜迟！”

其实辛弃疾心中已有了投奔的谋略。他听到首领们说出了各自的看法之后，正想宣布自己的决定时，邹虎领着东岳禅寺的小沙弥进了议事大厅，没等辛弃疾开口，小沙弥就哭着说道：“辛少爷，师父他……他，他已经……圆寂了！”

辛弃疾伸出臂膀搂住了小沙弥。

小沙弥稍微平复了情绪之后，接着告诉辛弃疾，鲁峰师父圆寂前嘱咐说，他圆寂三天后，才许他到历城报信。今天已是第三天了，他和几位师叔和师兄弟已将师父安葬在寺后的塔林里了。

辛弃疾问道：“小师父，你今后作何打算？去哪里？”

小沙弥：“辛少爷收下我吧！我也要去投奔义军。”

辛弃疾赞许地点了点头，他向邹虎交代了几句，邹虎便领着他离开了议事厅。

鲁峰的圆寂，让辛弃疾脑海里老是回响着师父的遗言，这也更加坚定了他投奔耿京的决心，于是，他立即宣布了三项决定：

第一项：变卖自己家中的全部田产、房舍，安顿好家乡的族人。

第二项：留下三百义军，守护历城，以防金兵侵扰。

第三项：三天后的辰时，义军将在辛氏祠堂门前誓师出发，开赴东平府。

命令下达后，首领们立即回到了各自的营地，安排出发事宜。

4

东平府位于鲁西南的平原地区，站在东平城的城楼上，周边风物尽收眼底：北有巍巍泰山，南有水泊梁山，西有北清河，南有孔夫子的家乡曲阜。城外道路通达，城中百业繁荣，自古以来便是兵家的必争之地。

耿京是个有心人，当年他在家乡拉起一支义军，并在对金作战中节节胜利，他的义军也迅速壮大起来，成了中原地区人数最多，也最强大的一支义军，可他也有力不从心之感。他麾下的武将骁勇善战，但毕竟多是草莽出身，缺乏领兵布阵的能力，更让他头疼的是身边缺少一个富于才干、善于谋略之人来辅佐自己。当他深夜去了东岳禅寺，与鲁峰作了彻夜长谈之后，鲁峰就向他推荐了刚刚从开封回到历城的辛弃疾。自此之后，他便一直关注着这位年轻的义军首领。

前天他已接到历城送来的密信，心中十分激动。今天一大早，东平府议事大厅中便忙碌起来，天平军所辖的各部首领已陆续进了大厅，待大家坐定之后，耿京便大声说道：“诸位将军，历城府望族辛弃疾将军，当年曾率领以族人为主的一支义军起事，以后便屡屡打击金兵，还以区区两千余人，先后战胜了五千金兵的南北夹击，金兵闻之丧胆，百姓欢呼爱戴，威名大震泰山。”耿京顿了顿，接着说，“今天，辛将军即将亲自率领义军前来投奔我们天平军，这必将壮我军威，为我军驱逐金寇，收复中原，又添一支生力之军。为此，请诸位将军随本节度使出城，去迎接辛将军和他率领的义军！”说完，他把手一挥，率先出了议事大厅。

巳时刚过，只见泰安方向的驿道上扬起了一阵尘埃，继而看到了马队前面飘扬的旌旗，马队后边是步兵，步兵后面是一串载满货物的车辆，队列整齐，浩浩荡荡地向东平城开赴而来。耿京连忙率领众人走到了离城三里之遥的凉亭旁边，站在凉亭旁边迎接辛弃疾的到来。

站在耿京旁边的张安国，小声地说道：“辛弃疾不过是个两千多人的义军首领，节度使是统率二十万人的一方诸侯，值得元帅亲自出城迎接吗？”

耿京听了，大声说道：“辛将军文武双全，是难得的人才，他来了，我天平军犹如猛虎添翼，战必胜，攻必克！哈哈！哈！哈哈……”他朗声笑了起来。

张安国听了，低声嘟哝了一句：“一个文弱书生，能有多大能耐？”

当辛弃疾率军走到凉亭前面时，连忙滚鞍下马，向站在凉亭上的耿京和首领们躬身一拜，说道：“历城府辛弃疾，今率军前来投奔耿元帅的天平军。”

耿京望着站在自己面前的这位年轻首领，只见他虽然眉清目秀，有儒雅之风，但却双眉如剑、目光炯炯、伟岸挺拔、虎背熊腰，浑身透出一种刚毅和自信。正当他欣赏之际，辛弃疾已大步走到他的跟前，单膝跪地，抱拳说道：“辛弃疾拜见耿元帅。”

耿京连忙双手扶他起来，又一一向各位首领做了介绍之后，便挽住了辛弃疾的手臂，并肩进了东平府。

为辛弃疾接风的宴席，设在天平军的议事大厅里，主席桌上分别坐着太平军都统领贾瑞、河北等路安抚置制使王友直，统制官刘震、张安国、邵进，右军总管刘弁、游击统制孙肇，左制统制刘伯达、总辖司提督董昭等各部的首领。辛弃疾和他的首领们在客席桌上就座。

耿京举起酒杯，站起来说道："耿某既非科班出身，又非将帅之后，只是借了天时地利，又得诸位将领鼎力相助，才有了今日之职。耿某久闻辛将军英名，又知将军文武双修，精通兵法，治军有方，今日率军前来，是耿某之幸，也是天平军之幸！耿某以天平军将士名义，向远道而来的辛将军敬上薄酒一盏，以表心意。"说完，将盏中的酒一饮而尽。

紧接着众将领们也纷纷站起来敬酒。

席间，辛弃疾侃侃而谈。他不但谈了两度前往燕京的经历，还分析了宋、金对峙的变化以及天下大势，在谈到中原地区敌我态势时，他顺手展开了带在身上的一幅地域图，他指着图上标出的城邑、道路、关隘、山川等符号，指出哪里是金兵驻扎的营垒，将领是谁，兵力多少，马匹多少，以及粮草贮存何处等，他说得有理有据，清楚明了，耿京和将领们听了，都赞叹不已。

耿京见他谈吐不凡，见解透彻，十分高兴，又想起了鲁峰的举荐和托付，便向身边的贾瑞看了一眼。贾瑞会意，连忙站起来，大声说道："诸位将领，天平军节度使、耿京元帅，有重大决定要宣布。"

宴席上的将领们听了，连忙放下手中的酒杯，议事大厅里一片肃静。

耿京离席走到大厅中央，大声宣布："本节度决定，任命辛弃疾将军为东平节度使掌书记之职。"

话音刚落，大厅里便响起了一阵欢呼声。

紧接着，贾瑞从一只紫檀木匣中取出了包在红绸中的帅印，双手捧给了耿京。耿京接过后，对辛弃疾说道："这是东平节度使的印鉴，凡我部发布文告、各部调动、官职任命等重大事宜，均需盖上此印，方可生效。现将此印交付辛将军，望将军妥善保管。"

天平军节度使的掌书记，虽然官职不高，但却执掌着节度使的帅印，可见耿京对辛弃疾的器重和信任了。

辛弃疾双手捧着硕大的印鉴，激动地说道："末将绝不辜负耿帅和诸位将军的信赖，愿以身家性命保管此印。人在，印在，印失，人死！"

他的话虽然不多，但掷地有声，大厅里的欢呼声在东平城上空久久回荡着。

5

山东各地的反金义军，多是庄稼汉出身，大都读书不多，还有的目不识丁，但是他们仗义豪爽，作战勇猛。其中不乏无业游民和市井无赖混迹其中，良莠难分。由于缺乏训练，军纪涣散，常有扰民伤户之事发生；有的争名夺利，拉帮结派；有的甚至脚踏两只船，若义军成了气候，可弄个一官半职，若形势不利，便抽身脱逃，甚至会投靠新的主子；还有的将领私自出营光顾青楼。耿京对此虽然深恶痛绝，却又难以根治。

有一天晚上，耿京正和贾瑞商讨治军之策时，辛弃疾叩门进了大帐。他将刚刚草拟的“天平军铁律十条”呈给了耿京。

耿京看过之后，把案子一拍，大声说道：“好！太好了！军纪涣散，是军中的顽疾。天平军有了这十条铁律，就会成为百战百胜的铁军！”

贾瑞边看边说：“掌书记所拟的十条铁律，对我们义军来说，是一场久旱逢甘露的及时雨啊！”

经耿京同意后，辛弃疾当天夜里就抄写了数十份“天平军铁律十条”，天一亮便派人贴在了各部军营的门上。

说来也巧，就在贴出“天平军铁律十条”的第二天，有人报告：一个叫辛有魁的义军首领，昨晚私自出营，因饮酒过量，醉在城东的太平酒楼上，不但打伤了店小二，店主与他论理时，他竟将店主推到了楼下，店主因伤着了颅骨，已经气绝身亡！此事已激起民愤，城里的士绅和商家代表，联名将他告到了天平军大营，纷纷要求严惩肇事首领。

此事本应让刚刚公布的十条铁律惩处，但耿京却为难起来。因为辛有魁是一名中级首领，曾立过战功。论起辈分来，还是辛弃疾的叔辈。若不严惩，士绅和商家代表不会答应；若对他严惩，又碍着掌书记的面子。怎么办？正当耿京为难之际，统制官张安国和邵进说道：“这可是掌书记带来的首领，刚公布的十条铁律，恐怕就……”他冷笑了一声，“成了泥巴律了。”

耿京正想派人去找辛弃疾，商量如何处置此事时，辛弃疾已大步跨进了大帐，说道：“耿元帅，按天平军的十条铁律，辛有魁罪该斩首，末将愿当监刑官！”说完将草拟的一份布告放在了耿京的书桌上。

耿京看了布告上所列的罪状，感到有些为难，说道：“他罪该当斩，但他家中尚有一双儿女，还有古稀的老父……”

没等他说完，辛弃疾连忙说道：“我已经派辛文秋去了四风闸，由族人收养他的儿女。其父去世时，族人会亲自将他送往辛家的家山。”说着，将蘸了朱砂的狼毫递给了耿京：“请元帅发令吧！”

待耿京在布告上画上了一个红色的大勾后，辛弃疾转身出了大厅，将布告贴在军校场的石墙上了。

处置了辛有魁之后，天平军的将士们再也没有人敢明目张胆地违反军中的纪律了，大家也对这位二十二岁的掌书记，更加敬重和佩服了。

6

在天平军中，辛弃疾本是文官之职，耿京不但让他执掌了印鉴、草拟军中命令、撰写安民告示等，还让他参加了天平军的军事会议；出行时也让他跟随在身边，和他并驾而行，前往各处军营、视察演练、查看防务。掌书记在军中的威望越来越高。

但是天有不测风云，战场上的形势瞬息万变。自完颜雍称帝之后，他改变了完颜亮只图南下、不顾后方的战略，派出使臣与南方议和，但他不放弃被完颜亮已占领的中原一带。他将集中金国兵力，来对付中原的反金义军。

在耿京召开的高级军事会议上，耿京让辛弃疾分析了宋、金双方的战况和中原地区面临的严峻形势。将士们听了之后，大多数赞同他的看法，也有几位将军有些半信半疑。一直未发表意见的张安国忽然问道："请问掌书记，你的这些分析，可有真凭实据？"

辛弃疾心中早有准备，他走到挂在墙上的地域图旁边，一边指着地图一边说道："天平军曾向荆、襄、江、淮等地派出了侦骑，打探到了金兵在南方的动向。在下反复分析了得到的可靠消息，才做出了这种判断。目前，我们应抓住金国暂时停兵的有利时机，扩大兵力，挥军东进，占领更多的地盘，以抗衡完颜雍的重兵压境。"

耿京要求各位首领，一是尽快收编一批小股义军，扩大天平军的规模；二是要储备三个月的粮草，以备与金兵长期作战之需。

紧急会议结束之后，天平军的将领们便匆忙离开了议事大厅。

昨日，义端和尚特别幸运，他率领着一千四百多名义军，去攻打荥阳城时，没想到城里的县令和金兵早已弃城逃跑了。他不费吹灰之力，不但占领了县衙，掏空了库房的钱粮，还以搜查金兵为名，顺手牵羊，光顾了三家商铺。这是他起事以来，最得意的一场胜仗。于是，他在县衙里举办了盛大的酒宴，以示庆贺。

谁知开宴不久，三千多名金兵像三股陡起的旋风，从北、东、西三个城门冲进城中。由于事先未派出哨兵，金兵入城如入无人之境！

当金兵包围了县衙之后，义端和他的义军已应战不及，只好慌忙逃出了南门，金兵在后面穷追不舍。当他们逃到山中的寨门时，更是吓出了一身冷汗，原来寨中的营房已被金兵烧成了一片灰烬！

义端收拢被打散的义军时才发现，一千四百余人的义军，如今只剩下六百余人了！

原来不少人害怕再遇到金兵，有的已经离队回家，有的自谋出路去了，还有的投奔了其他的义军。

这时，义端身边的一位首领说："辛少爷的那支义军，不但人马强大，还打了不少的胜仗，如今他都投奔了耿京的天平军，我们再硬撑下去，恐怕只能全军覆没了。"

其他首领也纷纷议论起来："耿京的天平军有二十五万人，我们投奔他就有了靠山！"

"对！投奔耿京，我们才有出路！"

"眼下我们这种熊样子，耿京会收留我们？"

……

其实，义端也知道，自己不是一块带兵打仗的材料，他也曾经想过投奔之事，但心中有了些顾虑，若投奔了天平军，一怕丢了军权，二怕受不了军中的规矩。如今，走到今天这种境地，看来，去投奔耿京，是唯一可选的路了。他便说道："我也想去投奔耿京，就是不知道耿京肯不肯收留我们。"

有人说："你不是辛少爷的师兄吗？他如今可是天平军的掌书记，耿京身边的大红人。你去求求他，兴许耿京会收留我们。"

这时，忽见远处有一队人马飞奔而来。难道是金兵追来了？若是金兵追来，挡是挡不住的，撤也来不及了。正在为难时，身边有人大喊起来："快看！那是耿京的天平军！"

义端仔细看时，果然看见飘扬的旌旗上面有一个大大的"耿"字！

转眼之间马队已驰到了跟前，一位年轻的将军喊道："义端师兄……"

义端已认出了马上的骑者，他连忙奔了过去，连声说道："辛少爷，辛师弟，不，辛将军，辛掌书记，可把你盼来了，这是天意啊！"说着，他竟"呜呜呜"地大哭起来。

听说辛弃疾带来了义端和他的义军，耿京十分高兴，虽然只有六百多人，但这是扩大天平军的首创，此举必将激励其他将领扩大兵员，以壮大实力，迎接即将到来的对金决战。耿京命人设宴为义端和他的部属洗尘。同时还宣布：任命义端为天平军的校尉，仍然率领他原有的兵马，归属张安国统领。

不过也有人对义端有些议论，有的说他胆大，力气也大，打起仗来，敢拼命；喝起酒来，不要命。有的说他爱贪图小利，为人不拘小节……

议论归议论，由于是掌书记辛弃疾将军将他带进天平军的，过了一段日子，军中的议论便渐渐听不见了。

第八章

天平军的帅印深夜被盗，他一人单骑追凶，终于拎回了叛逃者的首级；纵论天下形势，义军决定归附南宋。

弄影阑干，吹香岩谷。枝枝点点黄金粟。未堪收拾付薰炉，窗前且把《离骚》读。
奴仆葵花，儿曹金菊。一秋风露清凉足。傍边只欠个姮娥，分明身在蟾宫宿。

——《踏莎行·赋木犀》

1

宋绍兴三十一年，金大定元年（1161年）八月，秋风渐起，天高气爽，中原一带田地里的高粱穗子红透了，谷穗饱满了，蝈蝈儿的叫声响成了一片，院子里的石榴裂开了口，露出了晶莹的籽儿。大人们正在“霍霍”磨镰，准备收割秋庄稼，孩子们举着竹竿子围在枣树下，每挥竿打一下，枣儿便雨点般地落在地上，引起一片欢乐的笑声。

庄户人家正盼着开镰，收割一年的血汗收成，而金兵也没闲着。这些在草原上放牧牛羊的金兵，种庄稼，他们是门外汉，抢粮食，却是他们的拿手活。五月端午收割小麦时，他们倾巢而出，不但抢割了汉人的小麦，甚至还窜到院场里抢了正在碾压的麦穗！被抢的人家眼睁睁地看着一年的口粮被金兵们抢劫而去，他们呼天天不应，喊地地不语，只好将眼泪和仇恨深深埋在了心里。

这天午后，辛弃疾坐在掌书记房，正起草一份严防金兵出营抢割庄稼的布告，忽然听见有人叩门，邹虎开门一看，见是义端站在门口。

义端问道：“掌书记在吗？”

邹虎点了点头。

义端：“我先进去看看他，行吗？”

邹虎摇了摇头，低声说道：“辛将军正在忙公事。”

这时，忽然从里间传来辛弃疾的声音：“请师兄进来说话吧！”

义端投奔天平军已有三个多月了，这还是他第一次见到辛弃疾。

辛弃疾发现，义端不但脸色颇好，身子也明显发胖了，便笑着问道：“师兄，你怎么发福了？”

义端笑着说道：“在这里，虽然官职不高，但不愁吃不饱肚子。再说，也用不着整天提心吊胆了，晚上也能睡个安稳觉了，身子怎么不发胖？”

他说的不是实话。当年他是一支义军首领时，吃一大碗红烧肉，再喝上一壶高粱酒，倒头便睡到大天亮，比神仙还自在。如今进了天平军，需要遵守营中的军规，不经批准，更不能随便出营光顾大街上的酒楼。他觉得闷得难受，所以来找辛弃疾，想说说话，解解闷。

辛弃疾写完了布告，从紫檀木匣中取出了天平军的帅印，在文告上工工整整地盖上了印鉴之后，又将帅印放进了紫檀木匣中。

义端见了，眼里放着光，显得十分羡慕，说道：“师弟的这方帅印，可比黄金还贵啊！”

辛弃疾听了，点了点头。他问起了义端在天平军中的生活，还鼓励他一定要学好带兵之法，以报效天平军。

义端边听边点头，二人一直谈到暮色降临，辛弃疾才将他送出了大营，分手告别。

因为忙碌了一天，辛弃疾上床之后便进入了梦乡，当他躺到四更时，耿京忽然派人送来一封送往河北义军首领王友直的紧急文书，要辛弃疾加盖天平军的印鉴。

辛弃疾连忙披衣下床，和邹虎一道去了大营中的掌书记房。邹虎打开了门上的大铁锁，又从靠外墙的柜子中取出紫檀木匣，刚一打开木匣，他便大声惊叫起来：“辛将军，帅印不见了！”

辛弃疾听了，连忙过去查看，果然见紫檀木匣中空空如也！印鉴哪里去了？掌书记房的门锁完好无损，装帅印的木匣完好无损，却独独不见了匣中的帅印，帅印怎么会不翼而飞？

辛弃疾连忙命令邹虎在掌书记房周围仔细查看，自己也在掌书记房中仔细寻找蛛丝马迹。忽然，他发现墙上的一扇窗板撬动过了！他顿时明白了，盗窃帅印的贼人，是翻窗进了掌书记房，盗走帅印之后，又翻窗逃走了。

天平军的帅印被盗，是天平军起事以来最为严重的大事，若不及时找回来，天平军的一切书檄文告便是一张废纸！辛弃疾知道事关重大，便连忙去了耿京的大帐，向他禀报了帅印失窃之事。

耿京正与几位首领商量派兵保护秋收之事，当他听说帅印被盗之后，大为惊骇。他大声责问：“辛将军，本帅任命你为掌书记，并由你保管天平军帅印，这是我把天平军托付给你了，你却渎职失印！你自己说，该当何罪？”

辛弃疾连忙跪在地上，大声说道：“末将接印时，曾发过誓‘愿以身家性命保管此印！人在，印在，印失，人死！’”

大帐里鸦雀无声，因事发突然，首领们都不知道该如何处置，大家都在等耿京发话。

这时张安国说道：“既然丢了帅印，应该按照军法处置失职的辛将军！”

贾瑞说道：“眼下还不是处置辛将军的时候，最要紧的是查明谁盗走了帅印，怎么

追回来。”

有的首领表示赞同：“对，要先找到盗印者，查明帅印藏在了哪里。”

就在大家议论纷纷时，辛弃疾脑海里忽然闪现出一个人，他说道：“耿帅，我怀疑一个人盗走了帅印！”

耿京：“谁？”

“义端！”辛弃疾说，接着他将义端曾去过掌书记房，在辛弃疾盖帅印时，对帅印表现出极大的兴趣都说了出来。

众人听了，十分气愤，要求捉拿义端，追回帅印。

耿京听了，连忙问道：“谁见过义端？”

大家摇了摇头，都说没有见过义端。

正在这时，邹虎来报：已查明营中人数，独独少了义端！

其实张安国昨夜是见过义端的。

义端的六百名义军虽然归属了张安国，但他认为义端并非自己的嫡系部属，并未认真管束。他也知道义端常常出营饮酒、寻欢作乐，却从未对义端做出处治。义端为了讨好他，还将酒肴送到他的帐中，二人常常对饮谈笑、通宵达旦。昨晚，他看到义端从马厩里牵出了一匹马，背上还背着个包袱，刚好被他遇上了，他假装没有看见，低着头走路，任凭义端离营而去了。

不过他不敢将义端出营的事说出来。

如今义端偷走了帅印，恐怕早已逃远了，那么渎职丢印的罪责，就应当由辛弃疾这位掌书记承担了。张安国心中暗自高兴。

就在耿京怒气未消，众首领们不知所措时，辛弃疾大声说道：“帅印是末将保管的，也是在末将手上丢失的。末将愿意将功折罪，去夺回帅印！”

耿京：“夺回帅印？需要多长时间？”

辛弃疾：“三天之内！”

耿京：“需要带多少人马？”

辛弃疾：“末将一人一骑，便可夺回！”

耿京：“若追不回帅印呢？”

辛弃疾：“末将愿立军令状：若三天之内追不回帅印，甘愿军法处置！”

耿京想了想，把手一挥，立即下令：“本帅命令掌书记辛弃疾，即刻出营，追回本帅帅印！”

辛弃疾连忙站起来，向耿京和众首领们施礼后，披上他的紫色斗篷，翻身跃马。他一声呼啸，那匹枣红马便冲出了大营。

2

逃出了天平军大营的义端，活像一只丧家之犬。由于是半夜时分，天上下着毛毛细雨，他分辨不出方向，又怕有人追来，只知道不停地抽打着胯下的马匹。忽然，马匹突失前蹄，马趴下了，他从马背上甩出了一丈多远！待他爬起来时，发现马的前腿并未折断，便又上了马继续逃跑。

天色渐渐亮了起来，他朝周围一看，不禁暗自高兴起来。原来，眼前是一条山路，沿着山路也能抵达金兵驻守的商河县城。山路自然难走，但可以避开天平军的追杀。他心里默默计算着，当辛弃疾发现帅印丢失后，已是今日的辰时了。若耿京派兵出营来追，即便也是沿着这条山路追来，也已迟了大半天；若沿着大路追来，大路比小路远了一百五十多里，就整整耽搁一整天了！谢天谢地，自己这条命算是保住了。

到了午时，他又饥又渴，看见路边有家小店，店门前斜插着一面招客的蓝旗，旗上绣着一个大大的“酒”字。他真想下马歇一歇，待吃饱喝足之后再继续赶路，但他还是忍住了，只向店家讨了一瓢凉水，站在路边灌了下去，又继续赶路了。

前面的山路越来越难走了，因为马匹未喂草料，速度也越来越慢了，背上的那方帅印也越来越重了。不过，一想到帅印，义端不由得精神一振。若将天平军的这枚帅印送到金人手中，准能换个县令之位！若是运气好，能送到金主完颜雍那里，说不定还能赐一顶知府的乌纱呢！

义端抬头朝远处望了望，一座城池的轮廓已隐约可见，他知道那就是商河城。阿弥陀佛！总算逃出了天平军的辖地，再有两个时辰，就能赶到商河城。他心里想：人为财死，鸟为食亡。耿京的帅印丢了，必定要迁怒于辛弃疾。此刻，师弟辛弃疾大约已被斩首了！

想起辛弃疾，义端心中便有些发虚，自言自语地说道：“师弟啊，凭良心说，你是个真君子，大英雄，不过也是个倒霉蛋！人各有志，你也别怪我，明年的今日便是你的忌日，师兄一定为你烧上三炷香。”

离商河县城越来越近了，已经能看到城外的金兵营寨了，马匹也由奔跑变成了小碎步。义端骑在马背上，正想象着县令和金兵头目为他设宴的热闹场面，心里美滋滋的。这时，忽听身后传来“嘚嘚”的马蹄声。义端转头一看，见一骑由远处直奔而来，还没等他看清楚骑者是谁，就听见有人大吼：“逆贼义端，快快下马受死！”

义端听了，浑身一惊，原来骑在马上的是辛弃疾！

义端想策马逃跑，手脚酸软得如同抽了筋，浑身如同筛糠。辛弃疾赶马上来，伸出右手，一把将他从马背上揪了下来，狠狠地摔在了地上。

辛弃疾跳下马，将帅印从义端后背上拽下来，然后一脚踢向义端的命门。义端就势一滚，辛弃疾反手一拳砸下来，正砸中义端的鼻子，义端抹了一把鼻血，刚想抽出刀，辛弃疾飞出一脚，将他的刀踢飞了。义端见势不妙，弓着腰爬起来，想逃跑，辛弃疾伸手抓住他的胳膊一摔，将他摔在了地上，又抽出鱼肠剑，直指义端的咽喉："说！为什么要偷帅印？"

义端浑身哆嗦，眼珠骨碌碌一转，忽然喊道："你看！谁来了！"辛弃疾回头一看，不想义端在地上打了几个滚，滚到了他的马边，正想翻身上马，辛弃疾飞起一脚，踢中了马腿。随着马匹倒地，义端摔了个嘴啃泥！他一看跑不了，连忙跪在地上，一边鸡啄米似的磕着头，一边哭着左右开弓打着自己的耳光说："师兄糊涂！师兄糊涂！师弟饶命！师兄因贪酒喝，看见帅印，见是稀罕之物，想偷去换点酒钱……"

看着义端的这副丑态，辛弃疾强压住心中的怒火："换酒钱？怎么往金兵营寨来了？怕是去金人那里去换赏钱吧？"

"不敢！不敢！师兄不敢！师弟啊，看在师父的分上，你就放过我吧！师弟的前世是一只青兕，杀我这样的人就像大象踩死一只小蚱蜢一般！看在师父的分上，你饶了我吧！"

看着辛弃疾眼里的鄙夷与愤怒，义端头磕得更响了："师弟饶我一命，胜造七级浮屠，我永生永世不忘师弟的大恩大德……"

话未说完，义端悄悄从腿部绑带里抽出一把匕首，猛地朝辛弃疾的脚扎去。

辛弃疾眼疾手快，他回转身来，一脚踏上了义端的后背。

义端的脸顷刻变成了猪肝色，只在那里"呜呜"惨叫。

辛弃疾："我若饶了你这个卖身求荣的孽贼，就是对天平军不义，也是对大宋不忠！"说完，扬起鱼肠剑一挥，只见寒光一闪，义端的首级便滚落在路边了。

此时，雨停了，云彩里露出了一丝阳光。

义端临死前所说的青兕，是古代的一种猛兽，它浑身青色，体型小于虎，飞奔快于豹，异常凶猛。义端说辛弃疾的前世是青兕托生，是指辛弃疾相貌不凡，异常凶猛，无人能敌。他本来是以此想讨好、软化辛弃疾，以求活命，谁知辛弃疾早已识破了他的伎俩，让他得到了应有的下场。

辛弃疾在义端尸体的衣服上擦去了鱼肠剑上的血迹，翻身上马，沿着来路飞奔而去。

第二天一早，耿京步出大帐，望了远处的天空，说道："今天已经是第二天了，恐怕义端这个逆贼已经逃得无影无踪了。掌书记怕是追不回帅印了。"说完，长长地叹了一口气。

邵进听了，说道："辛将军只身去追义端，会不会是肉包子打狗，他也不回来了？"

贾瑞说：“今天才是第二天呢，他也许明天就能赶回大营。”

张安国冷笑着说：“他就是回来了，若追不回帅印，也要军法论处！”

就在这时，一直站在大营门前的邹虎指着远处大声喊了起来：“看！辛将军回来了！”

听说辛弃疾回来了，义军的将士们纷纷聚集到大营门前来看热闹。

随着一阵欢呼声，辛弃疾已经进了大营。他刚刚跳下马来，那匹枣红马便喘着气卧倒在地上了。

辛弃疾大步走到耿京跟前，解下背上的帅印，双手递给了耿京：“耿元帅，天平军的帅印，完璧归赵！”

耿京接过帅印，解开了红绸包袱，将帅印高高托在手上，让身边的属下观看。帅印在阳光下熠熠生辉，又引来了一阵欢呼声。

耿京将帅印又还给了辛弃疾，笑着说道：“辛将军提前一天追回帅印，还是由辛将军保管帅印。”说完，又将帅印交给了辛弃疾。

张安国问道：“辛将军追回了帅印，可喜可贺，只是可惜，让义端逃走了。”

有人说：“是啊，那偷帅印的义端呢？是不是逃走了？”

有人接过话题：“逃得了初一，逃不过十五！要是以后逮着了他，就老账新账一起算！”

……

辛弃疾听了，指了指自己的马匹，说道：“末将已将义端的首级取了下来，带回了大营，请元帅验明。”他又转身对邹虎说：“解下马镫上的包袱。”

邹虎解开了包袱，刹那，一个狰狞的秃头首级露了出来！众人看过之后，都说这就是义端的脑袋。

“辛将军，你一路辛苦了，本帅设宴，为你洗尘！”耿京说完，上前挽着辛弃疾的手臂，带着众首领们去了他的大营。

辛弃疾斩杀义端，夺回天平军帅印的消息，很快便传遍了义军的各个兵营，也传到了被金人占领的城邑，让亲者感到大快人心，也让仇者感到胆战心惊。

3

重阳之后，天气变冷，辛弃疾在巡逻的路途上，望着满眼飘落的枯叶，看到义军将士们衣衫单薄，为了夜间御寒，他们捡来枯枝败叶，围坐在篝火旁边烤火取暖。他忽然想起当初在历城聚众起义时的情景，心有所动，便轻声吟了一首诗。

走在他身边的邹虎问：“辛将军，你哼的是什么曲儿？唱出来让俺也听听，好吗？”

辛弃疾点了点头，说道：“这是我的一首小诗。”他轻声吟哦起来：

昔者戍南乡，泰山郁苍苍。
铁衣卧枕戈，睡觉满身霜。

这时，忽有紧急军报送到了天平军的大营，辛弃疾被召到了耿京的大营。

原来，魏胜的反金义军驻扎在山东的海州，遭到了金兵的围攻，军情十分紧急。天平军的首领们正在耿京的大帐内研究如何支援魏胜。

有的说，东平离海州太远，途中又要经过金兵占领的地区，建议魏胜暂时弃城，保存实力。

有的说，天平军可派一支骑兵前去海州，与城里的义军里应外合，以解围城之险。

会议进行了两个多时辰，各方意见仍未得到统一。耿京望着一言未发的辛弃疾问道：“不知道掌书记有何良策？”

辛弃疾说：“对海州如何解围，末将以为，只派一支骑兵前去支援，不但难以击退围城的金兵，而且金兵会以逸待劳，对我不利。我认为，派义军骑兵去极其不利。至于弃城撤兵，以保存实力，更不可取。此举不但长了金兵的威风，也伤了义军的志气。”

首领们听了，有人说：“难道看到海州被围，我们能袖手旁观吗？”

有的说：“对呀，友军被围，天平军决不能无动于衷！”

耿京已从辛弃疾的话中知道了他已有了海州解围的策略，他站起来说：“本帅想听听辛弃疾的看法。”

辛弃疾站了起来。他谈了金、宋双方的大形势，也谈了海州的小形势。他认为，天平军不但不应袖手旁观，还应该举全军之力，火速赶到海州，并借宋军水师北上之际，合力打击金兵，才能解除海州之围。

接着，他又提出了分头出兵的方案：派李铁锤率军前往海州，马军将领王世隆前去增援海州；山东各地的义军首领明椿、刘异、郑云等同时发兵响应。再派人去联络宋军沿海制置使李宝，请他挥师北上，配合各路义军与金兵决战，海州之围，便可迎刃而解。

耿京听了，连连击掌，表示赞同。其他首领也认为这是海州解围的上策。于是，让辛弃疾草拟了具体作战方案和首领出兵的时间以及行军的路线。

会议结束后，各首领按照耿京下达的命令，星夜率兵出发了。

海州之战打响之后，经过一个月的较量，战场上的发展果如辛弃疾所料，金兵节节败退，海州终于解围。与此同时，各路义军配合李宝的大宋水师一道，向盘踞在胶州湾中的金兵发出了声势浩大的进攻。由于金兵在草原生活惯了，他们既不谙水性，又不会升帆掌舵，加之兵员多是强行征来的汉人，他们本来就对入侵的金兵强烈不满，当义军发动进攻时，他们有的弃船登岸，逃离了战场，有的则投降了义军。于是，驻扎在陈家岛的李宝水师，乘着南刮的强风发起了火攻，他们的火箭从四面八方飞向敌船。一时间，金兵船上的甲板成了火海，船帆成了硕大的火把，映红了半边天！大火连续烧了三天三夜，有的金兵被大火活活烧死，有的跳进海里，喂了胶州湾的鱼虾。

紧接着，李铁锤率领的义军也从陆地上向顽抗的金兵发起了猛攻，斩杀了金兵无数，金兵统帅虽然逃过了一劫，但他的马弁、家奴等全部被义军所歼。

在海州解围的战争中，辛弃疾亲自披挂上阵，他在战前提出的兵力调度，以及与大宋水师配合作战等战术，对指挥这场大战至关重要，功不可没。

4

天有不测风云，就在胶州湾大捷、军民欢腾鼓舞之时，宋、金和中原义军的形势已悄悄发生了变化。

金世宗完颜雍和金主完颜亮本是皇族兄弟，完颜雍的名字叫乌禄，是金太祖阿骨打的嫡孙，袭封曹国公，治镇东海辽阳府（今辽阳市）。

完颜雍的皇兄完颜亮，名迪古，也是金太祖阿骨打的嫡孙。完颜亮以皇室王子的身份，被封为寿国大将军，后累迁为龙虎大将军、中京留守、光禄大夫等职，最后当了金国的丞相兼都元帅。但他野心极大，且生性残忍，竟杀了他的族兄——金国国主完颜亶，自立为金国皇帝。

他继位后，凡反对他的大臣、族人，皆株连九族！金太宗的子孙共七十余人，全数被他杀死！他还强征金国男丁入伍，攻打南宋，多行不义，惹得怨声载道，民不聊生。

完颜雍与他恰恰相反，他为人仁孝，沉静明达，颇有智慧，受到金国臣民们的拥戴。他对完颜亮弑兄篡位的行径极为不满，趁完颜亮攻打南宋的机会，他派人四处发布文告，历数完颜亮的种种罪状。完颜亮终于被他的部将所杀，他于宋绍兴三十一年（1161 年）称帝，改年号为大定，这就是金世宗。

完颜雍自立为帝后，中原地区的反金义军大受鼓舞。他们认为，金国皇帝更替，内乱不息，正是驱逐金兵、恢复大宋的大好时机。耿京立即召集义军的首领们举行高层会议，商定义军对金、对宋政策，准备联合宋军，与金兵进行决战。

在这次决定天平军命运的军事会议上，辛弃疾对南宋、金国和中原义军的形势进行了详尽的分析。

金世宗登位后，他既要对付江南的南宋政权，又要面对风起云涌的各地义军，加之国内矛盾不断，于是，他便颁布了一些重大政策，以缓解内外的压力。

他首先派出元帅、右监军高忠建为金国使节，与南宋商定议和。又命山东、河北、

陕西等强征的士卒，放还归家。前策可使金国立足，后策可缓和中原地区的社会矛盾。

更应引起义军重视的，是金世宗软硬兼施的怀柔政策。金世宗已派出安抚使慰问山东等地的民众，还在一些地方实行收买人心的政策，并降旨“在山者为盗贼，下山者为良民”，其用心是瓦解义军的斗志，攻占义军的人心。他用这种办法对付中原的义军和百姓，胜过他们的铁骑和弯刀。

当辛弃疾分析到这里时，议事大厅里的首领们大吃一惊，也都感到了事态的严峻。

辛弃疾看了看大家，接着他又说出了在义军军营里的一些见闻：

金兵知道，用刀枪制服不了中原同胞，他们便派人四处笼络人心，说什么，只要放下兵器回家种地，就是金国的顺民。

金国还派出说客，游说义军首领，让他们反水投金，可名利双收。

辛弃疾有些激动，他说：“天平军曾经出了一个叛徒、逆贼义端，将来会不会出第二个、第三个义端？末将说的并非空穴来风，危言耸听。末将还知道，山东的海战之后，我们义军的李铁锤、王世隆等首领，都已追随大宋的水师归附了大宋，这样一来，又削弱了我们的兵力。请诸位想一想，我们抗金复宋的义军该何去何从？”

耿京听到这里，早已坐不住了，说道：“掌书记所言，本帅佩服，请问，我们义军应如何应对眼前的形势？”

首领们都激动起来，有人问道：“以掌书记所见，我们义军该怎么办？”

“对，我们义军的出路在哪里？”

一直没有说话的贾瑞说道：“掌书记说的，也是在下心里想的，在下想听听掌书记的高见。”

耿京听了，也连连点头。

辛弃疾：“末将以为，在宋金和谈之前，金兵既要攻打临安，又要分兵对付中原义军，首尾难以相顾，力不从心，但是对义军有利。若宋金一旦达成和谈协议，金兵便可抽出兵力，切断大宋与中原义军的联系，金国便可举一国之力来对付中原义军。义军不但兵力不足，且寒冬将至，粮草寒衣也将难以维持。摆在义军面前的只有一条路，也是唯一的一条路。”

“是什么路？”众人连忙问道。

辛弃疾斩钉截铁地说：“归附大宋，与宋军相配合，才能驱走金兵，恢复大宋社稷！”

大家听了，都认为他的分析有理有据，十分折服，纷纷表示同意归附大宋。

张安国和几位首领一直在默默地听着，他们既不点头，也不摇头。邵进悄悄问他：“归附了大宋，我等还有兵权吗？”

张安国没有回答。

耿京见天色不早了，便站了起来。他命辛弃疾起草归附大宋的章表。

辛弃疾拟好之后，他第一个在章表上签上自己的名字，还按上了手模。

接下来，就是讨论派谁代表天平军前往江南，奉表觐见宋高宗。

虽时已中午，但因事关重大，而且时间紧迫，耿京命人将饭菜送到了议事大厅，让首领们边吃饭边议论，派谁奉表南下最为合适。

饭还没吃完，结果就出来了。因耿京是义军之首，不能离营南下。大家一致推举贾瑞为天平军代表，奉表前去江南。

其实，首领们谁不想代表天平军去觐见大宋皇帝？因为这不但是件光宗耀祖的大事，也是自己平生的幸事。但他们都有自知之明，他们敢面对强敌在战场上冲锋陷阵，但若让他作为代表去觐见宋高宗——当前的陛下，却都感到难以承受此任，因为一是不懂得朝廷的礼仪规矩；二是因为读书不多，若皇上问起话来，不知如何应答；三是要在天平军中担任重要职位和有较高的威望才行。大家一个个比较起来，一致认为贾瑞是最合适的人选，因为他不但是天平军的左元帅，而且在将士中威望颇高。

谁知贾瑞连连摇手，他坦言自己读书太少，没经过大场面，担心因为自己的无能而误了天平军的前途。

耿京听了，不以为然，他大声说道：“前往江南面圣，非贾将军莫属！这是军令，军令如山！”顿了顿，他又说：“你想带谁去，说吧！”

贾瑞知道自己拗不过耿京，便指了耿京身边的辛弃疾：“末将要求掌书记同行，他博学多才、处事不惊、文武兼备。他若同去江南，末将才能担当得起面圣的使命！”

耿京听了，没有立即答应，因为他实在离不开辛弃疾了。辛弃疾若走了，遇到大事急事，自己找谁商量？但若不答应贾瑞，似乎也说不过去。

辛弃疾的确是去江南面圣的合适人选，耿京答应了贾瑞：“本帅答应你，但不知道掌书记愿不愿意去江南面圣。”

辛弃疾连忙站起来，掷地有声地说：“末将愿意前去江南面圣！”

正端着碗吃饭的张安国也附和着：“掌书记去江南面圣，是最佳人选。”他转头望了望邵进：“你说呢？”

邵进：“对！对！掌书记是最佳人选。”

耿京和首领们都万万没想到，今天的决定，不但改变了贾瑞、辛弃疾等人的命运，也改变了他自己和天平军的命运。

这难道是上苍的有意安排？

5

晚上，一轮清月高悬，因首领们都回到了各自的军营，除了不时有巡逻的士兵，天平府里显得十分安静。耿京坐在天平军元帅大帐里，他望着蜡烛不断跳动的火焰，又想起了白天的军事会议，他已意识到了今天的会议非同寻常，派代表奉表前往江南觐见大宋皇帝，是大势所趋，只是掌书记离开了自己，虽然是暂时离开，但他一直有些心神不安。虽然自己的年龄、经历和性格与辛弃疾大不相同，但他总觉得自己与辛弃疾情同手足、心心相通、难分难舍。

正在这时，有人叩门。从有节奏的叩门声中，耿京知道是谁来了，便大声说道："是弃疾吧？快请进来！"他今天没像平时那样称他为掌书记或辛将军，而是直接称呼他的名字。

辛弃疾进来后，二人隔桌而坐，蜡烛的光焰"突突"跳动着，耿京拿起一把小剪刀，剪去了烛芯中的灰烬，大帐中立刻明亮了许多。他望着辛弃疾的脸庞说："弃疾啊，你和贾瑞领命前去江南，衔命重大，若皇帝觐见，望代本帅和二十五万天平军将士，向皇上谢恩。本帅希望你速去速归。今后，本帅还依仗于你，为恢复大宋建功立业。"

辛弃疾听了，连连点头。

耿京又说："不论圣上诏任本帅何职，都是莫大的荣耀，只是……"

辛弃疾："还有什么吩咐，请大帅直说无妨。"

耿京笑了："也没什么了，望你到了临安，多联络文武官员，并代表本帅向他们致意。也望你早日归来，不知道为什么，本帅一天都不想离开你，弃疾。"

辛弃疾知道他心里还有些顾虑。在中原，他是最大的义军的首领，手握实权、兵多将广、一言九鼎，若归附了朝廷，将会受到多方制约，手中之权，也会削弱不少。也许他还担心出身草根，会受到同僚们的歧视甚至排斥。于是，辛弃疾说："耿帅，义军的兵力再多，也是在野占山为王、落草为寇，毕竟难成气候，江河入海，才会奔腾不息。义军归附了大宋，就有了江山社稷为后盾，天平军就修成了正果了。耿帅，末将说的对吗？"

耿京点了点头。

辛弃疾："不过，末将离开大帅前，要提醒大帅几句，不知该不该说？"

耿京："好啊，请说吧！"

辛弃疾："我们天平军虽有二十五万众，但都是来自各行各业。虽然都是义军，但都有所好，也都有所求。耿帅的部下，大都忠心仗义，但也有的人心术不正，对义端之类的名利之徒，一定要防范。"

耿京点了点头："谢谢弃疾的提醒，知我者，莫过弃疾呀！"说到这里，耿京的眼眶红了。

大帐中的烛光，一直亮到了深夜。

不过，他们都不曾料到，这竟是二人最后的一次促膝谈心。

第九章

一匹泥塑的骏马，真的驮着康王渡过了长江？中原的觐见使终于在建康行宫见到了高宗皇帝。

倦客新丰，貂裘敝、征尘满目。弹短铗、青蛇三尺，浩歌谁续？不念英雄江左老，用之可以尊中国。叹诗书、万卷致君人，翻沉陆。

休感慨，浇醽醁。人易老，欢难足。有玉人怜我，为簪黄菊。且置请缨封万户，竟须卖剑酧黄犊。甚当年、寂寞贾长沙，伤时哭。

——《满江红·倦客新丰》

1

宋绍兴三十二年、金大定二年（1162年），刚刚过了元宵节，天平军派出奉表南行的一支人马，便离开了开平府。他们沿着辛弃疾事先拟定的路线，向江南直奔而去。率领这支人马的，是天平军都统贾瑞，除掌书记辛弃疾之外，同行的还有统制官刘震、右军副总管刘弁等共十一人，每人的坐骑都是从马厩里挑选出来的好马。为了防止途中遭遇金兵或歹徒拦路打劫，每人都携带着各自的兵器。

一路上晓行夜宿，马不停蹄，只用了四天便抵达了海州（今淮安）。当得知中原天平军派出的觐见使已到达了海州，淮南转运副使杨抗，亲自率领官员将贾瑞一行接进城去，并在驿馆设宴接风。他们在海州盘桓了两日，杨抗又将他们护送到了扬州。由于天色已晚，一行人只好在扬州驿馆留宿。

在南行途中，辛弃疾一直在思索着此次奉表觐见的使命：如何禀报中原义军反金复宋的战绩？怎样表述中原军民盼望宋师北征，还都开封？在漫长的行程中，他还酝酿出了抗金的大政和策略，并在马背上拟出了腹稿，住下之后，便坐在灯光下奋笔疾书，撰写了《逐金复宋八条》，准备面呈给高宗皇帝。

扬州是一座闻名遐迩的古城，文化兴盛，商贸繁荣。扬州这个名字，最早见于《尚书·禹贡》：“因州周界多水，水扬波”，故称扬州。

扬州最早称邗城，属邗国。春秋末年，吴国灭邗，吴王夫差在邗国故址上开挖邗沟，沟通江淮，先后是吴国和江南广陵等诸侯国的都城。到了宋代又扩建了大城、夹城、宝裕城，合成三大城。

吃罢晚饭，辛弃疾正在灯下修改他的《逐金复宋八条》，贾瑞、刘震和刘弁等来到了他的馆舍，贾瑞指着桌上的文稿说道："怎么，你还在忙啊？"

辛弃疾连忙说道："晚上没有他事，正好修改拙文。"

贾瑞说："这扬州可是一座闻名古城，李白、杜甫、杜牧、苏轼等人都在扬州逗留过。走吧，我们到街上转转，亲眼看看扬州城的繁华。"

刘震等人也在一旁劝说："这多天来，我等一路上只顾赶路，骑在马背上，浑身的骨头都颠得像散了架！掌书记，我们出去散散心吧，也不枉到过扬州，走吧！"

辛弃疾不想却了众人的一片好意，只好放下笔，随同众人离开了驿站。

夜色中的扬州，依然是人群熙攘，阵阵丝竹之声从街旁的窗口传出，悦耳动听。店铺中人进人出，生意兴隆。当走到一座禅寺时，见有人在香炉前焚香礼拜，他们便驻足站了一会儿。辛弃疾看到寺前台阶旁坐着一位卖茶的老者，便掏钱买了一壶茶，他边喝边问道："老人家，这座禅寺好热闹啊，不知道寺中供奉着哪位菩萨？"

老者听了，说道："除了佛祖，还供奉着鉴真和尚的神像。"

鉴真和尚是唐代的一位名僧，当年，他就是从扬州出发，渡海去了瀛洲，在那里收徒、说法、弘扬华夏禅经。

忽然，辛弃疾看见寺院的右首站立着一匹彩色的泥塑骏马，马头高昂，四蹄并立，栩栩如生，好像奔跑过后刚刚停下来，他不由得赞叹："好一匹神奇的骏马！"

老者听了，微微一笑，说道："客官说得对，这确是一匹神马，当年亏了这匹神马，才将康王驮过了长江，大宋的社稷才延缓到了今天。"

接着，他讲了一个泥马渡康王过河的传说——

靖康元年，闰十月，金兵在大雪中攻破了大宋京城开封。宋徽宗传位赵桓，也就是宋钦宗。金兵命钦宗到城外的兵营谈判，谁知一进兵营便被扣留了！

第二年四月，金兵向北撤军时，便把宋徽宗、宋钦宗两位皇帝以及后宫嫔妃皇室等数千余人，一并作为俘虏，押赴金国的五国城，囚禁了多年，至死都未回过中原，这就是岳飞在他的《满江红》下阕第一句说的"靖康耻"，其实，靖康之耻也是一个民族的奇耻大辱。

这一年九月，宋徽宗第九子、康王赵构，逃到了南京（今商丘），称帝后建立了南宋王朝，这就是宋高宗。他当时得到了抗金名将宗泽等主战派的支持，也有了抗金的锐气，并表示要"朕独留中原，与金人决战"。

有一天，他被金兵首领金兀术所追杀，逃到江边时，坐骑中箭倒地，正当他危急之时，忽见一老和尚牵着一匹高头大马，走到他身边，说道："请主公骑上它过河吧！"

康王刚刚骑上马背，那匹马便跳进了湍急的江水中，在浪涛里浮水而行。当金兀术追到江边时，那匹马已经驮着康王到了对岸，他气得在岸边跺着脚，却又无可奈何。

驮着康王过了河的那匹骏马上岸后，康王刚刚从马上跳下来，它便走进了一座破庙，庙门上有个匾额，上面依稀写着：崔府君神庙。康王进了庙门，见院子中站立着一匹泥塑的马，那马的颜色、高矮、姿态都和驮他过河的居然一模一样！只是眼前的这匹泥塑的马浑身湿漉漉的。他心里想，难道这就是驮我过河的那匹马？不过又一想，不对，这是一匹泥塑的马，泥马遇到水，还能不倒吗？他刚想到这里，眼前那匹泥塑的骏马，便轰然一声倒下了，成了地上的一摊泥巴！

辛弃疾听了，意犹未尽，也有些好奇，便问道："老人家，你说的泥马渡康王，可是真的？"

老者听了，摇了摇头："在下也是听人说的，信不信由你。"

辛弃疾听了，不再问了，他走到香炉前，请了三炷香，插在香炉里，又像其他香客一样，跪在地上，虔诚地叩了三个头。

离开禅寺之后，正值华灯初上，扬州城里的万家灯火与天上的点点繁星相互辉映，一片歌舞升平气象，这让辛弃疾想起了荒凉破旧的开封城，想起了被金兵洗劫过的村庄，不由得叹了一口气，心里说，中原地区何时才能过上太平的日子？想到这里，他再也没有什么游兴了，便以修改《逐金复宋八条》为由，要回驿馆挑灯夜战。贾瑞等人听了，也只好都随着他回到了扬州驿馆。

2

第二天一大早，杨抗便来到了驿馆，他带来了三个好消息。第一个，曾经被免了军职的主战派将领张浚，已被朝廷起用，并被诏为建康留守。看来，朝廷将要兴师北进，攻打金军。第二个，完颜雍派出使节，已与朝廷讲和，南下的金兵正在收拾军马车辆向北撤退。第三个，高宗皇帝将移驾建康，要在那里检阅宋军，慰劳将士。

贾瑞等人听了，心中十分高兴。于是一行人由淮南转运使杨抗本人护送，从扬州出发，日夜兼程，终于在正月十二日抵达了建康城，住进了建康驿馆，等待高宗皇帝召见。

第二天清早，一名行宫内侍来到了驿馆，转达了高宗的口谕：卿等来朝，朕甚欣喜，礼部置膳，朕择日召卿。

贾瑞问道："请问公公，圣上何时召见我们？"

内侍说："你们途中千辛万苦来到建康，可在城里各处看看，陛下何时召见，尚未下谕。既来之，则安之吧！"

众人听了，只好在驿馆中耐心等待。

建康驿馆的驿吏丁宜田，曾是开封的太学教授，李清照的父亲李格非是他的同僚。李格非是一位诗人，也是苏轼门下的后四学士之一。“靖康之难”后，丁宜田随高宗南下，当了建康城驿馆的驿吏。当他知道贾瑞等人都没来过建康，便建议他们去看看建康城里的一些景致，还说他愿意亲自陪同。

大家听了，都十分高兴。于是，一行人便随着丁宜田离开了驿馆。

建康城，因东吴曾在这里建都，时称建业。晋代及南朝的宋、齐、梁、陈均以此为都，故称六朝古都，也称粉黛之都。

第一天，他们去了桃花渡。丁宜田指着渡口边的桃林说道，王羲之的七子王献之，曾在这里买了老砚工的一方“桃花砚”。老砚工告诉他，倘若用春季的桃花水洗涤此砚，墨则不会干裂。

次年的三月初三，王献之带着桃花砚来洗砚时，一位卖团扇的村姑见了，告诉他说，此砚是她家的，因为家中贫寒，父亲才卖了此砚，买了米糊口。

王献之不信，村姑指着砚台说道：“砚台背面有诗为证：‘一砚池满盛花香，墨透纤毫染汉章。’”

原来，她就是那位老砚工的女儿，因父亲久病在床，她便以制作团扇维持生计。

王献之听了她的遭遇，便在她的团扇上题写了不同的诗句，落款是“王献之书”，游人见了，都争前恐后地抢购，很快便买光了村姑的团扇，村姑十分感激王献之。

王献之得知村姑的名字叫桃叶后，回家蘸着桃花砚中的浓墨，一口气写了两首《桃花歌》，其一是：

桃叶复桃叶，渡江不用楫。
但渡无所苦，我自迎接汝。

回家之后，桃叶也写了三首《团扇歌》，第一首是：

七宝画团扇，灿烂明月光。
与郎却喧暑，相忆莫相忘。

桃叶自幼便定了娃娃亲，不久男孩夭折。当桃叶成人后，被婆家人绑去荒野之中进行阴婚。半夜里她挣脱了身上的绳索，来到渡口，准备跳江时，恰好遇见了前来洗涤桃花砚的王献之。于是，就成全了一段传奇姻缘，也就有了桃花渡这个名字。

辛弃疾知道这只是个美丽的传说，不过很感人。他看到有人在向游客兜售彩绸制作的团扇，却不见有人卖桃花砚，心中便有一丝惆怅。

路过长干街时，忽然见到一位十五六岁的女娃儿，在一位老琴师的伴奏下，正在动情地唱着：

君歌杨叛儿，妾劝新丰酒。
何许最关人？乌啼白门柳。
乌啼隐杨花，君醉留妾家。
博山炉中沉香火，双烟一气凌紫霞。

辛弃疾一听，这不是李白的《杨叛儿》吗？李白当年出川后，顺江而下，曾在建康逗留过。他在长干街上遇见了一个卖唱的小歌姬，便为她写了这首《杨叛儿》。《杨叛儿》经她一唱，又听说是才子李白作的词，便一夜传遍了建康全城，也一直流传至今，也许还会继续流传下去。

在去秦淮河的路上，丁宜田指着河对岸的一片古宅说：“看！那就是乌衣巷。”

贾瑞问道：“为什么叫乌衣巷呢？”

丁宜田笑着说，东晋时王导、谢安两大士族，就住在巷中。因其子弟们背穿乌衣，所以也叫乌衣巷。还有一种说法，东吴孙权与刘备、曹操争霸天下时，将自己的大本营由公安迁到了鄂县，并在那里修筑了都城，取“以武而昌”之意，命名都城为武昌，并在武昌称帝。他曾下令从建业迁民千户前往武昌。因孙氏皇室和文武重臣的眷属均在建业，所以都反对向武昌迁民，于是，便编了一首童谣在坊间传唱：

宁饮建业水，不食武昌鱼。
宁在建业死，不在武昌居。

成了吴大帝的孙权，不知是受了童谣的影响，还是迫于皇室和士族的压力，还是厌倦了征战，他丧失了当年的豪气，于是下诏：迁都建业。

孙权回到建业后，他的御林军就驻扎在这条巷子中，因将士们皆着乌衣，人们便称此巷为乌衣巷。

辛弃疾一直有件心事，他想去看看他的山东老乡、女词人李清照的住处，但不知道去哪里寻找，便把自己的想法告诉了丁宜田。

谁知丁宜田不但敬仰女词人的人品和才华，也十分喜爱她的诗词。在他的书房中，还挂着女诗人的两首词，一首是《渔家傲》，一首是《凤凰台上忆吹箫》。接着，丁宜田向辛弃疾讲了李清照在建康的不幸遭遇——

金兵攻占青州之前，李清照的丈夫赵明诚正在江宁知府兼江南东路经判使任上。李清照已从“归来堂”的收藏中，挑选了最珍贵的金石古籍，装了整整十五车，其余的存放在十余间房舍中，她亲自押运，随着逃难的人群，由少海乘船，历经千辛万苦，奔波七十余天，终于抵达了江宁，与丈夫团聚了。她指着运来的十五车金石文物对丈夫说道：“路途虽有千里，却一件未失。”她又从怀中取出了丈夫极为看重的《赵氏神妙帖》，双手递给了赵明诚，笑着说道，“明城呀，这是你的宝贝，今日完璧归赵！”

赵明诚望着瘦弱、疲乏的妻子，一句话也说不出来，将妻子紧紧地拥入怀中。

辛弃疾听了，半天无语。丁宜田见了，连忙换了话题，说道：“前朝宰相王安石，在秦淮河畔有数间茅屋，他还填了一首《桂枝香·金陵怀古》呢！”

辛弃疾听了，轻声吟诵起来：

登临送目，正故国晚秋，天气初肃。千里澄江似练，翠峰如簇。征帆去棹残阳里，背西风，酒旗斜矗。彩舟云淡，星河鹭起，画图难足。

念往昔，繁华竞逐，叹门外楼头，悲恨相续。千古凭高对此，谩嗟荣辱。六朝旧事随流水，但寒烟衰草凝绿。至今商女，时时犹唱，后庭遗曲。

在秦淮河边的一座石桥头上，丁宜田说：“当年的诗人刘禹锡，就是在这里写下了一首《乌衣巷》。”

朱雀桥边野草花，乌衣巷口夕阳斜。
旧时王谢堂前燕，飞入寻常百姓家。

丁宜田轻声将诗吟了出来。

同行的贾瑞等人，听他们二人谈诗论词的兴致极高，不便打扰，只是好奇地打量着潮水般的人群和一家比一家热闹的店铺。街道两边的酒楼和河中画舫上，不断传来悦耳的歌喉和动听的丝竹声，这时，一只画舫刚刚从桥下划过，有妙龄女子唱道：

烟笼寒水月笼沙，夜泊秦淮近酒家。
商女不知亡国恨，隔江犹唱《后庭花》。

这是唐人杜牧的一首绝句《秦淮河》。辛弃疾听了，游兴顿失。他问：“丁大人，不知李易安的故居现在在何处？”

丁宜田不愧是建康通，他说：“随下官来吧！”

于是，一行人便来到了紫金山下，找到了一座幽静但已年久失修的院落。只见门前野草丛生，院子里一棵老梅，已经半死。门窗破损，一看就知道这里很久没有住人了。忽然，辛弃疾看到一面粉墙上面写了一些文字，仔细辨认，竟然能看得出来，只见上面写着：

年年雪里，常插梅花醉，挼尽梅花无好意。赢得满衣清泪。今年海角天涯，萧萧两鬓生华。看取晚来风势，故应难看梅花。

这是一首《清平乐》，从娟秀的字体上看，应该是出自女子之手。辛弃疾想，当年李清照初到建业，有一天大雪后，夫妻二人踏雪登上了紫金山赏梅，回来后写了一首《清平乐》，想不到在这里看到了女诗人的墨迹，辛弃疾非常高兴，觉得不虚此行。

丁宜田告诉辛弃疾，赵明诚因城中兵变，被高宗皇帝罢职。高宗到了杭州后，又诏命他为湖州太守，就在他去向高宗谢恩的途中，突患急症，不久便病故于这座院落了。

从青州千里迢迢逃到江南的女词人，自此之后，成了一只失伴的孤鸥，孤苦凄凉地在江南漂泊着，与她为伴的，只有蘸着清泪写下的那些诗词。

天色将晚时，一行人又随着丁宜田回到了驿馆。

3

贾瑞、辛弃疾在驿馆中整整等了三天，三天都由丁宜田做伴，去游览高宗皇帝驻跸的建康城。刘震说：“是不是圣上把我们的事忘了？”

刘旦说：“这可是件大事，圣上怎么会忘了呢？”

贾瑞虽然心中焦急，但他还是尽量安慰大家，他说：“圣上日理万机，也许在忙着其他的军国大事呢，咱们还是耐下心来等着吧！”他抬头望了望辛弃疾：“掌书记，你说呢？”

辛弃疾点了点头，表示赞同。其实，他心里还有一件心事：当年他在开封遇见瑶华宫的小杏花时，曾答应过她，若到了江南，见到了她的师父孟皇后，一定给她捎个口信，说杏花日夜想着她，问她什么时候再回瑶华宫。辛弃疾知道，身为驿馆驿吏的丁宜田，为人随和、见多识广、消息灵通，与朝野多有接触，于是便向他打听孟皇后住在哪里，能否见得到她。

丁宜田告诉辛弃疾：孟后已被尊为隆裕太后，现在居住在临安宫中。

原来，靖康之变的第二年，张邦昌被金人立为楚国皇帝。他虽然当了傀儡皇帝，却不敢坐正殿、立年号，也不接受群臣的朝贺，更不用天子礼仪，连宫门上都贴着“臣张邦昌谨封”的封条。张邦昌将仍在开封的孟后尊为元祐皇后。他听说康王赵构在济州，便派人持书迎接，又降下手书，播告天下，还将大宋的传国玉玺由孟后交给了康王，南宋才得以建立，康王才名正言顺地成了宋高宗。

丁宜田说：“孟后因为年事已高，住在临安的深宫之中，她除了早晚礼佛，极少接见外人。”也许是为了安慰辛弃疾，又说：“若有宗室官员路过驿馆，下官定将辛将军的口信，请托转告隆裕太后。”

辛弃疾听了，连声道谢：“在下代替瑶华宫的杏花向丁大人致谢。”说完，向丁宜田深深一拜。

到了第五天，终于接到了高宗皇帝的口谕：召贾瑞等爱卿进殿禀事。

贾瑞等人连忙按照事先告知的见驾礼仪，穿戴整齐，按官阶之序，跟随着传谕的内侍，去了由建康府改建的行宫大殿。

建康行宫虽然不如开封大宋宫殿那么富丽堂皇、豪华庄重，却也十分气派。宫中禁军密布，宫人低首行走。一行人跟着内侍进了大殿，行过见君的三拜九叩大礼之后，才立起身来，站在一旁，头也不敢抬，等候高宗问话。

高宗皇帝朝贾瑞、辛弃疾等人看了看，笑着说道：“朕已闻悉山东义军抗金，功绩卓绝，朕甚欣慰。众卿皆是忠贞之后，社稷砥柱。今来建康，欲奏何事？”

贾瑞上前一步，奏道：“山东义军有二十五万余众，已占中原百余州县城邑。义军首领耿京元帅派我等前来奏表面圣，归附大宋，恩祈陛下恩准。”说完，连忙朝辛弃疾看了一眼。

辛弃疾会意，上前一步，双手举着奏章，说道：“请陛下过目！”

内侍连忙接过，放在了高宗的御案上。

文宗展开奏章，仔细阅览起来。他边看边不断地点头，脸上带着笑意，说道：“好！好！朕准许爱卿所奏‘允天平军归依大宋之军’。”

辛弃疾见皇上恩准了奏章，心中十分激动，连忙取出早已抄写工整的《逐金复宋八计》，双手呈了上去。

内侍接过，摆放在了御案上。

高宗低头看了一会，问道：“此八条出自哪位爱卿之手？”

辛弃疾连忙答道：“是小臣所撰。”

高宗抬起头来，朝辛弃疾打量了一会，问道：“辛爱卿是哪里的人氏？”

辛弃疾：“山东历城四风闸。”

高宗又问：“爱卿今年多大啊？”

辛弃疾：“小臣今年二十三岁。”

高宗笑着赞道：“后生可畏，后生可畏啊！若朝廷都有辛爱卿这样的胆识，何愁江山不统一？”他又朝辛弃疾打量了一眼，便记住了这位浓眉大眼、魁梧英俊的年轻臣子。

第一次进殿面圣结束了，一行人便鱼贯出了大殿，回到了驿馆。

4

午饭后，辛弃疾等人都在贾瑞的馆舍中说话，杨抗前来拜访。他一进门就大声说道：“圣上已召见了诸位将军，也已恩准天平军归附大宋，可喜！可贺！”

众人连忙说：“同喜！同喜！”

杨抗又说：“下官受友人之托，前来邀请诸位前往聚叙。”

贾瑞问道：“不知是哪位朋友邀约？”

杨抗：“唐山人范公邦彦。”

大家在建康城里既无亲戚，也无朋友，听说从北方来的范邦彦邀请，自然都十分高兴，立即应允了。

其实，范邦彦委托杨抗，邀请的只是辛弃疾，但他在众人面前不便明说，只好将大家一起邀请前去。

范邦彦之所以邀请辛弃疾，一是早已听闻他年轻有为，不但智勇双全、英勇善战，而且才华出众，十分喜欢他；二是家中女儿已经成人，曾流露出对辛弃疾的爱慕。听说辛弃疾奉章表南下面圣，住在建康驿馆，便央求其母以聚会为名，请至家中，以察虚实，所以才有了今日的聚会。

酉时刚过，一行人随着杨抗，来到了城中一座颇为宽敞的庭院。刚一叩门，主人范邦彦便迎了出来，连声说道：“树上喜鹊叫，必有贵客到。请诸位快快进来吧！”

大家进了客厅，分宾主坐下后，仆人已端上茶水和瓜果糕点等物。因为都是南下的中原人，彼此说起话来，显得格外亲切。

范夫人出来与大家见面时，手里端着一个镂花果盘，她指着盘中鸽子蛋大小的果子说道：“这是小女学着当地风俗做成的冰糖蜜橘，请大家尝尝！”说着，从盘中选出一个蜜橘，递给了身边的辛弃疾，笑着说道：“请辛将军尝尝，挺甜的。”

辛弃疾接在手里，看了看，尝了一口，觉得酸少甜多，挺合口味，连声赞道：“真的酸甜可口，在下还是第一次吃到这种蜜橘呢。”

范夫人听了，笑了起来，又连忙递给辛弃疾一个蜜橘。

躲在屏风后观看的年轻女子，也悄声笑了。

大家从家事谈到国事，从江南谈到中原，无拘无束，畅所欲言。

当听说辛弃疾将他的《逐金复宋八条》已面呈了高宗皇帝时，范邦彦连声说道："有如此后起之秀，金人必将会驱走，中原必能收复，好！好！好！"

辛弃疾连忙说道："范公过奖了，那是晚辈的一孔之见，尚不知圣上能否看中，兵部等能否认可，只是抛砖引玉而已。"

范邦彦："只要圣上有驱逐金人、接回二帝的志向，就会中意！朝中的六部九卿也不敢怠慢。"

到了掌灯时分，仆人已将酒菜摆到了桌子上。宾主推杯换盏，十分尽兴。酒后，仆人又端上了刚刚捞出来的水饺。水饺是按北方的料馅包成的，吃着饺子，大家不免又想起北方的家园。

离开范府时，范邦彦一再嘱咐辛弃疾等人，待朝廷下诏授官后，再来这里聚会。

众人连连答应，主人将他们一直送到院外，才依依不舍挥手告别。

第二天，也就是到了建康的第七天，行宫的太监前来传旨：圣上在大殿召见天平军觐见使。

贾瑞、辛弃疾等人连忙随着他去了行宫。他们看到，在大殿外面，也站着一些等待召见的文武官员。

当一行人进了大殿，刚刚施礼完毕，殿前内侍官捧起御案上的诏书，便高声朗读起来：

授耿京为天平军节度使、知东平府兼制京东、河北忠义军马，待南归后再行封职；授天平军都统领贾瑞为特补敦武郎，皆赐金带；授天平军掌书记辛弃疾为右儒林郎，改右承务郎，其他统制官授修武郎、将官授成忠郎。

在宋高宗的诏书中，还对天平军张安国、王友直、孙肇、刘伯达、邵进等二百余人，都授予了统制、副统制之职。并命枢密院陪差二员，携官告节钺，随贾瑞等前往山东宣诏，以示皇恩。

召见完毕后，贾瑞、辛弃疾等一行人便鱼贯离开了大厅，回到驿馆，做返回江北的准备事项。

在辛弃疾等人出发前，范邦彦恳请丁宜田做媒，将女儿范子钰与辛弃疾成了亲，一切费用皆是范邦彦所出。

辛弃疾感激万分。

5

贾瑞、辛弃疾等人未来建康以前，心里想着的是能不能见到高宗皇帝，所以总是急着赶路，路上的速度很快。但在回程的路上，速度明显慢了下来，一是枢密使吴华、李彪都是文官，不善于在马上急驰；二是高宗皇帝赐予的衣袋、节钺等物，都装在车上，所以速度很慢。

辛弃疾骑在马背上，他来时想到的是如何修改他的《逐金复宋八条》，在北归途中，他想得最多的就是耿京了。越往北走，他越惦记着耿京。离开耿京已有月余了，不知道耿京会遇到一些什么急事、大事，又是如何处置的？还有，自从完颜雍当上了金国皇帝之后，他对中原义军施行小恩小惠进行分化瓦解，还派人对义军首领以封官许愿等手段进行收买，这比他派兵攻打更为危险！若义军中出现了如义端那种吃里爬外的叛徒，整支义军就会被瓦解！耿京是豪爽大义之人，却少了自己的那份缜密的心思，不知道他能否提防那些小人。

想到这里，辛弃疾又记起自己从开平府出发时，耿京亲自将他们送到了东门城外，耿京拍着他的肩膀说："好兄弟，我等着你回来……"辛弃疾听到耿京的喉咙哽咽了，说不下去了，不曾落泪的元帅，忽然泪水如注。还有，他从称呼自己是辛将军、掌书记，到称呼自己的名字，再到第一次称呼他为兄弟，辛弃疾心中感慨万千。他在心里说："耿元帅，你的好兄弟很快就要回来了，我没有辜负你的期望，完成了你的重托，我给你带回了圣上颁发的诏书，还有，我在江南已经成亲了……"

想到这里，辛弃疾脑海里闪现出妻子娇羞的面容，他朝天空看了一眼，心中说道："爱妻，我们一定要收复中原，让你回到中原，回到我们的故乡！"

然而，谁也不曾想到，归心似箭的辛弃疾等一行人，即将面对的，将是一场骇人听闻的变故！他们的耿京元帅已经遇害！二十万余义军，也已经四散了。

性情刚烈的辛弃疾又将如何面对这局面？

第十章

千里奇袭，孤胆闯敌营，擒回了叛徒；英雄文武兼备，却被派往江阴，成了一名八品签判。

一片归心拟乱云，春来语尽恶黄昏。不堪向晚檐前雨，又待今宵滴梦魂。
炉烬冷，鼎香氛。酒寒谁遣为重温？何人柳外横双笛，客耳那堪不忍闻。

——《鹧鸪天·一片归心拟乱云》

1

贾瑞、辛弃疾一行人到了江边，便将人员、马匹和车辆上了渡船，淮南转运副使杨抗已完成了护送使命，分手后便回建康复命去了。过了长江之后，他们发现瓜洲一带的金兵已经撤走，但村庄萧条，人烟稀少，残垣断壁上还存留着燃烧过的烟痕，村头上多了一座座新坟。农家的耕牛被撤退的金兵强行征走了，几个衣衫褴褛的老人和村妇正以人代牛，在田里吃力地拉着犁耙耕田。

到了淮河南岸以后，又遇到一群从北岸逃出来的难民，他们背井离乡扶老携幼，又饥寒交替，看了让人心酸。经打听，才知道那里的金兵还未撤走，到处打家劫舍，征夫抢粮，实在过不下去了，百姓们只好出来逃荒。

听说北岸是金兵的占领地区，吴革和李彪有些害怕，不肯渡河。贾瑞听了，有些气愤，说道："朝廷枢密院官员，怎么这么胆小呢？还没看见金兵，就打起了退堂鼓。依我看，打发他们回建康复命算了！"

刘震等人听了，也有同感，建议让他们将朝廷的官告节钺和皇上赐给的衣袋等物留下，便可回建康交差了。

辛弃疾认为不可，他说，吴革和李彪都是文职官员，从未上过战场，养尊处优惯了。因为事关天平军的合法身份，还是要说服他们前往山东开平府，当面向耿京等首领们宣读朝廷诏书，这才有始有终，名正言顺。他说服了贾瑞等人后，又把吴革和李彪请到路边的一座凉亭里，向二人介绍了北行所经过的城邑，都由义军把守，绝无金兵阻拦。即便遇到小股金兵，也无须惊恐，并向他们发誓："有我辛弃疾在，谁也伤不了你们的一根毫毛！"

经过了这番劝说，两人勉强同意了，并商定了新的路线：如今宋军已占领了海州，一行人先乘船前往海州，再派人去传天平军节度使耿京赶往海州，接受朝廷的诏命封诰。

一行人刚刚抵达海州，宋军的东路招讨使李宝连忙将他们接进了海州府衙，他脸色凝重，声音低沉，说道：“你们已经——来迟了！”

来迟了？为什么来迟了？大家听得丈二和尚摸不着头脑，都定定地望着他。

李宝：“你们的耿京元帅，已经——被人杀害了！”

众人听了，不亚于晴天霹雳，都愣愣地站在那里，半天说不出话来。

先回过神来的辛弃疾，连忙问道：“耿元帅是被什么人杀害的？”

李宝：“天平军里的人。”

辛弃疾：“凶手是谁？”

李宝：“张安国。”

辛弃疾：“什么时候杀害的？”

李宝：“五天以前。”

众人听了，都失声痛哭起来。

张安国原是一个县城的衙门小吏，金兵攻占县城后，正值耿京招兵买马，他便投奔了耿京。由于为人圆滑，又善于结交，他受到了耿京的重用，成了他的右帅。

耿京派贾瑞和辛弃疾去了江南以后，张安国的拜把兄弟邵进与金人牵上了线。金人提出：只要张安国杀了耿京，就封他与耿京一样的官职——济州知府。

当张安国领着金兵偷袭天平军时，他让邵进以保护耿元帅为名，趁着混乱，从后面向耿京捅了一刀！

邵进将耿京的首级交给了张安国，张安国将耿京的首级献给了金人，金人封张安国为济州知府；天平军的二十多万人马，有的回乡了，有的投奔了其他的义军，在张安国的胁迫之下，他只带走了一万多人投靠了金兵。

看着众人悲痛欲绝，李宝劝慰大家：“请大家节哀。眼下，耿元帅已经遇害，罪魁已经投靠了金人，天平军已经四散了。下官想知道，诸位是回建康复命，还是各自散去，自谋出路？若诸位留下来助在下一臂之力，下官求之不得。”

众人听了，都一时拿不定主意。沉默了一会，有的说：“我等既然是奉耿京之命前来奉表面圣的，天平军出了这样的大事，我等只好再返回江南面圣，听命圣上的安排。”

有的说要回到山东，重新拉起一支义军，跟金兵拼个鱼死网破，以报今日之仇。

也许事情发生得过于突然，有的人还处在悲痛之中，一时拿不定主意，便没说话。

李宝看了看辛弃疾，问道：“辛将军，下一步，你有什么打算？”

辛弃疾抹去了脸上的泪水，大声说道：“赶回山东，擒获叛徒！”

李宝从辛弃疾的眼睛里看到了他复仇的怒火，他十分欣赏辛弃疾的决定，问道：“辛将军，张安国已经投降了金人，又有金兵的保护，你去擒获他，需要带多少人马？五千人够了吧？”

辛弃疾摇了摇头：“不要五千。”

李宝：“那……五百？”

辛弃疾摇了摇头。

李宝：“那是多少？”

辛弃疾：“我只要五十人！”

李宝：“五十？”

辛弃疾点了点头：“对，只要五十人！”

李宝觉得难以置信，又问了一句：“辛将军回山东去擒获张安国，只需五十人？他身边可是有五万金兵啊！”

辛弃疾果断说道：“带五十人足够了，不过，这五十人要经末将挑选，五十匹战马都要精良！”

李宝听了，心中十分敬佩这位只有二十三岁将军的气魄和胆量，说道：“下官想听听辛将军前往擒贼的策略。”

辛弃疾对此似乎已成竹在胸，他说，其一，五十骑日夜兼程，直奔济州，可谓神不知鬼不觉，金兵不易觉察；其二，济州的五万金兵，除千余金兵外，大都是汉人，他们许多人是被胁迫投金的，自己曾是义军的掌书记，方便进击；其三，自己只带二三人进济州，面见张安国时，以迅雷不及掩耳之势将其擒获，速战速决，万无一失。

李宝听了，知道他的奇袭计划不但可行，而且精密，便立刻点头同意了，接下来就是挑选人员了。

这时站在一旁的马全福来到辛弃疾跟前，大声说道：“末将愿随掌书记前往济州！”

马全福原是兖州的一支义军首领，当得知张安国叛变投金后，他欲去与张安国拼命，无奈金兵人数众多，义军又不战已散，马全福只好率领少数义军，投奔了李宝的军队。

辛弃疾连忙走到马全福跟前，二人什么话都没说，只是紧紧地握住了对方的手。

接着，已经哭红了眼的王世隆走到辛弃疾身边，说道：“掌书记，我们是奉耿元帅之命去江南的，如今元帅被叛徒所害，天平军也散了，我们与张安国有着不共戴天之仇！我要求回山东，擒拿叛徒，非抽他的筋、撕他的肉、喝他的血不可！”接着，又情不自禁地哭了起来。

李宝将众人安顿下来之后，便同辛弃疾、马全福、王世隆等一道，去营中挑选精兵和马匹去了。

当天夜里，李宝将辛弃疾等人召到自己的帐中，一起讨论了行军路线和缉拿张安国以及安全返回的方案。

李宝是宋军中一员智勇双全的将领，他曾跟随岳飞元帅征战多年，有着丰富的作战经验。他对辛弃疾的长途奔袭、捉拿叛徒的方案，十分赞同。第二天，东方刚刚放亮，辛弃疾等五十骑就出发了。李宝一直将他们送到城门外，说道：“祝你们马到成功！”

辛弃疾在马背上拜谢了李宝之后，五十骑就犹如五十支利剑，呼啸着朝远方奔去了。

2

数天之后，晌午时分，一行五十骑终于进了济州境内。

辛弃疾率领着人马进了城外的一片树林中，在那里吃饭、喂马、歇息。天将晚时，他将人马留在城外接应，自己只带了马全福和王世隆等五人，不慌不忙地朝济州东门走去。

刚刚走到城门口，一名手持长枪守门的士兵懒洋洋地走过去，问道：“哪里来的？”

辛弃疾：“兖州。”

“进城找谁？”

“去见知府大人。”

“你是谁？”

“我是掌书记呀，难道你连我都不认识？”

这时，一个年纪大点的老兵朝辛弃疾看了一眼，连忙说道：“对！他就是掌书记。”说着，连忙站起来，对辛弃疾说：“张大人正在庆功呢！”

辛弃疾：“庆什么功？”

“为他荣任济州知府呀！”

辛弃疾向马全福使了个眼色，马全福扔给他一块碎银：“去买壶酒喝吧！”

老兵接过碎银后，又补了一句：“他的庆功宴设在万寿酒楼，掌书记有口福，正好赶上了，你快进去吧！”

到了万寿酒楼的楼下，辛弃疾将马的缰绳递给了王世隆，便独自一人登上了二楼。他看到有两名士兵站在一间房门的两边，知道张安国就在里面，便大摇大摆地推开了门，只见几个穿金人服装的金人和穿汉服的张安国等人，正围着桌子推杯换盏，旁边还有几个青楼女子随着琴声的伴奏，正在长袖曼舞，以助酒兴。

已喝得半醉的张安国，蒙眬中看见一个人走了进来，当那人走到他身边时，张安国猛地吓了一大跳：这不是掌书记辛弃疾吗？他怎么来了？

他想站起来，可是双腿直颤抖，就是站不起来。他想喊人，还没等他开口，辛弃疾已大步冲到他的跟前，伸出一只有力的手，将他从座位上提了起来！辛弃疾身高六尺，虎背熊腰，张安国长得矮小，他被辛弃疾提在半空中，手脚乱划，辛弃疾提着他就像是

提着一只待宰的鸡。

因为事发突然，旁边的金人没反应过来，还在那里发愣，歌伎们连忙四处逃散，菜肴泼了一地，房间一片狼藉。

辛弃疾抽出剑，指着张安国的喉咙说：“你这卖主求荣、叛宋投敌的无耻之徒，杀了你，脏了我的剑！”说完将他猛地摔在地上，又踏上一只脚。张安国大声号叫：“给我杀了辛弃疾！杀了他……”

辛弃疾脚上一用力，张安国趴在那里，脸上憋得通红，就是喊不出声来。

房间内的两名金人，一人是济州的千户长，一人是府衙的通判，两人被眼前的一幕吓蒙了，当他们缓过神来，千户长连忙去抽挂在衣架上的腰刀时，辛弃疾一剑劈去，他便身首分离了！那个通判一看架势不好，连忙离座朝楼下跑去，刚好遇见了上楼的马全福，马全福大刀一挥，便将他砍死在楼梯上了。

守门的两名士兵，赶紧溜了。

正在楼下接应的王世隆等人，见辛弃疾倒提着张安国下了楼，便站在一张桌子上，大声对众人说道：“张安国、邵进勾结金兵，杀害耿京元帅，我等奉命前来缉拿。张贼已经归案，只是不知道邵进逃往了何处。”

人群中既有民众，也有士兵，有人回答说，邵进去了北大营。

北大营是驻扎济州金兵的兵营，营中有五万余人。当听说邵进逃进了北大营，辛弃疾决定先把张安国捆起来，交给王世隆，命他先出城与城外的人马会合，自己策马去了北大营。

3

已逃进北大营的邵进，心中正暗自庆幸自己命大。当他听说辛弃疾进了济州城时，他知道索命的人来了！

邵进在张安国等酒兴正浓时，看到辛弃疾刚刚上了酒楼，便悄悄地离开了万寿楼，溜进了北大营，以为进了北大营，就躲过了一劫，保住了性命。他想，北大营里有兵五万，固若铜墙铁壁，他辛弃疾胆子再大，武艺再高，也不敢前去闯营。

他在心里也埋怨张安国，自从杀了耿京之后，他自己总是提心吊胆，日夜不安，就是睡觉，也是睁着一只眼睛，闭着一只眼睛，一有动静就心惊肉跳，时刻提防有人要他的性命。而张安国却不同，他不是上书求封，就是设宴庆贺，成天花天酒地，乐此不疲，这不，终于引来了索命之人！

此时，张安国被辛弃疾活捉的消息已传到了北大营！同时还有一个重要消息传开了：十万宋军，已压境济州！营中顿时炸开了锅。因营中大部分士兵是汉人，在汉人士兵中，大多数人是受了张安国和邵进的蒙蔽和胁迫投金的。

当听说张安国被擒，士兵们议论纷纷：

有的说，这是报应，活该！

有的说，张安国谋害耿元帅，肯定还有同伙帮凶，帮凶不除，后患无穷！

有的说，人在做，天在看，张安国的良心被狗吃了，这就是报应……

就在这时，辛弃疾已策马进了北大营，因为很多人认识天平军的掌书记，大家纷纷为他让出路来，他如入无人之境，直奔议事厅而去。

议事厅里，邵进正坐在椅子上发呆，忽然看到辛弃疾冲自己走过来，连忙喊道：“挡住他！你们给我拦住他！”

他的话在大厅回荡，可是没有一个人响应。

“抓住他！谁抓住他，谁立大功！”邵进的声音已经变成了一种哭腔。

士兵们还是没人理会。

辛弃疾大步流星地走到邵进面前，用剑尖抵着他的胸口，眼睛里冒着火，厉声喝道：“是谁去联络金人的？”

邵进看了看剑，支支吾吾地说道：“是张安国派我去的。”

辛弃疾：“是谁领着金兵偷袭天平军的？”

邵进：“是张安国命我……去的。”

辛弃疾：“那是谁杀害了耿京元帅？”

邵进……

辛弃疾：“说！”

邵进：“是……是……是我，不是我，是张安国命我杀的。”

辛弃疾的剑尖用力顶了一下，有血渗了出来：“快说！用什么杀的？”

邵进：“用……用剑，是用我的剑杀的。”

士兵们听了，一片哗然。

“原来他就是杀害耿京元帅的凶手！”

“他是张安国的一条走狗。”

“他和张安国狼狈为奸。”

“杀了他，为耿京元帅报仇！”

“杀了他，为天平军雪耻！”

在愤怒的声讨声中，辛弃疾的剑尖已经插进了邵进的胸膛。

邵进倒下后，众人纷纷跑过去，有的朝邵进的脸上吐唾沫，有的用脚踢他的头，以解心中的仇恨。

辛弃疾持剑走到院子里，对不断拥来的士兵说道：“张安国、邵进，不光是杀害耿京的凶手，也是我们天平军的死敌、大宋的死敌、中原义军的死敌！他们变节求荣，

罪该当诛！我等奉章表前去江南面圣，朝廷对我义军已有加封命诰，凡愿归朝廷者，请与我同行；不愿南归者，可离营归田，切切不可投靠金人，为虎作伥，成为民族罪人！”

他刚刚说到这里，就听见有人大声喊道：“我们愿与辛将军同行，前往江南！”

“前往江南，加入宋军！”

……

北大营仅有一千多名金兵，金兵头目姜沸已经将金兵们集合起来，准备包围辛弃疾，并将几个带头闹事的士兵拘捕起来。但是看到士兵们怨气冲天、情绪激动，又听说十万大军已经压境，否则辛弃疾怎敢一人闯营？他生怕营中的金兵被包了饺子，便不敢盲动，趁乱悄悄溜出了北大营。

辛弃疾刚刚出了北大营，贾思成便率领着一千多名义军匆匆赶来了，他大声喊道：“辛将军，我等也要跟随你前去江南！”

贾思成是天平军的一名首领，耿京被害后，张安国以右帅的名义，逼着他投降金人。听说辛弃疾擒住了张安国，杀了邵进，便率领自己的人马赶来了。

紧接着，另一位义军首领董昭，也率领五百余部下，找到了辛弃疾，要求同去江南……

夜色中，辛弃疾手持长剑，骑在马上，走在前面。愿意跟随他前往江南的士兵纷纷追随在他的身后，他们像一股不可阻挡的洪流，向济州城外涌去了。

在济州城外的松树林旁边，辛弃疾与马全福、王世隆等四十九人会合，当他们继续南行时，附近逃散的义军也纷纷加入进来，有一万五千余人。

更令辛弃疾欣慰的是，邹虎和辛文秋也领着辛氏家族的义军及时赶来了。

原来耿京被害后，张安国命人撬开了门锁，抢走了紫檀木匣中的帅印，他还想加害邹虎，谁知邹虎连夜逃回了四风闸。

辛弃疾率领五十骑，千里奇袭，冲进五万人的金营，擒获了叛徒张安国、斩杀了逆贼邵进，自己未损一人一骑，还带回一万五千余名义军，这一消息不但传遍了中原地区，也传遍了长江、淮河流域，辛弃疾的名字，一时间也不胫而走，成为天下人敬仰的英雄。

4

出了济州之后，辛弃疾骑马率前，王世隆居中，马全福押后，一万五千余名义军跟着过了淮河，到了楚州。因为被绑着手脚，捆在马背上的张安国，一路哀号不停，他不但一人占着一匹战马，还要吃饭、喝水、宿营，更需几个人轮班看着他。不少人认为，反正叛贼死定了，晚死不如早死，一刀砍了他，将脑袋送到朝廷就交差了。

也有人对认贼作父的叛徒恨之入骨，便悄悄商量，准备来个先斩后奏，想找个机会杀了他，扔在路边喂野狗算了，再向辛弃疾禀报。

绑住了手脚的张安国虽然不能动弹，却能听见士兵们的议论，也从士兵们仇恨的目光中感到了一种前所未有的恐惧，他吓得早已尿湿了裤子，不住地哀叫着。

辛弃疾听说了士兵们要杀张安国之后，连忙制止了他们，他说，对于这种恶贯满盈的叛徒，就是杀他十次、一百次，也解不了心头之恨！不过，我们要将杀害耿元帅的元凶，押送到江南，经朝廷验明正身，进行定罪之后，才能斩首示众。

众人听了，只好作罢。

一行人刚刚抵达海州，淮南转运副使李宝，已率官员们在城门口等候着了。他命人将张安国关进大牢，安顿好随辛弃疾而来的义军后，将辛弃疾等人接进了转运使署衙。辛弃疾向他详细讲述了千里奔袭、闯进济州，在五万金兵的军营中，活擒了张安国、斩杀了邵进，又一路上召回了失散义军的经过。

李宝听了，连连称赞他的胆量和勇气，还连夜写了奏章，为辛弃疾等人请功。

当天夜里，辛弃疾坐在灯下，撰写他的另一篇文稿《美芹十论》，直至东方破晓。

又住了几日，有天清晨，辛弃疾正在院中舞剑，驿使丁有田进来说："辛将军，枢密院派员前来传谕。"

辛弃疾听了，连忙收了剑，穿好衣服，前去迎接。刚到院门口，见两位官员已在站在那里了。他仔细一看，原来是两位熟人——曾奉命持官告节钺，与自己同去山东的吴革和李彪。三人寒暄几句后，辛弃疾连忙请他们进屋饮茶。二人听了，连连摆手："我等是奉谕来见辛将军的。"接着，宣读了高宗皇帝的口谕：

辛弃疾等人擒杀张、邵二贼，又召义军一万五千余人众南归，其功赫赫，另行奖掖。其部属由京东招讨使李宝整编，安置其中老弱病残，余者编入营中，准其族人迁往两淮，田地、耕具、房舍均由户部筹办。另着吴革、李彪会同刑部，押张安国至临安，交刑部审讯、定罪。

当天夜里，辛弃疾回想这些日子所发生的事件，感慨颇多，便大声吟哦起来：

落日塞尘起，胡马猎清秋。汉家组练十万，列舰耸层楼。谁道投鞭飞渡？忆昔鸣骨高血污，风雨佛狸愁。季子正年少，匹马黑貂裘……

贾瑞等人在隔壁听了，都先后来到了辛弃疾的馆舍，问他是不是又填了一首新词？

辛弃疾摇了摇头，说尚未填完新词，只好作罢。大家坐在灯下，又议论起前往临安之事，直到深夜，才各自回到馆舍歇息去了。

5

三日后，辛弃疾、贾瑞等一行人离开了海州，经常州、苏州、湖州等城邑向南进发。一路上所看到的，是与中原大地完全不同的景色：早春的江南，麦苗青青，水天如镜，远山如黛，村舍含烟，蚕林苍翠。水塘垂柳依依，港中的小船如梭，恰如一幅画轴。这让看惯了中原村庄凋零、民不聊生的辛弃疾，觉得这江南不但是鱼米之乡，还多了一派太平盛世的景象。

抵达临安后，一行人被安置在临安驿馆中，等待高宗皇帝的召见。因高宗临驾巡幸途中，要接见各地的官员，查看宋军防务和河道堤坝等，行期待定。在等待召见的日子里，吴革、李彪将陪同他们领略临安的风物。

临安（今杭州），秦始皇统一六国后，这里是钱塘县，南梁时曾改为临江郡，隋时称为杭州。

杭州之名，源于余杭。

相传大禹曾在这里设杭，即用方舟或大船并成浮桥登陆。宋高宗在这里定都之后，又成为临安。其实，在这之前，南唐永明四年，唐寓率农民起义时，攻占了钱塘县，自立为帝，国号吴，年号兴平，定钱塘县为都城。后来，唐代节度使钱缪被封为了吴越王，建都杭州，又称西都。他还在凤凰山下筑起“子城”，作为王宫，又在外围修了“娄城”和“罗城”，还筑起了长达百里的钱塘江海堤，以防海潮之患。还修建了灵隐寺、六和塔、保淑塔、雷峰塔等，故而杭州又有佛国之称。

自宋室南渡，宋高宗于绍兴八年正式定临安为行都，开始大兴土木，并在凤凰山一带营建宫殿，这些宫殿巍峨壮丽、气势森严。宫城内有大殿三十座、阁十三座，还有斋四、楼七、台六、亭十九等建筑。都城四周开城门十三座，城内街道纵横、店铺林立、商贸繁华。全城有二十六万户、五十余万人。供百姓娱乐的“瓦市”有二十多处，“勾栏”十三座，艺人们在里面演出各种杂剧、杂技、相扑、傀儡、说书、讲史等。还有众多的乡校、私塾、舍馆、书院以及府学、县学、武学、宗学等，其中朝廷的太学规模最大，太学生们多达三千余人。

有一天，辛弃疾等人随同吴革、李彪来到西湖岸边，乘了一艘画舫，泛游湖上。吴革指着一道湖堤说道：“当年白居易任杭州太守时，修了这座大堤，被人们称为‘白堤’。”接着，他吟诵起白居易的《忆江南》：

江南好，风景旧曾谙。日出江花红胜火，春来江水绿如蓝。能不忆江南?
江南忆，最忆是杭州。山寺月中寻桂子，郡亭枕上看潮头。何日更重游?
江南忆，其次忆吴宫。吴酒一杯春竹叶，吴娃双舞醉芙蓉。早晚复相逢。

众人听了，都说此词虽小，但意象万千。

其实，辛弃疾更喜爱苏轼在杭州留下的诗词。苏轼两度在杭州为官，第一次是以杭州通判身份来杭州的，第二次是以太守的身份来杭州的。他为了治理水患，在湖中修了一道大堤，这就是美不胜收的“苏堤”。

辛弃疾不但敬重苏轼这位前辈的人品，也喜爱他的诗词。当年在柳湖书院读书时，凡是能搜集到的苏轼诗词，他都抄录下来，一直珍藏着。南归后，他又陆续找到了几首，首首能吟，阕阕会背。他忽然想起了刘瞻讲过的“苏轼一词救歌女”的故事——

苏轼初到杭州时，太守府衙设宴为他接风。席间须有官伎献唱伴舞，以助酒兴。因一个叫白玉兰的官伎来迟了，主持人很不高兴，她连唱了几曲之后，主持人仍不满意。他故意刁难这位歌伎，让她只唱新词，不许唱旧词，否则就要以不敬之罪对她进行处罚。

白玉兰虽然也有些文采，但是在大诗人苏轼面前，显得有些胆怯，再说时间紧迫，一时难以成篇，她十分为难，泪眼婆娑地望着苏轼。苏轼安慰她说：“玉兰姑娘，本官为你写一首新词吧！”说完，抬头看去，只见一面粉墙上，有一扇轩窗，窗子的旁边栽有石榴、修竹，几只紫燕在梁间呢喃。他稍微沉思了一会，便即兴填了一首《贺新郎》：

乳燕飞华屋，悄无人、桐阴转午，晚凉新浴。手弄生绡白团扇，扇手一时似玉。渐困倚、孤眠清熟。帘外谁来推绣户，枉教人、梦断瑶台曲。又却是，风敲竹。

石榴半吐红巾蹙。待浮花、浪蕊都尽，伴君幽独。秾艳一枝细看取，芳心千重似束。又恐被、西风惊绿。若待得君来向此，花前对酒不忍触。共粉泪，两簌簌。

白玉兰刚刚唱完，满座赞叹不已，那位主持宴会的官员，再也不敢为难白玉兰了，而这首《贺新郎》，很快便传遍了杭州城。

画舫划到了湖心岛旁边时，一只小船从画舫旁边经过，只听船上的女子唱道：

水光潋滟晴方好，山色空蒙雨亦奇。
欲把西湖比西子，淡妆浓抹总相宜。

柔润悦耳的歌声，随着湖面的涟漪飘荡着。

辛弃疾知道，这是苏轼写西湖的一首绝句，此诗早已传遍了江南江北，不过在西湖的画舫中听到此诗，还是第一次。

辛弃疾认为苏轼的这首绝句，应当是写给一位小歌伎——王朝云的。后来，王朝云成了苏轼的红颜知己，陪伴他度过了一段坎坷曲折的岁月。在苏轼被贬岭南时，王朝云殁于惠州。民间传说，她死后成了天上的散花仙女。

夕阳洒在湖面上时，一行人才弃船上岸，回到了驿馆。

6

临安城外的西边，有一座豫门，豫门旁边有一座驿馆，辛弃疾、贾瑞就住在驿馆中，等候高宗皇帝的召见。

有一天，忽然见到人们从店铺和民居中纷纷来到了大街上，只见大街上人头攒动，拥挤不堪。一队士兵站在大街两旁。不允许人们在大街上行走。辛弃疾和贾瑞以为是朝廷重臣出行净街，便也出了驿馆，站在人群中看热闹。

忽然，有人大声喊了起来："看，来了，他来了！"

人们便转过身去，向大街尽头望着。

不一会，一队士兵骑马走在前面，后边是一队全副武装的士兵，中间夹着一辆囚车，车中站着一个骨瘦如柴的囚犯，因囚犯的脸被满头的乱发遮住了，一时看不清他的模样。

"看，就是他，叛徒张安国！"有人喊道。

"他投靠了金兵，杀害了义军的耿元帅，真该死！"

"他就是被辛弃疾将军从五万金兵营中揪出来的张安国！"

"听说辛将军是天上的青兕星下凡，活捉张安国，不费吹灰之力。"

……

这时，愤怒的人群开始躁动，有人朝囚车扔起了砖块，一时间砖块如雨，落在张安国身上，发出"咚咚"的声响。突然，有一个人冲到囚车旁边，恨不得过去撕他、咬他，以解心头之恨。士兵们见了，一面高声制止："闪开！闪开！朝廷有令，要将他押赴刑场！"一面将人群赶到了大街两旁。

贾瑞仔细看了看，问道："他真的是张安国吗？"

辛弃疾仔细看了看，点了点头。囚车上的犯人脸如黄表纸，紧紧闭着双眼，好像是一具没有灵魂的僵尸！

囚车走过之后，有的人跟在后面去了刑场，想看看监刑官是怎样将写着张安国名字的斩标，用朱砂大笔一勾，向犯人面前扔去的。

大街上渐渐平静下来了，辛弃疾和贾瑞站在人群中，听着人们不断地议论：

"辛将军今年多大岁数了？"

"听说只有二十三岁。"

"英雄，天下少有的英雄啊！"

"自古以来，英雄好汉出在山东嘛！"

"听说他手下的那五十个人，个个都是以一抵百的英雄！"

"错了，应该是以一抵千的英雄！"

那人默默地算了算："对，对，是以一抵千的英雄！"

"不知朝廷能让辛将军任何官职？"

"放心好了，不是节度使就是征北元帅！"

"起用辛将军这样的英雄，定能收复中原，接回被囚的徽宗、钦宗两位皇帝！"

……

贾瑞听了，朝身边的辛弃疾点了点头，辛弃疾会意，相视一笑，随后便回到了驿馆。

午时刚过，街上传来了张安国被斩首曹市的消息，一时人心大快、全城欢呼。

7

临安城虽然繁花似锦，辛弃疾和贾瑞却已游兴大减，他们天天盼望着朝廷的召见。

三天之后，终于等来了召见的消息。二人随着传谕的宫人出了驿馆，来到了庄严宏伟、富丽堂皇的文德殿。

文德殿是宫中规模最大、规格最高的宫殿。殿基由汉白玉砌成，高出地面二丈，殿高十丈，设有金漆雕龙宝座，两旁是蟠龙柱子，大殿的殿顶上刻有金龙藻井。凡朝廷举行登基、册命、冠礼、笄礼、中宫朝贺、东宫朝贺以及举行献俘礼、万寿圣节、宴请外藩使臣等重要礼仪，均在这里进行。

在文德殿的后边，便是垂拱殿，是朝廷早朝、中朝、午朝、大朝的地方，天子接见文武百臣、商讨军政大事，都在垂拱殿里进行。

二人进了垂拱殿，向高宗皇帝行过君臣大礼之后，高宗命人赐座，笑着说道："朕已阅了兵部、礼部和枢密院等呈来的奏章，对辛爱卿千里奔袭、孤胆闯营、擒获叛徒、斩杀败类，又渴不暇欲、饥不暇食率兵而归，建有殊功！望贾、辛两位爱卿履任之后，忠于职守，造福一方，报效社稷。"说到这里，他打了个哈欠，命身边宫人："赐汤贾、辛二卿！"

宫人听了，连忙端来两只精致的白瓷花碗，碗里盛着人参汤。贾瑞和辛弃疾两人喝完后，就叩头告退了。

第二天，朝廷的任命诏书，派员送到了驿馆：贾瑞改任海州军统制官；辛弃疾仍为承务郎，任江阴签判。

宣诏的内侍走了后，二人回到房中。贾瑞有些不解，他问辛弃疾：“掌书记，你千里奔袭、擒获叛徒，圣上说立有殊功，为何仍是承务郎？签判本来就是八品之职，难道这是圣上的奖掖吗？你再看看这满朝文武官员，大都是五品六品，甚至是三品四品官员，他们立过何功何绩？我虽出身老粗，见到陛下已是万幸。但你文韬武略兼备，我觉得圣上对你有失公允。”

辛弃疾听了，连忙制止了他，说道：“贾将军，你是弃疾的上司，也是弃疾的挚友，我们初到江南，无须计较得失。今后，我等应心胸大度，目光方远。来日方长，我就不信唤不回东风，你说呢？”

贾瑞听了，点了点头。

其实，辛弃疾从丁宜田和范邦彦等从北方来到江南的人氏嘴里，听到了一个新词——归化之人。

凡是从北方来到江南的文武官员和布衣百姓，在临安，都被称为归化之人。朝野对归化之人都心存猜疑，留在京城任职的官员甚少，就是在外地任职，也常常会受到排斥和冷落。

第二天，妻子范子钰在辛文秋和邹虎的陪同下来到了临安。听说辛弃疾即将赴任江阴，丁宜田便把即将调往各地军营的王世隆、马全福、魏胜、贾思成、董昭等人接到了驿站，为辛弃疾送行，直至半醉，大家才各自分手了。

客人走了后，妻子范子钰端来了一杯浓茶，递到了丈夫手上，让他喝了解酒。

辛弃疾接过后，望着她发际间斜插的一朵半绽的茶花，说道：“我们成婚匆忙，怠慢了夫人。今作小词一首，权作为补偿吧！”

说完，取出笔来，在诗笺上龙飞凤舞地写了起来，写完后，双手递给了范子钰。

范子钰接过来一看，欢喜不已。

范子钰虽然已是人妻，但仍如情窦初开的少女，羞涩地低下了头，她柔声说道：“谢谢夫君所赠！”说完，将头轻轻地靠在了辛弃疾的肩膀上。

第十一章

签判江阴，无意间知道了一段皇宫的恩怨情仇；在江边凉亭，说书先生描绘了一个善于逃跑的“官家”。

僧窗夜雨，茶鼎熏炉宜小住；却恨春风，勾引诗来恼杀翁。
狂歌未可，且把一尊料理我；我到亡何，却听侬家陌上歌。
——《减字木兰花·宿僧房有作》

1

宋绍兴三十二年、金大定二年（1162年），春初，辛弃疾奉命前往江阴赴任，同往任所的除夫人范子钰之外，就是辛文秋和邹虎了。辛文秋现在既是辛家的管家，又是四风闸的族人，一直跟随着辛弃疾。邹虎是他在山东与金兵作战时收留下的年轻的义军士兵，到了江南之后，也一直留在辛弃疾身边。

从临安（杭州）到江阴，有数百里路程。临出发时，岳父范邦彦特意前去为他送行，还命人雇了一辆带篷的马车，范子钰坐在车中，车上载着一些书籍和衣物。一路上虽然劳累，但大家说说笑笑，还可领略沿途的江南风光，倒也不觉得沉闷。

辛弃疾虽然没去过江阴，但他自接到朝廷的诏书后，已从有关的书籍和朋友那里，对即将赴任的江阴有了一个大概的认识。这与他在中原养成的习惯有关。他无论是去燕京参加科考，还是在河南、山东一带活动，每到一地，都十分关心那里的地形和来历。他知道，因为江阴地处长江之南，故称江阴。江阴古时称暨阴，西晋时太康二年，设立了暨阴县，南梁时绍泰元年，设置了江阴郡。古人十分讲究风水，吴国的季札、阖闾的长子、楚国的春申君、梁敬帝、酒圣杜仲宇等人，他们死后都葬在了江阴，故江阴有“延陵古邑，春申旧封”之称。

江阴北枕长江，南近太湖，东接常熟，西靠常州，不但是大江南北的交通枢纽，也是江南的鱼米之乡。境内大小河流纵横，湖泊、池塘像无数面明镜，映照着天上的白云。此时虽是早春，但路边的树丛中已经有星星点点的红色，那是一些即将绽开的野杜鹃的花苞。河边上垂柳的柳丝，在惠风中摇曳着。忽然传来一阵呢喃之声，一双燕子一前一后地掠过了水面。辛弃疾想，在同一季节，江南和中原大不相同，此时的山东老家，还是天寒地冻，屋檐下挂着长长的冰凌，孩子们在冰面上滑冰嬉闹，满眼都是枯黄的衰草，

到处都是刺骨的寒风。

“幼安。”坐在车中的范子钰轻声唤了一声。

辛弃疾连忙走到马车旁边：“什么事？”

范子钰：“你可知道，今天是什么日子吗？”

辛弃疾听了，摇了摇头。

范子钰：“今天是立春。”

辛弃疾听了，连连点头。他想起了中原立春之日的一种风俗。在立春的这一天，中原的人家用彩色之纸或绸绢，裁成小旗，或插在头上，或点缀在树枝上，这叫春幡。看来，在赴任路上，范子钰已无法裁剪春幡了。

忽然，辛弃疾看到不远处的一座古亭旁边，有一株老梅，老梅的树枝已经被路人折去了不少，唯独树梢上还残留着几朵鲜红的梅花，他大步走了过去，借着古亭的石阶，折下了那枝梅花，递给了范子钰。

范子钰嗅了嗅枝上的梅花，正想往头上插时，辛弃疾连忙接了过去，替她轻轻绾在了满头的青丝间。她娇羞地问道：“好看吗？”

辛弃疾听了，点了点头：“人和梅花都好看。”

范子钰听了，微微一笑，羞涩地低下了头。

范子钰闺中待嫁时，曾受其父的影响，也颇爱诗词。当她知道辛弃疾十分喜爱她的同乡、女词人李清照的诗词时，还特意从父母的书房里，找到了一册手抄的《漱玉词》，读过之后，爱不释手。当辛弃疾将梅花插在她的发际间时，她忽然想起了李清照在开封卖花摊上买花的故事：

李清照初嫁赵明诚时，赵明诚尚是太学里的一名太学生。每天午后，李清照便准时前往大相国寺旁边，在那里等候下学回家的丈夫。

有一天，她在等候赵明诚时，有人挑着一担鲜花正在路边叫卖。她看到担子上有几枝红梅，花苞初绽，色泽红艳，十分喜爱，便想起了前辈诗人黄庭坚在《题和靖观梅园图诗》中的前两句：

欲问江南近消息，
喜君贻我一枝春。

于是，李清照便买了一枝梅花，回到家中后，写了一首《减字木兰花》：

卖花担上，买得一枝春欲放。泪染轻匀，犹带彤霞晓露痕。

怕郎猜道，奴面不如花面好。云鬓斜簪，徒要叫郎比并看。

辛弃疾已猜到了妻子的心事，他望着她发际间的那朵桃花，又想起了中原人家立春日裁剪小幡、吃五辛春茶的习俗，便即兴吟诵起来：

春已归来，看美人头上，袅袅春幡。无端风雨，未肯收尽余寒。年时燕子，料今宵、梦到西园。浑未辨、黄柑荐酒，更传青韭堆盘。却笑东风此从，便薰梅染柳，更没些闲。闲时又来镜里，转变朱颜。清愁不断，问何人、会解连环？生怕见、花开花落，朝来塞雁先还。

范子钰：“幼安，这个词牌该是《汉宫春》吧？”

辛弃疾：“是啊，能读懂我的这首《汉宫春·立春日》吗？”

范子钰：“你在这首词中，道出了自己的心事，怕年华渐逝，怕愁烦不断，更怕反金复宋的雄心壮志落空，是不是？”

辛弃疾点了点头。

过去，辛弃疾的生活经历是骑马征战、挥剑杀敌的岁月。他也想过作诗填词，但都难以静下心来。现在，他已远离了沙场中的狼烟，从一名作战的武将变成了在仕途上奔波的官吏。

不过，这首《汉宫春·立春日》，成了他客居江南的第一首词。从此以后，他将与诗词结伴而行，从一位叱咤风云的将军，转身成了一位才情远播的诗人。

2

二月底，一行人终于抵达了江阴。

江阴知军州事、右朝卿大夫赵士鹏，正在空旷宽敞的府衙前批审案头上的文书。他已坐了两个多时辰，案头还有不少文告诉状等未能阅完。他放下手里的笔，捶了捶有些酸痛的后背，自言自语地说道：“朝廷诰命的签判，不知何时才能到任。”

江阴的前任签判，已于三个月前任职期满，离开了江阴，积压下来的公事，堆满了案头，让他头疼不已。这个月初，他已收到了临安的邸报，知道已委任了新的签判，若新签判到职，自己就轻松多了。

这时，值日的衙吏在门外禀报：“大人，新任签判已到了府衙，命我禀报大人。”

听说新任签判已经到了，他心中十分高兴，连忙站起来，跟着衙吏来到了门口，看到了立于门前的辛弃疾。

见知军亲自出来迎接，辛弃疾连忙施礼，说道：“下官辛弃疾，前来向大人履职。”

听说新任签判是名噪一时的抗金英雄辛弃疾，他大喜过望。他早已听人说过辛弃疾的故事：单骑出营，斩杀了叛逃的逆贼，夺回了天平军的帅印，以及他率领五十骑人马，冲进五万人的金营，将卖身投敌的叛徒张安国，揪到了马背上，带回了江南，经过刑部审判之后，斩头示众！当他望着眼前的这位二十出头、身材魁梧、相貌堂堂的签判时，连声说道：“辛大人能来江阴，是下官之幸，也是江阴军民之大幸！”说完，便挽起辛弃疾的手臂进了衙署的前厅。

赵士鹏虽说出身皇族，又身居江阴要职，但他为人率真、热情。他虽已年过半百，但保养得颇好，脸色白净，双目有神，说话中气十足，身上带着一种书卷之气。他当即吩咐下去：在府衙治席，为新来的签判接风。

辛弃疾听了，连忙说道：“荆妻和随行家人尚在衙门外等候……”

没等他说完，赵士鹏笑着说道：“请辛大人放心好了，下官已在府衙后院，为辛大人准备了数间房舍。”他又转身对衙吏说道，“先送辛大人等前往后院馆舍歇息。”

值日衙吏听了，领命而去。

江阴军仅辖江阴一县，此县坐落在长江南岸，比邻平江军。江阴地处宋、金交界之处，是宋军布防的前沿。由于宋、金之间战事频发，故而战略位置十分重要。

赵士鹏是赵宋皇室的后裔，“靖康之变”后，他与众多士族一道，渡江南迁，如今族人已遍布江南各地，应是簪缨之家。他十分敬仰岳飞、韩世宗等坚决抗金、矢志收复中原的主战派，但他自己却缺乏在战场上一展身手的气魄，只好偏安一隅，打发着仕途顺畅，得过且过的日子。

平素里，他也常常寄情山水，听歌观舞，更喜好品尝江南的美味佳肴。在为辛弃疾接风的宴席上，他指着一盘红烧河豚说道：“此菜乃天下第一，要想真正品尝到它的妙处，就要舍得性命动筷子！”

赵士鹏是位名不虚传的美食家，他告诉辛弃疾，江阴是真正的鱼米之乡，尤其是水产，十分丰盛。他还许诺，要领着辛弃疾尝遍江阴酿造的黑杜酒。杜康当年酿造的，在中原，叫杜康酒，酒烈如火。曹操曾说过“何以解忧，唯有杜康”。在江南酿造的，叫黑杜康，糯软甘绵，就像吴越的女人，可口可人。

辛弃疾听了，一边点头，一边说道：“下官生于山东，性格耿直，又刚入仕，不识官场水性，恐有不到之处，恳乞大人教诲。”

赵士鹏听了，连声说道：“好！好！辛大人有英雄气概，君子风度，来，下官敬你一杯！”说完，端起酒杯，一饮而尽。

辛弃疾所任的江阴签判，全称是“签书判官厅公事”。签判的官阶虽然是从八品，但却是地方军政长官的副职，与知军知州共同处理政务，办理来往文书以及本府衙的文牍等诸事，分管兵民、钱粮、户籍、赋役、诉讼、案判等事，所做的裁决需与军、州长官一起签署，方可实行。另外，签判还可直接向朝廷奏报州郡以及县官等官吏情况，兼有监察官吏之职。知军虽是正四品官员，也不得不对判官另眼相看。

对于自己的这位顶头上司，辛弃疾觉得他的为人，不像朝中的官员那样对上奉迎、对下应付、对同僚圆滑世故、八面玲珑。他手中虽然有江阴的军政大权，但在仕途上似乎没有更上一层楼的野心。在他任职期间，他不求出人头地的功业，但也不敢有被人弹劾的过失。他对辛弃疾，除了敬佩他的胆识和勇气之外，还要依仗他处理好那些剪不断理还乱的政务杂事。加之，辛弃疾为人耿直、可靠，两人相处十分融洽，甚至把不敢向别人吐露的心事，也愿意向辛弃疾倾诉。

有一天，辛弃疾整日都在伏案处理各种文牍，到了掌灯时分，他拿着一份江阴官仓储粮的文稿，去了赵士鹏的书房，请他过目后签上名字，第二天早送往驿站，转往临安。

当他刚刚走到书房门口时，见房门紧闭，但房中有烛光透出，便到窗下借着窗缝的一丝光亮，看到赵士鹏跪在案前，正在默默叩拜。书房的案子上燃着三炷香，两旁还点着两支白色的蜡烛。正面墙上悬挂着一幅中堂，上面既无上款，也无落款，只有一个斗大的“赵”字，一看字迹笔法，就知道是赵士鹏所书。

他问书房门外的衙吏，衙吏说今天是赵大人的生日。

赵大人的生日？过生日为什么不与眷属们在一起庆贺，而是独自在书房里跪拜？他拜的是谁？辛弃疾想，难道他在跪拜自己的先祖？他的先祖又是谁呢？

想到这里时，忽然想起了朝野已经传说了一百多年的那个谜团——斧声烛影——

开宝九年（976 年），在大宋的朝臣中发生了一次“迁都之争”。宋太祖认为，开封的地理位置很好，又处在大宋国的中心，但由于城在平原，容易四面受敌，不易防守，应该将大宋的都城迁到洛阳。

铁骑左右厢指挥使李环农认为，开封的根基已经奠定，还得漕运之利，可直达江南，军民所需的粮食等由江淮运送较为便捷，不宜迁都。

反对他的大臣认为，开封所需的粮米、蚕丝、海盐等，全仗运河运送，一旦中途受阻，开封城将险象环生，也建议迁都。

晋王赵光义同意李环农的建议，认为迁都利小弊大。

由于朝臣们争议很大，宋太祖只好暂时作罢，打算过些日子再进行共论，于是，迁都之事不了了之。

“迁都之事”过了半年之后，在大宋的皇宫中，便发生了一起历史疑案：斧声烛影。

就在这一年的十月十九日，当天夜里，开封城里下起了鹅毛大雪。忽然宫中传出宋太祖赵匡胤的诏旨：传晋王进宫。

晋王赵光义进宫后，宋太祖将他引到了寝宫内室，并屏退了宦官和宫女，兄弟二人在明亮的烛光下把酒对饮。宫外值更的太监和宫女们在窗外看到，烛光中，宋太祖好像和晋王说了些什么，只见晋王时而离席，做出谦逊避让之状。当二人饮到宫漏三更时，宫外地上的积雪已厚达数尺。这时，忽见宋太祖走到殿头，手里握着柱斧，他一面“嚓嚓”地戳地，一面说着：“汝善为之！”

晋王赵光义离开寝宫后，宋太祖便解衣就寝，不一会，他就鼾声如雷了。

斧柱，并非是兵器，也不是砍柴剁木头的斧头，而是案头的一种文具，似一只精美的如意，大都以玉石或水晶雕刻而成，可拿在手里把玩。

由于子夜已过，宫外的大雪依然未停，晋王只好留宿宫禁之中。

近五更时，忽听有人急报：太祖皇帝驾崩！

于是，晋王奉宋太祖之诏，继承了大宋的皇位。他就是大宋的第二位皇帝：宋太宗。

不过，由于事发突然，也引起了朝野的一些怀疑，认为宋太祖死得不明不白，而“斧声烛影”又显得神秘莫测，便有了种种怀疑和猜测。有的说，宋太祖身患重病后，才召晋王进宫，嘱托他继承皇位，处理好社稷大事。太祖是善终驾崩的，并非晋王所害。

有的说，太祖母杜太后在临终前，曾经留下遗诏：“太祖崩，帝位传光义，光义再传光美，光美传德昭。如此，国才有长君，乃是社稷之幸。”

宋太祖听完杜太后的这番交代后，哭泣叩拜。

杜太后命赵普将她的口述写为誓书，藏于金匣之中。誓书的末尾写有三字：臣普记。

宋太祖驾崩，晋王赵光义即位，顺理成章。

不过，曾历任仁宗、英宗、神宗、哲宗四朝重臣的政治家、史学家、文学家司马光，却在他的《涑水记文》中，否认了晋王赵光义深夜奉诏入宫之事，说是宋太祖驾崩于万岁殿之后，皇后命内侍王继恩去召秦王赵德芳即位，王继恩未诏秦王赵德芳，而是诏来了赵光义。

当皇后看到晋王赵光义已经进了万岁殿，知道大势已去，便哭着对晋王说：“我们母子的性命，就托付给官家了！”

宋太祖的这位皇后，只有二十六岁。她出身名门，位主中宫，也听说了一些历朝历代的宫廷变故和人事沉浮。她所说的“官家”是从五代到宋朝对皇帝的一种尊称。

晋王赵光义听了，一脸的悲戚，说道：“共享富贵，不用担心。”

宋太宗即位后，下诏：改元太平兴国。

辛弃疾在亳州谯县的柳湖书院念书时，就听刘瞻老师说过此事。他随祖父去了开封以后，祖父曾指着一座荒废了的宫殿说，这就是大宋的万岁殿，当年的“斧声烛影”，就是从这座大殿里传出来的。

其实，辛弃疾至今也没有弄清，当年的“斧声烛影”究竟是真是假？都不得而知。至于当年宋太祖传位宋太宗的遗诏，不但当年未昭示过群臣，后世的文武官员也只能是人云亦云了。

……

书房里忽然有了响声，辛弃疾从窗缝里朝里面看去，借着跳动的烛光，他看到赵士鹏的脸色凝重、怆然，脸上还残留着泪光。

见天色已晚，辛弃疾不便打扰他，便悄悄离开了赵士鹏的书房，回到了自己的官舍。

3

虽然签判的公务十分繁杂，由于辛弃疾聪慧过人，又十分好学，很快便掌握了职责内的钱粮、兵民、户籍等具体事宜，办起来得心应手，有条不紊，深得赵士鹏的欣赏和同僚们的认可。他也常常借助巡察各地之便，渐渐熟悉了江阴城的沿革变迁和风土人情。

有一天，赵士鹏和辛弃疾闲聊时，说江阴城的形状宛若一朵盛开的芙蓉。所以，“芙蓉城”便成了江阴的别称。大宋建国之初，曾修建了一座北城门，当地人根据诗人谢朓“澄江净如练”的诗句，称为“澄江门”。江阴的物产丰盈，隋唐以来，江阴的稻粱已经是一年两熟了，是真正的鱼米之乡。说到这里时，赵士鹏问道：“辛大人已来江阴数月，还没去过‘澄江门’吧？”

辛弃疾点了点头。

赵士鹏说，“澄江门”有两家鲥鱼馆，街南的一家鱼馆叫“一年鲜”，街北的一家叫“鲜一年”。两家鱼馆用的都是江中的鲥鱼，又都是一样的清蒸，甚至连菜盘、佐料都一模一样，但是蒸出来的鲥鱼、口味各有千秋，完全不同。两家鱼馆天天都是食客盈门，生意十分兴隆。

辛弃疾问：“鱼馆的店名为什么叫‘一年鲜’和‘鲜一年’呢？”

赵士鹏听了，哈哈大笑起来，他说：“吃了‘一年鲜’的鲥鱼，嘴里能鲜上十二个月，吃了‘鲜一年’的鲥鱼，三百六十五天都忘不了鲥鱼的鲜美。”

辛弃疾问道：“赵大人，捕捞鲥鱼，是否也分季节？”

赵士鹏以手拍案，说道：“辛大人问得好，这江中鲥鱼稀少，只在暮春方能捕到。鲥鱼鱼肉嫩滑、脂如软玉、入口即化、十分鲜美。”

说到这里，他吩咐身边的衙役：“速去告知两家鱼馆，为辛大人各备一份清蒸鲥鱼。记住，要用今天出水的，不得用隔夜鲥鱼。”

辛弃疾听了，连连摇手：“不可！不可！待以后有了工夫，下官再去品尝。”

赵士鹏摇了摇头：“此时正是品尝鲥鱼的季节，也是品尝鲥鱼的最佳时节，食客须

前一天预订才能吃到。现在，衙中并无急事、大事，你就去吧，权当散散心。”

辛弃疾见他说得十分真诚，不好却了他的好意，便点头答应了。

在去澄江门的路上，辛弃疾看到旁边有座兴国寺，见寺中有一座七级砖塔。在禅界，塔高七级，也称七级浮屠。他想登上塔去，鸟瞰江阴全城，便随着游人进了院子。刚想沿着台阶拾级而上，忽见寺院的粉墙上写了不少的诗文，便走了过去。第一眼，他就看到了一首七律，诗前题有《送江阴签判晁太祝》：

去无珠履为上宾，进船申浦忆春申。
江田插秧鹎鵊雨，丝网得鱼云母鳞。
青天折桂香未减，紫豉煮莼甘更新。
平时况可乐风月，吴风信美聊前陈。

再看下面的落款，写着“梅尧臣”三个楷字。

虽然他不知道诗人梅尧臣与晁太祝是什么关系，自己对这位前任也一无所知，但是，“同是天涯沦落人，相逢何必曾相识”，心中骤然有了一种亲切之感。于是，他又从头到尾读了数遍，直到记住了墙上的每一个字。

粉墙上还有许多题诗，可见文人墨客都曾到过这里。忽然，辛弃疾看到一首七律，也许是时间久远，上面的字迹已被风雨褪去了墨色，但还能隐约辨认出来。原来，这是大宋的前朝宰相王安石所作：

黄田港口水如天，万里风樯看贾船。
海外珠犀常入市，人间鱼蟹不论钱。
高亭笑语如昨日，末路尘沙非少年。
强乞一官终未得，祗君问病肯相怜。

在王安石题诗的旁边，还有朱明之的一首《寄王荆公忆江阴》，可惜的是，除了诗题，大多数文字已被墙檐的滴水冲刷掉了。

不过，令他兴奋不已的是，他在墙上还找到了唐人杜牧的一首《芙蓉城》：

丹树村边烟火微，碧波深处雁初飞。
萧条落叶垂杨岸，隔水寥寥闻捣衣。

辛弃疾驻足在杜牧的这首七绝跟前，遥想这位晚唐诗人曾在扬州、池州、湖州等地宦游过，他在这里即兴写下了这首诗。在三百年后，还能读到他亲手题写在墙上的绝句，辛弃疾觉得这是一种缘分。

也许前任留在粉墙上的诗句打动了辛弃疾，他在寺中借来笔墨，逐字逐句地抄录下来。抄完之后，早已过了午时，此时辛弃疾才觉得肚子饥饿了，便在寺外找了一家小店，匆匆吃了一碗阳春面，便回到了江阴府衙。

至于“一年鲜”和“鲜一年”，这两家鲥鱼馆坐落在哪条街上，他都不知道。当赵士鹏笑着问他：“澄江门热闹吧？”

辛弃疾连忙回答：“热闹，果真热闹。”

赵士鹏问：“两家鱼馆的清蒸鲥鱼，哪家最鲜？”

辛弃疾迟疑了一会，笑着回答：“都可口，都很美味！”

赵士鹏：“住几天，本官将带你去品尝河豚。澄江的红烧河豚，可是江南一绝！不吃澄江河豚，就不算来过江阴！”

辛弃疾笑着点点头。

4

进入汛期，江水上涨，港口中的船只进出频繁，一些外域船舶也在港中停靠装货卸货，十分繁忙。尤其是丝绸，外销数量颇大，有“日出万匹，远销南洋”之说。

有一天，辛弃疾前往港口例行查看。他登上江堤后，望着江中的船只或顺水而下，或由纤夫们拉着长长的纤绳，逆水而上。当看到他们喊着有节奏的号子，弓着腰，一步一步艰难地朝前走着时，他便想起了在中原的黄河岸边，那些拉纤的纤夫们，背朝着天，脸朝着地，汗珠滴在地上，纤绳勒进了肉里，哪怕一步只挪半尺，也要一步一个脚印地拉着向前挪。如今，中原的百姓们受尽了金人的欺凌，天天盼着大宋之师能渡河北伐，收复中原啊！可眼下的处境让他痛心疾首。不说江南的宋军何时渡江，去驱逐金兵，就连自己，也陷在了江阴府衙的文牍之中，难有什么作为。

想到这里时，他蓦然想起了天宝十四年，安禄山在范阳起兵造反，快打到长安时，唐玄宗丢下了全城百姓和文武官员，仓皇出逃四川，命其十六子永王李璘，统辖长江流域。在庐山避乱的李白，参加了永王的幕僚，随永王庞大的水师顺江南下时，一口气写了《永王东巡歌》十一首，其中第十一首是：

试借君王玉马鞭，指挥戎虏坐琼筵。
南风一扫胡尘静，西入长安到日边。

踌躇满志的诗人以为，自己一展平生抱负的机会到了，他十分激动，想象着会像叱咤风云的谢安那样，去实现自己的志向了，谁知到头来却成了阶下之囚……

望着滚滚东去的江水，辛弃疾心中有太多的感慨：什么时候自己才能骑上战马，率兵渡江，打到泰山，回到历城的四风闸？什么时候能发兵黄河，直奔开封城？他正想将满腹心事对长江倾诉时，忽然听见一阵马蹄之声由远而近，转头看时，邹虎已经到了他的跟前。邹虎跳下马来，大声说道："将军，赵大人命你速回府衙！"

自己虽然成了文官签判，但是邹虎仍然以当年的习惯称他为将军。

辛弃疾："什么事？这么急？"

邹虎："听说是新君即位。"

新君即位？难道高宗皇帝已经驾崩？他连忙问道："新君是谁？"

邹虎摇了摇头，说道："我也不知道是谁，是赵大人令我来找将军的，说有急事要办。"

辛弃疾听了，知道再问下去也问不出什么，便接过他的缰绳，上马之后，又猛地抽了一鞭子，那匹马便沿着江堤飞奔起来。

一进府衙，辛弃疾便直奔赵士鹏的书房，刚刚走到门口，值日的衙吏悄悄向他摇了摇手，低声说道："赵大人在书房里，他不许外人进去打扰，特命我在此当值。"

辛弃疾听了，悄悄走到窗下，从窗缝里朝里一看，里面的摆设竟与那天他看到的一模一样：三炷香和一对燃烧的蜡烛，正面壁上是一个斗大的"赵"字！他有些好奇，上个月他不是刚刚过了生日了吗？为何今天又独自过生日？正当他纳闷的时候，忽然听见书房有声音传来："是辛大人回来了吗？"

辛弃疾连忙答道："下官接到了大人的传话，便火速赶回来了。"

房门"吱呀"一声开了，赵士鹏便将他接到房里，又从书案上拿起一只信袋，递给了辛弃疾。

辛弃疾打开一看，里面有一份由临安发出的诏书：退位诏。

在退位诏中，讲述了宋高宗在位三十五度春秋的功业，强调了大宋社稷的重要。高宗皇帝已颁诏书：诏皇太子赵昚继承皇位，特诏告天下。

原来，"靖康之变"后，当了三十五年皇帝的宋高宗，决定让位太子赵昚。他退居庙堂之中，成了南宋第一位太上皇！

新君即位时，还要向天下颁发即位诏，即位诏也叫即位册，由继承皇位的赵昚向天下诏告，并向朝野颁发各种政令、宣布新的年号，还要广求贤达、大赦天下等。

不过，即位诏须在登基大典上，由新君向群臣正式诏告。

随着退位诏送来的，还有宗人府发来的文书，告知凡是赵氏宗族，都应依袭之礼，前往临安，参加新君的登基大典。

赵士鹏是赵氏皇族的嫡系成员，又是四品大员，须按照惯例赶赴临安，参加新君的登基大典。赵士鹏命人将辛弃疾召回来，是要他撰写一篇庆贺新君即位大典的表章，以备他去临安参加新君即位时，进呈宫中。

原来，历朝历代新君即位，宗室和文武大臣都要上表庆贺。这种贺词，不但要用华美的辞藻和引经据典准确，还要赞颂新君，故而这种表章比一般奏章更难写。辛弃疾见赵士鹏一直默默地坐在那里，说道："请赵大人放心，二日之内，下官就可写出。"

赵士鹏听了，摇了摇头，接着又点了点头。他叹了口气，问道："辛大人，你可知道本官的出身吗？"

辛弃疾摇了摇头。他只知道他是赵氏皇族，是世袭爵位，但却不知道他的出身。

赵士鹏："本官每逢生日，或遇上社稷重大祭祀之日，均在书房中，设家谱拜祭，以不忘出身。"说到这里时，他长长地叹了口气，接着，说出了一段他从未向外人透露的心事——

原来，赵士鹏是宋太祖的次子赵德昭的后裔。在太祖朝，赵德昭曾任兴元尹和山南西道节度使，还任过检校太傅、同中书门下平章事。宋太宗即位后，改任京兆尹兼侍中，封武功郡王。

宋太祖有皇后三人，还有四位皇子和六位公主。其中两位皇子和三位公主在他生前已经夭折，皇子中只剩下了赵德昭和赵德芳两位皇子。

太平兴国四年（979 年）五月，宋太宗亲率宋军出征辽国。他从太原出发，先后收复了被辽军占领的易州和涿州后，下令进攻辽国的都城燕京时，受到了辽军守将耶律学古的顽强抵抗，同时，另一支辽军劲旅由耶律休哥率领，前往增援燕京。宋军在高粱河与辽军激战时，宋军节节胜利，辽军一路败退。宋太宗以为战局已定，在下令攻城时，突然遭到了两支辽军的夹击，耶律休哥的骑兵冲袭到宋太宗的大营。宋太宗一时仓皇失措，多亏了呼延赞等将军护驾，才撤到了涿州。谁知辽军在后面紧追不舍，宋军已溃不成军，士兵四处溃逃。

在这场混战中，宋太宗中箭受伤，坐骑也陷进泥淖之中不能站立。因为他受伤不能骑马，护驾的宋军只好将他搀扶到一辆驴车上，才得以回到了定州。不久，他便诏令班师，回到了开封。

就在战场上一片混乱时，兵离开了将，将失去了兵，谁也不知道亲临战场的统帅宋太宗去了哪里！国中不可一日无主，军中不可一日无帅。也许是为了稳定军心，有人提议，要拥戴赵德昭为帝，以便统一指挥作战。

这只是一时的传闻，也未见有人付诸行动，后来听说宋太宗已经脱险，于是，也就无人再提及此事了。不过，此事传到宋太宗那里以后，他虽未追究，但是却耿耿于怀。

回到开封以后，宋太宗认为，此次出师不利，就未对有功的将领进行封赏。

这件事，在出征的将领中引起了一些议论。赵德昭也认为，即便出师不利，还是应该奖赏有功的将领，以鼓励再战的士气。于是，他便为有功的将领去向宋太宗请求奖赏。

谁知宋太宗听了他的请求后，冷不丁地说了句："待你即位之后，再行奖赏也不迟！"

赵德昭听了，惶恐不已。他一句话都没说，流着眼泪，离开了大殿。

回到家中后，他越想越后怕。他从叔父那句不冷也不热的话里，已听出了叔父怀疑他有夺位之心。自己算是跳进黄河也洗不清啊！现在，父皇和母后都已驾崩，只有德芳一个弟弟。若叔父对自己下手……为了洗刷自己的不白之冤，也为了保护全家老小的性命，他便从墙上摘下了一把宝剑，在书房自刎而死了。

宋太宗听说赵德昭自杀的死讯后，又惊又愧，他亲自去了赵德昭的书房，抱着已经冰冷的侄儿，一面哭着，一面说道："你这个糊涂孩子啊，为什么要这样呢……"

他立即下诏：厚葬赵德昭，赠中书令，追封魏王，再改封吴王、越王，最后改封燕王。

那一年，赵德昭二十九岁。

两年后，赵德昭的胞弟赵德芳也相继去世，年仅二十三岁……

当天夜里，辛弃疾坐在灯下，斟字酌句地撰写着贺表，赵士鹏一直坐在一旁相陪，直至深夜。辛弃疾放下手中的笔，将文稿递给赵士鹏，说道："赵大人，拙文已经草就，请你过目！"

其实，这类颂词贺表之类的文章并不难写，只要按照历代臣子们写过的格式，再改换年龄、姓氏以及有关人物等，加一些赞颂其德的句子，便是一篇文采飞扬的贺表了。辛弃疾写完之后，递给了赵士鹏。

赵士鹏看过之后，点头赞许。

5

赵士鹏去了临安之后，辛弃疾要负责对长江防务、粮仓贮存，以及进出港口的船只进行查验，还要防止小股金兵趁皇位更迭之际进行侵扰。他晚上在府衙中处理政务和来往文书，白天便去各处巡察。

有一天，他在城外查验了官仓中的稻谷之后，已近晌午，他觉得口渴难耐，便进了路边的一个卖茶的凉棚，一面喝茶，一面歇息。凉棚里，已坐了不少喝茶乘凉的人。

这时，旁边一位中年男子指着远处正在收割小麦的人群说道："看，那些当地人正在收割麦子！"

另一个人说："江南和中原的节气不同，在我们汴梁一带，地里的麦子才刚刚抽穗，离收麦子还有半个多月呢！"

一个三十多岁的男子接过他的话茬说道："在我们谯县，割了麦子，打完了场，就能吃上又白又香的白面馒头了！想起了老家的馒头，就想起了荒废了的麦地，唉！"说到这里，他叹了一口气："我们北人，什么时候才能回到老家，收割自家的麦子啊！"

他的话，好像一粒火种掉进了干柴堆里，柴堆顿时就熊熊燃烧起来了，大家你一言我一语地议论起来了：

"朝廷不是说要收复中原吗？不知何时才能发兵北伐？"

"北伐？官家来到江南，已经有三十多个年头了，我们都等白了头，还是不见他发兵北伐！"

"若是宋军渡过长江，跨过黄河，收复了中原，不但我们北人也回到了老家，他也能把徽、钦两位官家从五国城里接回来，官家的一家子也就团圆了。"

有人不同意他的说法，反问道："要是接回了官家的父皇和兄长，现在的官家往哪里坐？"

有人低声嘀咕了一句："对呀，徽、钦两位官家老死五国城，江南的官家才能坐稳龙椅！"

旁边有人提醒了一句："议论官家，是犯大忌，小心获罪，株连九族！"

那人愤愤说道："我的九族，早就被金狗杀光了，家仇国恨不报，还有何脸面活在世上！"

……

辛弃疾不认识这些人，这些人也不认识辛弃疾。不过，听他们的口音，都是河南、山东、河北等地逃出来的北人。他们既不能回到北方的那片热土，也难在江南安居乐业。他们浓重的中原口音，也触痛了辛弃疾的心，觉得似有什么在心中涌动。为了不使自己失态，他只好佯装着低头喝茶。

就在这时，从远处的河边走来一位老者，他年近花甲，双鬓染霜，白须垂胸，双目炯炯有神，脸上笑容可掬。他身穿一袭青布长衫，手持一块方木，徐步走进了凉棚。

众人见了，有的为他让座，有的为他提来茶壶，其他人都争着嘘长问短，同他攀谈起来。看来，老者是这里的常客，众人对他也十分熟悉。这时，有人将一盏热茶端到他的面前，问道："高先生，你今天准备说什么？"

高先生听了，端起茶盏，喝了一口，笑着说道："今天不说苏武牧羊，也不说秦琼卖马，更不说唐朝的醉中八仙，今天单说，在春秋战国时期，出了一位善逃的官家。"

辛弃疾听他说起话来，讲究抑扬顿挫，吐词咬字，一板一眼，再看他手里的那块方木，就知道了他的身份和职业了：一位说书的艺人，不过他说话时，还是带出了少许中原的口音。

在江阴城里，除了酒楼茶肆和一家连着一家的店铺，还有不少的瓦舍勾栏，里面活跃着不少的民间艺人，有耍狮子舞龙的，有舞棒弄枪的，还有演杂剧、傀儡戏的，唱小曲的，变戏法的，拉皮影戏的和唱渔鼓的等等，可谓是五花八门，种类繁多。每到掌灯时分，里边人头攒动，异常热闹。而这位高先生，白天在凉亭这种野场子说书、讲故事，到了晚上就去瓦舍勾栏说连本大书。由于他说得通俗易懂，为人又十分随和，颇受人们的欢迎。当他说今天要说一位善逃的官家时，立即引起了人们的好奇。

有人问："先生说的这位善逃的官家，是种桃树的官家吗？"

显然，他是把"逃"和"桃"混在了一起。

高先生摇了摇头，笑着说道："这位官家，既不种桃树，也不种梨树。在下说的这位官家，有一种独门的功夫，善于逃遁！每逢凶险之事，立即逃之夭夭，无踪无影！他既能脱身而逃，又能化凶为吉，诸位想听吗？"

众人一齐喊了起来："我等都想听，请高先生开讲吧！"

高先生朝凉亭外边看了一眼，见附近并无生人走动，又朝凉亭内扫了一眼，见辛弃疾低头喝茶，他说道："今天来了一位新的客官啊？"

辛弃疾抬起头来，朝他笑了笑："来自中原的北人，路过此地，歇歇脚，喝喝茶。"

高先生听出了辛弃疾的口音，拱手施礼："啊，同是故乡沦落人，不是外人！在下胡诌，见笑了！"

辛弃疾拱手还礼："先生谦虚了，请开讲吧，大伙都等着呢！"

高先生拿起方木，在桌上轻轻拍了一下，说道："话说东周列国时期，中原的菊花国人口众多，百业兴旺，百姓安居乐业，域外的乌眼国，虽不种地织绢，但他们以游牧为业，擅长在沙漠高原上骑猎。国王完二蛋十分眼红菊花国的富庶，便亲率一支铁骑，攻陷了毫无准备的菊花国都城，将老国君和皇子人吉作为了人质，拘于帐篷之中。完二蛋怀疑人吉是替人顶包的假皇子，便将他放还，由他的哥哥替他做了人质。成了人吉的替死鬼。完二蛋便将这老少两位国君，押往乌眼国的一座荒城之中，囚禁起来了！

人吉逃出敌营后，便被立为菊花国的新国君，国人都指望他能救回父兄两位国君。谁知道他刚即位不久，乌眼国的骑兵便随后追来了，人吉执政和治军无方，却逃遁有方。听说乌眼国的追兵到了，他便逃到了一条大河的对岸。有一天夜里，他在后宫中听歌作乐，忽然得报追兵已经过了河！他吓得从龙椅上摔了下来！这一摔不打紧，各位，这一摔为他留下了永远都治不好的病根——他患了阳痿！"

……

原来高先生隐射的，就是高宗皇帝赵构。

高先生将宋高宗说成是善逃官家，算是说中了高宗的要害。

高宗自逃出开封后，便在一些大臣的拥戴之下，匆匆忙忙在应天府告天即位。谁知即位不久，听说金兵将要攻打，他便不顾主战派大臣和将领们的反对，连夜逃到了扬州。

他刚刚在扬州安顿下来，又听说金兵距扬州城只有数十里，他已经吓得魂不附体，慌张中只带了两名随从，一口气逃到了瓜洲。

因瓜洲是宋金两军的交战之地，他不敢久待，便又一口气逃到了杭州。

过了半年，金兵便突破了长江防线，他逃离杭州，拼命向南逃去。谁知金兵紧追不舍，在陆地他无法再逃了，于是只好向海上逃跑。他先逃到温州，由温州登船，逃到大海之中，在海上漂泊了整整一百二十多天！

海上风急浪高，船上又缺柴少粮，因不敢靠岸，就得不到给养补充，大臣和将领们又冷又饿，度日如年。为了活命，赵构只好让船偷偷靠岸。上岸后他去了一座寺院，乞讨食物时，僧人因事先没有准备，只给了他五个炊饼，他竟然一口气吃了三个半！

当过人质的赵构，此时已患上了无法治愈的恐金症。每当听说“金兵”二字，便会双腿发软，浑身哆嗦。他再也没有半点抗击金兵、收复失地的斗志了，更不敢去迎接囚在五国城的徽、钦两位皇帝。更可悲可耻的是，就是在逃跑的路途上，他还派出使者，手持他颁发的国书，前往金国求和。在国书上，他竟然自称为“康王”！还说自己未得到金国的允许就登基称帝，实为大错！自己甘愿放弃帝位，向金朝称臣。

一位卑躬屈膝、摇尾乞怜的软骨头皇帝，成了朝野嘲笑的小丑。

就在宋高宗一味逃跑的时候，南宋的军民奋起抵抗金兵，使金兵在江南难以立足，且江南河道纵横密布，不利于金兵骑马作战，于是金国元帅完颜兀决定撤军。

就在金兵被迫撤到镇江时，宋将韩世忠率领水师切断了金兵的退路，将金兵主力逼进了建康东北的黄天荡，宋军以八千兵力，包围了多达十万的金兵，双方相持了四十八天！金兵数次突围皆告失败，最后，金兵刚刚逃出了韩世忠的包围，抵达建康时，又受到了岳家军的打击！岳飞收复了建康城，金兵只好向北撤去。

正在海上漂泊的宋高宗，得知金兵已撤，才从温州登岸，去了明州。但他心有余悸，认为明州不宜久留，又逃到了越州，再由越州，逃到了杭州。

善于逃跑的宋高宗，既害怕金兵，也害怕抗金的将领。他不但解除了坚决抗金的“中兴四将”之一的刘光世之职，削了主战派韩世忠的兵权，还授意秦桧等主和派，杀害了抗金英雄岳飞和张宪、岳云等人……

说书人虽然没点名道姓说这位善逃的官家，就是当今的宋高宗，但听书人都心照不宣。

高先生说到最后时，他话锋一转，说道：“诸位，你们可知道，这位善逃的官家，再也不用逃了，因为他要让位了。”

一句话，引起了人们更大的兴趣，有人问道：“这可是真的？”

“新君是谁？”

“善逃官家何时退位？”

“即位的新君，该不是主和派吧？”

“老官家呢？”

……

高先生喝完了盏中的茶水，站起身来，说了一句：“老官家不是官家了，却成了新官家的爷——太上皇！今后，一定会有新的故事，信不信，由你。”说完，将盏中没喝完的茶泼向凉棚外，朝众人挥挥手，走出了凉棚。

辛弃疾望着他越来越远的背影，心中颇有感慨。这位民间艺人，虽然地位低微，却也十分幽默，敢说真话、直话，真是难得。

第十二章

运送粮草的途中，释放了打劫的“强盗”；符离之战带来的隆兴和议，是第二个屈辱的条约。

家住江南，又过了、清明寒食。花径里、一番风雨，一番狼藉。红粉暗随流水去，园林渐觉清阴密。算年年、落尽刺桐花，寒无力。

庭院静，空相忆。无说处，闲愁极。怕流莺乳燕，得知消息。尺素如今何处也，彩云依旧无踪迹。谩教人、羞去上层楼，平芜碧。

——《满江红·暮春·家住江南》

1

赵士鹏告诉辛弃疾：新的皇帝是主战派。

辛弃疾大喜过望。新君即位，让他心中又有了一种希望。

签判这种文牍之职并不是辛弃疾所期待的，他更向往能做一名武将，驰骋疆场，与金军兵刃相见，收复中原。

新君即位，主战派扬眉吐气。三十岁的宋孝宗一登上帝位，便雄心勃勃，一一启用主战派，要与金兵决一高低。

孝宗五月即位，就着手准备北伐。

这天中午，赵士鹏来到辛弃疾的书案前，见辛弃疾正在埋头公务，他喊了一声：“辛大人！”

辛弃疾抬头一看，是赵士鹏来了：“赵大人，有什么事？”

赵士鹏：“走吧，我们到澄江门吃特色菜！”

两人在澄江门临街的一家小酒馆里坐了下来。店主认识赵士鹏，将他们请到了雅座。

几盘时令菜做得非常有特色，赵士鹏和辛弃疾一边喝黑杜康，一边聊着天。

见旁边没有闲杂人等，赵士鹏低声说道：“我已得到最新消息，我朝马上要北伐了！”

辛弃疾满脸惊讶：“开战？皇上即位才不到两个月，还没准备好吧？粮草以及作战部署十分重要，还需要人去探测金营中的情况，贸然开战……”

赵士鹏：“皇上做太子的时候，就一直对朝廷的议和不赞成，只是当时他不能做主，

现在龙袍加身，一言九鼎，他终于可以做主了。当初完颜亮出兵南侵时，他就主动请缨，要求带兵御敌，只是朝廷一直想议和。完颜亮被杀后，他也提议北伐，但是没被采纳。现在，他终于可以做主了！”

赵士鹏今天特别开心，此外，还有一个原因，就是赵昚的即位。

绍兴二年（1132 年），宋高宗选中宋太祖次子赵德芳的六世孙，即宋太祖的七世孙赵伯琮作为皇位继承人。原来宋太祖死后，宋太宗即位，之后历代的皇位继承人都是太宗的子嗣。可是北宋灭亡，南宋又在江南风雨飘摇中度日，宋高宗的独子三岁夭折，其后再无生育。于是上至孟太后，下至朝廷官员，达成一种共识：那就是太宗杀太祖夺皇位所致！他们决定还帝位于太祖的子嗣，以保大宋的江山。这样，赵伯琮就被立为皇太子，改名昚。

赵昚即位，帝位又还给了太祖的子嗣，作为太祖一脉的赵士鹏心中当然高兴。

赵士鹏看着辛弃疾复杂的表情，问道：“辛大人，你怎么啦？你不是一直希望能对金兵开战，收复中原吗？”

辛弃疾说：“是的，我做梦都想着要去领军抗金，恢复中原。我只是认为准备得不充分，感觉仓促了一些。‘知彼知己，百战不殆’，我想应该派人查看金军兵营的布防情况，还有，我们也要做好充分的出征准备。”

赵士鹏：“这个你不用担心，这次，虞允文调任四川，皇上令其会同四川的兵力收复被侵占的诸州。身患重病的张浚，身体稍微好转，皇上已将他召到宫中，加封少傅、封魏国公，代虞允文去宣抚江淮，各路兵力已经集结了。江淮宣抚使张大人统领大军十三万人马驻屯泗州（今安徽盱眙）、庐州（今安徽合肥）、豪州（今安徽凤阳东北）等地。”

辛弃疾：“这确实是一个好消息！可惜我不能参战。”

赵士鹏微微一笑：“辛大人一心想着驰骋疆场，可是江阴也很重要，这里可是江南的门户！有你在这里我就放心了，辛大人文武双全，要是朝廷将你调走了，我还真舍不得呢！”

辛弃疾举起酒盏：“谢谢赵大人的谬赞，下官敬大人一杯！”

二人喝干了杯中之物。

辛弃疾的担心不是没有道理。

孝宗与诸位大臣商议，决定对屯戍宿州一带的金兵主动出击。孝宗采纳张浚的建议，诏令李显忠、邵宏渊两位为正副主帅，率师渡河，主动出击金兵。

孝宗宣张浚为枢密使，将用兵的事完全托付与他。其实张浚并没有军事才能，善于夸夸其谈，言过其实。

隆兴元年（1163 年）四月，孝宗采纳张浚的建策，主动对金兵发动攻击。首先攻打灵璧县。灵璧县南临淮水，北倚中原，属宿州，隶淮南东路，曾是楚汉相争的古战场，是传说钟馗的故里，现在被金军占领。

开战的消息传来后，辛弃疾异常高兴。在家中，他让妻子准备好酒菜，说要好好庆贺大军旗开得胜。当饭菜端上桌时，忽然听到外面有人喊："辛大人，赵大人有请！"

这时赵士鹏派人来，肯定是有急事。辛弃疾来不及吃饭，连忙更衣，随着衙吏去了府衙。府衙大厅里，已经聚集了一些官员，赵士鹏正等着官员们到齐。不一会，人员都到齐了。

赵士鹏告诉大家："诸位，我军与金兵已正式开战，五月初七，北伐战争打响。淮西招抚使李显忠从豪梁（今安徽凤阳东北）渡淮，到了陡沟，金兵右翼都统萧琦用拐子马来抵抗，李显忠率领我军顽强战斗，一举击退了金兵的拦截。现在已经攻下了灵璧县，下一步是攻打虹县（今安徽泗县），然后是泗州（今江苏省盱眙县东北）。现在前方需要粮草补给，朝廷命我等要筹集粮草，日夜兼程送往我军屯驻地——泗州，时间是十天之内。"

大家一听，精神为之一振，互相交头接耳起来。

赵士鹏咳嗽了一声，继续说："具体事宜由辛大人操办。"

辛弃疾马上回应："是！赵大人，我立即操办，请允许我亲自押送粮草。"

赵士鹏有点犹豫，因为他想到府衙里很多事情都离不开辛弃疾。

辛弃疾似乎看出了赵士鹏的心事："赵大人，我是习武之人，在路上若有什么情况，我好及时处理。府中之事还有其他同僚。粮草之事迫在眉睫，我会日夜兼程，以最快的速度将粮草送达目的地！"

赵士鹏对辛弃疾点了点头。

衙吏将朝廷的急报递给了辛弃疾。

赵士鹏对辛弃疾说："辛大人，你先去忙吧，我和其他的官员有事商量。"

辛弃疾连忙去粮草库房查看粮草情况，调集粮草，又挑选了一百名识水性的精壮士兵，跟随着他押运粮草。辛弃疾将邹虎也带上了。

辛弃疾点完了粮草，并且装好船后，天已经拂晓了。他回到家中，告诉范子钰他要亲自押运粮草到前线。妻子将桌上冷了的饭菜热好，辛弃疾这才发现自己很饿了，他匆忙吃了两碗饭，收拾好几件衣服，带着鱼肠古剑来到了府衙。

这次押运的粮草走的是水路，辛弃疾很熟悉这条水路。

赵士鹏坚持到长江边为辛弃疾等送行，看到大大小小的船只，精神抖擞的士兵，赵士鹏满意地点了点头，预祝一行人一帆风顺。

辛弃疾带着一行人马和粮草走长江，进夹江，再入长江，然后走京杭大运河，起岸直达盱眙，那里已有宋军人马接应。一路上，风餐露宿，辛弃疾乘坐的小船，或在船队前，或在船队后，时刻查巡沿途的情况。

已经是第六天了，按照这样的速度，不出两天便可以到达宋军的军营，士兵们悬着的一颗心也放了下来。水路已经快走完了，大约明天一早就可以走陆路。

子时刚过，水面上升起了凉凉的雾气，夜静悄悄的，船队的马灯忽明忽暗。忽然邹虎发现船队最后面的一艘船，马灯熄灭了。

“辛少爷，你听，后面好像有异响，灯也灭了！”邹虎急急说道。

辛弃疾让船家将船划到船队的侧方，他朝后看去，果然最后面的一艘船上的灯灭了。

“快！船家，朝后划！”辛弃疾说。

船家将船朝后划，大家听到了不远处传来嘈杂的声音。

“船队前行！”辛弃疾命令。

“船队前行！”

“船队前行！”

命令在往前传。

……

辛弃疾乘坐的小船朝后划了不到半里，他看见有一艘船停在水面，这正是他们的船！旁边有几艘小船靠在大船旁边，辛弃疾令四名会水的士兵潜水过去看情况，并要他们想办法将那些小船的底部凿穿，将船弄沉。

邹虎打了一个呼哨，大船上也回应了一个呼哨。

辛弃疾听了，说道：“情况还算良好，船家，将船拢在大船边，大家跟着我上船。”

一行人悄无声息地顺着缆绳，从船尾上了船。

2

船头，一支火把点亮了。

十个士兵被黑布袋子罩着头，有三个还被捆着，蹲在船头上，二十来个陌生的面孔拿着刀盯着他们。一个四十多岁、头目模样的人，对那些士兵说：“我们不要你们的命，不想与你们结下生死之仇。我们只要船上的财物，你们都老实点，否则丢到水里喂鱼！”

“那要看我这把剑答应不答应！敢劫军粮，我看你们有几个脑袋！”仿佛天降神兵，辛弃疾带着三名士兵已站在了火把下。

那说话的头目开始一惊，一看就只有四个人，说话的又是个年轻人，虽然长得魁梧高大，但是看起来像个儒生，他哈哈大笑起来：“就凭你们四个？来，过过招！不过，年轻人，我可以让你先出一剑。”

辛弃疾冷笑一声，一剑刺去，寒光顿起。

那中年人避开了，心中一惊，他没想到这位年轻人的剑法是如此又快又狠！特别是那把剑，寒光带着寒风，他再也不敢小看这年轻人了！

辛弃疾看到这中年人的剑法也好生了得，只见他在船头腾挪进退，进攻防守，滴水不漏。忽然，那中年人避开辛弃疾的剑，一个轻跳，攀上了桅杆，从上而下像一只盘旋的老鹰，持剑刺向辛弃疾。辛弃疾没有避开，反而迎上去，众人将心提到了嗓子眼：辛弃疾必死无疑！

邹虎正要上前去挡剑，忽然辛弃疾变成了一团白光，只听“哐当”一声，那中年人握着半截剑半跪在船头，辛弃疾的剑正指着他的喉咙。

其他几个劫匪正要上前围攻辛弃疾，只听那中年人喝道：“不要动手！”他们立即不动了。

中年人高昂着头闭着眼睛，没有一丝求饶的意思。辛弃疾心中赞叹：好一个硬汉！他反而下不了杀意。

辛弃疾厉声问道：“你是何方土匪？敢劫军粮？”

“你杀吧！休要多言，只可惜杀不了金狗，死在壮士剑下，也不枉我白活一场！”那中年人说。

辛弃疾将剑从中年人的喉咙处挪开，往他臂上划了一下，血顺着剑尖流了下来，中年男子没有叫饶，连哼都不哼一声。

一个年轻的劫匪，连忙跪下：“军爷，我们是岸上高家庄里的，只因为金狗将我们的粮食抢走了，村子里饿死了不少老弱病残的族人，我祖母也饿死了。父亲眼看活不下去了，就带着几个乡亲趁着黑夜，来做这等打劫之事，却不知道这是军船，我们知道打劫军粮是死罪，求军爷饶过我们吧！”

其他十几人也连忙跪下，头在船上磕得“咚咚”响。

“起来！男儿膝下有黄金！二十年后又是一条好汉！”那中年人喝道。

那十几人磨磨蹭蹭地站了起来，都齐齐地望着辛弃疾，眼睛里充满了祈求和哀怜。

辛弃疾心中一酸，收回剑，望着漆黑的夜，缓缓说道：“前方，李显忠将军已经攻下了灵璧县，正要攻打虹县，然后是泗州，我们这批粮草是送往盱眙，给我军补给。将士们在前方杀敌，你们却在这里做这等打家劫舍的勾当……”

那中年人“霍”地站起来，说道：“壮士此言差矣，金狗将粮食抢走后，我们仅仅只剩下一些藏着的粮食，听说前方将士抗金差粮草，在我们这里征集粮草，我们将仅有的粮草都上缴了……”

辛弃疾听了，长叹一声：“你们走吧！”

那中年人双手抱拳施礼谢道：“请问壮士大名！”

辛弃疾：“在下是山东历城人辛弃疾。”

中年人惊喜万分，一步上前，紧紧握住辛弃疾的手：“你就是大名鼎鼎的辛弃疾？将军，我要随你去前方参加抗金战斗！”

其他的人也纷纷表示要跟随辛弃疾一起去。

辛弃疾点了点头，说："我们这是运送军需物质，不方便带你们。你们回家将家里安顿好，再去前线。现在前方急需补充兵力和民夫。"他忽然想起什么，在邹虎耳边说了什么，只听邹虎打了两个呼哨。

几个湿漉漉士兵从水里爬上船，看到了辛弃疾，连忙报告："辛大人……"

辛弃疾："不用啰了。"

那中年人一脸惊异，忽然他看到那被捆着的士兵，连忙对自己手下说："快！将那些军爷的绳子解开！"

他又转身对辛弃疾说："感谢将军不杀之恩，我们有眼无珠，冒犯了将军，回去之后，我一定带领族人参加抗金队伍！"

辛弃疾说："好！你们现在赶快走吧！我们还要赶路，后会有期。"

中年男子带着他的一帮人对辛弃疾千恩万谢，然后下了大船，坐上他们的小船离开了。

船队继续前行。

押运的粮草提前两天到达盱眙军营，此时，虹县也已经收复了。

原来，五月初七，张浚命李显忠攻灵璧县，都统制邵宏渊率军自泗州攻虹县。虹县久攻不下，李显忠得知后，率领军队前往虹县助援，李显忠利用降卒招降金军守门将领大周仁，大周仁打开了城门，李显忠的军队得以进城。得知李显忠带着宋军进了城，金军迅速逃窜，虹县收复了。

辛弃疾原以为在盱眙可以见到传奇英雄李显忠，可惜的是李显忠不在此军营中。将粮草交接完后，辛弃疾沿原路返回。

在回程途中，辛弃疾得到泗州收复、宿州收复的喜讯，他高兴万分，心想中原的大门打开了，照这样下去，收复中原指日可待！

辛弃疾回到江阴府衙，到赵士鹏那里复命。

赵士鹏见到辛弃疾，说道："你一路辛苦了，辛大人！士兵们都在歇息吧？"

辛弃疾："是的，我让他们歇息三天。这些日子他们确实是辛苦了，我们这一路在水上行船，不知道近日的战况如何？"

赵士鹏叹了口气："战况不容乐观！"

"什么？我军不是节节胜利了吗？"辛弃疾着急地问道。

"人心不古啊！"赵士鹏摇了摇头，深深叹了口气，"那个邵宏渊，将要成为千古罪人！"

辛弃疾着急地问："这是怎么回事？"

赵士鹏缓缓地说："李显忠和邵宏渊两路军马势如破竹，攻下宿州后，大快人心！

皇上特别高兴，决定论功行赏。”

“听说李显忠帮助邵宏渊攻下虹县后，邵宏渊嫉妒李显忠，耻于自己无功，心生间隙，是真的吗？”辛弃疾说。

“是的，李显忠进开府仪同三司、淮南京畿京东河北招讨使，而邵宏渊则只进检校少保、宁远军节度使和招讨副使。”赵士鹏接着说，“邵宏渊心胸狭窄，不能从大局着想。”

辛弃疾：“邵宏渊怎么可以和李显忠将军比呢？李显忠是个真正的将军。他出身将门，胆略过人，武艺超群。十七岁就跟着父亲李永奇出入战阵，他骁勇善战，严于律己，现在抗金正需要他这样的人才，可惜我不能在他的麾下，临阵杀敌！”

李显忠确实是一个富有传奇色彩的将军，金军听到他的威名后，也会胆战心惊。绍兴年间，金人攻陷延安（今属陕西），李显忠父子被迫给金人为官。适逢刘豫伪齐政权征调中原民兵，想大举攻宋，命李显忠率延安军马赶赴东京（今河南开封）。其父告诫他找机会南归，不要在乎他是否在金人手中。李显宗投奔南宋后，他一家两百余口皆被金人杀害！

李显忠借西夏兵马攻金复仇。西夏因为李显忠心中向着南宋，又反目了。李显忠大胜西夏，带着四万多人马投奔南宋。绍兴九年（1140年），金兵侵犯河南，朝廷命李显忠为招抚司前军都统制，与宋将李贵同破金兵于灵璧县（今属安徽）。绍兴十一年（1142年），金兀术又率大军攻宋，攻占庐州（今合肥）。高宗诏令各路军马共同抗击金兵，命李显忠军与张浚军会合。李显忠军先至孔城镇，与金兵作战，杀退金兵。战功显赫。

邵宏渊心胸狭窄，目光短浅，深陷于个人恩怨，这样的人怎么能带兵呢？朝廷中主战派和主和派现在处于胶着的状态，金兵现在在调集军力，又有一场大战即将开始。

赵士鹏向辛弃疾谈了对时局战况的分析。

辛弃疾听了赵士鹏的话，默默无语。

从邵宏渊对李显忠心生间隙开始，邵宏渊对李显忠已心怀不满。宋军临近宿州城下时，金兵出城迎战，李显忠带领士兵布阵迎战，击退金兵，并追击了二十多里。

邵宏渊行动迟缓，姗姗来迟。待攻下宿州后，邵宏渊要开仓将里面的金银财宝赏赐给士兵，李显忠坚持不肯，不同意开仓赏赐。他认为应该上缴朝廷，于是将士兵移至城外扎营，只给了一些钱币赏赐给士兵，邵宏渊趁机挑拨，军心动摇。

金军主帅纥石烈志宁率大军自睢阳反攻宿州，李显忠率军与之激战，先打退金兵的第一次进攻。第二天，金孛撒复从汴州率步骑十万来攻宿州。李显忠受到了金兵的两路夹击，他让邵宏渊出兵攻击金军，但邵宏渊按兵不动，他坐在城楼上，对下属说：“现在正是酷暑，我坐在这里乘凉还摇着扇子，怎么能戴着头盔去作战？”

李显忠孤军作战，得不到邵宏渊的援助，受到金兵的夹击，形势危急。当金兵攻到宿州城下时，中军统制周宏在那里鸣鼓大喊“敌军来了！”，他与邵世雍、刘侁率部逃遁。接着，统制左师渊、统领李彦学率军也逃遁了。李显忠将军队带入城内。统制张训通、张师颜等看着邵宏渊与李显忠不和，也各自带着军队逃遁。邵宏渊对李显忠说：“金军增添二十万兵力来攻我部，倘若我军不退出，恐怕生死难测！”于是，也带着部下率先逃了！

李显忠仰望着苍天，高声叹息：“苍天不让我收复中原，何至于生出这么多的阻挠？”他苦苦支撑不住，带着部下撤退，又被金兵追杀到符离，十三万兵马溃散，辎重、粮食、兵器、盔甲等皆都一夜丧失，战死士兵不计其数！

当时张浚在盱眙，李显忠去见张浚，交印待罪。张浚命刘宝为镇江诸军都通制后，渡过淮河，到泗州，安抚那些士兵，然后回了扬州。

北伐中原的计划，在符离之战中流产了。

消息传来，辛弃疾痛心疾首，悲愤难忍！

3

符离战败，议和派又抬头了。

张浚赶回临安请罪。并提出自己年老多病，请求辞官退休，并派人前去议和。孝宗十分生气，坚决反对议和，继续信任张浚，让他主持军务。张浚深受鼓舞，命令前线修建防御工事，加强两淮防务，严防死守，阻止金兵南下。

此时，议和派抓住符离战败大做文章，以秦桧一派的汤思退为主要人物，在朝廷中大造舆论，反对抗金北伐。退位的高宗也向孝宗施加压力，反对主战。在这样的情形下，孝宗只好妥协了。他将张浚降至江淮东西路宣抚使，将李显忠贬为果州团练副使，邵宏渊贬职远方，官降武义大夫。后来朝廷得知兵败的原委，邵宏渊要负主要责任，于是，将李显忠移镇抚州。

辛弃疾从府衙得知这些情况后，心中愁绪万千，晚上回到家中，饭都吃不下。他独自站在庭院里，看着满天的星星，想起在北方的戎马生涯，想起自己南归后的生活，想起日夜兼程送军粮至盱眙……一时心潮起伏，悲愤难平。他迅速回到书房，站在案前，奋笔疾书，填了一阕《满江红》：

家住江南，又过了、清明寒食。花径里、一番风雨，一番狼藉。流水暗随红粉去，园林渐觉清阴密。算年年、落尽刺桐花，寒无力。

庭院静，空相忆。无说处，闲愁极。怕流莺乳燕，得知消息。尺素如今何处也，彩云依旧无踪迹。谩教人、羞去上层楼，平芜碧。

隆兴二年（1164 年）二月，孝宗再次诏书张浚，让他巡视江淮。主和派汤思退害怕主战派抬头，连忙上书奏报军情，说前方兵力不足、粮食匮乏、兵器短缺。孝宗于是犹豫起来，他将张浚召回朝中，罢免了他的江淮都督府和宰相的职务，让他前去福州做地方官员。八月，张浚病逝在赴任途中。

张浚一去世，主和派认为议和的障碍已经拆除。

迫于压力，年底，孝宗采纳了汤思退的主张，派了几个主和派的使者前去议和。孝宗也提出三个条件：

一、不再对金国称臣。

二、坚决不归还从中原南下的人员。

三、只同意割让金国原先要求的四个城池。

孝宗的强硬态度让议和一度没有达成，主和派汤思退暗示金人出兵江淮，迫使孝宗议和。他又命令边防停止修建工事，解散了边防力量。结果，金国都统元帅仆散忠义趁机渡过淮河，一举攻陷了滁州、濠州、楚州。消息传来，朝野一片震惊。汤思退成了千人指责、万人唾骂的罪人，孝宗免除了他的一切职务，八月二十九日，汤思退在惊恐羞愧中死去了。

十一月，孝宗与朝臣经过多次争论，决定派魏杞赴金，重新订立和约，其内容为：

一、南宋对金不再称臣，改称叔侄关系。

二、维持绍兴和议规定的疆界。

三、宋每年给金的“岁贡”改称“岁币”，岁币为每年银绢各二十万两匹，比绍兴和议时每年少五万两匹。

四、割唐（今河南唐河）、邓（今河南邓州东）、海（今江苏连云港）、泗（今江苏盱眙北）四州外，再割商（今陕西商县）、秦（今甘肃天水）二州等地予金。

五、金不再追回由金逃入南宋的人员。

宋金边界又重新划分了，东起淮河，西到大散关。这个“隆兴和议”是继“绍兴和议”之后，宋朝与金国签订的第二个屈辱的和约。和议至次年即乾道元年（1165 年）正式生效，故又称“乾道之盟”。

拿着朝廷和议后的诏告，辛弃疾面朝北方，掩面流泪，心中默告祖父：爷爷，幼安辜负了你的在天之灵，这满纸屈辱的条约，是我大宋的耻辱！我何时才能施展自己的抱负呢？

辛弃疾在江阴任满，新补签判承议郎吴一能已经到任。

赵士鹏在家中举行家宴为辛弃疾送行，夫人范子钰也被邀请，陪同的还有邹虎等。

赵士鹏举着酒杯说道："弃疾文韬武略，我实在难舍你离去，可又不敢耽误你的前程，这杯薄酒，略表敬意，愿你前途无量！"

辛弃疾："谢谢赵大人，在此任职，深得你的教诲，弃疾铭记在心！"说完，两人一饮而尽。

赵士鹏的夫人也给范子钰敬酒，两人亲切地交谈。

邹虎下席给赵士鹏敬酒："在下给赵大人敬酒，感谢赵大人对我的栽培信任。"说完一饮而尽。

赵士鹏抚着邹虎的背说："本想留你在府衙中，无奈你跟着弃疾这么多年，我也不好横刀夺爱。你忠心不二，处事谨慎，真是难得！以后常来府衙走走。"

邹虎感激地点点头。

"我知道弃疾心中还在想着如何才能恢复中原，你还年轻，不像我已经老朽了，我是多么希望我朝能多一些你这样的人才啊，可惜的是……"赵士鹏说不下去了。

辛弃疾叹了口气说："赵大人也一直在为反金复宋日夜操劳，人在做，天在看，我想以后肯定会有机会再战金贼，我们一定要回到中原！"

"倘若你不是归正之人，朝廷或许会重用你。现在主和派在朝中占上风，主战派一一调离京城，朝廷没有重用你大概也是怕你主战吧！"赵士鹏说道。

辛弃疾点头赞同。

"若有时间，你可写奏章，分析一下当前敌军、我军的形势。广德军是临安的重要门户，你可将你的建议和策略上奏朝廷。"赵士鹏说。

辛弃疾点了点头，说："谢谢赵大人的指点！这段时间我正在酝酿，他日写成定会呈送朝廷，但愿我的建议能得到采纳。"

赵士鹏脸上掠过一丝欣慰："反金复宋的希望就在你们身上了！以后若有什么需要老朽的，请尽管说！"

"谢谢赵大人！"辛弃疾满怀感激。

第二天，辛弃疾率家人启程，赵士鹏站在江边为辛弃疾送行。

一家人上了船，和岸上的人一一告别。辛弃疾看到江风吹动着赵士鹏的白发，心中一阵酸楚，也更坚定了他抗金的决心。

唐末五代，藩镇武将专权，很多州郡的官职是父死子承。宋朝为了根除这种痼疾，巩固中央集权，武将解除兵权后，以朝臣身份出守州郡，官名为"权知军、州事"，"权"为临时的意思。朝廷又在州郡设通判，作为副职，与权知军、州事共同处理政事。辛弃疾从江阴的签判，到广德军的通判，是由从八品到正八品，虽然官级升了，但是与辛弃疾想带兵抗金的期望相隔甚远，整天和文书案牍打交道，也不是辛弃疾的初衷。

广德处于皖、浙、苏三省交接处，是军事重镇，是京都临安的军事大门，属江南东路，朝廷将辛弃疾调任到这里也是对他的重用。到了广德军府衙，辛弃疾见了知军。知军见过辛弃疾，十分高兴，他没想到这位名震中原的英雄来他这里任职。辛弃疾与前任交接后，安顿好家人，就投入了府衙的公务中。

4

符离之战后，签订了《隆兴和约》，宋金两军暂时停止了战火。这天，辛弃疾公休，他带着邹虎前往金沙寺游玩。金沙寺在阳岱山（今安徽省广德县东亭乡阳岱山村），那里有岳飞抗金的题字。阳岱山是天目山余脉，主峰是五峰尖，其次是将军山，还有天台山。辛弃疾和邹虎两人骑着马急行，一路上看到的是荒芜和萧条，三三两两的村民在田地里劳作。行走了大半日，他们来到了一个叫大洼的地方，在当地村民的指点下，来到了将军山的山腰，只见一座恢弘的庙宇耸立在眼前，寺后是逶迤的山脉，周围古木参天，郁郁葱葱。寺前一片开阔，山下的景致历历在目。两人将马系在寺前的一棵大银杏树下，进了寺中。寺内宽敞宏大，很快他们被眼前的照壁吸引住了，只见照壁上遒劲有力的题字，气势磅礴。辛弃疾念道：

余驻大兵宜兴，缘干王事过此，陪僧僚谒金仙，徘徊暂憩，遂拥铁骑千余长驱而往。然俟立奇功，殄丑虏，复三关，迎二圣，使宋朝再振，中国安强，他时过此，得勒金石，不胜快哉！建炎四年四月十二日，河朔岳飞题。

邹虎听了，问道："将军，'丑虏'是不是指金寇，'二圣'是被掳去的二帝吧？"只有两人的时候，邹虎还是习惯称呼辛弃疾为将军。

辛弃疾缓缓地说道："是的，建炎三年（1129 年）十二月初七日，金兀术攻陷了广德军，岳飞将军在广德军抗击金寇，六战皆捷。建炎四年（1130 年）正月十三日，岳飞将军自广德军移屯宜兴。四月十二日复过广德军，写了这篇题记。"

邹虎又问："三关是指哪三关啊？"

辛弃疾答道："古代三关是上关、壶口关、石陉关，这是三个重要关口，后周以瓦桥（今河北雄县）、益津（今河北霸州市）、高阳（河北高阳县东）为三关，关北属辽，关南属宋，可惜现在关南也失去了。"

邹虎："要是岳飞将军不被害死，我朝或许早就收复中原了。"

辛弃疾似乎没有听到邹虎的话，他眼睛看着题字，嘴上念着："殄丑虏，复三关，迎二圣，使宋朝再振，中国安强……殄丑虏，复三关，迎二圣，使宋朝再振，中国安强……”

念着念着，辛弃疾忽然泪流满面。

邹虎：“将军，我们去后面看看吧！”

见辛弃疾没有回答他，邹虎又说了一遍。

辛弃疾这次听见了：“好！我们去拜祭岳将军当年拜祭过的金仙。”

正在这时，有一僧人从右厢房出来了。他听到有人说话，便出来迎接。见到辛弃疾和邹虎，忙施礼作揖。

“小僧不知香客前来，有失远迎，罪过，罪过！”

辛弃疾和邹虎两人连忙还礼。

辛弃疾说：“师父，我们想去拜祭金仙。”

僧人带着两人转到照壁后，穿过一片空地，到了后面殿中，只见大殿中央供着如来，佛身金光闪闪。

邹虎问道：“这就是当年岳将军拜祭过的佛祖吧？”

“是的。”僧人忙回答，“当年师祖陪着岳元帅在此上香。”

辛弃疾拿了三炷香点燃，虔诚地跪拜，然后在香炉上插上香。

邹虎也燃香跪拜。

一位披着袈裟的老僧人出来了，僧人谦恭地喊了声师父。

辛弃疾和邹虎连忙给老僧人施礼。

辛弃疾：“山东历城人辛弃疾前来拜谒，打扰了大师的清净福地。”

老僧人：“阿弥陀佛！不知客人前来，有失远迎！”

僧人对辛弃疾介绍道：“这是我师父，寺中的方丈。”

辛弃疾和邹虎又给方丈施礼，方丈回礼并让僧人带他们到他的禅房喝茶，说他随后就来。

方丈的禅房很简单，几个蒲团，一套茶具，干净整洁。

不一会，方丈提着一壶水进来了，僧人想接过去，他摆了摆手，亲自给辛弃疾和邹虎两人泡上茶。

方丈：“这是用寺旁的泉水烧开泡的茶，请二位慢品！”

辛弃疾喝了一口，不禁称赞道：“好茶！”

方丈看着辛弃疾，缓缓地说：“当年苏东坡在这个禅房喝过茶，更不用说岳元帅了。”

辛弃疾说：“能在这里喝茶是我等的荣幸，谢谢方丈！这泉水是金沙泉的泉水吧？”

方丈说：“是的。这泉水泡出来的茶，甘醇绵长，满口生香。苏轼当年闲居宜兴蜀山，常常和文朋诗友们一起品茗论诗。他喝茶特别讲究，泡茶的水要用金沙泉，盛水要用瓦炊，茶叶要用阳羡唐贡茶。可是蜀山离这里有十六里，书童隔两三天就要来这里挑一担水，这天书童受了风寒，浑身无力，就偷了个懒，他玩了半日，就在蜀山附近的蠡河里挑了一担水回去。苏东坡烧开水泡茶后一喝，发现味道不对，没有以前的甘醇。他便知道书童没有去挑金沙泉的水，书童只好说了实话。后来为防止书童偷懒，苏东坡将一节节的小竹管，劈成两爿，并做上记号。书童去挑水，将手中的半爿去换金沙泉寺的老僧人手里的那半爿，这样一爿爿竹管便成了取水符。苏东坡喝着金沙泉水泡的茶，惬意极了，挥笔写下一首诗：‘欺谩久成俗，关市有契繻。谁知南山下，取水亦置符。古人辨淄渑，皎若鹤与凫。吾今既谢此，但视符有无。常恐汲水人，智出符之余。多防竟无及，弃置为长吁。’这就是‘竹符换水’的典故。”

邹虎听了，说：“有趣！有趣！”

辛弃疾微微一笑，说：“这故事是很有趣，一代文豪在这里留下了‘竹符换水’的佳话。”

方丈又说：“这金沙禅寺原来是唐昭宗时宰相陆希声为避战乱所建，也是他的读书山房，后来改为禅院，就是现在的金沙寺。熙宁三年（1070年）皇上赐额‘寺圣金沙’。你们系马的那棵银杏树，岳元帅当年也曾经拴过战马。当年四月，金人再犯常州，岳元帅率军驻扎这里，他在照壁上题词，八十一字抒发了他抗金的雄心和情怀。这里是安徽广德与浙江鄣吴交界之处，也是一条军事交通要道，是临安的军事大门。”

辛弃疾听了，说：“方丈所言极是，这里的战略位置十分重要，我来此的目的一是拜谒佛祖，其次是想熟悉周边的环境，绘制地形地势图，为他日恢复中原做准备，感谢方丈所做的教诲。”

方丈慈祥地看着辛弃疾说：“早闻你的大名，你文武双全，智勇兼备，恢复中原，我大宋正需要你这样的英才啊！”

辛弃疾说：“方丈过奖了，为我大宋的强大，弃疾一直在努力。”

几个人又聊了一会，见天色已晚，方丈留辛弃疾和邹虎两人用膳住宿，辛弃疾也没推辞，因为第二天他还要在周边查看地形地势。

第二天一早，辛弃疾和邹虎两人辞别了金沙寺的方丈和僧人，他们俩带上寺里给的菜饼，出了寺门，打算在周边走走看看。站在金兀术曾经穷追康王的路上，辛弃疾感慨万千，岳飞的事迹激励着他，他想做一个像岳飞那样的人。想到符离之战和隆兴和议，辛弃疾心中升起了一种悲愤。他要写出自己心中的想法，呈给朝廷。

第十三章

《美芹十论》呈上去了，却如石沉大海；收复中原，驰骋沙场已经成了遥远的梦。

何处望神州？满眼风光北固楼。千古兴亡多少事，悠悠。不尽长江滚滚流。
年少万兜鍪，坐断东南战未休。天下英雄谁敌手？曹刘。生子当如孙仲谋。
——《南乡子·登京口北固亭有感》

1

辛弃疾从金沙禅寺回来后，花了三天的时间将禅寺周边的山川、道路等地形地势绘了一张详细的地图，他想今后肯定有用得着的地方。现在他要着手写一份奏章，详细分析当前宋金双方的军事情况。

这天，辛弃疾将公文送给知府李况，他将自己想写一些分析宋金两国形势的想法向李况说了，李况非常支持辛弃疾。

李况：“辛大人可以不来府衙，安心在家写奏折，你的公务我让你的同僚处理。”

辛弃疾摇摇手，说道：“不可，不可。拿着朝廷的俸薪不敢有半点懈怠。我晚上在家中便可写出来。”

李况：“辛大人如此勤于公务，严于自己，钦佩！钦佩！”

辛弃疾：“自来广德军，深得知府大人的提携与指点，下官深表感激，只有勤奋才上对得起朝廷，下对得起百姓。知府大人为治理一方呕心沥血，是下官学习的楷模。”

李况看着辛弃疾年轻的脸庞，赞许地点了点头，说：“辛大人年轻有为，文武兼备，勤于学习，胸怀大志，不愧是我朝的栋梁之材，他日必将重用！”

辛弃疾谦逊地说：“谢谢大人的谬赞，下官尚需努力！”

接着两人就当前的局势做了一些探讨，李况的一些建议，辛弃疾也觉得非常中肯。李况也是个主战派，他说“符离之战”之所以战败，是因为军队的协调不够，一些军事指挥官心胸狭窄，只顾个人恩怨，不以国家大局为重，以后朝廷在任用这些官员时要切切慎重。

辛弃疾赞同他的观点，两人越说越投机，直到一官吏送来公文，两人才结束谈话。

白天，辛弃疾在府衙处理案牍公务，晚上回家后，他就在书房中构思如何将自己对宋金两国的一些想法写出来，他想写成一篇平戎之策。家中清静，人口不多，因妻子范子钰腆着大肚子行动不便，岳父已将家中的女婢吴妈送了过来。吴妈也来自中原，刚成婚不久丈夫就病死了，她孤身一人，就到范邦彦家中做帮工。范邦彦南渡时也将她带到南方。她做事勤快，手脚麻利，见辛弃疾每天晚上吃完饭后就进了书房，进来做家务事时尽量轻手轻脚，怕打扰了辛弃疾；邹虎吃完晚饭，就早早地睡了。

豆油灯下，忽明忽暗的灯光映照着辛弃疾轮廓分明的脸庞，他的脑海里回想起赵士鹏对他描述的符离之战的惨景。那一夜之间，宋军死伤无数，“隆兴和议”的耻辱，像一块石头压在他的心上。

夜，静悄悄的，不知什么时候，范子钰进来了。她向辛弃疾的茶盅里续了茶，然后在一旁静静地磨墨。墨香霎时氤氲了整个屋子，辛弃疾偏过头，看见了妻子，他将椅子挪开，用手抚摸着妻子的肚子。

辛弃疾：“还有两个月，我们的孩子就要出世了，不知道什么时候我能带着他回到中原，回到四风闸，告慰祖父。”

范子钰：“会的，幼安。那里才是我们的家，我总感觉我们像浮萍，在江南漂着，心里没有着落。”

辛弃疾深深地叹了一口气，说：“现在朝廷主和派占了上风，主战的皇上也顶不住了。听说他原打算养精蓄锐，再打一战，以雪‘符离之战’与和议之耻，无奈身边的人都在高喊主和，我怕要不了多久，他的锐气磨灭，就不想恢复中原、收复失地了！”

范子钰点了点头，说：“皇上还是有主见的，金贼讨要归正人，他就没有同意。哦，对了，我父亲带来口信，说要来看我们，估计后天就到。”

对岳父范邦彦，辛弃疾心存感激与敬意。

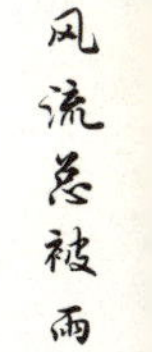

范邦彦，字子美，邢州唐山（今河北邢台）人，北宋末太学士，靖康之乱时，因为母亲年迈，滞留在北方。母亲去世后，在金国应进士试，被任官于宋金边界的蔡州新息（今河南息县）县令，虽然为金官，但是他一心向宋。绍兴三十一年（1161年），宋金开战后，他打开城门，迎接宋军，举城南归。南归后，朝廷授他为湖州长兴县丞。他遇到辛弃疾后，欣赏辛弃疾是少年英雄，便把女儿嫁给他了。现在范邦彦新任镇江府通判，于是他将家眷迁居京口（今镇江市）。趁着公休，他来看看怀孕的女儿，也见见女婿。

范邦彦到达广德时，已经是傍晚时分，他远远地看见辛弃疾已等候在城门外边。

见一辆马车驶来，辛弃疾趋步上前，看见帘子挑开了，果然是岳父。

辛弃疾说：“岳父大人一路奔波，辛苦了！”

范邦彦笑了笑，说：“还好，车夫驾车的技术不错，很平稳。子钰还好吧？”

辛弃疾：“还好，岳父派过来的吴妈很尽心。”

范邦彦看了看辛弃疾：“怎么，你脸色有点不大好？”

辛弃疾："可能是熬夜所致吧。对了，知府李大人说，请你晚上赴宴，为你接风。"

范邦彦点点头："我和他是故交，我们先去府衙拜见他吧！"

辛弃疾带着岳父去了府衙。

李况在范邦彦南归之后不久就认识了，两人年龄相仿，又都是中原人士，非常谈得来，并成了好友。

见到李况，范邦彦连忙抱拳施礼："下官范邦彦拜见知府大人。"

李况抱拳回礼，上前拉着范邦彦的胳膊："哎，子美，这里又没外人，你我之间这么叫就生分了，直呼名字好了。"他回过头来对辛弃疾说："弃疾，你说是不是？"

辛弃疾笑了笑，没有回答。

李况在他的客厅里置办家宴为范邦彦接风。席间，谈起辛弃疾写的平戎之策，两人皆赞同，说这是为主战派擂鼓，倘若皇上采纳了这些策略，说不定会雄心再起，收复中原，可是谁能统率大军呢，大家都茫然。

李况在范邦彦面前称赞辛弃疾，说他深知辛弃疾的志向，不是安于富贵的文臣，而是一心渴望战场厮杀、报效社稷的英雄。

晚宴结束时，范邦彦有些微醺，辞别了李况，翁婿二人回到辛弃疾家中。当初调任广德军时，为方便照顾怀孕的妻子，辛弃疾在府衙旁买了一栋房子。范子钰见父亲来了，满心欢喜，给父亲泡上茶，说了一会儿话。

范邦彦对辛弃疾说："幼安，我们去书房看看你写的奏章。"

辛弃疾带着岳父去了书房。

待范邦彦坐下后，辛弃疾拿出自己写的文稿，说："岳父，我只写了三篇：《审势》《察情》《观衅》。"

"嗯。"范邦彦接过文稿，迅速地看了起来。

"不错！"范邦彦边看边赞叹。

看完后，范邦彦欣喜地看着女婿说："你分析得很准确。金国的确是外强中干，他们把辖境扩张得太大，在中原对我朝百姓又实行高压政策，中原虽然地广财丰，但是都被金人掠夺去了，引起我朝百姓的不满。他们对征来的汉族士兵又非常刻薄，很多士兵的亲人在战乱中丧生，田地被金人强占，他们对金人怀有一种仇恨。倘若我朝北伐，中原将士极有可能反戈一击，助我军一臂之力，这样金军就会溃散。好！你写得有理有据！不过，你好像没写完吧？"

辛弃疾说："是的，我打算写十篇，奏章的框架也构思好了。"

范邦彦极感兴趣地问："不妨说来听听！"

辛弃疾说："后面七篇，我打算谈谈我朝的军队。这七篇是《自治》《守淮》《屯田》《致勇》《防微》《久任》《详战》。我军必须积蓄实力，做好作战的准备。要破除'南北有定论，吴楚之脆弱不足以争衡于中原'的谬论，迁都金陵，加强长江防线。

我朝态度要强硬，停止对金人交纳岁币，鼓三军之气，破敌人之心，让三军有所怒而奋思，中原百姓有所依靠而成为中原的内应。从北方归来的军民安置在两淮，每家给良田数亩，分配房间、器具、种粮和牲畜，并将这些户民分为保伍，加强军事训练，平时种田，战时成为抗金的兵将，这样，两淮的经济实力和军事实力就会大大加强。”

范邦彦：“是的，应该这样。”

辛弃疾：“我认为最重要的是，我朝要主动出兵以攻人，而不是坐而待人之攻，进而战于敌人之地，不要退而战于自己之地。但是要注意的是，进攻不能打无准备之战，要察其地形地势，如何布兵都要做缜密安排。各部之间要配合默契，战斗中要相互照应，以防符离之战的悲剧重演。若要出兵，先攻山东，山东是金国布防薄弱的地区，离燕京较近。若出兵，劲勇的山东百姓必定会作为内应，奋起抗金。山东拿下，河朔就指日可待，破幽州就有可能了。”

听到辛弃疾的分析，范邦彦也深有感触地说：“是啊，这么多年来，我朝缺乏的就是主动，每次都是被动挨打。特别是秦桧的讲和政策，让敌军觉得我朝可欺，而我朝被那些主和派左右，失去了很多大好战机。”

辛弃疾若有所思，说：“若当年秦桧不谋害岳元帅，现在的情形会是另外的样子。张浚主帅进攻敌国，取得了一些胜利，却又被争功夺名狭隘心胸的人，破坏了这次北伐，真是可惜！”

范邦彦点头赞同，他心中有另外一种担忧，便对辛弃疾说了出来：“幼安，你这十篇奏章呈上去，会得到朝廷的重视吗？现在可是主和派在当道。”

辛弃疾：“我想总会有主战派看到吧。”

范邦彦：“那倒不一定能看到，以你目前的官职怕是不容乐观。不过，不管怎样，你写出来呈上去，说不定皇上采用了呢！到时候我会托人打听消息。”

辛弃疾：“有岳父支持我，我就安心了。”

范邦彦苦笑了一下：“我们这些归正之人，总得不到重用，当初有兵权的解除兵权，就是任职，也是外官。朝廷不信任我们啊！”

辛弃疾沉默了，他不知道说什么才好。

范邦彦又问：“你题目想好没？”

辛弃疾说：“就叫《御戎十论》或者《美芹十论》吧。”

范邦彦：“哦，‘美芹’，取自嵇康的《与山巨源绝交书》中的‘野人有快炙背而美芹子者，欲献之至尊’，是吗？”

辛弃疾：“是的。”

范邦彦又嘱咐道：“《美芹十论》好，别忘了要写一篇奏进的札子。”

辛弃疾：“谢谢岳父的提醒！”

范邦彦：“时候不早了，都早点休息吧。对了，子钰生产后，我让你岳母过来帮忙照顾，孩子满月后子钰就去京口住些日子。”

辛弃疾感激地说道：“感谢岳父周密的安排！”

正在这时，范子钰进了书房，将父亲带到客房休息。

辛弃疾坐在灯下，继续写他的《美芹十论》。

2

《美芹十论》终于呈上去了，共一万七千余言。辛弃疾希望也能像王安石的万言书，受到皇帝的欣赏，朝臣的重视。可是这十篇文章却如石沉大海，范邦彦也托人问过，所托之人说在等待中。与江阴相比，辛弃疾在广德军府衙中比较清闲，没有太多的事务，他便大量地阅读历代书籍和诗词歌赋。一晃秋天就来了，树叶在风中簌簌飘下，辛弃疾在两种期待中度日，一是期待《美芹十论》能得到朝廷的重视，二是初为人父的期待。

这天，正在府衙整理文案的辛弃疾得到邹虎送来的消息：子钰生产了，是个儿子！

辛弃疾特别高兴，刚到家中，就听到了儿子响亮的哭声，他高兴万分。跪在庭院里，他点上三炷香，朝着苍天拜了三拜，给儿子取名为稹。

孩子满月后，在一个公休日，辛弃疾将妻子和岳母以及吴妈一起送到京口岳父家。

京口（今镇江），地处长江和京杭大运河交汇点，背山面江，形势雄险，为镇守江防之地，也是历来兵家的必争之地。六朝时，它是长江下游军事重镇，原属扬州丹阳郡丹徒县。东汉建安（196—219），孙权治此，称为“京城”，后来他迁都建业（今南京），改名“京口”。南朝设有都督八州的北府兵，唐朝设有节度使，宋徽宗时改为镇江。

范邦彦见女儿、女婿带着外孙来了，十分开心，他抱着外孙亲了又亲，对辛弃疾说：“幼安，你只身一人在南方，没有亲人，我打算请几桌客，给外孙办满月酒，你看行不行？”

辛弃疾听了，说道：“给岳父添麻烦了。”

范邦彦：“哎，一家人不说两家话。”

辛弃疾：“我早已把这里当成自己的家了。”

范邦彦笑了，说：“这就对了。幼安，这次你来京口，多住几日，不妨去北固山游玩一下，这可是一座名山啊！”

辛弃疾回答：“是，岳父，我早就慕名京口的北固山了。刘备招亲的故事就发生在甘露寺里，南朝梁武帝曾题书‘天下第一江山’，赞美其形胜。”

范邦彦：“更重要的，北固山犹如一卫士守卫着江南。它与金山、焦山形成犄角之势，三山鼎立，当年在控楚负吴方面北固山更显出雄壮险要的地位，现在它是我朝的大门，战略地位十分重要。”

辛弃疾：“是啊，北固山在战略位置上不可小觑。”

翁婿二人聊得很开心。

第二天，辛弃疾就去登山了。

北固山是京口三大名山之一，它耸立江边，横枕大江，山壁陡峭，山势险固，树木葱茏。亭台楼阁、石级涧道遍布。其中甘露寺高居峰巅，形成寺冠山的奇景。相传甘露寺始建于三国东吴甘露元年（265 年），由于有刘备招亲等传说，颇有名气。

辛弃疾从中峰南麓登山，沿着山脊北行，到了一座铁塔，他驻足观赏着铁塔。这座塔是唐卫公李德裕于宝历元年（825 年）所建石塔，所以又称卫公塔，后来塔毁。北宋元丰元年（1078 年），改建成九级铁塔，平面，八角形。不一会，从山下上来一个人，只见他身材魁梧，浓眉大眼，背上背着箱箧。到了铁塔下，他放下箱箧，擦了擦汗，抬头看见辛弃疾朝着他微笑，也微微一笑，问道："壮士早来了？"

辛弃疾说："才到不久。"

听到对方的口音，两人几乎同时问："你是山东人氏？"

辛弃疾说："在下是山东历城人，辛……"

那人一听，连忙接着说："辛弃疾，闯入金营活捉张安国的辛弃疾！英雄啊！"

辛弃疾忙问："请问您是……？"

那人回答："在下是山东济南人周孚，字信道。避难南徙，四处游学。今在此幸会英雄，幸运至极！请问英雄贵庚？"

辛弃疾回答："二十六。"

周孚笑道："我痴长你五岁。"

辛弃疾说："那你是兄长了。"

周孚说："那你就是贤弟了。"

两人相视一笑。

周孚说："有缘千里来相会，今天我们何不结伴同游呢？"

辛弃疾回答："和周兄同游，小弟十分乐意。兄长是饱读诗书之人，今后还请你对我多多指点！"

周孚见辛弃疾这么谦虚，说道："贤弟谦虚了，互相切磋吧！"

两人继续前行。辛弃疾要帮周孚背箱箧，周孚也不客气，将箱箧递给了辛弃疾。两人走到一道山坡，山坡的墙壁上，嵌有一块条石，上面镌刻着"天下第一江山"几个字。

饱读诗书的周孚说道："这是当年梁武帝所书，遒劲有力的字吸引着多少游客啊，也因为他的这个评价，让北固山名气大增。"

辛弃疾："兄长所言极是。我以为北固山之所以出名，还是因为它的军事地位。"

周孚："是的，它的地理位置优越，背山面江，形势雄险，为镇守江防之地。"

两人边说边进了一座拱门，门上方镌有"南徐净域"的题额，因东晋时曾改镇江为徐州，故名"南徐"。

穿过拱门，即抵北峰之巅的甘露寺。甘露寺建筑规模宏大，寺内有大殿、老君殿、观音殿和江声阁等。

辛弃疾和周孚两人游览了甘露寺后，就去了后面的多景楼。这是北固山风景最好的地方，楼的名字取自于李德裕的诗句“多景悬窗牖”，楼额之上悬着据说是米芾所书“天下江山第一楼”。多景楼面对大江，楼高两层，回廊相通，四面皆景。登楼凭栏远眺，东看焦山，西望金山，隔江相望，对岸的文峰塔清晰可见，让人感到“金焦两山小，吴楚一江分”的美景。山光水色，秀丽多姿。

周孚感叹道：“如此美景，难怪多景楼与岳阳楼和黄鹤楼齐名。”

辛弃疾说：“是啊，这多景楼古时叫北固楼，因为李德裕的诗便称为多景楼，又因为刘备东吴招亲的典故，又被叫作‘相婿楼’和‘梳妆楼’。”

周孚点头：“因为刘备招亲，这‘周郎妙计安天下，赔了夫人又折兵！’典故从此流传。”

辛弃疾哈哈一笑：“孙刘联姻，真的弄假成真了。”

原来孙权和刘备联合在赤壁之战中战胜曹操后，刘备借东吴荆州暂驻，他借得荆州后，就没有归还之意。周瑜见此，便定下一个美人计，在北固山的甘露寺招亲。想在刘备过江的时候，趁其不备，扣留起来作为人质，逼他还荆州。刘备的军师诸葛亮识破了周瑜的计谋，他让刘备将计就计，答应了婚事，随后带着大将赵子龙保护刘备一同过江。到了京口，赵子龙依照诸葛亮的计策派人披红挂彩，在京口购买猪羊果品，并将刘备和孙权妹妹结亲的事情在市面上广为传播。赵子龙又备了一份厚礼，和刘备一起去拜见乔国老，于是，孙权的母亲吴国太知道了这件事，她心中非常气愤，自己的女儿出嫁，她竟然不知道，连忙招来孙权责问此事。孙权见事情瞒不住了，就如实相告。吴国太特别生气，当她知道是周瑜的计策后，让人叫来周瑜，大骂他道：“你做了六郡八十一州的大都督，没有办法去取荆州，却来利用我的女儿做美人计。杀了刘备，我女儿便成了望门寡，以后怎么再和人成亲？”

乔国老劝道：“事情已经这样了，不如将错就错，就把刘备招为女婿，免得出丑。”吴国太觉得有道理，便对孙权说：“我不认识刘备，明天约他在甘露寺相见。我先看看，要看不中，任凭你们行事；我要看中了，就把女儿嫁给他。”孙权见母亲这样说，只好答应了。

第二天，吴国太在多景楼召见刘备，她看见刘备方面大耳，猿臂过膝，丰姿出众，一副天子相。吴国太非常满意，说道：“甚合心意，真是我的女婿啊！”马上答应将女儿孙尚香嫁给刘备。

当日，郡主孙尚香在楼上布置洞房，梳妆打扮，她怕孙权变卦，就在楼下列刀排枪保卫刘备。刘备进了多景楼，见此情景，胆战心惊，这哪是成亲啊！分明是要动刀枪家伙打仗的阵势！刘备边走边看，心中直打鼓，脸上也变了色。孙尚香见此，只好下令撤了刀枪，刘备才敢上楼进入洞房。

辛弃疾和周孚两人边走边谈，又向东边的凌云亭走去。

凌云亭又叫祭江亭，祭江亭与孙尚香有关。据说孙刘联姻后，孙尚香随刘备去了荆州，后来又被孙权骗回来强行留住在江东。孙刘联盟破裂。彝陵大战，刘备兵败。孙尚香听到讹传刘备病死在白帝城，想起昔日的恩爱，她悲痛欲绝，登上此亭，设奠坛望西遥祭刘备后，投江自尽，故此亭又名“祭江亭”。

在祭江亭小坐了一会，他们又回到了北固亭，志趣相投的两人，在寺里请了香，伴着住持的木鱼声，结为了金兰。

看着脚下的江水滔滔东流，辛弃疾感慨万千，眼前的景，心中的情，像一股洪流撞击着他，他想起了北方家乡的许多往事，不禁感慨万千。口占一阕《南乡子·登京口北固亭有感》：

何处望神州？满眼风光北固楼。千古兴亡多少事？悠悠。不尽长江滚滚流。

年少万兜鍪，坐断东南战未休。天下英雄谁敌手？曹刘。生子当如孙仲谋。

周孚听了，击掌叫好：“真是绝妙啊，你这是借古人的话，来凭吊千古英雄之名，慨叹今朝无大智大勇之人吧？”

辛弃疾：“偶尔发一感慨，不足道也。”

两人坐在亭子里，越聊越投机。

3

宋孝宗乾道四年（1168 年），辛弃疾在广德军任期已满，改为建康通判。

建康（今南京），东傍钟山，南枕秦淮，西倚大江，北临后湖（玄武湖），处于天然屏障之内。建康原名金陵。秦置县，名秣陵。建安十三年，诸葛亮出使江东，对孙权说：“秣陵地形，钟山龙蟠，石头虎踞，此帝王之宅。”孙吴建国，便以建康为都城，改称建邺。西晋统一后，仍然称为秣陵。太康三年（282 年），秣陵北另置建邺县，后避愍帝司马邺讳更名为建康。因此，三国吴，东晋，南朝宋、齐、梁、陈先后在此建都，是六朝的政治、经济、文化中心。

北宋时，建康被称为江宁府，宋室南渡以后，江宁府成为东南抗金的前沿哨所，朝野上下一致提议定都建康。建炎三年（1129 年）三月，高宗下诏移驻江宁府，并用御笔改江宁府为建康府。绍兴七年三月，高宗在岳飞的护卫下第二次来到建康，进驻建康府行宫。但是因建康位居宋金的前沿，随时会受到金兵的侵扰，为了宋室的安全，高宗定都临安，为了表明收复中原失地的决心，仍然以沦陷金兵之手的开封为京都，而将临安称为“行在所”，建康被称为“留都（京）”“陪都”或“行都（阕）”。

辛弃疾到建康任职，令很多同僚们羡慕不已。

知府李况设宴为辛弃疾饯行，席上，同僚们纷纷祝贺。李况更是开心，是他将辛弃疾即将任满的消息给了建康知府并兼江东安抚使、沿江水军制置使、提举学事、行宫留守史正志，希望他能在朝中推荐辛弃疾。史正志了解辛弃疾的才能，在朝中极力推荐辛弃疾，更是将辛弃疾调任到自己的建康府。

史正志，字志道，号乐闲居士、柳溪钓翁、吴门老圃，江都人，绍兴二十一年（1151年）进士，授歙县尉。他博览群书，懂兵法，通历史。针对当时宋金对峙的情况，他写了《保治要略》八篇，他认为“国家根本在荆襄巴蜀，防守利害在江淮”，并作《兵鉴十篇》《边问》两篇，宰相陈康伯读后，赞赏不已，推荐史正志入朝，任枢密院编修。任职期间，史正志又以孙权筑濡须坞为依据，上奏朝廷筑和州城堡的建议，获准实施，又迁司农寺丞。绍兴三十一年（1161年），史正志跟随高宗从临安一路巡视到京口（镇江），他根据对沿途的考察，写了《恢复要览》等五篇进呈给高宗，高宗读后，对史正志陈述恢复中原的见解十分赞赏。史正志陪同高宗回到建康后，又根据建康的山川地形，向高宗进言“无事都钱塘，有事幸建康”，于是，迁奉议郎。孝宗登基后，对他十分欣赏，授史正志为承奉郎、员外郎，并采纳了他奏章里的很多建议。后来，史正志请辞去地方做官，政绩不俗，深得百姓爱戴。

乾道三年（1167年），史正志知建康府。

英雄惜英雄，主战派的史正志将辛弃疾调任到自己身边，他想干出一番事业。

辛弃疾将家眷留在京口岳父家，他只身一人来赴任，待一切安排好妥当之后，再接妻子来建康。

在辛弃疾到任之日，史正志设了一桌筵席为辛弃疾接风。筵席设在朝天宫赏心亭。赏心亭是北宋丁谓（966—1037）任升州（今南京）知州时所建，位于建康府城西下水门的城头上，秦淮河自东向西贯穿建康城，自西水门外进入大江。登临赏心亭，城西美景尽收眼底，俯瞰秦淮河，游船画舫之景如入画中，曲歌笙箫之音飘入耳际，令人赏心悦目，于是取名为“赏心亭”。

辛弃疾早早地到了赏心亭，倚着栏杆看风景。忽然身后响起史正志的声音：“辛判官早就到了啊？”

辛弃疾回过头来，看见史正志，连忙说道：“知府大人也早啊！”

史正志：“一会儿还有几位也要来，都是我朝的栋梁之材。”

辛弃疾点点头。

不一会，一位身材高大，约莫五十岁的人，带着一个随从，远远地朝赏心亭走来。史正志见了，对辛弃疾说：“看！这位来的是叶衡，绍兴十八年（1148 年）的进士，善于断案，机智过人、公正，他目前的官职是总领淮西江东军马钱粮兼提领措置营田，治所也在建康。”

辛弃疾随同史正志走出赏心楼前去迎接。

史正志：“叶总领赏脸前来，卑职感激不尽！”

叶衡：“史知府，你说这话就见外了，早就说来拜访知府大人，一直琐务缠身，今天得此邀请，开心得很啊！”

他看了看史正志身边的辛弃疾，问道：“这位是……”

史正志连忙介绍：“这位是新来的通判辛弃疾，这位是叶总领，叶衡。”

辛弃疾连忙施礼：“前辈请受弃疾一拜！”

叶衡：“哎，年轻俊才，将来大有作为啊，不像我等老朽，老了，老了，就只有空悲切啊！”

叶衡转向史正志：“知府大人爱惜人才，将辛通判这样文武双全的人才揽到麾下，实在是让人羡慕啊！”

史正志：“叶总领那里也是人才济济，更让我馋涎。”

两人说笑着，进了赏心亭。

不一会，江南东路计度转运副使赵德端（彦端）到了，随后到的是江南东路转运判官韩无咎（元吉）、建康府通判严子文（焕）、建康府观察推官丘密（字宗卿）。

史正志一一为辛弃疾做了介绍。

辛弃疾心中对史正志充满了敬意、感激，按理说他一个小小的通判，却受到了知府大人这样的礼遇，他心中暗中发誓：一定要做出一番事业，不能辜负众人对他的期待！

史正志见人到齐了，说道：“诸位，今天我请大家来，借为新来的通判辛弃疾接风之机，大家聚一聚，这赏心亭可是登临怀古的好去处啊！”

叶衡说：“当年苏大学士于元丰年间从黄州移汝州过建康，作有《渔家傲·金陵赏心亭送王胜之龙图·王守金陵，视事一日移南都》。”说完，大声吟诵起来：

千古龙蟠并虎踞，从公一吊兴亡处。渺渺斜风吹细雨。芳草渡，江南父老留公住。
公驾飞车凌彩雾，红鸾骖乘青鸾驭。却讶此洲名白鹭。非吾侣，翩然欲下还飞去。

午宴之后，便吟诗填词。

大家都听说过辛弃疾的传奇故事，却没见识过他的文采，一致提议让辛弃疾填一阕新词，以记今日聚会。

辛弃疾也不推辞，他站在赏心亭，看着秦淮河，想到自己南归已经是第七个年头了，可抗金复宋的志向始终无法实现，自己从一个卑微的小职位到另外一个小职位，心中悲愤难平，略一思忖，便走到案前，挥笔写道：

我来吊古，上危楼、赢得闲愁千斛。虎据龙蟠何处是？只有兴亡满目。柳外斜阳，水边归鸟，陇上吹乔木。片帆西去，一声谁喷霜竹？

却忆安石风流，东山岁晚，泪落哀筝曲。儿辈功名都付与，长日惟消棋局。宝镜难寻，碧云将暮，谁劝杯中绿？江头风怒，朝来波浪翻屋。

写完后，辛弃疾题上《念奴娇·登建康赏心亭呈史致道留守》。

史正志站在亭中高声吟诵了一遍。

叶衡击掌赞叹："好词，没想到辛通判的才学如此出众，他这词一出，我们就不必写了。"

韩元吉："这词中用典极为精当，佩服！佩服！"

其他人也纷纷赞叹。这些主战派们，他们对时局的分析和对形式的判断上，观点一致，且都颇有文采，故而相互聊得十分投机。

4

辛弃疾在建康上任后，在府衙附近租了房子，去京口岳父家将妻子、儿子、辛文秋和吴妈等都接到了建康。邹虎留在广德军府衙做了门房。家中买米买油买菜之事，由管家辛文秋去做，家务活由吴妈做，一家人生活在一起其乐融融。

自上次在赏心亭与叶衡认识后，辛弃疾与叶衡经常来往，诗词相合。两人相差二十六岁，叶衡对辛弃疾极其欣赏，辛弃疾对这位前辈更是敬重有加，相同的见解，使两人成了忘年交。他们在一起谈得最多的还是经国方略和恢复大计。

这天，叶衡拜访了史正志之后，傍晚时分又来到了辛弃疾家中。

辛弃疾正在书房画建康地形图。

叶衡一进院子，就大声说道："弃疾，家中有什么好吃的，快拿来，我肚子饿坏了。"

范子钰听见是叶衡的声音，连忙出来迎接，说："是叶大人啊，幼安在书房里，我去叫他。吴妈，倒茶！"

叶衡跟在范子钰后面，连声说："不用你叫，我直接去书房。"

辛弃疾听到了叶衡的声音，连忙站起身来，出来迎接。

辛弃疾："叶大人，不知道你前来，弃疾有失远迎！"

叶衡哈哈一笑，说："哎，你又客气了，不用你去迎接，我自己不是来了吗？"

他转头对范子钰说，“给吴妈说说，晚上烙几张面饼我吃，顺便喝点小酒，弃疾，今晚陪我啊！”

辛弃疾见叶衡从不把自己当外人，心中十分欣慰，在江南，除了岳父家以及跟随多年的辛文秋，再没有其他的亲人，遇见叶衡，他感受到了慈父般的关心呵护，心中倍感温暖。

辛弃疾看着叶衡，说道：“叶大人的吩咐，弃疾一定照办，就是不能让我喝多了。”

叶衡：“哈哈，还没开始喝，就求情啦？行，行！”

辛弃疾收拾桌上的建康形胜图时，叶衡拦住了。

叶衡：“让我仔细看看，嗯，嗯，不错！你还标记了防守攻击的要点，嗯，真是有心人。”

辛弃疾见叶衡夸自己，说道：“叶大人，我有北方的形胜图，这是我多年前游走北方时留心记录下来的。”

叶衡听了，说道：“快！拿出来给我看看。”

辛弃疾拿出了以前所画的形胜图，以及师父鲁峰所画的地形图。

叶衡看后，说道：“弃疾，这样的地图真是太难得了，对以后恢复中原大有作用！”

吴妈端着茶进来了，递给叶衡一杯热茶。

叶衡喝了一口：“好香的茶啊，弃疾，这是哪个店铺买的？”

辛弃疾：“是岳父送给我的，他只说是好茶。”

叶衡：“确实是好茶。最近朝廷的传闻，你听说了没有？”

辛弃疾见叶衡十分神秘，便问道：“叶大人，有什么最新消息？”

叶衡：“有，当然有。虞彬父怕是又要启用了。”

虞彬父就是虞允文。

辛弃疾听了，高兴地说：“那是好事啊，采石之战中，他一介书生力挽狂澜，大败金主完颜亮，大快人心。若他被启用，我们就有仗打了，收复北方就有希望了。”

叶衡看着辛弃疾兴奋的脸庞，若有所思，然后缓缓说道：“也许不是你想的那样。不过，不管怎样，虞彬父要依托我们主战派对付主和派，或许我们的机会来了！”

辛弃疾点点头：“是的，皇上其实也是主战的，这次启用虞彬父用意就很明显。”

叶衡闭上眼睛冥思了一会，说：“他试探过我，说他若能被朝廷启用，我能否助他一臂之力，我答应了。”

辛弃疾非常开心，说：“我就盼着有一天能骑着战马，真刀实枪和金贼大干一场。”

叶衡看见辛弃疾在那里比画，微微一笑，说：“有你大显身手的时候。”

啜了一口茶，叶衡又说：“朝廷的情况复杂，虞彬父也上了年纪，锐气赶不上当年啊！”

辛弃疾点点头。

饭菜做好了，范子钰来请叶衡。

面饼是范子钰亲自烙的，色香味俱全。范子钰将北方烙饼的方法与南方的做法糅合在一起，做出了特色，叶衡特别喜欢吃。

叶衡与辛弃疾边吃边谈，二人又谈到史正志重新修桥的事。

史正志要重修的桥是镇淮桥和饮虹桥。

镇淮桥跨秦淮河南段，又名南门桥。最初由五代十国时杨吴修建，为南唐御街，直达南门外长干里的必经之道，与南唐正宫宫门、虹桥、南门均在一条中轴线上。因秦淮河在当时都城的南边，故取名“南津大桥”，东晋时称“朱雀桥”，亦称“朱雀航”。史正志在镇淮桥两侧各加宽一丈。“朱雀桥边野草花，乌衣巷口夕阳斜。旧时王谢堂前燕，飞入寻常百姓家。”唐代诗人刘禹锡的《乌衣巷》中的朱雀桥即是镇淮桥。

饮虹桥在府西秦淮河上，吴时称为新桥，唐时改为万岁桥，后又改为饮虹桥，史正志重建此桥后，在桥上建造桥棚（房屋）十多座，与镇淮桥媲美。秦淮河两岸店铺鳞次栉比，百货纷陈，人烟稠密，这两座桥的重修给百姓的交通出行带来了很大的便利，让百姓拍手称快。

两座桥完工后，观察推官丘密写了一篇《镇淮桥记》，叙述了修桥的过程。不久，重修建康城墙也已经完工，史正志在府衙中宴请同僚以及建康城的名人。

叶衡带着三名年轻貌美的歌伎参加宴会，其中有一位叫卿卿的歌伎，歌喉曼妙，举止优雅，身材婀娜，才情出众，赢得喝彩连连。卿卿给辛弃疾敬酒时，辛弃疾忍不住多看了她一眼。卿卿满目含情，看得辛弃疾心跳加快，面庞不由得一红，这一切被叶衡看在眼中。

宴席中，所作的诗词歌赋将宴会推向了高潮。

轮到辛弃疾作词，他将早在心中拟好的词写了出来：

满江红·建康史帅致道席上赋

鹏翼垂空，笑人世，苍然无物。又还向，九重深处，玉阶山立。袖里珍奇光五色，他年要补天西北。且归来、谈笑护长江，波澄碧。

佳丽地，文章伯，金缕唱，红牙拍。看尊前飞下，日边消息。料想宝香黄阁梦，依然画舫青溪笛。待如今、端的约钟山，长相识。

卿卿将辛弃疾的词唱出来，众人听后连连喝彩。

酒宴在轻歌曼舞中直到深夜才结束，喝得有些醉意的辛弃疾拉着叶衡的手说：“总领大人好艳福啊，这三位佳人……”

还没说完，被一个酒嗝打断了。两位歌伎看到辛弃疾的醉态，在一旁掩口窃笑。卿卿掏出手帕给辛弃疾擦了擦嘴，辛弃疾拉过手帕闻了闻，说：“好香啊！”

叶衡笑了笑，说：“弃疾，早点回去歇息吧，他日我再去看你。”

辛弃疾孩子般地点了点头，在辛文秋的搀扶下上了马车。

不久，辛弃疾患了癞疝之疾。这天，叶衡处理完一天的公务后，前去探望辛弃疾。

叶衡跟着辛文秋来到辛弃疾的床前，说：“得知弃疾身体欠安，特来探望！”

辛弃疾欠了欠身子，说：“有劳总领动步，弃疾心里不安。”

叶衡笑着说：“又说见外的话了不是？我给你推荐个名医吧，他是个道人，深谙此病病理，治愈了很多人。”

辛弃疾苦笑了一下，说：“我的癞疝大如杯子，有大夫来看了，说除了卧床休息，难以治愈。”

叶衡：“你就听我的吧，保证药到病除。”

辛弃疾点点头：“好，我就听大人的。文秋叔，文秋叔！”

辛文秋连忙跑进房间，问：“有何吩咐？”

叶衡：“你去水月道观报上我的名号，将道长请来。”

辛文秋走后，叶衡俯下身子对辛弃疾说：“那天酒宴，我看卿卿很钟情于你，让她来服侍你吧！”

辛弃疾：“万万不可，子钰会不高兴的。”

叶衡听了，微微一笑说：“没想到弃疾还惧内啊！我去说。”他喊了声：“吴妈，吴妈！”

吴妈连忙进来：“哎！总领大人请吩咐！”

叶衡：“去把你们夫人请进来！”

吴妈应声而去，不一会儿范子钰进来了。

范子钰问：“总领大人叫我，有什么吩咐吗？”

叶衡说：“是啊，我给弃疾请了个道人给他看病，每天需要熬药，我派个人过来帮着熬药，可好？”

范子钰一听，连忙施礼说：“感谢总领大人的关照，我和幼安感激不尽！”

叶衡：“说好了，不能反悔啊！”

范子钰：“感谢都来不及呢，怎能反悔？今晚大人就在此吃个便饭吧！”

叶衡：“好！好！还是烙几张饼给我解馋。”

范子钰很高兴地离开了。

叶衡朝辛弃疾一笑，辛弃疾有点不好意思。

一会道人来了，和叶衡寒暄后，便给辛弃疾看病。他写给辛弃疾一个方子：取叶珠（薏苡仁），用东方壁土，炒成黄色，然后用水煮烂，放入砂盆内。研成膏，用无灰酒调下，每天两钱服下。

晚饭时，叶衡叫辛文秋去他府上接卿卿。

范子钰见到年轻貌美的卿卿，心中掠过一丝不快，但她答应了叶衡，便表现出极大的热情。

叶衡：“弃疾，卿卿以后就服侍你了。子钰，你可要好好调教她。卿卿，在这里可要听话啊！”

范子钰上前拉住卿卿的手说：“总领大人对我们如此关心，我和幼安非常感激，我会待卿卿如同姐妹。”

卿卿对叶衡说：“总领大人放心，我会服侍好辛大人的。”

遵照道人的药方，卿卿每天熬药，精心伺候辛弃疾，不久，辛弃疾的病便好了。

第十四章

呈上《九议》，石沉大海；治理滁州，青史留名。

东风夜放花千树。更吹落、星如雨。宝马雕车香满路。凤箫声动，玉壶光转，一夜鱼龙舞。

蛾儿雪柳黄金缕。笑语盈盈暗香去。众里寻他千百度。蓦然回首，那人却在，灯火阑珊处。

——《青玉案·元夕》

1

史正志熟谙军事、通晓韬略、智勇兼备，朝廷派他镇守建康，又令他兼任沿江水军制置使，即掌管沿海沿江的水军大帅。他招募水军五百名，增强建康水军实力。在他任职期间，做了几件大事：乾道四年（1168 年）春，在建康府设立船厂，增造战船，其中有一艘一百吨的战船，由十二个叶片组成桨轮驱动。同年又以蔡宽夫宅第创立建康贡院，供科举考试用，这个贡院后来成为著名的江南贡院。他重建新亭、东冶亭、二水亭。移放生池于清溪，建清溪阁。乾道五年（1169 年）重修建康府城墙，增立女墙，增强防守能力；又重修镇淮桥、饮虹桥两桥，为百姓出行提供了便利，也繁荣了秦淮河两岸的商业文化。

建康的繁华与北方的凋敝，让辛弃疾见识了另外一种生活，他期待金戈铁马的生涯和现实生活相距太远，他时刻想着恢复北方。史正志欣赏年轻有为的辛弃疾，辛弃疾对这位提拔爱护他的上司尊敬有加，两人交往甚密，经常探讨富国强民、恢复中原的大计。

乾道五年（1169 年）十二月某天，建康府衙，门前大红灯笼高挂，史正志五十大寿，也恰逢他任职期满，调任成都知府。

叶衡、韩元吉、严焕、丘宗卿等陆续前来祝贺，城中商贾名流参加宴会，辛弃疾带着卿卿参加了这次寿宴。

席上，众人对史正志治理建康城赞不绝口，很多人用诗词祝贺。辛弃疾也写了一首《千秋岁·金陵寿史帅致道，时有版筑役》：

塞垣秋草，又报平安好。尊俎上，英雄表。金汤生气象，珠玉霏谭笑。春近也，梅花得似人难老。

莫惜金尊倒，凤诏看看到。留不住，江东小。从容帷幄去，整顿乾坤了。千百岁，从今尽是中书考。

“金汤生气象”是辛弃疾赞誉史正志版筑之事，使建康有了新气象。才三十岁的辛弃疾，文学上的才华已在朝野显露头角。在词中，他时刻不忘恢复大计，这也是主战派们在一起讨论的主题。

叶衡深知辛弃疾的志向，他决定找个合适的机会向朝廷推荐他。

机会终于来了。

乾道五年（1169 年），虞允文升任右相兼枢密使。乾道六年（1170 年），叶衡调任户部侍郎、枢密院都承旨，对盐政、马政、兵籍有诸多革新。宋孝宗十分赏识叶衡，一次，叶衡在与孝宗闲聊时，他特地提到了辛弃疾，谈到辛弃疾的文采韬略、骁勇善战。孝宗听了，十分高兴。他决定召见文武双全的辛弃疾。

得到这个消息后，辛弃疾十分高兴，他精心准备奏论。

宋孝宗在延和殿召见辛弃疾。辛弃疾论述了南北形势以及三国晋汉人才，这也是他写的《美芹十论》中提到的一些问题。

召对之后，辛弃疾被调进朝廷，做了司农寺主簿，这是一个执掌皇家供田园林蔬果鸡豕一类的小官，比起通判，官阶还是进了一级。

辛弃疾心中有了些许安慰，毕竟离政治中心近了一步。

元夕放灯，是都城临安最热闹的时候，从正月十四开始，到正月十六结束。正月十五这天，辛弃疾吃完晚饭后，独自一人在街上闲逛。街道两旁，成了灯海，杂陈百戏令人应接不暇。一位妙龄女子提着一盏精致的宫灯迎面走来，她姣好的面容，在一袭红色斗篷的映衬下，显得格外动人。辛弃疾心中一动，那女子也看见了辛弃疾，大约是看到一身青衣、高大的辛弃疾在人群中与众不同，她看了辛弃疾两眼，目光如水一般，让辛弃疾的心顷刻激动起来。

两人擦肩而过，却又不约而同地回头。

随着人流，辛弃疾到了西湖，却不想在白堤上又碰到了那位妙龄女子，她朝辛弃疾莞尔一笑，辛弃疾也朝她点头微笑。

又是一次擦肩而过。

回到家中，辛弃疾忘不了那女子的笑容，他回味着她的身影、笑容，心中难以平静，他磨好墨，一口气填好《青玉案·元夕》：

东风夜放花千树。更吹落、星如雨。宝马雕车香满路。凤箫声动，玉壶光转，一夜鱼龙舞。

蛾儿雪柳黄金缕。笑语盈盈暗香去。众里寻他千百度，蓦然回首，那人却在，灯火阑珊处。

写完后，辛弃疾心中长吁一口气。想到自己的前途，不禁黯然，若想收复失地，他要投靠虞允文。

宰相虞允文是辛弃疾最为敬佩的人。虞允文不仅仅致力于恢复中原，而且在抗金战斗中立过大功，是主战派中的核心人物。

虞允文，字彬父，隆州仁寿（今四川省眉山市仁寿县）人，绍兴年间进士。绍兴三十一年（1161 年），完颜亮统率金军主力攻打两淮，两淮前线的宋军一触即溃，金兵很快就越过淮河，进而逼近长江。此时，虞允文任督视江淮军马府参谋军事，被派往采石（今安徽省马鞍山市）犒劳军队，完颜亮率领大军计划由采石渡江。而负责督军的主帅李显忠还未赶到，军中不可一日无帅，在此紧急关头，虞允文亲自督阵，出兵前他发表慷慨激昂的演说，鼓舞了士兵们的勇气，他把沿江各处无所统辖的军队迅速统合起来，以 1.8 万兵力与 15 万金军决战于采石矶，结果大败金军，赢得了著名的“采石大捷”。自此，他名震朝野。绍兴三十二年（1162 年）任川陕宣谕使，与吴璘共谋进取，收复陕西数处州郡，赢得了众多好评。乾道五年（1169 年）为相，为相后，启用抗战派人物如胡铨、王十朋。在孝宗赵昚召集宰辅大臣们商讨恢复大计时，他敢与主和派人物针锋相对。

叶衡与辛弃疾在钱塘湖边喝茶时，他对辛弃疾寄希望于虞允文不以为然。

叶衡：“弃疾，虽说虞宰相对我没有食言，调任我到临安，但是我感觉他已经没有当年的锐气了，他比我大四岁，已年近花甲。”

辛弃疾：“他对那些主和派严加痛斥，积极抗金，他可是主战派的领袖。”

叶衡哈哈一笑：“行动呢？他没有任何行动。我猜想他只是想安然度过他执政宰相的日子，我原来也以为他会有所行动，有所作为，但是与他深谈后，他好像没有任何新的打算。”

辛弃疾迟疑了一下说：“那么，我还是要给他上几条建议。”

叶衡啜饮了一口茶，叹口气说：“好，希望他能采纳你的建议，皇上现在很看重他。”叶衡又加了句，“你原来的《美芹十论》写得很不错，可惜皇上事太多，没有重视。此外，也是你官职低微，这是没办法的事情。”

辛弃疾：“我会用心写出我的建议，希望虞宰相能采纳。”

叶衡：“但愿如此。自乾道三年（1167 年）到现在，四年时间，我朝把淮南东路的扬州、真州（今江苏省仪征县）、楚州和淮南西路的和州、庐州的城垣重加修筑，说明我朝对防务很重视了。”

辛弃疾说："可是，如何充实淮南地区的兵民防守力量却不见有任何措施。"

叶衡点了点头说："你把这个写进去，呈给虞宰相。"

辛弃疾："谢谢叶大人的指点。"

辛弃疾回到家后，就着手写出他的想法。他挑灯夜战，共写出了九篇文章，合称为《九议》，内容主要是确立当朝恢复的规模，前三篇论述抗金北伐所面对的战略任务，中间三篇则指出了抗金北伐的战略战术，后面三篇则重点论述了当朝在北伐过程中应该采取的保障措施。辛弃疾写得十分详尽，一月之后，九篇文章写起来了，他呈给了虞允文。

可是，虞允文却没有任何消息带给辛弃疾。

辛弃疾急了，他找到叶衡，并告诉了《九议》没有下文的事情。

叶衡听了辛弃疾的述说，沉默了一会说："虞丞相最近在忙着编撰《材馆录》，他延请四方名士，将这些名士分为三等编入名册，并将所见所闻记录下来，很多名人如洪适、汪应辰、胡铨、周必大、王十朋、赵汝愚、晁公武、李焘等他都延揽到自己门下，并将这些人推荐给孝宗，孝宗皆全部收用，当然，你也收进了《材馆录》。"

辛弃疾："可是，叶大人，我提的那些建议希望他能采纳，这些都是为恢复大宋之计啊！"

叶衡："你先别急，我后天在家宴请虞大人，你们当面谈谈，如何？"

辛弃疾非常感激："那就谢谢叶大人了！"

叶衡："哎，弃疾，你说谢谢就见外了。"

为了辛弃疾的《九议》，叶衡在家中设宴请虞允文。

辛弃疾一早就到了叶衡府中。

叶衡见辛弃疾这么早就来了，笑着问："怎么，弃疾，等不及了啊？"

辛弃疾不好意思地笑了笑。

叶衡："你去书房等他吧！"

辛弃疾："不了，我就在这门口等虞大人。"

叶衡哈哈一笑："好吧！这样更有诚意。"

一个时辰后，一辆马车来到叶衡府前，一位身材高大、相貌雄伟、精神矍铄的男子下了车，门童小声对辛弃疾说："这就是虞大人。"

辛弃疾连忙迎上前施礼："下官辛弃疾在此恭迎大人！"

虞允文满脸微笑："嗯，早就听说过你的英名，年轻有为，后生可畏啊！"

辛弃疾连忙说："惭愧！惭愧！虞大人是我辈的楷模。"

虞允文伸出手，拍了拍辛弃疾的肩膀："你的九篇文章我都看了，不错，有见地，非常精辟！"

辛弃疾听到虞允文的夸奖，激动不已：“谢谢谬赞！”

虞允文和辛弃疾一前一后地进了叶衡的客厅。

2

宴席上，辛弃疾殷勤地给虞允文敬酒，虞允文谦和地接受了。

叶衡将话题引到辛弃疾写的《九议》上来，虞允文似乎在应付，不想深入谈这个话题。他对辛弃疾写的词更感兴趣，还说在不久的将来，辛弃疾会在词坛上独树一帜。

虞允文终身好学，在文学上造诣很深，曾为唐书及五代史加注，并著有诗文十卷、经筵春秋讲义三卷、奏议二十二卷、内外志十五卷等。他的奏议写得特别出色，或许是因为这个原因，他对辛弃疾的《九议》虽有赞誉之词，但是看得出是出于礼貌和应付。虞允文一向以沉稳处事著称，高宗退位前曾对他说：“士以文章进者必抑其轻浮；以言语进必黜其巧伪；以政事进必去其苛刻，庶可任重道远。”虞允文任宰相期间，启用了很多务实之人。

散席后，叶衡和辛弃疾将虞允文送上马车，看着虞允文的马车走远了，叶衡对辛弃疾说：“弃疾，不要寄希望于某一个人的身上，你的《九议》，虞大人肯定仔细研读过，但是他没有明确的答复，你看……”

“要不，我再写两道奏疏给皇上？”辛弃疾打断了叶衡的话。

叶衡：“可以试试。”

辛弃疾又花了几天的时间将两道奏疏写出来了，他在奏疏中向朝廷陈述了淮南之地的战略地位。在第一道奏疏中，他提出要想得到长江流域的安全，必须严守淮南。将淮南分为东、西、中三个部分，每个部分建立一个军事重镇，这样战斗时可以相互提挈，能战可守。在第二道奏疏中，他建议守淮必须依靠民兵。连年的战争使得淮南经济凋敝，现状堪忧，在这样的情形下，可将淮南当地的壮年男子组织起来，加强军事训练，做到平时屯田，战时打仗，这样可以减少一大笔军费开支。若战争开始，可将老弱病残、妇女儿童、牲畜资粮聚在城内，青壮年授予武器，让他们守住重点的要塞与营寨。

如《美芹十论》一样，这两道奏疏又是石沉大海。

辛弃疾有些灰心了，这么多年来他考察地形地势，了解宋金的兵力和部署，这些都是为恢复大计所做的，但是没有人看他对形势的分析、对恢复大计提出的建议。叶衡不断地安慰着他，并建议他，与其在朝廷做着闲官，不如到地方去为百姓做些实事，实现自己的理想。辛弃疾一听，欣然同意，若去了地方，他可以按照自己的想法去做一些有利于恢复大宋的事情。

乾道七年（1171 年）底，辛弃疾司农主簿还有一年任期未满，便调任滁州知府，官职升一级，于乾道八年（1172 年）春上任。

这次调任，不知是《九议》和两道奏疏起了作用，还是虞允文在皇上面前推荐了他，总之朝廷派辛弃疾去治理淮南滁州。

临行前，辛弃疾去拜访了虞允文：“晚辈即将前往滁州就任，特来拜访虞大人。”

虞允文看着辛弃疾，微笑着说：“滁州对我朝来说，是非常重要的军事重镇。自乾道四年（1168 年）以来，又连续遭到水旱灾荒。到处是人烟冷落，一片荒凉萧条。连年的旱涝灾害让百姓苦不堪言。你的前任因年老多病已有两月之余未在任上，百姓翘首以待父母官早日到任。朝廷这次派你去，希望你能体恤民情、抚困安民，在滁州做出政绩。”

辛弃疾说：“虞大人的厚望，弃疾定当努力而为！到任后，先安抚流民，再恢复农商，然后屯田练兵。”

虞允文赞许地点点头：“你可以按照你的想法去治理，就像你在《九议》中写的那样。”

辛弃疾感激地说道：“以后恐怕还有麻烦虞大人的地方。”

虞允文说：“你有什么事，尽管说来，我一定尽力帮你。”

虞允文喊来侍从，让他去书房拿来一支笔。他将笔送给了辛弃疾：“弃疾，这支笔我珍藏多年。我已经老了，用不着了，送给你，还望你为我朝多做实事，为大宋绘出一幅繁荣昌盛之卷！”

接过笔，辛弃疾说：“谢谢虞大人，您对我的教诲和栽培，弃疾铭记在心！”

回到家中，范子钰听说辛弃疾调任滁州，心中非常不高兴，她看到辛弃疾开心的样子，大为不解：“幼安，人家都不愿意去的地方，怎么就派你去呢？”

辛弃疾哈哈一笑：“夫人有所不知，去那里正合我意，你会看到我将滁州治理得富庶起来，在那里可以施展我的抱负了，淮南，恢复中原就从那里开始！”

范子钰叹了一口气，说：“那就去吧，什么时候能回到我们的家乡就好了。”

辛弃疾：“会的。夫人，这次去滁州我就不带你去了，孩子还小，那边有很多不便，我送你回京口居住。正好你陪陪年迈的父母，尽尽孝道。”

范子钰：“行，我听你的安排。卿卿呢？你带去吧，滁州那边旱情严重，生活艰苦，你身边也要个人照料。”

辛弃疾见范子钰如此关心他，心中十分感激：“谢夫人！”

临行前，辛弃疾将一家老小拜托给辛文秋，家中的一切事情让他帮忙打理。

辛弃疾带着卿卿坐着马车上路了。

过了长江，进了淮南，满眼都是荒芜凋敝，路上人迹稀少，碰见的全是逃荒的人群。

卿卿叹了一口气说："辛大人到这么荒凉的地方做官，要待几年啊？"

辛弃疾看了卿卿一眼，说："怎么？还没来就想着走啊？"

卿卿连忙辩解："我不是这个意思，我跟随辛大人，你到哪，我就到哪。"

辛弃疾说："嗯，你可别小看这滁州，这是两淮相接处一枚重要的棋子，是南北要冲。金贼若要南下，必须先占滁州，南方要确保淮河防线无虞，必须严守滁州。滁州，历来是兵家必争之地啊！"

卿卿嫣然一笑，说："辛大人在滁州，一定会大有作为！"

辛弃疾看着远方，若有所思地点了点头。

滁州（今安徽滁县）地处江淮间，在长江下游北岸，滁河水路连通长江，陆路交通驿道扼守南北，护卫金陵，成为渡江涉淮的一个重镇。夏商周时期，这里有钟离国、椒国等，春秋战国时期，这里是诸侯争霸的分野。吴楚相争、战乱频繁，这里先属吴、越，后属楚国，故有"吴头楚尾"之称。秦汉一统天下分封郡国，这里属于九江郡，也曾为淮南国。三国时，滁河称为"涂水"，江淮为魏国、吴国的争战之地。两晋之时，"涂中"为江淮军事重地。隋朝始称滁州，因滁河（涂水）贯通境内，又"涂"通"滁"，故名为"滁州"。唐朝时，滁州城垣筑有子城、罗城、月城，城池格局呈申字结构，四门都设有城楼。李德裕知滁州时，建怀嵩楼。北宋统一后，江淮地区百姓生活安定，许多贤臣先后到滁州任职，王禹偁、欧阳修、包拯等一直被百姓称道。特别是欧阳修，在他任滁州知州期间，宽简施政，寄情山水，与民同乐，寺僧智仙为其建醉翁亭，欧阳修为此写下了流芳百世的散文名篇《醉翁亭记》。他又在丰山之侧建立了丰乐亭、醒心亭，并撰《丰乐亭记》《菱溪石记》。因为他，很多知名人士都来滁州游历、访问或诗文唱和。南宋时，江淮成为宋金对垒的前沿，滁州城先后多次被金兵侵占，百姓外逃，城垣毁坏，近年又逢旱涝灾害，饿殍遍地。

辛弃疾接手的就是这样一个滁州，不过，他决定以欧阳修为楷模，实现"从容帷幄去，整顿乾坤"的抱负，治理好滁州。

3

入夜，繁星点点，虽然是春天了，但是晚上依然寒气逼人。辛弃疾站在府衙的院子里，四周一片静寂。他走出院子，看了看左右，然后朝着左边的官道走去。道路两旁，废弃的瓦砾上，搭建着一些低矮的茅房，昔日的店铺荡然无存，静谧中没有一声犬吠，只有他自己的脚步声。到了曾经最繁华的瓦市，辛弃疾站住了，深深地叹了一口气，他决定宽征薄赋，招流散、兴商铺、议屯田。

第二天，辛弃疾穿着便服，带着随从在城中私访。

晌午，辛弃疾转到了城中的一个十字路口，看到很多人在围着看什么。他也挤了进去，看见一个十一二岁模样清秀的女孩子，边哭边在一张宣纸上写卖身契，其娟秀的字迹让众人叹息中又赞叹。原来这个姑娘要卖身葬父，百姓围着看了，又叹息着摇摇头走了。眼看着围着的人渐渐散了，姑娘急了，她从身后拿起琵琶，边弹边唱。

辛弃疾蹲下身子，那姑娘一看辛弃疾，认为找到了救星："大哥，你行行好，把我买了去吧！我只要求把父亲葬了。"

辛弃疾问道："你姓什么，来自哪里，为什么要卖身葬父？"

姑娘说："我姓田，家住山东，父亲以教书为生，我很小的时候母亲就去世了。金贼占了家乡后，父亲带着我跟着南逃的人群一路流落到这里。不幸的是父亲生病了，没有钱请郎中，又没有吃的，昨天晚上父亲他……"没等说完，姑娘又哭了起来。

辛弃疾安慰她说："田姑娘，你把东西收起来，快带我去看看你父亲。"

辛弃疾跟着田姑娘走了约莫半里路，远远地，辛弃疾看到了一座破庙，坍塌的庙宇门已经没有了。进了庙里，到处都是蜘蛛网。辛弃疾跟着田姑娘转到了神像后面的一个角落里，他看到一个骨瘦如柴的中年人，脸色蜡黄地躺在一堆稻草上面。

辛弃疾走到跟前，作了一个揖，叹了一口气。他掏出随身带的一百文钱给了田姑娘，随后对侍从说："你帮着姑娘将他父亲掩埋了吧，她一个女孩子家，在这里无亲无故。"

随从回答："是，辛大人！"

田姑娘听到这些话，对辛弃疾千恩万谢。当辛弃疾离开破庙时，她说："辛大人，我安葬完父亲就……"

辛弃疾打断了她的话："不必了，田姑娘，你投亲去吧！"

"那，那不行的。辛大人，我识文断字，会做家务……"

"姑娘，我不能这样做。这样吧，你跟着这位小哥去买副棺材，将父亲葬了，客死他乡，入土为安啊！我还有事情，安葬你父亲，就让这位小哥帮你。"辛弃疾说。

辛弃疾离开破庙后，又在城中其他的一些地方看了，和城里的百姓进行了交谈，得知商人不来滁州做生意，是没有生意可做，因为百姓连饭都吃不饱，还哪里有钱买其他的物品？连年来滁州的赋税没有减，百姓无力偿还。

晚上，辛弃疾正在书房读书，侍从回了，他对辛弃疾说："辛大人，按照您的吩咐，将田姑娘的父亲安葬了。"

辛弃疾说："好！"

侍从又说："可是，田姑娘她……"

辛弃疾："田姑娘怎么啦？"

侍从："她死活要跟着来，说她无亲无故，要是不收留她，她就去投河，所以……"

辛弃疾："唉，你呀……这样吧，你给卿卿说一下，让她安排一下。"

侍从应声而去。

接下来几天，辛弃疾微服私访了州城及所辖三县的城郭街巷。他看到的是很多百姓寄身于瓦砾之上，到田间地头采摘野草充饥。滁州的情形比他预想的还要严重得多。在回府衙的路上，辛弃疾碰到了老少相携的一群人。

辛弃疾问一老者："请问老伯，你们这是要去哪里？"

老者回答："唉，能去哪里呢？一直往南方走吧，过了长江再看情形。听说南方富庶。"

辛弃疾："怎么，家里的田不种了？"

老者说："客官有所不知，这四年来旱涝灾害连年不断，庄稼歉收，口里的粮食都没有，还哪里有钱交赋税？几年累积下来，数目大得吓人啊，官府又在逼交赋税，我这一家老小怎么活呢？逃吧，逃到南方吧！"

辛弃疾听了，劝说老者："老伯，您回去吧，赋税可以减，甚至可以免掉！"

老者说："客官莫说瞎话，你说免就可以免啊？那父母官已经告病还乡了，群龙无首啊，朝廷还不知派个什么样的人来。唉，家里没有米下锅了，回去吃什么啊？"

一妇人也跟着说："是啊，这位大哥，我们出来要饭，一些心善的人看在孩子的分上给点饭吃，我们也不至于饿死，回家只有等死。"

辛弃疾说："你们还是回去吧，不出两天，官府会发给你们赈灾的米。"

老者面露喜色："客官说的是真的？莫非你是……"

随从说："他就是新到的知府辛大人！"

老者听到后，连忙带着一家老小磕头："不知是知府大人，说话唐突冒昧，请知府大人原谅！"

辛弃疾扶起老者："都起来，你们回去吧，赋税我都给你们减免了，春天来了正好耕耘。"

老者带着一家人千恩万谢地回去了。

回到府衙的辛弃疾，马上召集僚属。

辛弃疾："各位，这几天我微服私访了一城二县，凋敝的情形比我想象的要严重得多，我们现在要做的事情是尽快恢复经济，让百姓填饱肚子，他们才有力气去耕种农活，然后才能充实边防实力。"

众官员点点头。

辛弃疾扫视了几十位僚属："我捐出三个月的薪俸，还有，你们马上去劝说城中富户，要求他们捐款，多少不限，登记入册。城中所有的富户要将存粮拿出来，官府买下来，秋后连本带息偿还。若有存粮不拿出来者，抄家还要入刑！掌书记马上拟好文稿贴出告示。"

众官员纷纷表示也要捐款，辛弃疾让掌书记将捐款的人数、钱数登记入册。

辛弃疾又说："诸位，我将你们分到各个县里，希望你们能带着百姓垦荒，种子我随后想办法从南方调运。若误了春耕，你们的官也就别做了。"

官员们纷纷表示一定按照知府的要求去做。

辛弃疾核查了滁州的赋税簿，发现州民欠的赋税多达五百八十万贯。

当天晚上，辛弃疾写了奏折，恳请朝廷将滁州当作边远地区，减免赋税，他言辞恳切地陈述了滁州在战略上的重要性，以及滁州的现状。接着，他写了一封信，请求在福建做官的严焕筹集粮种，粮种钱秋后连本带息奉还。

第二天，各地官员报告了城乡富户人家的捐款，以及登记的粮食数目。下午，辛弃疾命下属在滁州城里四个城门处，按照每户的人口数发放粮食。在乡下，官员们按照辛弃疾所要求的也在发放粮食，一时间，一州三县的百姓奔走相告，欢欣鼓舞，他们看到了生计的希望。

很快，朝廷批准了辛弃疾的免除赋税的请求，不久，种子也运到了。

辛弃疾贴出告示：

一、郡民历年所欠赋税一律免除。

二、所有商贩均减税十之七。

三、回归灾民官府贷钱耕种，种子、牛马犁具官府免费提供。

四、外郡愿意来滁州者，官府量数划给荒田耕种。

百姓们看到布告后，十分高兴，很多逃荒的百姓又都回来了；外郡许多人也纷纷来滁州耕种；商人听说能减税七成，也陆续来滁州做生意，一时间，滁州热闹起来了。

此外，辛弃疾还组织百姓砍伐木材，烧制砖瓦，重建了市区的商店旅社，商业也兴旺起来了。

4

晴天，黄灿灿的稻谷低垂着头，似害羞的少女。田间地头，有三三两两的农人正在劳作。

"天助我也！"辛弃疾骑着马走在乡间的田埂上，仰望着苍天说。

"是知州大人的英明决策。"跟随的官员说。

另一位官员说："今年是个丰收年啊，是知州大人给百姓带来了好运气！"

辛弃疾看着远方的原野，缓缓说道："也是诸位的功劳。一入冬我们就要勘测荒田，规划沟渠水道，做到旱涝保收，此外，要兴建营舍，招募年轻力壮的民兵，编伍集营，屯田练兵，平时务农，早晚练兵，以备战时补充兵力。”

跟随的官员齐声说：“知州大人的这个决策好！”

辛弃疾又说：“等秋收后，我要在滁州城最繁华的地方招福坊建一座馆，用以招待四方来滁州的人，在馆上建一亭阁，供百姓登高望远，观赏游乐。当年欧阳修宽简施政，在醉翁亭与民同乐，我们何不效仿之？”

一听辛弃疾的这个计划，官员们纷纷说开了，有的说哪家砖瓦烧得好，可以用。有的说哪些工匠手艺高，可以请他们来修建，有的说他可以带领百姓去西南的山上砍伐竹木，无偿献给建馆用。

看到属下积极响应自己的号召，辛弃疾深感欣慰。

回到府衙后，辛弃疾安排一名何姓判官，具体操办修馆之事。

不久，周孚来到滁州，辛弃疾在府衙见到周孚时，十分高兴，连忙将周孚迎进茶室。

辛弃疾亲自给周孚泡茶：“不知道周兄来此，有失远迎！”

周孚说：“哎，我就是要给你一个惊喜。”

辛弃疾问：“周兄怎么有空来此？”

周孚回答：“朝廷调任我为真州州学教授，只是现任还没任满，我要等他离任后才去上任。这次去真州，我要感谢虞相国的推荐。”

辛弃疾：“周兄自乾道二年（1166 年）考中进士，在襄樊任官已有六年。虽说你的登第座师梁克家官居参知政事，但是他这个主和派对你这主战派的弟子并不关心。你的那篇《上虞相书》谈论国事，颇有见解，虞相国十分欣赏你。”

周孚：“我写了篇《谢虞丞相启》，还望贤弟给我斧正。”

辛弃疾：“周兄谦虚了，你在京口是名人，交游广泛，朋友众多，大家对你的文采赞不绝口。我可要好好向你学呢！既然周兄还未去上任，我想请你屈居府衙，做我府衙的僚客，给我帮帮忙。你看我才来滁州，事务繁忙，有周兄的指点，我想滁州会治理好的。”

周孚：“感谢贤弟，来滁州途中，我看到经过你这大半年的治理，城邑清明，荒陋之气一洗而空，已初显繁荣。”

辛弃疾：“周兄过奖了，我只是尽自己的绵薄之力。今年九月，我想开始动工建一个供四方商人经营的商铺，取名为‘繁雄馆’，招和气、促经济，使百姓安居乐业，你看如何？”

周孚听了，连声说：“好！好！这个名字好。对了，虞相国调任四川宣抚使，封雍国公，你知道吗？”

辛弃疾：“听说了。皇上采取分别从江淮、四川东西两路攻金的策略，所以虞相国以少保、武安军节度使的身份任四川宣抚使。当然，建康是东路，希望收复失地，你我可早日回到家乡。”

周孚深深地叹了一口气，半晌未语。

秋收后，辛弃疾和官员们开始修建“繁雄馆”。“繁雄馆”建起来后，各地商人纷纷云集此处，一时间，这里成了两淮商品的集散地。

辛弃疾想到滁州城没有登高望远的地方，他就决定在“繁雄馆”的顶上建一座楼阁，让百姓可以置酒楼上，登高望远，观赏游乐。他希望百姓可以安枕而卧，过上和平安定的日子，故取名为“奠枕楼”。

奠枕楼在十月全部完工了。辛弃疾请了滁州城中的名流、学士和一些僚属在奠枕楼中相聚。

辛弃疾见客人都到齐了，他举起杯子说道：“感谢诸位的光临！繁雄馆和奠枕楼已全部完工，今在此略备薄酒，感谢各位的鼎力相助，在此，我敬诸位！”

富商张一瀚举起酒杯敬辛弃疾：“知州大人一心为民，简赋舒征，收容流亡，繁荣商贸，修整街市，发展生产，组织民众训练军事，抗御金兵，爱国爱民之心，天地可鉴。今繁雄馆商户云集，奠枕楼飞檐翘角，楼高入云，气势非凡。登高望远，可以与醉翁亭媲美。感谢知府大人的邀请，我敬您一杯！”说完一饮而尽。

辛弃疾连忙站起来说：“我也感谢你的一片慈善之心，在我府衙缺粮缺钱之际，你倾其所有帮我们渡过难关，我代表一州三县的黎民百姓向你致谢！”辛弃疾也一饮而尽。

学士李子云说：“知州大人年轻有为，在不到一年的时间将滁州治理得井然有序，百姓衣食无忧，我代表百姓敬你一杯！”

……

席间，许多文人当场作诗填词，其中祖籍延安的南渡之人李清宇填了一阕词。李清宇才气逼人，性格狷介耿直，从不以清贫为憾，与辛弃疾非常合得来。辛弃疾读了他的词后，步其韵填了一阕《声声慢·滁州作，奠枕楼和李清宇韵》：

征埃成阵，行客相逢，都道幻出层楼。指点檐牙高处，浪拥云浮。今年太平万里，罢长淮、千旗临秋。凭栏望，有东南佳气，西北神州。

千古怀嵩人去，应笑我、身在楚尾吴头。看取弓刀，陌上车马如流。从今赏心乐事，剩安排、酒令诗筹。华胥梦，愿年年、人似旧游。

周孚将他写的《奠枕楼记》和《奠枕楼赋》吟诵出来，赢得了众人的一片喝彩。

接着，辛弃疾让卿卿吟诵了崔敦礼的《代严子文滁州奠枕楼记》。

很多文朋诗友皆即兴作诗填词，或将已经写好的诗词拿出来吟诵，一时间，奠枕楼上热闹非凡。

自此，奠枕楼成为滁州百姓，以及来此游历的人们登高望远的好去处。

这年冬天，辛弃疾突然接到岳父范邦彦病倒在任上的口信，他匆忙回到京口，带着妻子范子铥一起赶往通州。当他们到达时，妻兄范如山早已到了。

范子铥看到父亲紧闭双眼，任她怎么呼叫他都没有反应，大声痛哭。昏迷了一天一夜后，七十四岁的范邦彦谢世了。

范如山和辛弃疾扶柩而归，将范邦彦葬在京口。

接下来的一年，辛弃疾带领僚属们抓经济农事，滁州的百姓安居乐业，很多滁州人都回来了，流民也愿意将家安在滁州。

辛弃疾的副手范倅（名昂）在滁州任期已满，被召回临安，辛弃疾对他寄予殷切的希望，希望他能得到皇帝的重用，为此，他填了一阕词《木兰花慢·滁州送范倅》送他：

老来情味减，对别酒，怯流年。况屈指中秋，十分好月，不照人圆。无情水都不管；共西风、只管送归船。秋晚莼鲈江上，夜深儿女灯前。

征衫，便好去朝天，玉殿正思贤。想夜半承明，留教视草，却遣筹边。长安故人问我，道愁肠殢酒只依然。目断秋霄落雁，醉来时响空弦。

在这阕词中，辛弃疾鼓励范倅到前方去筹划军事，发挥自己的才能。

乾道九年（1173年）冬，辛弃疾患病了，筋骸之疢让他痛苦不堪。卿卿和田姑娘精心伺候，滁州城里的郎中都请遍了，但是仍然不见好转，辛弃疾只好上奏朝廷请假月余，回到京口。

范子铥见辛弃疾带着卿卿去滁州，不到两年，他又带回一个田姑娘，她心中很不高兴，但是田姑娘嘴巴甜，手脚勤快，很会讨人欢心，又教范子铥的儿子辛稹读书习字，范子铥心中的不快便渐渐消失了。

第十五章

“会子”贬值的痼疾，得到了有效的治疗。仅仅只有四百余人的茶商军，却搅得湖北、湖南、江西的官兵不得安宁。三个月的时间灭了茶商军，谁敢夸下这样的海口？

楚天千里清秋，水随天去秋无际。遥岑远目，献愁供恨，玉簪螺髻。落日楼头，断鸿声里，江南游子。把吴钩看了，栏杆拍遍，无人会、登临意！

休说鲈鱼堪脍，尽西风，季鹰归未？求田问舍，怕应羞见，刘郎才气。可惜流年，忧愁风雨，树犹如此。倩何人、唤取红巾翠袖，揾英雄泪！

——《水龙吟·登建康赏心亭》

1

淳熙元年（1174年）正月初十之后，一场纷纷扬扬的大雪连下了几天，辛弃疾带着儿子在雪地里堆雪人，范子钰站在旁边，看到儿子冻得通红的小脸，有些心疼。

田姑娘拿着帽子和围巾走到范子钰身边。

“夫人，外面冷，进屋去吧！”田姑娘说。

“子钰，别冻着了，田、田……”辛弃疾边堆着雪人，边断断续续地说。

卿卿出来了，见辛弃疾说田田，就笑着说：“就叫田田啊，别老是田姑娘、田丫头什么的。”

辛弃疾说：“好吧，就以她的姓氏做名字吧。”

田姑娘羞涩地一笑，她低声对范子钰说：“夫人，进去吧，你怀有身孕，别冻着了。”

经过两个月的接触，范子钰觉得田田很体贴人，又很细心，与卿卿的泼辣、快言快语不一样。

晚上，辛弃疾对范子钰说：“明天，我就要去滁州了。这次回来幸亏你给我请个好郎中，否则我这病还不知道什么时候才能治好。”

范子钰叹了口气：“你去吧，你还是带卿卿去，田田这小姑娘我留在家里了，你要是喜欢她，等她满了十四岁再说。”

辛弃疾说：“你看你，又来了。我说过田田是当时落难，我才收留了她。大丈夫做事光明磊落，怎能乘人之危，何况她还是个小姑娘。”

范子钰说："我知道。可是这姑娘在世上再没有亲人，看得出她很依恋你。"

辛弃疾点了点头说："你在家好好调教她，她出身于书香世家，识文断字，聪明伶俐。我不在你身边，你要注意身体，田田这姑娘勤快，也很听你的话，带孩子也有耐心。"

夫妻俩说着说着，不知不觉夜已深了。

几天后，辛弃疾到了滁州府衙，刚过三天，朝廷下了诏书，调任辛弃疾为江东安抚使参议官。滁州百姓听说朝廷要调走辛弃疾，心中不解。一般的任期是三年，怎么两年就调走了？几天来，府衙前聚满了百姓，他们说要上书请愿，挽留辛弃疾；有的说辛大人肯定是高升了……僚属们出来劝说是因为朝廷重用知府，众人这才散去。

第二天，辛弃疾收到了叶衡的来信。

叶衡在信中告诉他，他被调任为建康留守、江东安抚使兼建康知府。他给皇上上奏，说辛弃疾治理滁州很有政绩，请求调任辛弃疾到建康任江东安抚使参议。皇帝准奏，这才有辛弃疾未满两年调任之故。在信中，叶衡又说，江南东路所辖区域广大，是两府五州之地，是两淮的大后方，战略位置十分重要，所以迫切需要辛弃疾助理。

辛弃疾走的那天，滁州的百姓闻讯后前来送行，有的送了十余里路，才恋恋不舍地挥手相别。

二月，从成都府传来噩耗，六十五岁的虞允文在任上谢世了。

听到消息后，辛弃疾心中十分悲痛，主张抗金的力量中又少了一位中心人物！对虞允文的知遇之恩还未报答，他就辞世了。辛弃疾在家中置办了祭坛，点燃了香烛，一边流着泪水，一边默默地悼念。

四月的一天，风和日丽，辛弃疾接到叶衡的邀约，去登临赏心亭。已经花甲之年的叶衡满头银发，精神矍铄，阳光透过轩窗，在他的脸上抹上了一层柔光。

两人坐在亭子里，叶衡笑眯眯地看着辛弃疾，看得辛弃疾有些不自在："叶帅，你怎么这么看着我？"

叶衡哈哈一笑："你的词填得越来越好了，文友间都在传看你的词。"

辛弃疾："那是大家抬爱我。"

叶衡："你现在是文武双全，我朝像你这样的人才还真不多。"

辛弃疾叹了一口气："谢谢叶帅的谬赞，我总是盼着能驰骋疆场，而不是在文字间抒发情怀！"

叶衡沉默不语。

辛弃疾站起来，走到了亭子边，看着远处的景色，吟诵道：

楚天千里清秋，水随天去秋无际。遥岑远目，献愁供恨，玉簪螺髻。落日楼头，断鸿声里，江南游子。把吴钩看了，栏杆拍遍，无人会、登临意！

休说鲈鱼堪脍，尽西风，季鹰归未？求田问舍，怕应羞见，刘郎才气。可惜流年，忧愁风雨，树犹如此。倩何人、唤取红巾翠袖，揾英雄泪！

叶衡听了，拍着双手赞道：“妙！弃疾，你这阕《水龙吟》寓豪壮于曲折委婉中，‘鲈鱼脍’典用得好！以典故寓意，好！”

辛弃疾：“请叶帅多指点！”

叶衡说：“弃疾，这阕词是上乘之作。你也别太悲观，滁州治理已显现出了你的才能，倘若得到朝廷重用，他日必将是宰相之才。”

辛弃疾：“谢叶大人！”

叶衡叹了一口气说：“唉，可惜虞宰相仙逝，这抗金复宋的大业不知道何日才能开启？”

辛弃疾：“虞宰相在成都府一年多的时间，积极筹划由蜀中出师北伐，以图光复中原，粮食、马匹等筹措得差不多了，军士的抗金情绪也极高涨，可惜呀，虞宰相在任上积劳成疾……”

叶衡：“是啊，恐怕发兵北伐的计划要搁浅了。”

辛弃疾：“朝廷计划由东路和西路包抄，这个计划尚可，若是开战，战线将会拉得很长。”

叶衡点点头，说：“是的。嗯，今天我请你来，是有件事情要告诉你。”

辛弃疾问：“哦，什么事？”

叶衡回答：“朝廷已诏我为户部尚书签书枢密院事，有关‘会子’的事情我们需要改革治理，现在流通中的会子数额高达两千四百余万缗，币值大跌，为防止‘会子’贬值，朝中想采取一些措施，这件事情需请你去民间暗访，然后写个奏折上奏朝廷。”

辛弃疾说：“叶大人对弃疾的恩情，弃疾铭记在心，大人吩咐的事情，弃疾一定办好。”

叶衡微微一笑，说：“好，这我就放心了！”

叶衡所说的“会子”，是高宗绍兴三十年（1160 年），由朝廷官办、户部发行的货币，它是避免长途携带铜钱的不便，仿照四川发行钱引的办法发行的纸币。“会子”起源于临安，称作便钱“会子”（即汇票、支票）。

辛弃疾深入民间，在城乡之间来回奔波。他发现会子在民间的流通大大贬值，出现了会子贱、金银铜钱贵的现象。许多商铺只收金银和铜钱，不收会子，即使有的地方收会子，也是非常的贱。

一天，辛弃疾到了建康城南，见到一位老大爷站在店铺前，正和店主争执。辛弃疾过去问道："大爷，发生了什么事？"

老大爷愤愤不平："你说这是什么世道？我们卖粮给官府，官府给会子钱，现在我们买东西，店子里竟然不收会子，这会子岂不是一张废纸？"

店主一脸委屈，他对辛弃疾说："客官，你不知道，我们把会子收进来，也是用不出去的，我这是小本经营，一家人也要活命啊！"

辛弃疾听明白了，说道："店家，把东西卖给他吧，他付的会子钱也不多。"

店主急了，说："我将东西买给他？我怎么办？一个顾客一点会子钱，十个顾客呢？我拿着一堆会子喝西北风啊？"

辛弃疾看到店主执意不要会子，便对老大爷说："您别急！我用铜钱换你的会子。"

老大爷感激万分："好人啊，你真是好人！"

辛弃疾将会子钱换了过来。

老大爷买了东西，千恩万谢地离去了。

回到府衙，辛弃疾与同僚李虞况谈到有关会子的情况。

李虞况说："会子贬值由来已久，这几年尤其厉害，这是一个难除的痼疾。"

辛弃疾听了，说道："会子的比价确实太低，一贯铜钱兑换会子只有六百多，少了四成。"

同僚王之蒴说："是啊，长期如此，前方将士谁有心思打仗啊？百姓如何休养生息？还有，谁愿意交租交赋？"

辛弃疾若有所思地点点头。

晚上回到家，辛弃疾从会子使用的历史和现状，以及所调查的情况，写了一份《论行用会子疏》的奏疏。在奏疏中，他写道："今诸军请领微薄，不可复令亏折。故愿陛下重会子，使之贵于现钱。"

不久，朝廷下了诏令，以金银铜钱收兑会子。除此以外，官府还出卖官爵、度牒、官田乃至实物来收兑会子。为稳定会子的流通，提高会子的货币信用，官府规定百姓交纳税赋时，可以用"钱会中半"即以铜钱与会子搭配份额的办法交付，这一系列的举措对提升会子的价值取得了较好效果，会子的币值逐渐回升。

辛弃疾看到会子的痼疾有所改善，心中十分欣慰，恰逢一同僚调任临安，在送别宴中辛弃疾即兴填了一阕《水调歌头·落日古城角》：

落日古城角，把酒劝君留。长安路远，何事风雪敝貂裘？散尽黄金身世，不管秦楼人怨，归计狎沙鸥。明夜扁舟去，和月载离愁。

功名事，身未老，几时休。诗书万卷，致身须到古伊周。莫学班超投笔，纵得封侯万里，憔悴老边州。何处依刘客，寂寞赋登楼。

辛弃疾将对同僚的不舍，以及对他前途的关注融进了词中，席上诸位对辛弃疾的这首词赞不绝口。

2

十一月，叶衡升任右丞相兼枢密使，此时，孝宗想恢复大宋国土，对主战派叶衡十分器重。凡是皇上问及将帅、兵器、山川、防守等事项，叶衡从容答对。孝宗龙心大悦，赐座叶衡，君臣一起研讨军国机密大事，平时也是随时召他进见。

一天，叶衡与皇上论及人才时，叶衡推荐了辛弃疾，说辛弃疾心有大略。皇上于是召见了辛弃疾。皇上见辛弃疾答辩如流，身材魁梧，相貌堂堂，便诏他为仓部郎官。

辛弃疾离开建康，前往临安前，回了一趟京口。此时，辛弃疾的女儿已经出生了，考虑到拖家带口到临安的不便，便决定自己先去临安赴任。

辛弃疾对妻子说道："子钰，我先去临安，等一切安置好了，再接你，好吗？"

范子钰抱怨道："幼安，你调动这么频繁，像浮萍一样四处漂泊。在建康两年、滁州两年，回到建康才一年，又要去临安……"

辛弃疾安慰她说："子钰，国破家难安啊，男子汉大丈夫立于天地间，要做一番事业。虽然我四处为官，但我也是为了百姓，为了恢复中原，为了我大宋。只是让你也跟着受了委屈。"

范了钰点点头，说："道理是这样，可是我们这家也该像个家的样子，人家做官有房有地有庄园，可是我们总是到处租房子住。现在有两个孩子了，加上管家佣人，这住房也太拥挤了。"

辛弃疾说："子钰，别急，我会考虑安家的。"

范子钰依然委屈地说："你总是这样说，几年来一点改变都没有！去临安又是租房子住吧？"

辛弃疾叹了一口气说："国破家何在？"

他亲了亲女儿粉嫩的脸，转过头来对范子钰说："我去了临安，找好房子后，即刻派人来接你，我们去观钱塘潮如何？"

范子钰一听说去观潮，想到去观潮的热闹，便满心欢喜地答应了。

辛弃疾忽然想起了一件事，他对范子钰说："子钰，我觉得吴妈对文秋叔有点意思，要不你去撮合一下？"

范子钰听了，恍然大悟："幼安，你这一说，我还真的想起来了，吴妈确实对文秋叔好，只是吴妈比文秋叔要大两岁，不知道文秋叔答应不答应？"

辛弃疾说："大一些也没什么，会体贴人，要不，我去问问？"

范子钰点了点头，说道："也好，你们叔侄好说一些。"

第二天，辛弃疾向辛文秋说了吴妈的事，辛文秋听了，有点不好意思地挠了挠头。他说他也感觉到了，只是心里没想到这事上来。辛弃疾说要是愿意的话，就让子钰去向吴妈说，等到临安后，举行个仪式。

辛文秋点头同意了，说仪式不用，一家人在一起吃顿饭就可以了。

辛弃疾不同意，说他一定要给叔叔办得隆重一些。

辛弃疾在仓部上任后，在钱塘湖边找好了一处房子，派人将范子钰及家人一起接到临安安顿下来。

待家里收拾好后，辛弃疾为辛文秋和吴妈举办了婚礼，一些同僚和文友听说是辛弃疾叔叔的婚礼，纷纷前来祝贺。

几天后，据测有大的钱塘江潮。于是，辛弃疾和辛文秋带着一家人起了个大早，坐着马车，随着观潮的人流，去了钱塘江。

辛文秋带着辛稹站在堤岸边，辛稹仰起稚气的小脸，问道："爷，这水水为什么那么猛啊？"

辛文秋蹲下身子说："水水生气了。"

辛稹："水水为什么生气呢？"

辛文秋告诉他说："春秋战国时期，江苏和安徽一带是吴国，浙江一带是越国，吴王夫差打败了越国。越王勾践表面上向吴国称臣，实际上在卧薪尝胆。"

辛稹好奇地问："什么是卧薪尝胆？"

范子钰听到儿子这么好学，便回答："薪，是柴草，胆，是很苦的，长在猪牛羊肚子里面。越王勾践被打败后，立志报仇，睡觉就睡在柴草上，吃饭睡觉前尝一种很苦的胆。说的是他刻苦自励、发愤图强，要打败吴国。"

辛稹似乎明白了："让父亲也去睡柴房，给他吃很苦的胆，他就可以恢复中原了。"

辛弃疾摸了摸儿子的头说："不错啊，你也要像勾践那样，先好好读书，长大了做栋梁之材，报效朝廷。"

辛稹似懂非懂，他缠着辛文秋问："水水和吴国、越国有什么关系呢？"

辛文秋说："越王勾践卧薪尝胆，准备复国的事，被吴国大臣伍子胥知道了，他就劝说吴王杀掉勾践。有一个奸臣在吴王面前诋毁伍子胥，吴王昏庸，忠奸不分，赐伍子胥自刎。伍子胥死后，尸体被吴王煮烂，装进了皮囊，抛入钱塘江中。九年后，越王勾践在大夫文种的谋划下，灭掉了吴国。这时越王也听信谗言，将文种赐死，文种伏剑自刎。两个敌对国家的忠臣都被奸臣害死了，他们的冤魂一个住在钱塘江南岸，一个住在钱塘江北岸，每年一到八月，他们肚子的怨气，就化作滔天巨浪，掀起了钱塘江潮。"

辛稹恍然大悟："哦，原来是这样！"

正说着，只见钱塘江出海的喇叭口，先有一线白银滚来，不一会似有飞鸟远远地成群飞来，越来越近了，接着浪潮汹涌而来，白色的潮水覆盖了半个天空，声震大地，江潮翻滚，掀起了滔天巨浪。忽然，一队握着小旗的弄潮儿，出现在浪潮中，他们时而在浪潮的顶端，时而在浪潮的低谷，变换腾挪着身姿，在众人的惊叹声中，娴熟地表演。

范子钰惊奇地喊道：“幼安，你看！你看！那个浪潮上的健儿，跳离潮顶，旋转了一圈。啊？跌下去了！”

辛弃疾看到了，那个弄潮儿顺着浪潮跌到了潮底，不一会又上了潮顶，他挥着旗子做拉弓、射箭的姿势。

观潮的人群发出阵阵欢呼之声。

晚上，辛弃疾坐在书房里，回想起白天的一幕，似看到了半空翱翔的鸥鸟，听到了如擂动战鼓般轰鸣的波涛声，只见那汹涌的潮水如千军万马，以排山倒海之势滚滚而来，而勇士们却自由自在地在浪潮上手举着红旗，踏着浪潮，像小鱼儿般地做精湛的表演。联想到历史上的吴越之争，又想到眼前社稷江山的命运，想到被金国占领的城池，他心中痛惜万分。想到叶衡为相正在辅佐皇上励精图治，心中又有了一份安慰，于是拿起笔，填了一阕词《摸鱼儿·观潮上叶丞相》：

望飞来、半空鸥鹭，须臾动地鼙鼓。截江组练驱山去，鏖战未收貔虎。朝又暮。诮惯得、吴儿不怕蛟龙怒。风波平步。看红旆惊飞，跳鱼直上，蹙踏浪花舞。

凭谁问，万里长鲸吞吐，人间儿戏千弩。滔天力倦知何事，白马素车东去。堪恨处，人道是、子胥怨愤终千古。功名自误。谩教得陶朱、五湖西子，一舸弄烟雨。

写好之后，辛弃疾决定过两日去拜访叶衡，顺便送给他。

两天后，吃完晚饭，辛弃疾去了叶衡的相府。在书房，叶衡读了这阕词，赞不绝口。他说道：“弃疾的这首词，写得大气。唉，想到吴越之争，忠臣被害，心中痛惜啊。倘若岳元帅不被奸臣所害，说不定中原早就恢复了。现在……”

辛弃疾叹了口气，说：“是啊，一晃过去了这么多年，对金贼还没有大的行动，恢复中原还只是一个梦。”

叶衡：“快了吧，皇上和朝臣们都在计议，你现在也是仓部郎中，我们这一帮主战派若是拧成一股绳，力量不可小觑。西路经过虞相国的整饬，实力雄厚；东路也进入备战状态。倘若虞相国还在，那该多好！”

辛弃疾：“是啊，若他在，我们抗金的力量就更强大，皇上特别信任他。对了，这次朝廷对‘会子’的处理已经受到百姓的欢迎，也遏制了‘会子’贬值的弊端，这些都是好兆头。”

叶衡点点头，说：“是的，皇上诏令官员带头使用‘会子’，‘会子’升值了。可是，弃疾，朝廷的复杂，你是无法想象的，很多朝官安于现状，总是计较着自己的利益，皮之不存，毛将焉附？”

辛弃疾很是赞同：“听说朝廷的茶税有阻力，茶民不愿意卖茶给官府了？”

叶衡：“是的，朝廷正在派员前去查访此事，不久就会有结果。弃疾，仓部的储粮你清点一下，戍守边疆的将士们每月的供应要增加。冬天来了，天气冷，要让将士们安心于边防。”

辛弃疾：“好的，请你放心！我会仔细查账，增加边防将士的衣物粮食。”

叶衡点点头，说：“有你办事，我就放心了！”

辛弃疾：“叶相对我恩重于山，弃疾没齿难忘。”

叶衡：“都是为了国家社稷，你我同朝为官，这也是缘分。你文武兼备，智勇双全，是我朝中不可多得的人才。”

辛弃疾：“多谢叶相多年来对我的提携和重用，弃疾当尽心尽力！”

两人接着又聊了一些诗词，直至深夜。

3

淳熙二年（1175 年）五月，周孚从京口给辛弃疾来信，他去真州上任了，妻子和儿子周瞻也一同前往。辛弃疾接到来信后，心中为周孚高兴。从授官到上任，周孚一等就是数年！

这天，叶衡邀约辛弃疾去西湖边走走，观赏荷花。

看着叶衡紧蹙眉头，似有所语，欲言又止，辛弃疾问道：“叶相今天约我来，恐怕不仅仅是为了观赏荷花吧？”

叶衡说：“是啊，自今年四月茶商赖文政在湖北起事，皇上一直为此事烦恼。”

辛弃疾问：“哦，一个小小的茶商能让皇上烦恼？”

叶衡说：“是的。湖北路以赖文政为首的茶商，组建了四百余人的茶商军。”

辛弃疾说：“我朝茶叶，一向是官收官卖，岂容茶商胡作非为。”

叶衡：“嗯，茶利是我朝的一项重要税收，抗金复宋需要大量人力、物力、财力。我知道收购茶叶的官吏有的在欺上瞒下，存在一些弊端，他们对茶民压价，而茶商却背着官府，以高于官府的价格收取茶农手中的茶叶。他们将茶叶长途贩运，在湖北荆襄一带与金人交易。朝廷屡禁不止。茶商现在已发展到成立茶商军，与朝廷对抗。”

辛弃疾问：“湖北路知府呢？他们没有行动？”

叶衡回答说：“开始他们企图掩盖此事，报喜不报忧，直到茶商军公然背叛朝廷，知府上奏朝廷请求朝廷派兵，我派人去查访，才知道了事情的原委。”

辛弃疾：“嗯，只要朝廷出兵围剿，茶商军就会一溃而散。”

叶衡：“与朝廷对抗，只有自取灭亡，但是看茶商军的势头，也不可小觑。对了，弃疾，这次我派人去荆襄暗察，多亏了你妻兄范如山的协助。”

辛弃疾：“嗯，他在荆襄做知县。”

两人边走边说，不觉已经到了苏堤，叶衡看着湖水的远处，叹口气说道：“早日灭掉这股茶寇就好了！”

辛弃疾宽慰叶衡道：“会的，叶相别太过于操心。”

叶衡听了，点了点头。

几天后，辛弃疾吃完晚饭正在书房读书，忽听到辛文秋进来说，舅兄范大人来了！辛弃疾一听范如山来了，连忙出了书房去迎接。

辛弃疾：“如山兄来了，吃了晚饭没？”

范子钰：“他已吃了。”

范如山：“我吃了，是和湖北提刑一起在官驿吃的。”

辛弃疾：“请到书房一坐。卿卿，泡茶！”

卿卿连忙回答：“好的，一会儿送来。”

在书房，辛弃疾看着范如山略带疲惫的脸，问道：“如山兄怎么来临安了？”

范如山叹口气说：“最近，湖北知府被茶寇赖文政搅得日夜不得安宁，朝廷也知道湖北路出了茶寇，公然对抗朝廷，但也鞭长莫及。”

辛弃疾：“我前几日听叶丞相说了，具体的细节还不太清楚。”

范如山：“幼安，早年我做生意，交结广泛，认识了这个叫赖文政的人，这个人呢，做生意很讲义气，好打抱不平。这次他带着茶商和茶农闹事，江陵知府派兵去打过，反而被茶商军打败了！知府大人不知道从哪里打听到我和赖文政有过交往，派我去做说客。我不但没有说动他，反而被他奚落一番！他说倘若不是看我的才气和义气，以及和他的交情，早做了他的刀下之鬼！”

辛弃疾：“这赖文政是何方人氏，竟如此口吐狂言？”

范如山啜了一口茶，缓缓说道：“赖文政是荆南人，六十多岁，精明强干，有勇有谋，也算是一个英雄，可惜他与朝廷对抗。他早年不做茶叶生意，近年看见茶叶有利可图，就做起了茶叶生意。他以高出官府一倍的价格收购茶农的茶叶。”

辛弃疾说：“他们还是有很大的利润，因为他们逃避茶税。”

范如山点点头，说：“是的，茶农们也护着他。刚开始，江陵知府没把这些散兵游勇放在眼里，派出几百名捕快前去拘捕。谁知道，官府一出动，当地茶农就报告了给茶商军。赖文政足智多谋，他反过来在险要处设计打埋伏，把官军打得大败！后来，知府瞒着朝廷求助于边军帅守，帅守增援几百人和荆襄军一道去攻打茶商军，茶商军联合茶农和官府对抗，荆襄军还是没有取胜。皇上知道后，大怒，下旨湖北路派员前来朝廷详陈，听说要治知府之罪。因此，知府派我和提刑前来临安，托人找找关系，让丞相在皇上面前美言，消消气。他们知道你和叶丞相的关系好，就让我来找你想想办法。”

辛弃疾沉吟了一会，说：“我只能试试看，叶丞相是肯帮人的。”

范如山说：“是啊，正是因为叶丞相肯帮忙，知府大人才找这条路。幼安，这件事拜托你了！我现在回去，他们还在官驿等着我回话。我们还要商量明天面圣的事呢，唉！”

辛弃疾说：“去吧，我也不留你了。”

范如山与辛弃疾夫妇告辞，辛文秋备了一辆马车，送范如山回驿馆去了。

湖北知府上奏朝廷请求边军支援，皇上准奏了。

于是，边军帅守带领一万多人马进入湖北，得到消息的赖文政，早已带领茶商军离开湖北，穿过湖南到了江西，又从江西进入了广东。一路上，湘、赣、粤三路官军陆续迎战阻截，不料茶商军神出鬼没，不仅将官军牵得团团转，还将他们打得丢盔卸甲。在广东盘桓数日，最后选择在湘赣交界处的安福、永新、萍乡一带安营扎寨。这里地形复杂，深山密林，易于躲藏，高山峻岭，易守难攻。

茶商军进入江西后，朝廷命江南西路兵马总管贾和仲节制诸军，剿杀茶商军。贾和仲接旨后，立即带着江州都统皇甫倜和王琪，从隆兴府（今江西南昌市）赶到吉州（今江西吉安市）。贾和仲迅速做了部署：他命王琪和皇甫倜各自带兵五千，以包抄的形式进山围捕茶商军。

时值雨季，山中泥泞路滑，官兵冒雨前行，叫苦不迭，他们沿着山道行走，在密林中穿行。几日后，已疲惫不堪。这天，皇甫倜带着官兵们在密林中靠着大树休息，忽然远处传来“杀啊！杀啊！”的喊叫声，一支支利箭不知道从哪里射来的，毫无准备的官兵顿时如惊弓之鸟，四处逃散。

皇甫倜高声喊道：“快！立功的时机到了，抓茶寇！杀茶寇啊！”

岂料，林中的官兵不知道往哪儿去抓捕茶寇，他们胡乱地冲出林子，朝四周一看，只有寂静的山林和天空中被惊飞的鸟群。

突然，前方不远处有十多匹马飞奔而过，皇甫倜顿时来了精神，带着官兵们跟着追去。到了一处山谷，那些马不见了踪影。官兵们在谷中正四处查看时，头顶上忽然响起了“轰隆隆、轰隆隆”的声音，震天撼地。有眼尖的兵士看见了，大声喊道：“山上的石头滚下来了！我们中了埋伏！”

皇甫倜赶紧命令将士兵们往后撤，这时，山谷两边的林子里射出了密集的箭矢，官兵被射死、射伤，以及被马匹踏伤的有一百多人。

皇甫倜带着官兵回到营地，看到粮草器械都被茶商军夺取，守营的官兵悉数被杀！他这才明白，自己中了调虎离山之计。

又有人推荐江西安抚使王大猷。孝宗降旨，令他节制诸军，并赐给令牌一块，可调动湖南诸军。王大猷雄心勃勃前去围捕茶商军，依然是被茶商军牵着在山里兜圈圈，没有伤着茶商军一根毫毛。

孝宗大为生气，在得知茶商军在吉州永新县界禾山等处藏身后，下旨命鄂州都统李川调兵捕杀茶寇。李川在府州县以及关卡路口贴出告示，以官相许：如能捕捉茶寇一人，或杀茶寇一人，特补进武校尉；杀茶寇二人，封承信郎；杀三人，封承接郎；杀茶寇四人，封为保义郎；杀茶寇五人，封成忠郎。杀茶寇六人以上报奏皇上。另杀茶寇两人以上为立功，按功行赏。

鄂州都统率领将士们远道奔赴江西，他们稍事休息，立即进山搜捕，依然是一无所获。

孝宗龙颜大怒。朝臣周必大上一奏折，陈述四百茶商军，又不是精兵强将，却能经涉累月，出入数省。若是帅守稍有作战谋略，只需用其所属的部下就能灭掉茶商军。根本就用不着烦请朝廷远调鄂州官兵前去围捕……

这天早朝，孝宗扫视了大殿中的文武群臣，开口说道："区区四百茶寇，却能在鄂州路、江南路来去自如，和我朝对抗，难道他们是天兵神将不成？贾和仲率领几万兵士前去围剿，数月不见一丝进展。茶商军不过是一些小小的毛贼，倘若我朝与金国开战，这仗该怎么打？"

朝堂内一片静寂，孝宗提高了声音："茶商军如此猖獗，哪位爱卿替我分忧，剿灭茶商军？"

还是一片静寂。

孝宗将目光投向了叶衡，问道："叶爱卿，可有合适人选？"

叶衡上前一步，出班奏道："启奏陛下，臣保举一人，或许可以剿灭茶商军。"

孝宗问："不知道爱卿保举何人？"

叶衡回答："臣保举之人，为新任仓部郎官辛弃疾。"

孝宗脸上露出了笑容，问道："哦，是那个闯入金营的孤胆英雄吧？"

叶衡说："正是！"

朝堂内响起一片议论声。孝宗咳嗽一声："哪位爱卿持有异议？"

谏官王一泓出班奏道："陛下，叶相所推荐之人，非军中之人。平定茶寇，需要节制湘赣诸路兵马，此前之帅均是军旅出身，而辛弃疾……"

孝宗一摆手，说道："王爱卿多虑了，他一人敢独闯敌营，又将叛徒押到临安，可见他有勇有谋。他为官滁州，政绩卓然，想必这次也不会令朕失望。宣辛弃疾上殿！"

内侍高声叫道："宣仓部郎官辛弃疾上殿！"

一炷香的时间后，辛弃疾进殿面见孝宗。大礼参拜后，孝宗当即口谕授予辛弃疾为江西提刑，节制诸军，讨捕茶寇。

这一天，是六月十二日。

4

七月初三，辛弃疾离开临安，前往赣州就任提刑，他将邹虎也带去了。邹虎当年留在京口做了府衙的门房后，遇到一位奇人，跟着他学了三年武功，后又回到府衙任衙役。这次到赣州，辛弃疾的任务是督捕茶商军，邹虎有了武功，今非昔比。

到了任上，辛弃疾首先召集官员商议围剿茶寇之事。

辛弃疾："各位！在下辛弃疾新来乍到，奉朝廷之命与诸位围剿茶寇，各位有何良策，请直言，下官愿洗耳恭听！"

一片静寂，众官员沉默着。

辛弃疾又说："诸位不要有顾虑，在下愿意一人承担所有责任。以前剿寇的利害得失，诸位都可陈述，我们从中汲取教训，找出围剿中的利弊。"

底下响起了一片议论声。

辛弃疾用犀利的眼神环视了众位官员，继续说道："辛某才疏学浅，但圣旨如山，临危受命。在执行军务时，望诸位能听从调遣，合力杀敌，辛某在此要仰仗各位了！但是，倘若是行动迟缓，贻误军机，休怪军法无情！下面，请各州府陈述有关茶商军的军情。"

皇甫倜看了一眼贾和仲，率先说道："在下已经尽力围剿茶寇，无奈正碰上雨季，山中陡峭路滑，茶寇依仗地利与我军周旋，致使不能及时围捕茶寇，使其逃脱，下官失职。今辛将军统率，下官将不遗余力协助，将功补过！"

辛弃疾听了，说道："皇甫将军围捕茶寇的得失，我们应从中汲取教训。皇甫大人也不必过于自责，此事朝廷会有定论。"

皇甫倜点头："谢辛将军宽宏大量！"

贾和仲接着说："下官奉王帅之令带领将士围捕茶寇，无奈他们仗着山高林密，四处隐匿，我等搜捕山林，虽然遭遇过他们，无奈辎重拖累了行军，又中了他们的埋伏……下官带兵失利，一定将功补过！"

王琪支吾半天才说："下官在围剿中已经尽力了，辛将军挂帅，下官依然是冲锋在前！"

隆兴知府王大猷捻着胡须，沉默不语，心想："你一个从未带过兵的人，敢在这些比你官阶高得多的将军面前逞能，等着看你的笑话吧！"

王大猷于淳熙元年（1174 年）任隆兴府知府，兼江南西路安抚使。

其他官员见皇甫倜和王琪等人开口了，也纷纷表述了自己的看法。

赣州知州陈天麟说道："久闻辛大人威名，下官认为围剿茶商军，必须采取新的战略战术，而不是进山搜捕。茶商军凭借山林藏匿，与我们周旋，我们在明处，他们在暗处，倘若我们盲目进山，会被他们牵制，而处于被动。”

辛弃疾点点头，他把目光转向了潭州通判赵一恬。

赵一恬说：“陈知州说得好，我认为在山中行军打仗，一定要清除那些老弱病残，选择一些精兵强将，这样行动迅疾，不至于让茶寇有逃脱的机会。”

赣州县丞接着说：“我们要将地方的各村护卫兵组织起来，他们对当地地形熟悉，这样不让茶寇有立足之处，我们再采取包围的战略，将他们一网打尽。”

辛弃疾见王大猷沉默不语，便谦逊地问道：“知府大人有何高见，请指点一二！”

王大猷清了清嗓子，说道：“他们说的也是我要说的。”

辛弃疾见此，就不再勉强了。

接着，又有一些官员发表自己的看法并提出一些建议。

辛弃疾边听边点头，一个新的作战计划已经在他心中有了腹稿。

辛弃疾当即宣布命令：各路人马，五天内火速赶到，迟到者按军令制裁！

五天后，各路人马到齐。

营帐前，辛弃疾将各路将军集中，他亲自与他们过招，选定能带兵打仗的将军。当轮到身体肥胖的郴州县丞时，辛弃疾让他上马在帐前走一圈，无奈他太胖，脚套在马鞍里，却上不了马。那县丞羞愧得连声说：“不好意思，下官实在是太胖了，骑马非本官所长。”

辛弃疾听了，说道：“你连马都上不了，如何带兵打仗，总不至于用轿子抬着你去指挥打仗吧？”

选到最后，有十几位将军被辛弃疾选定了，其中判官解彦祥、兴国尉黄倬令辛弃疾十分赏识。

接着，辛弃疾带着邹虎和十几位将军来到各路军营，挑选营兵，那些老弱病残者都被淘汰了。

经此一挑选，剩下的兵卒不足三千人。

站在点将台上的辛弃疾大声说：“各位！今天挑选将士，是围捕茶寇的第一步行动。自古以来，用兵在智不在多。官渡之战，曹操以两万人马破袁绍十五万人马；赤壁之战，刘备、孙权以三万人马打败曹操的四十万之众。知彼知己，百战不殆，我们要了解茶寇的行踪，不仅仅是派众多兵士去包围，而是要查清他们的活动范围，再行围捕。”

众将士点头。

辛弃疾接着说：“我们今天挑选精兵强将，要以一当十，三月之内，必须将茶寇围剿干净！那些老弱病残者，可回家种田，回家之后也要经常操练，若遇到战时需要，要招之即来！你们都是朝廷的将士。至于安家费，我们会登名造册，即日发放。各位将士，区区几百茶寇，我们都拿不下，何谈复国？何谈驱除金贼？何谈我大宋恢复中原？”

大家听了，都觉得辛弃疾说得在理，那些退役的将士也觉得辛弃疾安排得十分妥当。

接下来，辛弃疾大声说：“诸位，我辛某招募一支敢死队，由我亲自率领，有愿者，请报名！”

三千兵士，无一人响应。

忽然，一位二十多岁身材魁梧的青年站出来说：“张忠愿意！”

辛弃疾走上前去，牵着张忠的手走到点将台前说：“好，破贼之日，也是你立功之时！”

接着又有十八人应募。

看着生龙活虎的十九位士兵，辛弃疾心中十分欣慰。

他大声问道：“还有没有勇士？”

台下一片静寂。

只有十九名。

辛弃疾说道：“有这十九名勇士陪我辛弃疾，我相信茶寇一定能剿灭！从现在开始，三千名兵士抓紧时间操练，这十九名勇士和我一起同吃同住，一同操练。”

晚上，辛弃疾将陈天麟、解彦祥、黄倬、钱之望等将领召到自己的营帐中，询问之前围捕茶商军的详细情况。

陈天麟，字季陵，宣城人。绍兴进士，赣州太守。

钱之望，字表臣，常州晋陵人，乾道五年进士。

陈天麟说：“茶寇自五月在湖北起事，江西依托赣吉将士阻挡，但是还没有来得及部署，茶寇就入境了。在吉州，官兵与茶寇相遇，决战中我方不能取胜。茶寇又到湖南，与官兵相遇，茶寇小胜。虽说他们打胜了，但是他们只是疲于逃命，占据了禾山。知府王大人派副总管贾和仲前去围剿，贾和仲是位老将，颇为轻敌，认为不过区区几百人，一到茶寇地占据范围，他就连夜派将士们入山，却被以逸待劳的茶寇打败。王大人又派人前去劝降，并折箭为誓。茶寇知道是计谋。他们在营地插上旗帜，人马却从小道逃走了，两天后我军才知道。这说明茶寇首领赖文政狡诈多端。我认为我们要智取方可取胜，至于粮饷军械，辛将军不用担心，我会竭尽全力保证供给。”

黄倬说：“茶寇进入广东后，广东提刑林光朝亲自督军，带领摧锋军把守关隘，茶寇入不得广东，又转回来，在湘赣山区扎营。我认为围剿茶寇可采取布袋子方案，将包围圈缩小，将他们往布袋子里赶。我们在适当的时候还可以动员乡丁参与进来，因为他们熟悉地形。”

钱之望马上赞同：“我们还可以扮为茶商，深入山林去摸清茶寇的真实情况。”

解彦祥说：“很多茶寇其实也是贫苦农民，我们只要对他们宣称放下武器，走出山林，回家种田，官府就不予追究，茶寇就会涣散斗志。”

……

辛弃疾见大家出了不少的好计策，微笑着说：“这次剿灭茶商军，诸位出了很多好的计谋，一旦开战，还需要各位鼎力相助，三个月的时间内，我们一定要剿灭他们！”

众位官员见新来的提刑不同凡响，心中暗自佩服，纷纷表示一定听从他的调度。

第十六章

三个月内，真的剿灭了茶商军，可是，心中却多了一份隐痛！

郁孤台下清江水，中间多少行人泪？西北望长安，可怜无数山。

青山遮不住，毕竟东流去。江晚正愁余，山深闻鹧鸪。

——《菩萨蛮·书江西造口壁》

1

由于茶商军在湘赣一带抢劫百姓的粮食以及日常用品，很多村庄已组织了自卫军，保护自己村庄的安全，其中抚州金溪县邓姓、傅姓等村庄的乡丁已达到一千多人！

辛弃疾打算利用这些乡丁共同剿灭茶商军。

这天，辛弃疾宴请抚州金溪县邓姓族人邓文轩、傅姓族人傅乾坤和其他大姓等十余人。其中，邓文轩、傅乾坤各有乡丁数千人，他们一边种庄稼，一边进行军事训练。这些乡丁和茶商军交过几次手，茶商军在别的村庄能劫掠到粮食、衣服、布匹等，可还没进到这些村庄，就被乡丁的刀斧弓箭打跑了！

席上，辛弃疾对邓文轩、傅乾坤等族姓护卫族人的安全，大为赞赏，接着他对这次剿灭茶寇的情况做了介绍，恳请他们给予支持，待剿灭茶寇后，为他们向朝廷请功。

这些乡绅纷纷表示，一有茶寇的踪迹就会及时报告，如果官府需要他们参与剿灭茶寇，他们会给予物力、人力支持。

辛弃疾听了，心里有底了。

接着，辛弃疾命令各州府县衙宴请当地乡绅，动员他们参与到围剿茶商军的行动中来。

现在，只要茶商军一出现，马上就有消息报告到辛弃疾这里，辛弃疾立即带着兵士前去围剿！茶商军的活动范围渐渐缩小了，只好隐蔽在吉州一带的山林间。他们选择那里，是想依靠关隘阻挡官兵的追捕，而且那里山洞较多，易于藏身。

一晃，已经进入八月底了。

这天，守候在吉州关隘的乡丁抓到了一名可疑之人，族长派人将其押送到吉州府衙，辛弃疾亲自审讯。

辛弃疾朝可疑之人一眼扫去，发现他身上衣服破烂，面露饥色，于是连忙派人端来了饭菜。

可疑之人吃饱之后，辛弃疾为他递上一杯茶，他又一口气喝干了。

辛弃疾问："不知客官贵姓，从何处来，往何处去？"

那人连忙答道："山民姓崔，名平。做点小买卖，不巧碰上大雨，在山间迷路了。"

辛弃疾问："哦，那你是哪里人氏呢？"

崔平一愣，旋即回答："四川。"

辛弃疾笑了笑说："不对吧？你的话音我听出来了。从实招来，还可以放你一条生路；若是撒谎，我手中的剑可是不认人的，你不会是茶商赖文政的手下吧？"

崔平一听，连忙下跪："大人，小民正是赖文政茶商军的人员，因为前日一夜梦见家中老母病得要死，呼我回去，这才斗胆逃出山来，准备回襄阳。求大人看在我老母生病的事上，饶了我吧，我没有杀过官兵，是给他们做饭的伙夫，当初也是他们强迫我入伙的。"

辛弃疾温和地说："你起来吧！念你是个孝子，只要你将茶商军里的情况如实告诉我们，我便在五日内放你回去。"

崔平听了，将头在地上磕得"砰砰"响，感激地说："长官的大恩大德我永生不忘！"

从崔平口里，辛弃疾得到了茶商军的最新消息。

茶商军现在盘踞在方高坪一带，他们防卫很严。其中方高坪上有一寺庙高云寺，据说是山峰的最高点，其上可观察到四周进山出山的路径。

辛弃疾得知这些消息后，召集众位文武官员说："诸位，我刚刚从抓捕的茶商军口中得到了一些消息，为摸清情况，我决定带着邹虎前去一探究竟。"

众官员听了，都为辛弃疾担心，认为此方案不可。

陈天麟说："辛将军，军中不可一日无帅！方高坪地处深山，人烟稀少，易守难攻，赖文政老奸巨猾，倘若有什么……"

辛弃疾连忙打断他："不入虎穴，焉得虎子？这个你不用担心，我带着邹虎和张忠两人就够了。我从小习武，若是碰到茶商军，正好练练拳脚。"

听辛弃疾说得这么轻松，陈天麟还是放不下心来，他说："要不我将敢死队带上？"

"万万不可！崔平说了，在方高坪的最高峰有高云寺，倘若是我带着十几人去，即使是分散了进山，他们也会看到，这样会打草惊蛇，让茶寇逃脱。我先去摸清楚情况，再派兵围剿，然后敢死队冲入他们的老巢，一举歼灭他们！就这样定了，不必多说！"

大家看到辛弃疾这样坚决，也就不再劝阻了。

山间小道，泥泞路滑，一位商人模样的人，带着两人匆匆行走在山道上，这是辛弃疾、邹虎和张忠。辛弃疾扮着商人，邹虎和张忠是仆人，他们两人身上各搭着一件虎皮和狗皮。山林里，除了一些不知名的鸟儿在欢快地叫着，在树枝上跳来跳去，路上不见一人。

山路越来越难走了，他们刚刚爬上一个山坡，往山上看去，只见前方不远处有一座石头房，房子前有一个招幡，上面书写着“茶”字。三人加快脚步，朝石头房子走去。

石头房子不大，是用石头砌成的。辛弃疾三人进了房子，见一老者坐在桌前，闭目养神，桌子上摆着一张八卦图。柜台后是一中年人，见有客人来，连忙迎了上来。

店主非常热情地说：“欢迎三位客官！请问你们用什么茶？”

辛弃疾问：“你这里有些什么茶？”

店主说：“客官别看我这店子小，这里各种名茶都有。红茶、绿茶、黄茶、黑茶、白茶、青茶，还有本地产的茯茶，也有秋季的菊花茶和桂花茶……”

辛弃疾说：“给我来一壶当地的茯茶吧！”

三人在八仙桌前坐定，辛弃疾环顾四周，见老者依然紧闭双目，一动不动。

店主将茶端上来了，辛弃疾说：“给那老先生也泡上一杯吧！”

那老者睁开双眼，辛弃疾扫了一眼，见他眼神犀利，似乎能洞穿人的五脏六腑。

老者说：“谢谢客官！你是客人，怎敢饮用你的茶？店家，把我的这个普洱茶饼拿去，给客人泡上一壶。”

店家还是给老者端去一杯茯茶，老者啜饮了一口，问道：“客官从哪里来？为何往深山老林里去？”

辛弃疾连忙站起来，面对老者躬身施礼：“回先生的话，我从北方来，来这里做毛皮生意。若先生不嫌弃，请与我们共饮，如何？”

老者来到辛弃疾的桌前坐定，说：“老朽归山道人，也从北方来，孤身一人，流落至此，以看相算命为生，混口饭吃，苟延性命。”

辛弃疾连忙抱拳说：“在此幸会老先生，真是三生有缘。此次我去山中收皮货，老先生能否指点一二？”

归山道人说：“看你行为举止，不像生意人。”

辛弃疾微微一笑，说：“先生怎么看出我不是生意人？”

归山道人：“把你的手给我。”

辛弃疾伸出右手，归山道人抓住右手，看了后，摇了摇头说：“你这可是书生的手啊！长期握笔手上都起了茧，哪是生意人的手！还有，你还是习武之人，你看这个地方的老茧！”

辛弃疾心中一惊，不动声色地说：“道人好眼力，我本不是生意人，是去临安赶考的一书生，姓李名无恒。岂料才疏学浅，名落孙山，无颜回家见父母，遂决定在山区贩些皮毛卖些钱，或许能发点小财，做官不也是为了发财吗？”

归山道人说：“是啊，殊途同归！可是，客官，难道你不知道最近湘赣不太平吗？大凡是生意人都绕道而走，而你却奔着这深山老林来，再看你的两位伙伴，像是行伍出身。”

辛弃疾哈哈一笑：“先生只说对了一半。不到深山老林，怎能买得到毛皮？至于说

到我，偶尔舞剑，也是为了防身。而这两位，是在下的两位家仆，他们从小就做体力活，哪是什么行伍出身？那么先生您呢，这深山老林中，会有人来看相吗？”

归山道人也哈哈一笑：“怎么没人？你不就是吗？”

店主这时出来了：“客官，普洱茶来了，请慢用！”

辛弃疾给归山道人倒茶，两人论起了茶道。看得出归山道人对茶叶很在行，倒是辛弃疾对茶了解得不深。

一壶茶喝完了，辛弃疾辞别归山道人，他的眼睛扫过归山道人时，看到了归山道人眼中的阴冷，也看到了归山道人耳后有一块指甲大小的红色胎记。

辛弃疾施礼道：“听君一席话，胜读十年书！道人博学多才，特别是茶道，令我茅塞顿开！”

归山道人：“世人若解茶之道，不羡仙人做茶人，这茶道高深着呢！客官这是要往哪里去？还想进山吗？”

辛弃疾：“是啊，去找找猎户，看能否买到一些毛皮。冬天快到了，或许能卖出好价钱。”

归山道人：“我劝客官还是别进山为好，秋后雨多，山高坡陡，泥泞路滑，草深林密，野兽经常出没，十分危险！”

辛弃疾：“谢谢先生的提醒！我就在附近转转、看看。”

归山道人问：“客官不会是官府派来的探子吧？在找茶商军？”

辛弃疾哈哈一笑：“老人家，你看我们像探子吗？我想探子恐怕没有这么大的胆子吧？”

归山道人也哈哈大笑：“也是！也是！”

辛弃疾结了账，走到门外，店主殷勤地送他们出门。

辛弃疾挥挥手说：“再见，两位！”

2

出了石头房不久，三人来到了三岔路口。

辛弃疾站在那里，不知道往哪条路走。张忠说走大路，邹虎说走小路，辛弃疾说三条路都要走。

他们三人先是走小路，拨开半人高的荆棘、杂草，艰难地朝前走去。

忽然，大路上传来嘈杂的声音，三人连忙隐入草丛仔细观察，发现大道上有一群人，有十多个，他们身强力壮，手里拿着弓箭刀叉，既不是兵士的装扮，也不是种田人的打扮。

其中一人说：“哪有什么人？连鬼影子都没见到！”

另一位说：“再找找吧！”

一群人朝着石头房子的方向走去。

张忠低声对辛弃疾说道："他们会不会是茶商军？"

辛弃疾没有出声，只是点点头。

等这群人走远了，周围安静了下来，他们继续沿着小路行走。翻过一座山头，远远地他们看到一座最高的山峰上，有一个黑点，再低头看看脚下，一条山道沿着山谷延伸，山谷两旁，是高耸的山峰。

辛弃疾："你们看，那个黑点大约是寺庙吧，如果是，那就是赖文政的老巢。"

邹虎："应该是的，我们只有占领山峰，扼住关口，一、二、三、四，有四个关口，引出茶商军，在关口一一歼灭。"

辛弃疾点了点头。

张忠忽然看见前面一座山的山腰有一木屋，有个人影在屋前晃悠。

辛弃疾说："我们去那座山看看吧，或许有意想不到的收获。"

三人急忙下了山，然后爬到了对面的山腰。

木屋不高，门前堆着一些劈开的木材，辛弃疾上前敲门："有人吗？"

木门吱呀一声开了，一位四十多岁的中年男子探出头："你们三位找谁啊？"

邹虎说："我们是路过此地的商人，想讨碗水喝。"

那男子打开了门："请进吧！"

三人进去，环顾四周，除了灶台、装水的木桶、一张床、几块木头做的凳子，什么都没有。

辛弃疾接过中年男人递过来的一碗水后，与他攀谈起来："我姓李，叫无恒。壮士贵姓，在这深山老林，靠什么为生啊？"

中年男子叹了口气，说："我叫赵石柱，有一老母住在山下。唉，本来是靠山吃山，靠水吃水。我在山中以打猎为生，然后到山下换点钱，奉养老母。自从茶商军来后，我猎的几张虎皮、鹿角都被他们抢去了。现在只能挖点草药下山换钱，你看，我刚刚换的一点粮食，昨天就被茶商军抢去了。"

辛弃疾："是吗？茶商军经常来你这里？"

赵石柱："也不是经常，偶尔路过这里，就把我这里吃的喝的都拿走了！在山下老听人说官府要来捉这些茶商军，几个月过去了，也不见他们捉到一人。茶商军不走，我就没好日子过。倒是那些茶农，他们都向着这些茶商军。客官，你们三人好大的胆子，敢进山，倘若是碰见茶商军，被捉住了，当成官兵的探子，怕是活不成了！"

辛弃疾说："我们是收购皮毛的商人，远远地看见你的屋子，就过来了。原指望能收到一两件兽皮，看来在你这里也收不到了。不过我先放点定金在你这里，下次来你给我一些兽皮，什么兽皮我都要。"

张忠连忙递上两百文钱，赵石柱一看连忙摆手："客官，这太多了！"

辛弃疾说："你收下吧！以后我们要长期来你这里收购，还要在你这里落脚吃住。"

赵石柱欢欢喜喜地收下了，说："三位客官，天色已晚，你们下不了山，就在我这里吃晚饭，歇息一晚上，明早再赶路。"

三人答应了。

赵石柱出去了，约莫两个时辰回来了，带回一只野兔子、一些野菌类的菜。四人边吃边聊，辛弃疾很快就和赵石柱称兄道弟了。从赵石柱口里，辛弃疾了解到了周围的许多情况。

第二天一大早，辛弃疾三人要下山了。

赵石柱说："兄弟，我带你们下山，从你们来的那座石头房子边的林中，有一个溶洞可以下山，这条路近了很多。此溶洞一般人都不知道，我将洞口遮盖住了。还有，你们可别小看了那间石头房子，在那里，那条路上什么人进山，什么人出山，都会看得清清楚楚。"

辛弃疾："那就谢谢赵兄了！"

赵石柱果然对这段路熟悉，他带着辛弃疾走小路，不一会就到了石头房边的林子里。

辛弃疾说进去看看归山道人。

赵石柱听了，说："是那个看相算命的老者吧？怪得很，他有时候话很多，有时候一言不发，仿佛换了个人。"

辛弃疾说："是吗？我们一起去看看吧！"

四人进了石头房子，店主见是辛弃疾来了，非常热情。辛弃疾说不喝茶，就进来看看，以后进山再来喝茶。见归山道人在那里闭目静坐，辛弃疾忙打招呼："归山道人好！"

归山道人睁开眼睛，点点头，不说一句话。

见归山道人不想搭理自己，辛弃疾便和店主告辞。

赵石柱带着辛弃疾三人走不多远，就拐进了一座树林，路越来越难走了。

赵石柱说："走这个溶洞也可以不走这石头房子，一会我告诉你们怎么去我那里。"

绕过一块大石头，在凸出的石头下，长着一蓬草，草的旁边，盖着一大堆枯枝和腐败的叶子，只见赵石柱拖开树枝，一个能容两人的洞口露了出来。

赵石柱说："别看这洞黑乎乎的，你进去后就有光亮了。"

邹虎和张忠先进去，接着辛弃疾也进去了，赵石柱最后一个进去，他探出身子用树枝将洞口盖好。

四人摸着石壁走了一会儿，果然见一线亮光从上面射进来。

赵石柱用火镰打着火，燃着火把继续往前走。溶洞很大，不时有光线射进来，洞内潺潺溪水叮咚地流着，不时有受惊的蝙蝠飞起来。

不一会儿就来到了一座空旷的溶洞内，洞内能容三百人左右，这里还有一眼泉水在汩汩流淌。

赵石柱将他们带到一个黑乎乎的小洞口前："你们看这个小溶洞，别看是黑乎乎的，从这里进去，就不经过石头房子，能直接到我对面山的山脚。以前我每次上山回来，路过石屋，第二天就有茶商军去我那里将油盐和米拿走了。后来我从这个溶洞走，他们就没来拿我带回的东西了，所以我现在下山上山都从这个洞里走。"

辛弃疾将头探进去看了看，一股潮湿的霉味扑鼻而来。张忠进去试了试，仅仅只能容身一人。

四个人又继续前行，不久就出洞了，洞口在一座坟墓的后面，这里依然是杂草丛生，腐败的叶子发出难闻的气味。

辛弃疾出了洞口，环顾四周，这里是一座坟山，或许是年代久远了，坟墓都成了低矮的小土包。

赵石柱看看周围，说："这里是乱坟岗，很少有人来这里，你们穿过前面的树林，就到了赵家湾，不多远就有官道了。"

辛弃疾三人辞别了赵石柱，按照赵石柱所指的路径下山了。

回到吉州大营，已经是掌灯时分，将士们听说辛弃疾三人平安归来，欢欣鼓舞。

辛弃疾让人将崔平带上来，亲自打开他脚上的脚镣，说道："崔平，你为我们剿灭茶商军提供了信息，这是第四天，念你孝心可嘉，又逃离了茶商军，你现在可以回家了。"辛弃疾转过头来，吩咐道，"给崔平回家的盘缠！"

崔平一听，连忙跪在地上，泪流满面，说："感谢大人的不杀之恩，感谢大人，感谢大人……"

崔平走后，辛弃疾顾不得吃饭，连忙召集官员，部署战略。

辛弃疾："诸位，这四天的时间我带着邹虎和张忠去了山里，摸清楚了山里的具体地形，以及茶寇的活动范围。现在，正逢雨季，我们要做的事情是，派出大部队围住茶商军活动的范围，所有的人只准进山，不准出山，大部队要和当地的乡丁一起，将茶商军的活动区域，围得水泄不通，迅速缩小包围圈。请记住，一定要乡丁配合，他们熟悉地形地势，你们不可以刚愎自用，贸然出击。我带着敢死队冲向赖文政的老巢，三百弓箭手紧随我们后面。大部队要占领四座山峰，扼守住山谷。六天之内在郴州、贵州招募弓箭手三百，违反军令者立即处斩！"

3

六天后，招募的弓箭手全部到齐。

按照辛弃疾的部署，赣州士兵配合乡丁扼守各处要道；荆鄂官兵尾随其后，乘茶商军疲惫之际出击；三百弓箭手紧随十九名敢死勇士之后，次日辰时出发！

辛弃疾带着十九名勇士以及黄倬等人，从溶洞迅速进入赖文政盘踞的地带。

当赵石柱打开门看到一身戎装的辛弃疾，哆嗦着说：“兄……兄弟……不，将军，你……你是官府……”

辛弃疾看着一脸惊愕的赵石柱，拍了拍他的肩膀：“赵兄，是我，剿灭了茶商军，我为你请功！我们沿着你带的那个溶洞到了这里，现在还请你做向导，带着我们前往方高坪。”

赵石柱看了看辛弃疾周围的士兵，连声说：“是！是！是！”

辛弃疾说：“要避开和茶商军的正面冲突，减少官兵的伤亡。”

赵石柱说：“好！好！我带你们走小路，穿溶洞，不过花费时间可能要长些。”

辛弃疾说：“没关系！”

……

现在，大部队在收拢圈子，茶商军与官兵遭遇后，打了几仗。由于官兵占据了山峰，居高临下，取得了地形的优势，敢死队引诱茶商军出击，弓箭手随后射击。待茶商军疲惫不堪时，大军围攻。几仗下来，茶商军惨败！他们只剩下两百余人，丢下一些尸体和伤员，连忙逃回了方高坪。

连日的围山，茶商军的粮食日渐减少，估计维持不了几日。

辛弃疾带着敢死队和弓箭手已逼近了高云寺，钱之望带着士兵紧随其后。

形势虽然对茶商军越来越不利，但是，茶商军的优势在于他们采取游击战。官兵几百人围住的可能也就是一两人，说不定会从哪里射出来一些箭矢射中官兵！

此外，茶商军占据着高云寺的有利地形，这里只有一条通道上去，官兵很难攻破。而官兵因为连日的围剿以及战斗，加之连日的秋雨，粮食的供给也只能用人工运输，很多官兵因受凉开始发烧了。

为速战速决，辛弃疾决定只能智取。

黄倬主动请缨，去做说客。

高云寺内，茶商军伤病员躺在冰冷的地上，痛苦地呻吟着，一些伤员因为又冷又饿，加上没有药物治疗，成了一具具冰凉的尸体。

大殿内，一精瘦的老者正与三位头目商量对策，忽然有军卒来报：“报！官府有信使一人来到！”

坐着的老者一怔，说：“带上来！”

军卒带着一人上来，解开蒙在眼上的黑布，原来是黄倬。

黄倬睁开眼一看，见一精瘦老头模样的人坐在中间，旁边有三人，还有一人与坐着的精瘦老人长得一模一样。

黄倬施礼后，说："辛帅帐前行军参议黄倬前来拜会赖先生！"

那坐着的精瘦老人问："你是辛弃疾派来的？"

黄倬说："是，辛帅带来一封信。"

站着的精瘦老人走来从黄倬手中接过信，递给坐着的老人。

坐着的老者看了后问："你们辛帅派你来劝降？"

黄倬说："是！我们的官兵已经将你们装入了布袋子，没有粮草你们能撑多久？何况，你们只有区区两百残兵，如何能抵抗辛大人几万人马？"

老者哈哈一笑："你们别太自信了，我的兵士以一当百，进山的路只有一条，你们能进来吗？"

黄倬说："我们不进来，也能困死你们。辛帅仁慈，恐两百生灵涂炭，让我黄倬进山劝降，若你们能识时务，可保你们不死！"

老者朝天哈哈大笑，声带凄凉："倘若真能保我两百士卒的性命，我可考虑降与不降，不过，我要再派一人下山去讨实口信，就委屈你两日。"

他们将黄倬捆住手脚，蒙上眼睛，关进了高云寺边的柴房。

高云寺大殿内，一精瘦老者对另外一精瘦老者说："赖将军，请你将我的人头割下，让我们的人带下山，您就从后山逃走吧！我刘四不过是一个炸油糍粑的，得到大帅的赏识，待我如兄弟，我命贱，不值钱！"

其他几个头目也齐声说："大帅，你逃走吧！"

赖文政走到刘四跟前，抚摸着刘四的肩膀说："兄弟，你已经帮我很多了，我感谢你都来不及，怎能做那不义之人？官逼民反，民不得不反，倘若是朝廷体恤百姓，国泰民安，谁愿意走上这不归之路呢？兄弟，倒是你要逃走，他们若是抓住你，看你和我一样的相貌，怕漏掉真正的赖文政，会杀死你的。你走吧，不要白白地搭上一条性命！你还有儿子，不像我，孤身一人。吴昕，给刘四盘缠、干粮，送他去后山山洞藏匿，等过了这风头，再下山。官兵将山围了，倘若被官兵他们抓住，你就活不成了。"

刘四跪在地上叩头致谢，离开了大殿。

赖文政将那几个头目带到高云寺内的大殿，对坐着的众人说道："诸位，我赖文政受大家抬爱，带着大家走茶道。如今官府逼着我们投降，倘若是能用我一颗人头换得大家的性命，我赖文政值得。数月来，我带着大家在山林间躲避迎战，让大家受苦了，还有那些战死的兄弟……"

赖文政哽咽着说不下去了。

"我，一个垂暮老人，死不足惜！可是你们还很年轻，不能在这条道上走到黑。历来是民不和官斗，我们是被逼着和官斗啊！倘若辛弃疾说话算数，能保你们的性命，我们就降了吧！"

“不，我们死也不投降，二十年后还是一条汉子！”有的士兵说。

赖文政摇了摇头，说：“不可，山上的粮食只能维持三天了，就是不降，官兵也会围着将我们饿死！”

有几个头目朝赖文政点点头。

赖文政说：“徐益民，你带着我的书信下山，见机行事！”

徐益民：“是，大帅！”

徐益民带着赖文政的亲笔信下山了。

士兵带着徐益民来到钱之望的营帐。

钱之望问：“所带何人？”

徐益民回答：“小人乃是赖文政大帅手下的徐益民，赖元帅带来一封亲笔信。”

卫兵递上信笺，钱之望接过后递给了辛弃疾。

辛弃疾很快就阅完了，说：“你回去后给你们赖将军说，若是肯降，我饶你们全体不死；若是不降，我们立即攻打高云寺！”

徐益民说：“谢不杀之恩，降与不降由我们元帅定夺。”

辛弃疾说：“最好是赖将军亲自下来与我们谈。”

徐益民说：“好，我这就回去复命！”

赖文政听了徐益民转述辛弃疾的话，心中冷笑，但是为了两百属下的生命，他决定下山请降。

赖文政悲情地说：“诸位兄弟！我这就下山了，只要能保住兄弟们的性命，我赖文政就是千刀万剐也值得，保重了！”

两百多茶商军一齐跪在地上，力劝赖文政不要下山，说下山就是送死：“大帅，千万不可！我们宁愿和你一道在这山上战死，就是自刎，也比投降好！”

赖文政眼睛看着远处的天空，悲怆地说：“人，总有一死，不过是迟早之事！我意已决，你们不必多说。我下山后不久，官府肯定会派人来送我的亲笔信，你们见信后下山受降！来生，我们还是好兄弟！”

赖文政让头目放出黄倬，他们一同下山了。

辛弃疾与赖文政一见面，两人都是一怔，随即哈哈大笑。

辛弃疾亲自为赖文政倒茶：“归山道人可真是高人啊！我们又见面了，这次我辛某用普洱茶招待先生！”

赖文政：“将军真是艺高人胆大啊！不愧当年的英雄美名！”

辛弃疾：“先生也是一世英雄，不过是走错了道！”

赖文政："辛大帅此言差矣，何为道？"

几个人都看着赖文政。

辛弃疾："反朝廷者就是逆道而行！"

赖文政哈哈一笑，说："顺民意者才为道，看看我们如今的山河，满目疮痍，官府苛捐杂税繁多，贪官们想着的不是如何去收复山河，而是盘剥百姓，可是百姓也要一条活路啊！百姓奔的这条活路，就是道！"

辛弃疾心中颇为赞同赖文政的看法，但是嘴上却说："你们反叛朝廷，对抗官府，便是逆道！"

赖文政："好了，辛将军，我们不说这些！我关心的是我那些兄弟们的性命，他们也是贫苦的百姓，不过是活不下去了，想寻一条生路，见贩茶有钱可赚，便走茶道。岂料被官府逼着在鄂、湘、赣藏匿，本没有反叛朝廷之心，又哪有反叛朝廷之行？"

辛弃疾点点头，说："好！不说这些。只要你的兵士肯降，我可饶他们不死，你写封亲笔信，让他们投降吧！至于你……"

赖文政笑了笑说："大丈夫立于天地之间，无惧生死！只要你保全我那些兄弟们的性命，我赖文政死不足惜！"

辛弃疾说："只要他们肯归降，我全都不杀。"

赖文政让辛弃疾拿来纸笔，他写了一封信，让徐益民带着茶商军下山投降。

连日的雨后，天放晴了，高云寺的茶商军们最后的一点粮食也吃完了，他们也下山了。

山道上，茶商军们衣衫褴褛，没受伤的士兵搀扶着受伤的士兵，一同在泥泞的山路上艰难地走着。惊飞的鸟儿飞向天空，不知道是哪个士兵说了句"好想回家"，一时间，众人泪流满脸，有年轻的士兵甚至哭出声来。

徐益民大吼了一声："大丈夫有泪不轻弹！"可他自己已是哽咽着说不下去了。

下了山，到了钱之望的兵营前，茶商军们都缴了刀枪，他们要求见赖文政一面，辛弃疾应允了。

赖文政戴着脚镣手铐在辛弃疾的陪同下，走到茶商军的面前。赖文政的眼睛里含着笑，朝他的兄弟们望去，彼此除了用眼睛交流，不曾说一句话。

至此，不到三个月的时间，辛弃疾将茶商军全部捕获。

不久，朝廷下旨，将招抚的茶商军押送江州编管。这次围剿中，所有的立功人员都列具名单，朝廷予以嘉奖。各路军马回到各路驻地。

辛弃疾将围剿中的立功人员列入名单，特别提到陈天麟在围剿茶商军过程中，不但是供给及时，同时也出了不少的计谋策划；此外，黄倬、钱之望以及十九名勇士在这场战斗中的英勇也应给予嘉奖；还有要奖赏有功的乡丁、猎户等有关人员。

遣散了各路军队后，辛弃疾只留下一百五十人，押送茶商军到江州。当船快到江州时，辛弃疾命人将赖文政带到一僻静处处斩，陪同斩首的还有几名头目。

黄倬知道后赶去劝阻道："辛帅，你说过不杀他们一人的，你杀赖文政还情有可原，可杀那些头目岂不是不守信用吗？何况朝廷没让杀他们。我上山劝降，也保证过不杀他们的！"

辛弃疾叹了口气说："本该是这样，俗话说斩草要除根，倘若不杀他们，我怕一遇合适的时机，他们又聚众闹事。我就做一次背信弃义之人吧！真的是没有办法。敢为头目者必有过人之处，我不敢大意！"

黄倬见劝阻不住，便沉默不语。

赖文政等被斩杀后，就地掩埋。

在船上的茶商军们听说赖文政等被杀，心中默默流泪，却又不敢有何举动，怕危及自己，性命难保。

到江州后，茶商军一部分被编入鄂州都统制皇甫倜的军队当中，另外一部分被遣送回家。

至此，用了不到三个月的时间，辛弃疾就将茶商军平定了。

4

闰九月下旬的一天，孝宗宣叶衡等辅宰大臣等人上朝，共同会商奖惩搜捕茶商军过程中立功和失职的人员。孝宗对大臣们说道："辛弃疾捕寇有方，当议优于职名，以示激劝。"会商的结果，辛弃疾仍然留在江西提刑任上，另加一个职名：密阁修撰。

此外，黄倬、陈天麟、张忠等都得到了嘉奖。

对贾和仲的贬谪，早在七月，赵昚就宣叶衡等商议过了。

赵昚说："贾和仲去收捕小寇乃失律如此，假若有大敌又该怎样呢？不杀他不能警示其他将领。"他想了想，又觉得不妥，"朕如果将贾和仲军法处置，觉得不妥，他的罪名是轻率进兵。朕观汉唐以来将帅被诛，皆是因为逗留不进，或不肯执行朝廷的命令。现在贾和仲是轻敌冒进，杀了他，朕怕以后将士们临敌退却。等抓捕到茶寇，另当处罚。"

茶商军灭后，被贬职的官员有：明州观察使、江南西路兵马总管贾和仲除名勒停，送贺州编管；隆兴知府王大猷降充集英殿编修，已降龙图阁待制；皇甫倜也被贬官。

从这时候开始，辛弃疾在江西正式履行提刑的职责，审问囚徒、详复案牍、巡视州县，刺举官吏。

这天，完成一天的公务后，辛弃疾坐在书房里，重读九月份叶衡寄来的信，那时，他正在加紧追捕茶商军，没有时间回信，叶衡罢相让辛弃疾的压力更大了，因为他是叶衡推荐来围剿茶商军的，他必须把这件事情做好，否则，对叶衡可能不利。而这次叶衡罢相，也正是因为叶衡荐人引起的。

原来，孝宗想要回河南先帝的陵寝之地，打算选派一使者前去做说客。孝宗与叶衡商量，叶衡说谏官汤邦彦有口才，能胜任此任。而汤邦彦认为这是个苦差事，他问是谁推荐他去的，孝宗告诉他是叶衡推荐的。汤邦彦认为叶衡在排挤他，和他过不去，便诬告叶衡在背地里说皇帝的坏话。孝宗听后，心中十分生气，就将叶衡罢了相，责授为安德军节度副使，于郴州安置。

伴君如伴虎！辛弃疾想，皇帝总是以自己的喜乐来左右朝政，国家能治理好吗？

不久，陈天麟也被人参了一本，刚被嘉奖不久，又被贬官。辛弃疾在一次酒宴上为他题了一首《满江红·赣州席上呈陈季陵太守》：

落日苍茫，风才定、片帆无力。还记得、眉来眼去，水光山色。倦客不知身远近，佳人已卜归消息。便归来、只是赋行云，襄王客。

些个事，如何得？知有恨，休重忆。但楚天特地，暮云凝碧。过眼不如人意事，十常八九今头白。笑江州、司马太多情，青衫湿。

词中，辛弃疾对陈天麟极尽安慰，宦海仕途，让辛弃疾见识到了残酷的一面。

辛弃疾带着判官罗愿治等巡视赣州西北部，这天，他们来到了郁孤台。

郁孤台在贺兰山顶，是一处登临胜景，位于赣州府治的西北隅，其右隆阜特起，为文笔峰，绵延往东，是白家岭。郁孤台始建于唐代，曾经有人在山顶筑高台为登眺处，以郁然孤起而得名。登上郁孤台，山光水色尽收眼底：绵延的群峰山势孤峭，山上树木葱茏，山下赣江水蜿蜒流过。唐代虔州（赣州）刺史李勉曾登台北望，将郁孤台更名为“望阙”。宋绍兴十七年（1147 年）赣州知州曾慥增创二台，南边叫郁孤台，北边叫望阙台。

此时，辛弃疾站在郁孤台上，眺望远方，叹了一口气说：“当年苏东坡被贬惠州，在虔州逗留期间，写下了《过虔州登郁孤台》。”

罗愿治：“是啊，开篇便是‘山为翠浪涌，水作玉虹流’，写下了这里的美景。”

辛弃疾：“四十多年过去了，当年的疮痍依然随处可见！”

原来，南宋初年，金兀术带领金兵大举侵宋，江淮一带的百姓和皇室南迁，他们纷纷涌进吉州，当金兵攻入吉州境内时，那些护送皇室的官兵一溃而散，纷纷逃进山间做土匪，干起打家劫舍的勾当，成为赣、吉一带百姓痛恶的大患。

罗愿治也叹了一口气，说：“是啊，家仇国恨都在这片大地上留着呢！”

一行人静静地站在郁孤台上，只见赣江水缓缓地流淌，树林间鹧鸪声声，随从李石吟诵着李白《秋浦歌》中的“正西望长安，下见江水流”。罗愿治也接着吟诵杜甫的“云

白山青万余里，愁看直北是长安”。

辛弃疾长叹一声，随口吟诵：

> 郁孤台下清江水，中间多少行人泪？西北望长安，可怜无数山。
>
> 青山遮不住，毕竟东流去。江晚正愁余，山深闻鹧鸪。

罗愿治听后，说：“提刑大人的词让我想起了杜甫的《春望》。”

辛弃疾说：“是啊！‘国破山河在’，不知我大宋何时能收复中原？”

李石说：“会的！有辛大人这样一批爱国的勇士，我们一定会收复中原！”

几天后，一行人路经万安县造口镇，在路边的一座绝壁前，他们停了下来，辛弃疾赞叹道：“真是鬼斧神工，这是一张天然的石头纸笺！”

罗愿治说：“辛大人何不将你前日吟诵的《菩萨蛮》书写在这壁上呢？”

李石也说：“是啊，有辛大人的词书写在这壁上，那真是锦上添花了。”

早有官员从书囊里取出了笔墨，一阵墨香飘过，墨磨好了。辛弃疾拿起笔，后退几步，看了看绝壁，再上前，他站在绝壁前，用满腔的激愤和爱国热情，将《菩萨蛮》题写在造口的绝壁上。

第十七章

用铁的手腕处置盗贼，以率直的个性和军中恶势力争斗，却不料也伤到了自己。

聚散匆匆不偶然。二年遍历楚山川。但将痛饮酬风月，莫放离歌入管弦。

萦绿带，点青钱。东湖春水碧连天。明朝放我东归去，后夜相思月满船。

——《鹧鸪天·离豫章别司马汉章大监》

1

淳熙三年（1176年）秋冬之交，周孚得知辛弃疾调任京西转运判官，便为他写了一首诗：

孤鸿茫茫暮天阔，问君章贡何时发？
去年不得一字书，今日又看千里月。
向来人物推此邦，至人不死惟老庞。
请君剩酿葡萄酒，为君酹渠须百缸。

辛弃疾接到这首诗后，心中对周孚颇有愧疚。去年忙于围剿茶商军，将朋友之情忽略了。才一年的时间，朝中的变化太大，叶衡不仅被皇帝罢相，而且一贬再贬，从建宁知府到郴州团练副史，实际上是被流放到偏僻的湘南。当初弹劾叶衡的汤邦彦，出使金国时，面对两旁林立的刀枪剑戟，吓得双腿直打哆嗦，见了金国国主，竟然连一句话都说不出来。回到临安后，汤邦彦被孝宗贬到新州编管。那些排挤叶衡的主和派，乘机上奏朝廷，叶衡连续被贬。

回到朝中的辛弃疾感到了物是人非。按理说他升官了应该高兴，可是他没有丝毫的喜悦。京城的转运判官是被重用的官职，因为临安的货物运输主要依靠船只，所以漕运显得十分重要。转运衙门的长官为转运使、转运副使和判官。

辛弃疾来到府衙报到，碰到正要外出的转运副使吕搢，吕搢长得高高大大，一脸的和善，还没开口笑容便堆在了脸上。

吕搢问："你是新来的……"

辛弃疾回答：“在下是辛幼安。”

吕搢热情地说道：“果然是你！”他急忙领着辛弃疾走到他的桌前坐下，倒了一杯茶：“我一看就是你，高大威武，走路虎虎生风！”

辛弃疾啜了一口茶，笑着问道：“请问你是？”。

吕搢说：“在下是转运副使吕搢，将与你共事。”

辛弃疾说：“今后还请你多多提携！”

吕搢：“你不要那么客气，对了，你还没有去拜见转运使吧？你去吧！出了门往前面走，那里有个牌子。”

辛弃疾谢了谢吕搢，说改日请他吃饭。

没等到辛弃疾请吕搢吃饭，吕搢先宴请辛弃疾了。

辛弃疾在家中穿好衣服，对范子钰说：“子钰，今天同僚吕搢宴请我，还有同僚吕正己等，你和我一起去吧！”

卿卿跑过来，说：“我也要去！”

辛弃疾将目光投向范子钰，范子钰微微一笑说：“一起去吧，倘若是酒席上要献歌舞，我们家没有卿卿的歌舞，岂不是太没面子了？”

卿卿欢欢喜喜地去换了衣服。

三人坐着马车去了吕搢的家，其实路程也不远，就隔着几条街。

门童将辛弃疾、范子钰和卿卿领进客厅，有几位客人已经到了，他们依次和辛弃疾施礼。吕搢热情地迎了上来。不一会儿，吕搢的妻子也出来见过客人。她娇小美丽，未开口就笑意盈盈，声音甜美，热情地招待客人。

辛弃疾环顾四周，不见同僚吕正已，问道：“吕大人怎么没来？”

吕搢的妻子笑着说：“他住得不远，大约开席了就会过来。”

众人都会心一笑，辛弃疾有些不解。

吕搢对辛弃疾说道：“你不知道，他是有名的惧内，大约现在正对着内人求情说好话呢！”

辛弃疾明白了。

果然，快开席时吕正已进来了，大门外似乎还传来一位妇人的骂声。

吕正已搔了搔头，不好意思地朝众人笑笑。

酒宴中，诗、词、酒一浪高过一浪，吕搢家蓄有很多歌伎舞女，她们被吕搢的妻子调教得很好，表演更是令人赞叹。卿卿也献了歌舞，她婉转的歌喉，优美的舞姿让众人啧啧称好。

一晃，冬月和腊月就在众人相互宴请中过去了，辛弃疾在这种伴着歌舞的宴饮中深感不安，但是大家都如此，他也只好入乡随俗，自己也宴请了好几次同僚。

正月，更是宴请的日子。

这天，吕摺宴请众人，吕正已从府衙径直去了吕摺家里。

吕正已的妻子周香梅听说丈夫又去了吕摺家,想到有那么多美貌的女子在席间相伴，她怒火烧胸，叫了一乘软轿赶到吕摺家，堵在吕摺家大门口，大骂吕正已。

吕正已见妻子已闹到人家的大门口，连忙退出酒席，乖乖地跟着妻子回家了。

回到家的吕正已对妻子说：“你看，我在吕摺家里吃酒，你赶去痛骂，让我好没面子！大家都是官场之人，你这样做，别人会看不起我。”

周香梅自知理亏，说道：“你请他们来我家吃酒，我亲自下厨，我也能做得一桌好菜！”

吕正已见妻子这么说，心中十分高兴。

这次是吕正已破天荒地在家中宴请同僚，以前吕正已总是在酒楼宴请。原来吕正已的妻子周香梅看见很多官员娶妾纳小，蓄养歌伎，她害怕吕正已也像他们一样，于是严格控制吕正已外出参加酒宴，家中更是不留长得漂亮的侍女。

众官员听说吕正已的妻子亲自下厨，颇觉吃惊，纷纷接受了邀请。

吕摺、辛弃疾和五六位同僚来到了吕正已家，周香梅笑脸相迎，亲自下厨做菜。她做的菜还真的很有特色，众人吃得高兴，纷纷夸奖周香梅。

吕摺说：“没想到嫂夫人的菜做得这么好，我敬你一杯！”

周香梅笑嘻嘻地说：“谢谢夸奖，以后你就多来我家吃饭！”

吕摺说：“一定！一定！”

辛弃疾说：“这菜，色味香俱全，让人赞叹，我也敬你一杯！”

周香梅很开心地说：“那你就多吃点！”

其他官员也纷纷夸奖周香梅的厨艺好。

吕摺看着吕正已开玩笑说：“菜有好菜，酒有好酒，可惜就是少了歌舞的乐趣，吕兄家连个唱曲的侍女都没有！”

吕正已歉意地嘿嘿一笑。

周香梅一听，忙说：“这有何难，我去叫我家小闺女娇娇，她颇通音律。”

吕正已一听，连忙去阻止周香梅。

周香梅将眼睛一瞪，甩开吕正已拉着她的手，从内室拉出一位妙龄女子。

只见那女子十七八岁年龄，肤色白皙，一张瓜子脸上双目顾盼生情。当她将眼睛扫向辛弃疾时，两人如触电一般，辛弃疾忙低下了头。那女子脸上也霎时泛起了红晕，更是如桃花般的艳丽。

吕正已喝住女儿：“娇娇，回内室里去，这成何体统！”

周香梅说：“几位大人都是你的同僚，又不是外人，小女娇娇唱段曲子有什么不妥？

唱，娇娇，唱你最拿手的曲子！”

娇娇向众位官员行了礼，婉转地唱了起来。

辛弃疾看着娇娇苗条的身材，婀娜的身姿，百灵鸟般的歌喉，心中暗自赞叹：好一个丽人！

娇娇嘴里唱着曲，眼睛看着高大英俊的辛弃疾，爱意顿生，多情的目光总是投向辛弃疾。倒是辛弃疾不好意思起来，不时低下头避开娇娇的目光。

众位官员纷纷赞叹吕正己养了一个才貌双全的女儿。

这场酒宴大家兴尽而归。

酒宴之后，吕正己家却闹得不可开交。

娇娇对辛弃疾一见钟情。客人都走后，她进了吕正己的书房：“父亲，我要嫁给今天酒席上的那位辛判官！”

吕正己训斥道：“你今天出来唱曲儿就不成体统了，别的休想提！”

娇娇撒娇说：“我就要嫁给他，若不嫁他我就去死！”

吕正己生气地说：“你别拿死来吓唬我，世上好男子多的是，他一个有了家室的人有什么好？而且他家里家伎小妾估计有不少，你一个黄花闺女去给人家做妾，我不答应，你休再提！”

娇娇哭哭啼啼地去找周香梅。

周香梅听了女儿要嫁给辛弃疾的话，点了点头：“那辛判官不错，一表人才。”周香梅擦去娇娇脸上的泪水：“娇娇，别哭，我们去找你父亲。”

吕正己见娇娇带着周香梅进了书房，便阴沉着脸不理她们。

周香梅：“你这个老东西，你说那辛判官有什么不好？人家文武双全，又年轻英俊，正好配我家娇娇！”

吕正己：“你这不是胡闹吗？他已经三十八岁了，有妻子儿女，我们家一个黄花闺女怎么能嫁给他？”

周香梅：“怎么不能嫁，不就是去做妾吗？那不过是名分，我们家娇娇年轻貌美，他疼的爱的还不是我家娇娇？”

娇娇见母亲帮着自己说话，哭得更厉害了，见父亲还不答应，装着要撞墙的样子。无论周香梅怎么威逼，吕正己还是不答应。

娇娇这次真的一头朝墙上撞去，头破血流。

周香梅大呼小叫，撕扯着吕正己，说母女俩要一起去死！

不得已，吕正己怕真的出人命，只好答应了。

周香梅亲自去找吕擢，要他向辛弃疾提亲。

吕擂虽然觉得此事荒唐，但想到自古美女爱英雄，辛弃疾文武双全，且在官场上有高升的趋势，若玉成这件事，也是仕林中的一件风流韵事，于是就答应了。

在辛弃疾的案前，吕擂拍着辛弃疾的肩膀说：“辛判官，好事来了！”

辛弃疾莫名其妙，问：“什么好事？”

吕擂：“吕正已就要做你的岳父了！”

辛弃疾急了，说道：“这种事不可瞎开玩笑！”

吕擂：“吕正已的女儿娇娇对你情有独钟，死活要嫁给你，你说是不是好事？”

辛弃疾连忙拒绝：“不可！不可！人家是黄花闺女，貌美如花，怎肯做妾？我又岂能让她给我做小！”

吕擂哈哈一笑：“人家不介意，你又何必拒绝？”

辛弃疾急了：“真的不行！我妻子也不会答应。”

吕擂：“男人嘛，娶个三妻四妾是正常不过了，她若是不答应，你就休了她！”

辛弃疾：“我宁愿不娶，也不能休了子钰！”

吕擂见辛弃疾认真了，笑着说：“给你开个玩笑！俗语说‘糟糠之妻不下堂’，我深知你和子钰的感情。这样，你就答应娶了娇娇，我也好回话。人家可是找上门来的，又是门当户对，有什么不妥？你无非是怕子钰不答应，你本来已经有一个卿卿，一个和两个有什么区别？你多磨几天她就答应了。”

辛弃疾说：“我回去试试看！”

辛弃疾心中十分欢喜，凭空掉下一个美人，而且对他情有独钟，他怕的是子钰不答应。

果然，范子钰一听，就拒绝了：“幼安，你想想，周香梅那么凶悍，她能调教出什么样的女儿？你只看她现在年轻貌美，若是娶回来闹得全家不得安宁，如何是好？”

辛弃疾说：“子钰，你我见过娇娇，她不像她母亲，再说娇娇的母亲也是怕吕正已在外拈花惹草，纳小娶妾。”

范子钰不高兴地说：“哦，她怕她丈夫纳小娶妾，却把自己的女儿送给人家做妾，天下哪有这样的母亲，我不答应！”

辛弃疾：“子钰，你看看周围，哪个男人不是三妻四妾，这么多年来，你在我心中始终是第一的位置。这次是我的上司请人来提亲，若是不答应，我怕以后相处会尴尬。”

范子钰还是不答应。

辛弃疾软磨硬磨，范子钰总算答应了。

正月十八，辛弃疾将娇娇娶了回来，婚礼很热闹，临安的文人墨客、达官要人都争相送礼，想看看辛弃疾有什么本事娶得这个美貌女子！

范子钰脸上挂着笑操办着婚礼，心里却是酸溜溜的。

转眼到了二月，一天，吕撝又宴请同僚。吕正已没有回家，办完公事后便径直去了吕撝家中。

周香梅在家等着吕正已，却不见他回来，四处寻找，打听到吕正已在吕撝家吃酒，连忙赶到吕撝家，见大门紧闭，使劲拍打。门房见是周香梅，知道开门后又要辱骂吕正已，便不开门。不想周香梅一时气急，翻过院墙径直闯进客厅，去打骂吕正已。吕撝连忙阻挡，拉扯之中，头上的官帽被周香梅打坏了！

吕正已只好跟着周香梅灰溜溜地回家了。

这件事不久传到了孝宗赵昚的耳中，他觉得此事有失体统，十分生气，当即下旨将吕撝和吕正已削官贬为平民！

辛弃疾带着娇娇去岳父家安慰吕正已，见岳母周香梅懊悔不已，辛弃疾劝慰她别太在意这件事，说伴君如伴虎，连宰相叶衡说罢官就罢了。

吕正已叹了一口气说：“我最对不起的是吕撝，是我连累了他。”

辛弃疾说：“都过去了，塞翁失马，焉知非福？”

吕正已无声地点了点头。

2

才不过四个月的时间，辛弃疾又由京西漕差调往江陵府，兼湖北安抚使。

范子钰依然在临安居住，辛弃疾本想将吕娇娇留在临安，无奈她叫嚷着要跟着去，想到新婚不久，范子钰也劝辛弃疾将娇娇带去江陵府，随同去的还有卿卿。

不日，辛弃疾到了江陵，安顿好家眷后，便开始行使他的职责。

江陵府这几年来颇为头疼的是盗贼四起，盗窃是屡禁不止，百姓防不胜防。辛弃疾深入调查后，决定亲自审理盗贼。

这天，辛弃疾接手了一桩盗窃案。

偷盗者是两个惯盗，专门从事偷牛的勾当，而牛又是百姓种田的命根子。两个惯偷从潜江盗得两头耕牛，准备行水路到公安卖掉。不料在途中被捕快抓到，关进了大牢。

辛弃疾提审二名盗贼：“下面跪着何人？”

盗贼甲：“贱民李二磙。”

盗贼乙：“贱民张发财。”

辛弃疾厉声问道：“你二人可知何罪？”

二人连忙磕头：“贱民知罪，不该偷盗耕牛。”

辛弃疾又问：“你们这是第几次犯案？”

李二磙：“第……第一次。”

辛弃疾眼睛一瞪："嗯？"

张发财："第二次。"

辛弃疾问："是第二次吗？你们抬起头来！"

两人抬起头来，看到威严的辛弃疾，连忙改口："是第六次。"

辛弃疾扬了扬手中的案卷，大声说："这里按着你们的手印，你们这是第六次偷盗耕牛。俗语说事不过三，你们好大的胆子！"

两人跪在堂上不吭一声了。

辛弃疾说："按律法你们当送江州，明日启程！"

李二磙和张发财相互看了一眼，心照不宣地撇了撇嘴。

在去江州的路上，两名惯偷不思改悔，对押送的士兵说："我们此去江州，要不了多久就会回来重操旧业。你们对爷们好点，回来亏待不了你们。"

这话很快传到辛弃疾的耳中，辛弃疾一纸公文将两名惯偷追回，重新判决：将二人在闹市斩首！

无论李二磙和张发财怎么求情，他们的家属派人来说情，辛弃疾不改斩首的决定。

很快，两名惯偷在闹市被斩首。

此事在百姓间引起很大的震动，被盗牛的主家拍手称快；一些百姓觉得判决过重，更有两位年长的判官觉得辛弃疾违背律法，判决不当，本不该杀的盗贼却被斩首，难免会背上滥杀无辜的罪名。

辛弃疾也觉得过重了一些，可是再没有好的办法来阻止这些惯盗不去偷窃，特别是偷窃耕牛。

自从两名盗牛的盗贼被杀后，江陵一带的盗贼似乎都销声匿迹了，这些盗贼不敢在这里作案，他们怕被抓住杀头。

湖北提刑劝告辛弃疾："辛大人，那两名盗贼按律本不该杀，可是你却杀了，倘若有人参你一本，皇上追究起来，恐误了你的前途！"

辛弃疾说："他们俩太狂妄了，犯案多次，不思悔改，何况他们偷的是耕牛。对这种人，不能姑息！"

提刑见辛弃疾坚持自己的观点，便不再说了。

但是，还是有不怕死的盗贼。

有个盗窃团伙，他们夜里撬开布匹店的门，将店老板捆了，盗走了店子里的全部布匹！

第二天天亮，店老板到府衙报案。

辛弃疾听后，非常生气，他觉得这伙盗贼是在挑衅他。

估计这些盗贼会走水路，辛弃疾便派人在水面拦截，又怕他们走陆路，也在陆地上设岗搜查。

果然，这伙盗贼走的是水路。他们准备将这些布匹运到京口卖掉。

被抓回的盗贼在大堂上见到辛弃疾，就像老鼠见了猫。

一经审讯，辛弃疾知道了这伙盗贼是惯偷。

按律他们该被流放到江州。

听到判决，这伙人脸上露出了笑容，心想到了江州就是他们的天下了。原来这伙盗贼买通了江州的狱吏，每次被流放到江州，他们出一笔钱，很快就被放出来了，他们接着做江洋大盗。

辛弃疾从下属的狱吏那里得知了这些信息。

当这伙盗贼被押上船时，辛弃疾来到船上。他将押送的士卒叫到一旁，嘱咐他们当船快到江州时，将几个惯犯推进河中淹死！

士卒们一听，吓得连连摆手："辛大人，他们只是流放，我们处死他们，是犯了杀人之罪！"

辛弃疾拿出一纸公文，上面写着将几位惯犯处死的判决。有了判决的公文，士卒们就得按照公文行事了。

一伙惯偷不知道他们的死期将近，在船上还兴高采烈地谈天说地。在一个深夜，士卒们拿出判决书，对惯犯们念了一遍，他们当即吓得面如土色。士卒们将他们扔进了江中！

此事不久被说了出来，于是辛弃疾被传为是一个杀人不眨眼的魔鬼，江陵区域再也没有盗贼了，百姓夜不闭户。

两次杀盗贼，人们对辛弃疾褒贬不一。从四月上任到八月，短短四个月的时间，辛弃疾就将江陵区域的盗窃行为制止了，盗贼们再也不敢偷窃了，其他的案件也几乎没有发生，一时间江陵区域显现出一派太平景象，府衙里断案的事也少了很多。

这天，辛弃疾在府衙看卷宗，忽然有人来报，说范成大来访。

辛弃疾一听是范成大，连忙起身出门相迎。

走廊里一位五十多岁、花白头发的高大男子，朝辛弃疾走了过来，人未到，一阵"哈哈"声先到了。

范成大："哈哈哈！弃疾好啊？"

辛弃疾："不知范大哥前来，小弟有失远迎！"

范成大又是哈哈一笑："我这不速之客来打扰你，不烦我吧？"

辛弃疾："哪里的话，'有朋自远方来，不亦乐乎？'"

范成大拍了拍辛弃疾的肩膀说："贤弟啊，我这次来，可要将这里的几处名胜都游览一遍。"

辛弃疾说："好！好！我给范大哥当向导。"

范成大，字致能，号石湖居士，吴郡（今江苏苏州）人，父母早亡，家境贫寒。绍兴二十四年（1154 年）进士，初授户曹，当年在临安为官时与辛弃疾有过交往，两人意气相投，便成了朋友。范成大比辛弃疾大十三岁，处处以兄长的身份关照辛弃疾。辛弃疾非常崇拜范成大，七年前，范成大出使金国，为改变接纳金国诏书礼仪和索取河南"陵寝"之地，他大义凛然，慷慨抗节，不畏强暴，几乎被金国杀害，但终于不辱使命回国。他的诗慷慨激昂，是朝中的主战派。

辛弃疾给范成大倒上一杯茶："范大哥，你这是要去哪里？"

范成大说："我啊，在四川制置使上任满归京，路过江陵。知道你在这里任知府，便停船三日，来看看你，也看看这里的风景。"

两人好诗、好酒，又意气相投，直至子夜才睡。次日一大早，辛弃疾带着范成大前去游览渚宫。

时值八月，残荷败水，昔日的繁华已是过眼云烟。

辛弃疾苦笑一声，说："看！当年的楼观不见踪影，只有后人在这里建有一座小小的草堂。"

两人又去寻绛帐台，据说是当年关羽点兵的地方。他们根据当地人的指点，寻来找去，总算在江陵军营地附近找到了，可是，只有几块断石残基。

范成大建议："贤弟，我们去城南的章华台看看吧！"

辛弃疾："好吧！"

两人骑着马边走边聊走向城南。

范成大："弃疾，我这一路走来，听到民间有你的传闻。说你是杀人不眨眼的魔头，你是不是处理盗贼有些严厉了，'得贼辄杀，不复穷究'？"

辛弃疾："那些惯偷也太猖獗，不思改悔，我这是杀一儆百。你看，盗贼在我江陵已经屏迹了。"

范成大："屏迹当然是好事，倘若有人参你一本，说你滥杀无辜，怕是会影响你的仕途。"

辛弃疾："谢谢兄长的提醒，以后我处事会谨慎的！"

当两人到达章华台时，又傻眼了。

章华台只剩下了残基！二人长叹一声后离开，再去看"息壤"。

"息壤"在南门子城外，传说是一种能自己生长、永不耗减的土壤，是大禹治水留下来的遗迹。到了"息壤"，范成大看见一座长一百余尺，宽约三丈的土丘。

范成大笑道："这就是'息壤'吗？"

辛弃疾："是啊，就是这里。"

范成大："据史书记载，唐元和年间，裴迪为江陵牧，他掘地六尺，于地下得到一座石楼，形状如江陵城楼模样，结果那一年暴雨成灾！根据方士之说，他将石楼掩埋，结果大雨便止住了，不知道此事是真的还是假的。"

辛弃疾："我试过一回。"

范成大饶有兴趣地问："结果怎样？"

辛弃疾回答："那天我来这里，先在息壤前祭祀一番，就开始掘土，当挖到石楼显出屋檐时，天上真的下起了雨。我赶紧用土将城楼的屋檐盖上，雨果然停了，你说这事巧不巧？"

范成大："或许那天是碰巧遇到了雨。"

辛弃疾："也许！"

范成大又转移了话题："你认识陆放翁吗？"

辛弃疾高兴地说："当然认识，那年我们在临安见过一面，谈得颇为投机。"

陆放翁，即陆游，字务观，号放翁。越州山阴（今浙江绍兴）人，绍兴三十二年进士。孝宗时赐进士出身，被秦桧所黜。其诗与尤袤、杨万里、范成大齐名。

范成大说："放翁比我大一岁，我去四川任职，请他做我的参议官。这次我回京，他也不做幕僚了，待我重新任职后，再请他做我的幕僚。"

辛弃疾说："范大哥总是这样爱惜人才，陆兄的诗堪称我朝的典范。"

范成大赞同辛弃疾的话："是的，他的诗忧国忧民，且意境高远，用典、文字俱佳。"范成大话题一转，说道："听说你去年推荐的赣州通判罗愿，在朝廷得到好评。"

辛弃疾："罗愿博古好学，法秦、汉为辞章，高雅精练。治理地方'以政清讼简，化美风俗为务'，政声颇佳，所奏之事深得皇上赏识。倘若不是受其父罗汝楫的影响，他的仕途该是另外的一番天地。"

范成大叹口气说："唉，鸿儒循吏与奸臣之子的双重身份，他的人生该是多么的艰难！"

原来，罗愿的父亲罗汝楫，曾参与过秦桧谋害岳飞一事。

三天转瞬即逝，范成大要离开江陵了，辛弃疾前往送行。直至行船渐渐消逝在天际之间，辛弃疾才离开江岸回府衙。

3

江陵的冬天，寒风呼啸，湿冷异常。

辛弃疾正在府衙阅读公文，忽然听见大堂内有击鼓之声。他连忙去看，只见一位六十多岁的老汉正在使劲击鼓，地上躺着一些血流满面的百姓，后面跪着的是一大群老弱妇孺，呻吟声、哭喊声混成一片。见辛弃疾来了，大家都停止呻吟哭喊。有一小儿在啼哭，被他母亲捂住了口，只有呜呜的声音。

辛弃疾连忙升堂：“下面所跪之人有何冤屈，一一禀来！”

击鼓老人说：“大人明鉴，江陵都统率逢原带着大批军爷围猎，糟蹋了我们的禾苗。我们上前去论理，他们竟然打伤了我们多人。大人，你看看，朝堂上这些断胳膊腿的乡亲们，都是被他们打伤的。”

辛弃疾：“老伯，我派人去调查，倘若情况属实，我会公正处理。”

退堂后，辛弃疾心中十分恼火：又是他，率逢原！这次非得好好惩治他不可！

江陵城北驻扎着一队宋军，归都统率逢原统领。率逢原长得五大三粗，粗俗蛮横。他仗着朝廷有人替他说话，横行一方。辛弃疾刚来不久，就听衙吏说过。率逢原带着部下吃喝嫖赌，在酒楼进出，经常是不给钱；人们见到他们都躲避三舍。他的部下上行下效，经常抢掠百姓的财物，历任官员对他们伤透了脑筋。

九月的一天，有位北方汉子带着五六岁的女儿在江陵府不远处摆摊子卖艺。他表演完气功、武功，小女孩也表演了一番，众人喝彩连连。表演完后，小女孩拿着筐子，人们纷纷将钱丢到筐子里。这时，一个兵痞过来了，要抢走筐子里的钱。小女孩子死死地护着。岂料那兵痞提起小女孩往前一摔，小女孩被摔得头破血流。正在收拾东西的北方汉子一声怒吼，将兵痞一拳打得趴在地上，连连叫饶，最后见北方汉子没有再打的意思，他爬起来就跑了。

第二天，北方汉子还在原地方卖艺，这时一大群兵卒过来了，其中一个指着北方汉子叫嚷道：“就是他，打！往死里打！”

一群兵痞围着北方汉子殴打，无奈寡不敌众，北方汉子被打倒在地，小女孩撕心裂肺地哭，也不能阻挡那群兵痞的暴行。有人提醒小女孩，让她跑到衙门里去求救，她听后连忙往衙门跑，边跑边喊“救命”。

辛弃疾听到下属报告后，出来问小女孩缘由。小女孩跑得上气不接下气，说不出话来，拉着辛弃疾就往他父亲那里跑。

有人喊道：“知府大人来了！”

那群兵一听，“呼”的一下全散了。

辛弃疾问是哪里的兵痞，围观者纷纷告诉辛弃疾，说是率逢原的兵。并说那个总是强抢恶要的兵痞，外号叫“猴子”，他经常带着一帮人欺行霸市、为非作歹好多年了。

被打伤的北方汉子躺在地上不能动弹，辛弃疾吩咐衙吏抬到府衙，请郎中诊治。

辛弃疾带着衙吏赶到率逢原军营中，要求见率逢原。

可是率逢原迟迟不肯出来，不一会有士兵出来，说率逢原带兵出外练操了，要到晚上才能回来。

辛弃疾说，要在这里等到他晚上回来。

辛弃疾派人买来酒菜，坐在率逢原都统府前吃了起来。

见辛弃疾守在门口，率逢原只好硬着头皮出来了。

率逢原四十上下年纪，因为长期纵容声色，皮肤松弛，满身横肉，一双三角眼总滴溜溜地乱转。

率逢原一见辛弃疾，假惺惺地说：“哎呀，是哪阵风将知府大人吹来了，率某有失远迎！”

辛弃疾说：“不敢当！辛某在此等候都统多时了。”

率逢原哈哈一笑：“你看，你看，我的这些下属没向我禀报！”

辛弃疾说道：“现在知道也不迟。你的那位外号叫‘猴子’的士兵打伤了百姓，我奉公前来提审他。”

率逢原马上变了脸色，说：“你说我的士兵打伤了百姓，空口无凭，要人证物证，何况我军中没有叫‘猴子’的。”

辛弃疾说：“我亲眼看见受伤之人躺在地上，等我去时，你的部下已一哄而散了。”

率逢原说：“你怎么肯定是我的部下？不是街上游手好闲之人？受伤之人或许是与人打架。”

辛弃疾说：“看来都统是不肯交出肇事之人了？”

率逢原说：“我的兵今天全在操练，没有出营的。知府大人，我还有事，送客！”

辛弃疾见率逢原在耍赖，不肯交出“猴子”，就打道回府了。

回到府衙之后，他给下属耳语交代了一会。

三天后，从四川运来了一船川橘，黄澄澄的橘子惹人喜爱。有两个衙吏上了船，进了船舱和船主耳语了一阵，便在船上贴着大大的“贡”字。船上有两名船员各挑着一担川橘上了岸。

他们似乎挑得有些累，站在街道口歇息，众多人看着色泽鲜艳的橘子问卖不卖，两人说不卖。

此时，“猴子”带着五六个兵痞来到这里，看见黄澄澄的橘子，便傲慢地说道：“这两担橘子我都要了，给我送到军营里去，犒劳兄弟们！”

两人不肯给，“猴子”拿着大刀就去砍挑担子的两人，两人为避开兵痞的殴打，用扁担抵挡“猴子”的大刀，扁担上系着的绳子带倒了箩筐，筐底露出大大的“贡”字。

这时不知道从哪里冒出来一些捕快，很快将“猴子”抓捕了！

辛弃疾马上升堂，以“猴子”抢劫贡品为缘由，立即处斩。

率逢原知道后，对辛弃疾恨得咬牙切齿。

自“猴子”被处斩后，兵痞们抢劫百姓的行为收敛了很多。

这次，率逢原带着士兵围猎，糟蹋了百姓的庄稼，他的士兵还打伤了几十位百姓。辛弃疾调查清楚了事情的原委之后，决定要惩罚打人凶手。

辛弃疾带着衙吏来到都统府。

这次，率逢原倒是很快见了辛弃疾。

率逢原说：“知府大人亲自前来，不知有何贵干？”

辛弃疾说：“都统昨天围猎踩踏了百姓的庄稼，百姓前来论理，你的士兵打伤了前去论理的百姓。现在我请你交出打人者，赔偿百姓的禾苗钱和诊治费。”

率逢原说：“知府大人说话可要有根据，昨天我是带着士兵们出操，即使是我的士兵偶尔损害了庄稼，那也是正常不过的了。你想想，要是打起仗来谁还能顾得了是不是庄稼地？”

辛弃疾知道他在狡辩：“请你把打人的凶手交出来！”

率逢原说：“不烦知府大人，营中的士兵，下官自会处理。”

辛弃疾厉声说：“看来，都统是不肯交出打人者了？”

率逢原态度强硬起来，说道：“不交出来，你能把我怎么样？”

辛弃疾：“那只好奏明皇上圣裁了！”

率逢原：“悉听尊便！我还没到皇上那里告你滥杀无辜呢！”

话不投机，辛弃疾当即起身回府。

回到府衙后，辛弃疾当即起草，列举了率逢原纵容部下、欺行霸市、打伤百姓，又将几年来乡民们的告状状纸一一附上，派员送往临安。

此时，率逢原状告辛弃疾滥杀无辜的奏章也到了临安。

当朝的宰相是史诰，枢密使是王淮，枢密副使是范成大。

史诰是典型的排斥“归正人”之一，他将两份奏章呈给了孝宗皇帝。

皇帝请众位大臣判决。史诰认为两人都有理，并说辛弃疾独断专行，每到一处都与官员有龃龉，这种人到地方为官，肯定会与当地军方有冲突，王淮也随声附和赞同史诰。

范成大持不同意见，他说辛弃疾办事果断、刚正不阿，每到一处政绩斐然，深得百姓爱戴与拥护，没有铁的手腕处理罪犯，地方治安难以维护。

孝宗想了想，辛弃疾确实是个人才，无论是在滁州，还是灭茶商军，都有他的过人之处，而率逢原却有史诰和王淮帮着说好话，一时难以判决，于是，各打五十大板，将辛弃疾调任江西安抚使兼隆兴知府，率逢原也调离江陵。

一时间，朝中上下哗然，纷纷为辛弃疾鸣不平。中书舍人程大仓认为皇上曲直不分，上奏道：“假若朝廷姑息率逢原之罪，那么，从此以后屯戍州郡不可为矣！”

孝宗皇帝觉得程大仓说得有理，又听到朝中说了率逢原的为人，便将率逢原连降两

级，留在军中做副将，这才平息了朝野上下的议论。

十一月，辛弃疾离任，姚宪由知泉州调知江陵府。

离开的那天，江陵府的百姓夹道欢送辛弃疾。

那些被率逢原的士兵殴打的百姓，将辛弃疾送了一程又一程。

娇娇撩开轿子的帘子，说道："百姓们这么喜爱的官，为什么还没到一年就调任了？"

卿卿说："你以后会习惯的，跟着官员四处颠簸是常事，这些年来我们辛帅走马灯似的调来调去，我已经习惯了。"

娇娇说："要是能安定在一个地方就好了。"

卿卿说："可以啊，你可和夫人一样守在临安。"

娇娇说："我才不呢！"

辛弃疾骑在马上，听了两人的对话，长叹了一声。

4

辛弃疾心中还有一件事情放不下。

原来，在湖北京西路沿边州县，常有一些商贩用耕牛或马匹载上茶叶、食盐、布匹等重要货物，到江淮地区宋金前沿贩卖。卖完货物后，他们甚至连耕牛和马匹一起卖掉。辛弃疾了解这些情况后，写了一个奏折，希望朝廷下令阻止商人们在前线贩卖耕牛和马匹。奏折送上去两个月了，却迟迟没有回音。耕牛是农业生产必需的工具，马匹更是战争中所需要的工具，倘若任商贩们长此以往贩卖耕牛和马匹，势必影响到大宋的恢复大计。

辛弃疾忧心忡忡。

就在回临安途中，辛弃疾突然得到周孚于任上逝去的消息，他的心中充满了悲戚。周孚登第十年，才在真州授予教授，不想英年早逝，年仅四十三岁。辛弃疾想到在临安任转运使时，还与他有诗词唱和，不想现在已阴阳两隔。

生命无常，而自己在仕途上奔波，在一个地方待不了一年，又被派到另外一个地方，这些年来疲于四处奔波。

沿途，一片凋敝荒凉，辛弃疾看到卿卿和娇娇一路说笑嬉闹，心情渐渐好起来了。今年春节可以在家团圆了，辛弃疾想。

范子钰听说辛弃疾回来了，有点不相信。她没有料到辛弃疾还没到春节就回家了，她带着孩子们高兴地出门迎接。

辛弃疾抱起一岁多的女儿，女儿有点怯生。范子钰说，夫君在家待得少了，所以孩子和他不熟。她又埋怨辛弃疾，说人家做官都置了良田美宅，而他们却还是租着房子住。

辛弃疾安慰她，说等哪天安定下来了，选一处好地方安家。

正月十五过完后，辛弃疾要去江西隆兴府赴任。

这是辛弃疾第二次来江西做官。来到隆兴府的府城南昌后，辛弃疾就着手府衙中的公务。不想，一到江西，就遇到一件棘手的事情。

江西路辖有一支兴国军，治所在湖北省阳新县。兴国军的黄茂材，与朝廷枢密副使王淮是亲戚，而王淮又和宰相史诰过从甚密，仗着这层关系，黄茂材在军中独断专行，我行我素。去年，黄茂材抓到了一伙盗贼团伙，他们手上有一批巨额财产，黄茂材想据为己有，不想走漏了风声，被江南西路转运副使权提刑王次张知晓，他要挟黄茂材要求分赃，此事被观察使知道后，参了他们一本，朝廷派人调查，核实了此事，两人被降官一级。

辛弃疾到任后，就收到了乡民的联名告状信。

告状信中说，黄茂材私自没收百姓苗米、贪赃枉法、欺行霸市。

辛弃疾看了乡民的告状信，微服私访，调查此事属实，于是就向朝廷奏上一本，弹劾黄茂材贪赃枉法、“过数收纳苗米，致人户陈诉故也”等行为。朝廷派人下来查证后，又将黄茂材降官一级。

黄茂材对辛弃疾恨之入骨，他找到王淮，歪曲事实，将辛弃疾恶言诬告。王淮又在史诰面前说辛弃疾的坏话，说他每到一处，就搅得当地不得安宁，影响了官员之间的相处。

这时，大理寺少卿的位置空缺，史诰便调辛弃疾补上这个位置。

在江西做官仅仅三个月的时间，辛弃疾又调动了！

临别之时，司马监请客，赵卿、王漕、洪舍人等人陪同在浔阳楼为辛弃疾饯别。

司马监，即是司马倬，字汉章。南宋为了制约和监督地方军政，在数路之上又设一“总领”，总领又称为“大监”。辛弃疾这次到江西为官，也在司马倬的总领之下。

辛弃疾早在湖北任安抚使时就认识了司马倬，两人志趣相投。

在饯别的酒席上，辛弃疾连饮了几大杯。

辛弃疾举起杯子说：“各位，感谢你们为我饯行，弃疾铭记在心。一年的时间从湖北到江西我调动四次。这次来江西，本想能好好有一番作为，朝廷却又诏我回去了。”

司马倬拍了拍辛弃疾的后背说：“这次诏回去的，还有庐州知府兼淮西安抚使王希吕呢。”

辛弃疾问：“王知府在庐州数年，功绩显著，怎么也诏回朝了？”

赵卿说：“所以，弃疾你不要想那么多，朝廷是在重用你们，社稷需要你们。”

辛弃疾说："你是在安慰我。好！不多说了，拿笔墨来，我填词一阕，送司马监！"

卿卿早就将笔墨准备好了，辛弃疾略一思忖，便写了起来：

鹧鸪天·离豫章别司马汉章大监

聚散匆匆不偶然。二年遍历楚山川。但将痛饮酬风月，莫放离歌入管弦。

萦绿带，点青钱。东湖春水碧连天。明朝放我东归去，后夜相思月满船。

豫章，故郡名，西汉时设郡，辖区相当于今天的江西省，后主要指今南昌地区。

洪舍人也写了一首满江红，辛弃疾和了一首《满江红·席间和洪景卢舍人，兼简司马汉章大监》：

天与文章，看万斛、龙文笔力。闻道是、一诗曾赐，千金颜色。欲说又休新意思，强啼偷笑真消息。算人人、合与共乘鸾，銮坡客。

倾国艳，难再得。还可恨，还堪忆。看书寻旧锦，衫裁新碧。莺蝶一春花里活，可堪风雨飘红白。问谁家、却有燕归梁，香泥湿。

洪景卢即洪迈，为洪皓的第三个儿子。当年其父使金，被金人扣留，年仅七岁的洪迈，随着大哥洪适、二哥洪遵攻读诗书。十岁时，随着大哥洪适往返于秀（今浙江嘉兴）、饶二州之间。宋高宗绍兴十五年（1145年），洪迈中进士，其父已回朝，洪迈在家侍奉父亲，到绍兴十九年（1149年）才赴任。

一桌子人在诗词歌赋中喝得酩酊大醉，相互道别。

娇娇和卿卿扶着辛弃疾回到了官舍。

辛弃疾带着卿卿和娇娇走水路，一路上的山光水色，丝毫引不起辛弃疾的兴趣，他心里想着是如何能安定在一个位置上，做出一番事业，他更期盼朝廷早日发出收复中原的诏令，自己能驰骋疆场。

这天，他们行船到了安徽东流县（今安徽东至县），辛弃疾让船家泊船靠岸，他要上岸去打听一个人，但是那人却已经找不到了。

在东流村，他们看到了漫山遍野的野生海棠，开着白色的花。

辛弃疾赞道："好一片野海棠！"

卿卿吟诵道："野棠开未落，山英发欲然。"

娇娇也吟诵道："野棠自发空临水，江燕初归不见人。"

在东流村，有一处石壁，辛弃疾站在壁前，不发一言，他想起了当年曾在这里偶遇一女子，交往数次，不想现在重访不遇。

他长长地叹了一口气。

娇娇看了看辛弃疾的脸色,问道:“又有什么心思了,你是不是想在这里留点笔墨?”

辛弃疾说：“是的。”

卿卿连忙拿出文房四宝，磨起墨来。

墨磨好了，辛弃疾饱蘸墨水，在壁上龙飞凤舞起来：

念奴娇·书东流村壁

野棠花落，又匆匆过了，清明时节。刬地东风欺客梦，一枕云屏寒怯。曲岸持觞，垂杨系马，此地曾经别。楼空人去，旧游飞燕能说。

闻道绮陌东头，行人曾见，帘底纤纤月。旧恨春江流不断，新恨云山千叠。料得明朝，尊前重见，镜里花难折。也应惊问：近来多少华发?

卿卿笑道：“你这首词好像是怀念一位旧友。”

辛弃疾陷入沉思之中说：“是的，那是我二十多岁时，在这里遇见一位才貌双全的女子，她博学多才，可惜现在不知所踪。”

娇娇说：“女儿家的命如菜籽，又如蒲公英，被风吹到哪算哪。”

几个人感叹了一番，又继续上路了。

第十八章

一道奏疏直击朝廷要害，却被人轻飘飘地挡开了；心里想着黎民百姓的疾苦，对贪官污吏的处置绝不手软。

过眼溪山，怪都似旧时相识。还记得梦中行遍，江南江北。佳处径须携杖去，能消几緉平生屐？笑尘劳三十九年非，长为客。

吴楚地，东南坼。英雄事，曹刘敌。被西风吹尽，了无尘迹。楼观才成人已去，旌旗未卷头先白。叹人间哀乐转相寻，今犹昔。

——《满江红·江行和杨济翁韵》

1

辛弃疾回到临安，任大理寺少卿。

大理寺是宋代中央最高审判机关，与御台史、刑部、审刑院互有分工，又相互钳制，大理寺设卿一人，少卿二人（断刑少卿、治狱少卿），以及其他下属官职。大理寺卿是从四品，少卿为正六品。

辛弃疾去拜见大理寺卿吴交如，却不见人，同僚说他已卧病在家休息。

吴交如，字亨会，丹徒人。性格乐观，重义气而疏于财，严于律己。他是绍兴十五年的进士，自从任职大理寺以来，治理有方，临安城内的监狱空无一人，没有罪犯。因此，皇上下锦书嘉奖他，并留着刑部侍郎的位置准备提升他，无奈诏令下达后，吴交如已卧床不起。

得知这些情况后，辛弃疾备了一些礼品前去探望。

吴交如的宅邸在西湖边上，辛弃疾问了路后，有人指向不远处的一座四合小院。辛弃疾前去敲门，有门童开门。得知是来看望吴大人的，便进里间通报。辛弃疾环顾四周，见这一宅院很有些年了，破败、简陋。

门童回来后，引着辛弃疾前去看望吴交如。在西厢一间昏暗潮湿的房间里，传出咳嗽的声音。辛弃疾进去后，看见一位六十多岁形容枯槁的老人躺在榻上，旁边坐着一位老太太，同样是干枯瘦弱。

辛弃疾施礼道：“愚生辛弃疾，拜见大理寺卿吴大人！”

吴交如挣扎着想起来，却又引起一阵咳嗽。

辛弃疾连忙上前去，扶着吴交如躺下。

吴交如说："你，你……你坐！"他指了指旁边的椅子。

老太太吩咐婢女倒茶。

辛弃疾见老太太和婢女都是素颜布衣，看室内的陈设简陋，心中暗叹，一位堂堂的大理寺卿，家境竟然如此贫寒，足见其做官清廉。

吴交如躺了一会后，感觉好一些，便和辛弃疾说起话来。

谈到治理盗贼，两人颇多话题。吴交如告诉辛弃疾，之所以临安较少盗贼，一是治理，其次是百姓都能大体温饱，所以不偷不抢。当初也有盗贼，他抓住后多以教化为主，以情感人。他还说，百姓并不愿意为匪、为盗，之所以走这条路，有时候是被逼的，所以王法对社会安定至关重要。

吴交如的这番话引起了辛弃疾的深思，他想起了围剿茶商军的过程，心中不免又叹息了一回。

从吴府回来后，辛弃疾将在吴府见到吴交如的病情和家庭情况，说给同僚们听。

同僚汪献猷说："吴大人重义疏财，他在老家虽然置有两百亩田产，但是大都没什么收入，他体谅租种人的辛苦，极少收租。"

另一位同僚李篷蒻说："吴大人做官这么多年，原来也有些积蓄，后来交给门生做生意，不料没赚钱倒是亏了本，门生几次要提这件事，他装着不知道，不问这笔钱。我们曾经问他，他说他知道门生的窘况，若是逼问，岂不是将人逼入绝境？他的心太善了！"

辛弃疾说："从他家里的状况可以看得出，他为官清廉。"

李篷蒻说："是啊，吴大人严于律己、宽待他人，是一位有长者风度的好上司。"

几个人就吴交如的境况叹息了一会。

五月，岳母七十大寿，辛弃疾由临安回到京口，此时，辛文秋的儿子已经出生了，双喜临门，辛弃疾特别高兴。

祝寿那天，辛弃疾带着一大家人去了岳母家，岳母赵氏，是赵士经之女。辛弃疾为她填了一阕《临江仙·为岳母寿》：

住世都无菩萨行，仙家风骨精神。寿如山岳福如云。金花汤沐诰，竹马绮罗群。
更愿升平添喜事，大家祷祝殷勤。明年此地庆佳辰。一杯千岁酒，重拜太夫人。

寿宴完后，一家人又回到了临安。

辛弃疾在湖北转运副使任上写的奏章，于六月二十日被皇帝批阅。皇帝诏湖北京西

路沿边州县，“自今客人辄以耕牛兵战马负茶过北界着，并依军法。其知情引领停藏之人，及透漏州县官吏公人兵级，并依兴贩军须物断罪……”

辛弃疾得知朝廷颁布这一诏令，十分高兴。

闰六月，吴交如病故。辛弃疾前去吊唁，吴交如的两个儿子泪流满面地跪接前来吊唁的客人。吴夫人拉着辛弃疾的手哭诉着家里连棺殓的钱都凑不出来。听着吴夫人的哭诉，辛弃疾安慰她说不要着急，他来安排一切。

回到家，辛弃疾和范子钰商量，自己出钱帮忙安葬吴大人。范子钰听完后也叹息着同意了。不料娇娇听说辛弃疾要拿出一千多贯钱后，噘着嘴巴说，钱拿多了，她想买好点的胭脂水粉，辛弃疾都不乐意，为了上司，他便这么大方，颇有些不以为然。

辛弃疾大声斥责了她，她一生气，就跑回娘家去了。

看着娇娇使着性子，辛弃疾也不管她，拿着钱就去了吴府。

接下来的几天，辛弃疾在吴府忙碌着，将葬礼办得很隆重，厚葬了吴交如。

一时间，临安城里上至朝廷重臣下至黎民百姓，都赞叹辛弃疾的这种义举。

办完了丧事，辛弃疾心中久久不能平静，想到吴交如的清廉，最后连治丧之钱都没有，悲愤之中给朝廷奏上一疏，将吴交如贫无棺殓之事禀明皇上。孝宗闻讯后，也叹息了一番，立即下诏赐予钱、锦帛给吴府。

临安城的西湖边，有一座酒楼叫醉仙楼，辛弃疾常和一些文人墨客前去聚会。这天，众多文朋好友相聚在醉仙楼，大家谈到邓林举进士，不知道会调任什么官职。邓林，字楚材，福清人，和朱熹、吕祖谦、陈傅良、戴溪皆为好友。

众人谈兴正浓，忽然一位书生模样的人进来了。

王子锦大声说道：“同甫，你怎么现在才来啊？罚酒！罚酒！”

同甫即陈亮，原名汝能，后改名陈亮，字同甫，号龙川，婺州永康（今属浙江）人。孝宗乾道四年（1168 年）陈亮二十四岁首贡于乡，后入太学，第二年，朝廷与金人讲和，陈亮敢冒风险，认为不可，他以布衣身份，连上五疏，写出了著名的《中兴五论》。

辛弃疾连忙迎上前去，拉着书生进了席间。

入席者陈亮，这次前来临安是来探望在京城讲学的朱熹。辛弃疾听说后，说很可惜没有见到朱熹本人。陈亮说择日由他引荐前去拜访。

酒酣耳热，有人提议去西湖游览，大家一致赞同。

他们租了一艘画舫，又请了几位歌舞伎人，大家纷纷上船，船家已经摆好酒宴，一时间歌舞笙箫热闹非凡。其中有一位歌女钱姑娘，声音婉转动听，身材苗条，眉目含情。辛弃疾借着酒兴和她调笑，众人便起哄，船家听说辛弃疾是朝廷大理少卿，便有意撮合，说钱姑娘读书多，只是因为家道中落，其父酗酒又好赌，就将她抵了债。钱姑娘更是属意于辛弃疾，她觉得跟着辛弃疾是她最好的归宿，比在这船上卖唱好多了。众人和船家商定价格后，辛弃疾便买下了钱姑娘，并说以姓为名，叫钱钱，众人便又是举杯庆贺了一番。

酒宴一直闹到掌灯时分，众人才各自回家。

范子铦见醉醺醺的辛弃疾带着一位年轻美貌的歌女回来，心中非常不高兴，嘀咕了几句便不再说什么，独自回房睡去了。

第二天一早，娇娇家里的厨娘买菜时，碰到了吴妈也在买菜，吴妈说辛弃疾新买了一个歌女。娇娇得知后从娘家赶过来，她闯进书房，见辛弃疾和钱钱还没起床，她一脸怨气，叫醒了辛弃疾，见辛弃疾一口酒气，便哭闹起来。

辛弃疾多日不见娇娇，见娇娇一见面就蛮不讲理地哭闹，心烦不已，问道："你不是回娘家了吗？"

娇娇："我就不能回来吗？趁我不在，你又寻新欢，你把她送回去！"

辛弃疾说："你怎么这么不讲理？子铦都没说什么，你闹什么闹？"

娇娇粗暴地推着坐在床上的钱钱："你哪里来的就回哪里去！"

钱钱一脸的无助，委屈地望着辛弃疾，想说什么却又没有说。

辛弃疾心中一股怒火升起来，想到刚刚买回一位歌女，娇娇就大闹，让他很没面子，便大声说："传我的话，叫轿夫送娇娇回娘家去！"

子铦听见书房吵嚷，连忙过来看个究竟，正听到辛弃疾说的话，急忙劝阻，岂料娇娇说道："不用送，我自己回去！"

倔强的娇娇收拾了自己的物件，叫了一乘轿子，独自走了。

酒醒后，辛弃疾得知自己的言行，十分后悔，派人去请娇娇回来，无奈娇娇坚决不肯。

回想起两年来他与娇娇颠簸各地，耳鬓厮磨、恩爱度日，辛弃疾心中不免惆怅万分。钱钱看到辛弃疾郁闷不已，想讨他欢心，也难让他的心情好起来。

子铦也责怪辛弃疾做得绝情过分，他说那是醉后的酒话，却不料刚烈的娇娇真的就不回了。

子铦冷笑道："有多少人能像我这样忍耐你的花心？"

辛弃疾说："男人嘛，三妻四妾是常有的事，你何必放在心上！"

子铦长叹一声，不再说什么。

数日后辛弃疾在书房，磨好墨，提起笔，脑海里又满是娇娇的面容，她的娇嗔、她的歌舞、她的调皮……于是，他写下了一首《祝英台近·晚春》：

宝钗分，桃叶渡。烟柳暗南浦。怕上层楼，十日九风雨。断肠片片飞红，都无人管，更谁劝、啼莺声住。

鬓边觑，试把花卜归期，才簪又重数。罗帐灯昏，哽咽梦中语：是他春带愁来，春归何处，却不解、将愁归去。

古代男女分别，有分钗赠别的习俗。桃叶渡是南京城秦淮河上的一个古渡口，位于秦淮河和古清溪水合流处的附近，又名南浦渡。东晋大书法家王献之有一个爱妾，名叫桃花，常常来往于秦淮河两岸。那时河宽水激，若遇风浪，摆渡不慎，就会翻船。王献之放心不下爱妾，亲自为桃花摆渡，并作有《桃叶歌》三首，其中一首为：

桃叶复桃叶，渡江不用楫。
但渡无所苦，我自迎接汝。

从此，“桃叶临渡”也成了千古佳话。辛弃疾在这阕词中引用桃叶渡之典，写出了对娇娇的怀恋。

钱钱理解辛弃疾的心情，在酒宴场合将这首《祝英台近·晚春》唱得凄凉婉转悱恻，让人无不动容。

2

辛弃疾任大理寺少卿刚几个月，又调任了。

淳熙五年（1178年）夏秋之交，辛弃疾调任湖北转运副使，他带着卿卿和钱钱前去任职。正好，杨炎正和周显先两人也要去湖北，于是，相约同舟而行。

杨炎正，字济翁，杨万里的族弟，庐陵（今江西吉安）人。

站在船头，看着眼前的景，辛弃疾恍若在梦中，时隔一年，旧景重现。去年的行程是自汉水东下至鄂州，又从鄂州逆水而上去江陵，年底又调任到隆兴（江西）府，再由江陵东下鄱阳湖。他长长地叹了一口气，苦笑道：“唉，这么多年就在不停的转官中消耗了太多时光。”

杨济翁说：“朝廷是朝令夕改，所以你才在旅途中疲于奔波。”

周显先也说：“还是因为你才能出众，难办的事情都派你去，每件你都办妥了，这是要历练于你。”

辛弃疾苦笑着摇摇头，这其中的五味，只有自己知道。

到扬州时，他们将船停在江边，去了北固山。在多景楼，三人对着大江饮酒聊天，杨济翁兴之所至，填了一阕《水调歌头·登多景楼》，卿卿在钱钱的琵琶声中唱了起来：

寒眼乱空阔，客意不胜秋。强呼斗酒发兴，特上最高楼。舒卷江山图画，应答龙鱼悲啸，不暇顾诗愁。风露巧欺客，分冷入衣裘。

忽醒然，成感慨，望神州。可怜报国无路，空白一分头。都把平生意气，只做如今憔悴，岁晚若为谋。此意仗江月，分付与沙鸥。

“可怜报国无路，空白一分头。”周显先对着长江高声吟诵，随后也写填了一阕《水调歌头》。辛弃疾依杨济翁的韵，和了一阕《水调歌头·舟次扬州，和杨济翁、周显先韵》：

落日塞尘起，胡骑猎清秋。汉家组练十万，列舰耸层楼。谁道投鞭飞渡，忆昔鸣髇血污，风雨佛狸愁。季子正年少，匹马黑貂裘。

今老矣，搔白首，过扬州。倦游欲去江上，手种橘千头。二客东南名胜，万卷诗书事业，尝试与君谋。莫射南山虎，直觅富民侯。

三个忧国忧民之士，胸怀有报国志气，却无处施展抱负，不免感慨万千。在镇江逗留了两日，他们的船在长江逆水而上。

这天，辛弃疾和杨济翁、周显先在船上喝酒，谈到三国，谈到孙权、刘备，三人又是一阵唏嘘。辛弃疾端起酒杯，看着两岸的景色，将杯中之酒一口饮下，然后朗声说道：“我填一阕《满江红·江行》吧！”

过眼溪山，怪都似旧时相识。还记得梦中行遍，江南江北。佳处径须携杖去，能消几緉平生屐？笑尘劳三十九年非，长为客。

吴楚地，东南坼。英雄事，曹刘敌。被西风吹尽，了无尘迹。楼观才成人已去，旌旗未卷头先白。叹人间哀乐转相寻，今犹昔。

辛弃疾吟诵完毕，钱钱也记录下来了。

很快，船到了湖北转运司的所在地鄂州（今湖北武昌），辛弃疾上岸，杨济翁和周显先继续前行，两人在江边与辛弃疾辞别。

辛弃疾在客店安顿好卿卿和钱钱，然后去转运司见总领周嗣武，报到上任。

转运司是宋代负责一路财赋、监察州郡官吏的机构，简称为漕，设转运副使、判官职位。

周嗣武，字功甫，浦城人，曾知临川县，擢主管官告院，除太府丞，提举江西常平事。后改湖北提刑，现为湖广总领。

见到了精明强干的辛弃疾，周嗣武十分高兴。他向辛弃疾介绍了湖北漕运的情况，说最近打劫船只的盗匪增多，漕运时常受阻，素知辛弃疾办事果断，便向朝廷上奏调任辛弃疾前来协助他。

辛弃疾上任后，即刻与同僚转运副使王正之同行，带着挑选出的精兵强将，一路巡查所辖诸州。夜晚他们跟着官船，捉到了几伙江洋大盗，杀了几个打劫的魁首，其余盗贼听说辛弃疾在湖北任官，吓得不敢轻举妄动，湖北的漕运一时间畅通无阻。

转眼过了春节，已是淳熙六年（1179 年）的春天，辛弃疾与几个同僚谈起湖南陈峒聚众反朝之事，不禁又是一阵感叹。湖南郴州宜章县民陈峒，于去年正月聚众反朝，就在前不久，陈峒攻破道州的江华县，贵阳军的蓝山、临武，连州的阳山县，不多日就聚众数千，郴州、湖南帅王佐（字子宣）亲自率领将士征讨，历时一年。王佐当初也是对贼束手无策，等着荆鄂大军三千人马到来，一起围剿陈峒。皇帝亲授笔墨训诫王佐“诸路养兵，皆出民力……”，王佐醒悟，于是专用本路乡兵等，准备布阵围剿陈峒，这方法与当年辛弃疾剿灭茶商军颇为相似。

得知这些情况，辛弃疾叹息一声，说：“内忧外患，何时才能太平，共同讨伐金贼？”

王正之说：“湖南盗贼四起，漕运的船只常常被盗贼所劫，朝廷恐怕又要调你去湖南了！”

辛弃疾说：“不会吧！我刚来湖北半年，哪会调任这么频繁？”

周嗣武听到下属们的议论，笑着说：“我才将弃疾调到我这里来，协助我，再怎么也不会这么快就夺人所爱吧？”

王正之说：“怎么不会？谁让我们辛大人那么有魄力，哪里有麻烦朝廷就将他往哪里调呢！”

周嗣武见王正之说得在理，当初他也是被盗贼扰得不堪烦恼，才向朝廷要了辛弃疾。

果然不出所料，春三月，朝廷下诏令，将辛弃疾调为湖南转运副使。

转运司总领周嗣武、转运副使王正之、鄂州知县赵善括在南楼置酒为辛弃疾饯行。

赵善括，字无咎，太宗第四子商王元份六世孙，江西隆兴人。孝宗时期，登进士第。乾道七年（1171 年），知常熟县。乾道八年（1172 年），通判平江府。又为润州通判。淳熙六年（1179 年），知鄂州。

酒酣耳热，辛弃疾想到自己的频繁调动，不禁苦笑，旋即填一阕《水调歌头》：

（淳熙己亥，自湖北漕移湖南，周总领、王漕、赵守置酒南楼，席上留别）

折尽武昌柳，挂席上潇湘。二年鱼鸟江上，笑我往来忙。富贵何时休问，离别中年堪恨，憔悴鬓成霜。丝竹陶写耳，急羽且飞觞。

序兰亭，歌赤壁，绣衣香。使君千骑鼓吹，风采汉侯王。莫把离歌频唱，可惜南楼佳处，风月已凄凉。“在家贫亦好”，此语试平章。

“在家贫亦好”出自唐戎昱《中秋感怀》的“远客归去来，在家贫亦好”，大家都赞辛弃疾的这阕词填得好，时与景、心与情都写得天衣无缝，一时间有数人相和。

临行前的两天，与辛弃疾相处极好的同僚王正之，在转运使官署内的小山亭里宴请辛弃疾，赵善括陪同。

摆上酒菜，三人小饮起来，忆起昔日英雄，叹息今日他们“了无陈迹”，特别是辛弃疾，他对自己被朝廷调来调去之举，感到既无奈又失意。

王正之说：“我觉得辛漕有魄力，朝廷才如此重用，你治乱有方，看，来湖北才半年，盗贼就不敢妄为了。”

辛弃疾说：“王漕是恭维我了，八百里秦川，中原大地，如今还在金人的掌控之中，而我却蜗居江南，做着捉几个毛贼的事。何时才能驰骋疆场，实现复国大计？”

赵善括安慰他道：“会的。朝廷不正在养精蓄锐吗？我相信迟早有一天会收复中原。”

辛弃疾苦笑一声，摸了摸自己的头发：“再等，头发就全白了。”

几杯酒下肚，辛弃疾有些醉了，他开口吟诵一阕《摸鱼儿》：

（淳熙己亥，自湖北漕移湖南，同官王正之置酒小山亭，为赋）

更能消、几番风雨。匆匆春又归去。惜春长怕花开早，何况落红无数。春且住。见说道、天涯芳草无归路。怨春不语。算只有殷勤，画檐蛛网，尽日惹飞絮。

长门事，准拟佳期又误。蛾眉曾有人妒。千金纵买相如赋，脉脉此情谁诉？君莫舞。君不见、玉环飞燕皆尘土。闲愁最苦。休去倚危楼，斜阳正在，烟柳断肠处。

王正之听了，说道：“弃疾的词，借春寄慨，身世之感极深，惜英雄无用武之地啊！”

赵善括即刻和了一阕《摸鱼儿·和辛幼安韵》：

喜连宵、四郊春雨。纷纷一阵红去。东君不爱闲桃李，春色尚余分数。云影住。任绣勒香轮，且阻寻芳路。农家相语。渐南亩浮青，西江涨绿，芳沼点萍絮。

西成事，端的今年不误。从他蝶恨蜂妒。莺啼也怨春多雨，不解与春分诉。新燕舞。犹记得、雕梁旧日空巢土。天涯劳苦。望故国江山，东风吹泪，渺渺在何处。

王正之击掌叫好：“一咏三叹，荡气回肠！有《离骚》以香草美人为喻的比兴写法，弃疾和善括的唱和真是绝妙！”

赵善括说：“弃疾一改豪放风格，婉约与豪放兼而有之。”

辛弃疾说：“两位过奖了，我该向你们学习才是！”

三人直到掌灯时分才各自散了。

一时间，辛弃疾的这几首词在文友间流传开来。

辞别众位同僚，辛弃疾带着卿卿和钱钱启程去湖南，舟行数日之后，来到了湖南路的首府潭州（今长沙市），辛弃疾就任湖南转运副使。

3

到潭州不久，辛弃疾出行郴州，路过耒阳时，遇见了好友张处父。张处父也来自北方，当年和辛弃疾一道南归，如今在耒阳做推官。推官是州郡所属助理官员，常主军事。他乡遇故人，两人分外亲热。分别时，辛弃疾填词一阕《阮郎归》送给了张处父：

山前灯火欲黄昏，山头来去云。鹧鸪声里数家村。潇湘逢故人。

挥羽扇，整纶巾。少年鞍马尘。如今憔悴赋《招魂》，儒冠多误身。

在耒阳逗留了两日，辛弃疾继续前行。

不久，辛弃疾得到了王佐的好消息，陈峒被擒获了。

原来王佐启用谪居在家的太尉冯湛，冯湛查得贼首陈峒聚集的老巢，趁中午饭后的歇息时间，派遣敢死队三十人，手持短兵器前往，冯湛带着五百人紧跟后面，直闯山寨。他们看见陈峒抱着孙子独自坐在大厅，其他的护卫都不在，那些身边的喽啰目睹官兵突然而至，惊愕中不知所措！等他们鸣锣聚集时，已经来不及了，于是，众多的山贼被擒获，陈峒被冯湛砍首！那些被胁从者不予追究，按照朝廷旨意，发放粮食让他们回家了。

得知茶寇已除，辛弃疾心中非常高兴，当即作《满江红》致贺：

贺王帅宣子平湖南寇

笳鼓归来，举鞭问、何如诸葛？人道是、匆匆五月，渡泸深入。白羽风生貔虎噪，青溪路断猩鼯泣。早红尘、一骑落平冈，捷书急。

三万卷，龙韬客。浑未得，文章力。把诗书马上，笑驱锋镝。金印明年如斗大，貂蝉却自兜鍪出。待刻公、勋业到云霄，浯溪石。

陈峒暴乱被王佐平息了，现在让辛弃疾感到头疼的是众多的“乡社”和那些神出鬼没的“山贼”。

湖南多山，民风强悍，一些官吏认为“天高皇帝远”，巧立名目，增加赋税，盘剥百姓。一些人活不下去了，便上山成了土匪。更多的村寨，同姓同族聚集在一起，成立“乡社”，保护同姓家园，对付官府。有些“乡社”还做一些打家劫舍的勾当，抢劫漕运的船只和官府的粮仓。有些上山的土匪，还下山抢劫富裕人家。一时间，官府接的案子堆积如山，派出官兵追剿，却不见土匪的踪影，各个州县的官兵疲于奔命。

一道道奏章送达朝廷。

从剿灭赖文政的茶商军到现在陈峒被剿灭，辛弃疾看到了问题的症结：官府逼民为盗！

他在纸上列举出近年来民间暴动的情况：

李金之变，发生在乾道元年（1165年）春，同年秋被湖南帅洪珙扑灭。起因是朝廷强制派销乳香，激起了郴州宜章县吏黄谷和射士李金聚合当地上万峒民起而反抗，曾一度攻占了桂阳军城。

赖文政之变，发生在淳熙元年（1175年），起事于湖北，在湖南活动，被辛弃疾所扑灭。起因是茶民的茶叶价格被官府压得太低。

姚明傲之变，发生在淳熙三年（1177年），湖南溪峒诸族中人不满赋税，在姚明傲带领下武装暴动。同年被荆鄂官兵所扑灭。

陈峒之变，发生在淳熙六年（1179年）正月，同年五月被湖南帅王佐及冯湛所扑灭。起因是因地方官府推行“和籴”失当，激起以连州李晞和郴州陈峒为首的暴动。

李接、陈子明之变，发生在淳熙六年（1179年）五月，广西经略刘焞和沙世坚正在围剿。起因是广西陆川的李接因为官府赋税太重而聚众起事。

……

目睹了百姓的困苦生活，辛弃疾连夜撰写了一道申诉民间疾苦的奏折《论盗贼札子》：

臣窃惟方今朝廷清明，法令备具，虽四方万里之远，涵泳德泽如在畿甸。宜乎盗贼不作，兵寝刑措，少副陛下励精求治之意。而比年以来，李金、赖文政、姚明敖、陈子明之变，皆能攘臂一呼，聚众千百，杀掠吏民，死且不顾，重烦大兵翦灭而后已，是岂理所当然者哉？臣窃伏思念，以为实臣等辈居官亡状，不能奉行三尺，斥去贪浊，宣布德意。

臣姑以湖南一路言之。自臣到任之初，见百姓遮道，自言嗷嗷困苦之状。臣以谓斯民无所诉，不去为盗将安之乎？臣一一按察，所谓“诛之则不可胜诛”。臣试为陛下言其略：陛下不许多取百姓斗面米，今有一岁所取反数倍于前者；陛下不许将百姓租米折纳见钱，今有一石折纳至三倍者；陛下不许科罚人户钱贯，令则有旬日之间追二三千户而科罚者；又有以贱价抑买，贵价抑卖百姓之物，使之破荡家业，自缢而死者。其他暴征苛敛，不可胜数。且近年以来，年谷屡丰，而盗贼不禁乃如此，一有水旱乘之，臣知其弊有不可胜言者。

民者国之根本，而贪浊之吏迫使为盗，欲望陛下深思致盗之由，讲求弭盗之术，无恃其有平盗之兵也。

陛下付臣以按察之权，责臣以澄清之任，封部之内，吏有贪浊，职所当问，其敢废旷，以负恩遇？自今贪浊之吏，臣当不畏强御，次第按奏，以俟明宪。但臣生平则刚拙自信，年来不为众人所容，顾恐言未脱口而祸不旋踵，使他日任陛下远方耳目之寄者，指臣为戒，不敢按吏，以养成盗贼之祸，为可虑耳。

伏望朝廷先以臣今所奏，申敕本路州县：自今以始，洗心革面，皆以惠养元为意。有违弃法度、畲冒亡厌者，使诸司各扬其职，无徒取小吏按举以应故事。臣不胜幸甚。

写完后，辛弃疾长长地舒了一口气。第二天，他封好奏疏，派驿使送达朝廷。

八月，孝宗读了这道奏折，沉思片刻。这么多年来，没有谁这样直言不讳指责官府，多数官员看见弊端只是睁一只眼，闭一只眼，尽管他们对贪官污吏看得真切，但是谁都不愿意得罪谁，只有辛弃疾这样刚正不阿的臣子直击弊端！

难怪两湖盗贼不断！孝宗将宰相赵雄、史诰和王淮狠狠地训斥了一顿，责问他们失察。

三人见龙颜大怒，忙赔着小心。

首辅宰相赵雄连声诺诺：“皇上息怒，都是臣等失职不察。待我等调查清楚，一定整饬贪官污吏！”

孝宗说：“尔等若像辛弃疾那样深入民间查看实情，我朝江山哪会这样对内疲于奔命？”说完，长长地叹了一口气。

王淮见孝宗语气缓和了一些，忙说：“臣等失察之罪不可饶恕，但是下情不达。我等即刻派人下察实情，整饬各路帅守监司。”

孝宗“嗯”了一声，拿起御笔，亲自给辛弃疾写了一道诏谕：

卿所言在已病之后，而不能防于未然之前，其原因盖有三焉：官吏贪求，而帅臣监司不能按察，一也。方盗贼窃发，其初甚微，而帅臣监司漫不知之，坐待猖獗，二也。当无事时，武备不修，务为因循，将兵不练，例皆占破，才闻啸聚，而帅臣监司仓黄失措，三也。夫国家张官置吏，当如是乎？且官吏贪求，自有常宪，无贤不肖，皆共知之，亦岂待喋喋申谕之耶？今已除卿帅湖南，宜体此意，行其所知，无惮豪强之吏，当具以闻。朕言不再，第有诛赏而已。

孝宗写完，放下御笔，对赵雄说：“我不问卿等失察之罪。卿等将朕之诏谕连同辛弃疾奏章速速抄送各路帅守监司，妥议施行。此外，宣辛弃疾为潭州知府兼湖南安抚使。”

辛弃疾接到孝宗皇帝亲自御批回来的奏章后，心中既高兴又遗憾，高兴的是皇帝很快批阅他的奏章，并很快回复；遗憾的是皇帝将这些弊端一股脑推到了各路帅臣身上了。

其实，辛弃疾并不知道，就是这道奏折让当权的宰相们对他有了嫉恨，为他日后的仕途埋下了祸根。

王佐得知辛弃疾接任自己，十分高兴，他调任扬州、平江知府，终于离开这盗匪扎堆的地方了。临行前，他和辛弃疾找了一处僻静的酒家，推心置腹地交谈，谈到官场嫉贤妒能和朝中的一些奸佞小人，他劝辛弃疾不要锋芒毕露，说会遭人暗算和嫉恨。他还提醒辛弃疾，下半年的收成欠佳，来年可能有饥荒，让辛弃疾提前做准备。两人边吃边聊，不觉已很晚了，相互道别后，各自回家。

辛弃疾迈着醉步回到家。

卿卿责怪道："辛大人这么晚才回啊，又是一身酒气。"

辛弃疾哈哈一笑："今天高兴！钱钱呢？"

卿卿说："钱钱睡了。什么事这么高兴？"

辛弃疾问："钱钱睡这么早？"

卿卿说："她有些倦，所以早早睡了。你还没说你的高兴的事情呢。"

辛弃疾说："哦，我改官为潭州知府兼湖南安抚使。"

卿卿开心地说："祝贺辛大人！"她连忙去打来热水，让辛弃疾洗漱。晚上，辛弃疾与卿卿同宿。

卿卿说："我还有个好消息没告诉你呢！"

辛弃疾问："什么事？"

卿卿说："钱钱可能怀孕了！"

辛弃疾翻身坐起："啊，多久了？"

卿卿说："刚有了症候，呕吐得厉害。你看是不是将她送回临安，或者将临安的家搬到这里来？"

辛弃疾说："送她回临安吧，把家小迁来这里不方便，子钰在临安住惯了。此外，我想在这里做一番事业，拖家带口的有些不便。"

卿卿心有埋怨，说："人家都是寻一处山水宝地置田产，建家院，我们总不能这样租着人家的房子住吧？"

辛弃疾说："你说得有道理，有空我选一处地方，有山有水。对了，卿卿，有句话不知道当问不当问？"

卿卿说："你问吧！"

辛弃疾犹豫了一下，说："你跟着我这么多年，怎么不见怀上一男半女？"

卿卿听了这话，眼圈红了。

辛弃疾见此情景，忙搂着卿卿说："就当我没问，好吗？"

卿卿叹了一口气，说："当年，主家为了我们能给她多挣钱，不嫁人，瞒着我们，让我们喝了一种不知名的中草药，所以，所以，我这辈子恐怕都不能生育了。"

辛弃疾听了，方才明白为什么卿卿那么爱孩子。他连忙安慰她道："没关系，卿卿，家里这些孩子也是你的，你看他们对你是多亲近啊！"

卿卿带着泪水点了点头。

第二天，辛弃疾安排船只让卿卿陪着钱钱回了临安。

4

入秋以来，阴雨连绵。辛弃疾看着秋雨愁眉不展。

通判严友看见辛弃疾忧心忡忡，说道："看来今年的收成全被这场雨坏事了。"

辛弃疾说："是啊，水灾、水患，明年开春又是一个荒年。"

淳熙七年（1180 年）春节一过，各州传来公文，说去年因受水灾影响，饥民正成群结队准备外出逃荒要饭，其中，灾情严重的要数永州、邵州、郴州和桂阳军。辛弃疾心中一惊，害怕有灾民又做起打家劫舍的勾当。

接到告急公文后，辛弃疾决定微服私访。他带着几个僚属到了各州县暗访。一路上四野一片荒芜，塘、堰、湖坝被洪水冲毁的残迹依存。饥民们斜靠在墙边，面呈菜青色。更有甚者，将年幼的女儿摆在集市的路边，插上草标，不求卖出价钱，只求找个好人家有口饭吃。

越是往山里走，灾情越是严重，有的村子里老人为了省口粮食留给孙子吃，活活地饿死！行至邵州一村寨，忽然见一群人吵吵嚷嚷，原来村寨里百姓抓住了三个夜行贼，正准备捆绑着沉湖。

一位四十多岁被捆绑的男子大声嚷着："沉湖吧！横直都是死，二十年后又是一条好汉！"

辛弃疾急忙带着人阻拦此事，说查清楚了原因再行处置。年过六旬的族长见有人干涉，一声令下，"呼"地围拢来数百名拿着砍刀的年轻后生，拦着不让辛弃疾走。

严通判急忙大呼："潭州知府在此，谁敢轻举妄动？"

族长将目光投向辛弃疾："难道您是潭州知府辛大人？"

辛弃疾抱拳施礼："下官正是！"

族长连忙道歉："哎呀，我等有眼无珠，不识大人真面目。俗语说不知者不为怪。"说完，就要下跪叩拜。

辛弃疾急忙拉住族长："别，别这样！这几个毛贼我就地审讯，看他们当死不当死。"

族长点头同意。

辛弃疾问："大胆贼人，为何深夜进入他人家中行窃？"

那名四十多岁的男子说："回大人，小民确实是潜入大户人家，只因老母饿倒在床……"他哽咽着说不下去了。

辛弃疾的目光看着另外一年轻人："那么你呢？年纪轻轻做这等营生，难道不知道是犯罪？"

年轻人回答："大人，家中没有一粒米，小民只想进入大户人家偷点吃的，让妻儿不至于饿死，我的小儿还不到三岁，在家饿得嗷嗷大哭。"

第三个人，看了看辛弃疾，不等辛弃疾问他，就说："知府大人，官仓里米堆成山，村子里天天都饿死人！难道你们没有看见吗？"激动之中，他站了起来。那年长者拉他跪下，他甩了甩手，继续说："难道你不知道桂阳那里连官仓都被抢了吗？未必也要我们去抢官仓？"

辛弃疾大声吼道："大胆刁民，拿道听途说之事为自己的盗窃行为诡辩，还不跪下！"

年轻的窃贼跪下了。

族长看着辛弃疾，他想听听辛弃疾怎么断这个案子。

不料，辛弃疾不仅判三个盗贼无罪，还朝他借米，接济周边没米的百姓，并立有字据，说秋后加倍偿还。

处理完这事，辛弃疾继续前行巡查。

到了邵州县衙，辛弃疾连夜写了一道紧急赈灾的奏章，派人飞报朝廷，请求开官仓赈灾。孝宗闻报，于淳熙七年二月四日，同意在湖南开常平仓十万石赈济灾民。

途中，辛弃疾又下了一道命令，动用本路各州郡官仓的米谷，以工放赈：

凡是水患州县，由府里派员与地方共同核实浚筑陂塘的工日，以及所担土方，然后按工按量分发赈米，多修多赈。对家中无劳力、老弱病残者做详细登记，免除劳役，无偿赈米。若有疏忽，一律问罪。

灾民们听到这个消息，振奋异常，那些没有劳动能力的老弱妇孺，听说自己也能领到赈米，自发地去工地送茶水。

这样，官米既遍及百姓，帮他们度过了荒年，也兴修了水利，为春耕和秋收打下了基础，也扼制了饥民盗抢官粮的行为。

四月，辛弃疾在桂阳军巡查期间，见桂阳临武县、郴州宜章县这两个县没有县学，便创办了两所县学，以教化民众。此外，其他县学需要修缮的，也进行了修缮，并聘请县学先生，恢复各地县学，使湖南文风盛行起来。

辛弃疾忙完这些事，心中规划下一步就是整顿湖南乡社。

春天的微服私访，让辛弃疾更深入地了解了湖南乡社。

湖南潭州、郴州、连州、道州、贵阳军等地，历来都有"乡社"组织，有的叫"弹压社"，有的称为"缉捕社"。湖南大小村寨都有乡社，这些乡社服务于当地豪酋和同姓同族的长辈，人员少到几百人，多到几千人。当初王佐离任时与辛弃疾谈过若解决了乡社，也就解决了湖南的盗贼。乡社的成员都是各个村寨的乡民，他们平时耕田，一有事情便聚集成军，手持刀枪剑戟等武器参与作战。而这些乡社实际上是土豪劣绅们欺压乡民的一种机构。让人更头疼的是这些乡社常常抵制州县推行的新令，有的甚至发展到武装反抗，公然与朝廷为敌。还有一些小的乡社社员，结伙拦路抢劫，特别是身处大山之中，他们认为天高皇帝远，连官府的车辆船只都不放过，十分令人头疼。

一直以来，湖南长吏总想取缔乡社，但是遭到了州县乡绅们的强烈反对。为避免出现大的动乱，也就一直没有取消，多年来听之任之。辛弃疾了解到这些情况后，认为若要完全解散这些乡社，是不可能的，怕激起豪酋们群起反抗。那只有整编才是出路。于是，他根据乡社表现的好坏和大小，对乡社分别做不同的处理。好的、大的乡社保留，小的、差的乡社撤销。为了避免乡社成为乡绅豪酋们欺压百姓、抵抗朝廷的组织，辛弃疾将这些乡社归于各县州的府衙，乡社的社员们能归于府衙自然也十分高兴。

乡社的整编终于完成了，皇上听到这个消息也非常高兴。

一天，辛弃疾正在办公，忽然看到一宗诉状，他拆开一看，是状告桂阳军赵善珏的，说他“窠占军兵、丢失军械、贪占赋税”等，辛弃疾决定微服私访桂阳军。

桂阳军治平阳县（今湖南桂阳县），辖境相当今湖南省桂阳、嘉禾、临武、蓝山等县地。桂阳的名称来自此地盛产桂树而得名，境内有桂水（今春陵江）。南宋绍兴二十二年（1152年），桂阳监升为桂阳军，是南宋的军事重地。桂阳地处南岭山脉中段北缘、湘江上游的春陵江流域和耒水最大支流西河流域，自古为“襟带湖湘、控引交广”“经营楚粤间”的战略要地。

辛弃疾带着通判严友、书记薛潘文一起上路了，时值五月，放眼望去，四野里是一片绿油油的稻田，辛弃疾心中十分欣喜，度过了春天的饥荒，以工代赈取得了明显的效果，今年看来是丰收年了。

在桂阳军辖内的一家茶馆，辛弃疾和僚属坐了下来，点了一壶当地出产的好茶，老板一看大主顾来了，十分殷勤。辛弃疾随即和茶馆的店主攀谈起来。

辛弃疾问：“贵馆这里处在官道旁边，隔壁又有驿站，生意不错吧？”

店主回答：“客官有所不知啊，如今生意难做。我们喜欢像你这样的商人，最怕的是官兵。”

辛弃疾问：“为什么啊？”

店主说：“客官是外地来的吧？我们这里的知军常常用他属下的兵卒为他贩运货物，这些兵卒来我店里，从来都是白吃白喝，若有不满意，还砸店子打人，唉！”说完，店主摇了摇头。

辛弃疾说：“你们就不去官府告他们？”

店主说：“怎么告得赢啊？在行市上，他们看见自己喜欢的东西就拿，有次拿了一老婆婆的鸡蛋，那是老人准备卖钱给孙儿抓药的，老婆婆不肯给，他们将老婆婆打一顿，又急又气的婆婆回家后病了一场，几天后就离世了！她的儿子去官府状告那些兵痞，可是官官相护，哪里告得赢呢？”

辛弃疾说：“听说知军丢了军械，是怎么回事？”

店主：“我也是道听途说，客官只当闲聊，否则传到知军那里，我的日子就不好过了。”

辛弃疾哈哈一笑说：“我一过路的商人，和官府没任何往来，只是听人说过，不知道是怎么回事。”

店主凑近辛弃疾的耳边，悄声说道：“那位知军虽然上了年纪，花花肠子多着呢。他听说山里有户人家有一闺女，长得水灵灵的，竟然打起人家闺女的主意。去提亲，人家不允，他就带着兵卒想去强抢，哪知道人家向族长说了，族长带着村里的年轻人设下埋伏，把他们都给活捉了！人家也不和官府对抗，没杀一个人，就是把刀枪剑戟给缴了，放他们回去。听说有的兵卒怕回去不好交差，就偷偷跑回家了，当然这是路远的，路近的兵卒不敢离队，若是被知军查到，日子就不好过了。这事让知军吃了个哑巴亏，在外不敢声张。还有一次，他派兵卒为他贩运货物，在山里被土匪给劫了，他的那些兵卒平时不操练，一见土匪就丢盔卸甲，逃命去了。”

辛弃疾听后，心中有了底，看来那状纸上写的确实是实情。

出了茶馆，辛弃疾一行三人继续前行，半日不到就进了知军府衙的所在地。进了城区，见百业萧条。经过一家酒馆，见一大群人在那里围着，吵吵嚷嚷的声音吸引了辛弃疾，辛弃疾等走过去一看，见一中年女子拉着一个兵卒头目的袖子不让走，其他四个兵卒笑嘻嘻地看着，围观的人在低声议论。

中年妇女说：“大家伙给评评理，这几个兵爷在我这里吃饭不给钱，我们这是小本生意，你多少给一点，让我少亏一点。”

那兵卒一甩袖子，用力将妇女推倒了。

一中年男子赔着笑脸，上前来说道：“兵爷别生气，女人家头发长，见识短，别和她计较，您看我这酒店……”

那头目抹了抹嘴，喷出满口酒气：“兄弟，我亏待不了你，你等一会，我给你拿一吊肉来，抵酒钱可好？”

中年男子哈着腰，点点头：“感谢兵爷的大恩大德！”

头目手一挥：“走！”

几个兵卒就跟着他走了，围观的人也散去了。

辛弃疾想一探究竟，看他去哪里买肉来抵酒钱，三人远远地跟着兵卒们朝远处走去了。

不一会，到了菜市场，兵卒头目走到一肉铺前，肉铺老板见他们来了，忙转过身，装着做别的事。

头目喊道：“喂，给我们来一吊肉！”

肉铺店主装着没听见。

头目用刀尖捅了捅店主的后背：“喂，你聋了？给我来一吊肉！”

店主转过身来：“哦，军爷来了，小的耳聋，没听见，见谅！见谅！”

头目说：“给我来一吊肉，就这吊！”

店主说：“军爷，您在我这拿肉有好多次了，可一笔钱都没付，我这小本经营……”

头目不耐烦地打断店主的话：“我没收你的保护费、份子钱，那钱就抵肉钱了，这吊肉我拿走了！”

店主忙拦着不让走，头目拿着刀在他面前一横，店主不敢往前走了。

辛弃疾在不远处看了这一幕，怒火烧胸，他快步上前，一把夺下头目手中的肉，还给了店主。

头目没料到有人敢夺他手中的肉，回头看见了辛弃疾，便大骂道：“你哪里来的野人，敢和我过不去，我的刀是不长眼睛的！”说完，他挥刀向辛弃疾劈来。

辛弃疾避过刀锋，飞起一脚，将刀踢飞了。

“呼”的一声，其余四人从东南西北四个方位将辛弃疾围住，头目趁机去拿掉在地上的刀。

严友和薛潘文手中捏了一把汗。

薛潘文连忙说：“休得动手，他是……”

辛弃疾忙挡住：“不要说！周围的人散开！”

薛潘文咽下没说完的话，围观的人听到辛弃疾的话，忙站得远远的观望。

围着辛弃疾的四个兵卒一阵乱刀向他劈来，辛弃疾飞身跃起，人们还没看清楚，四把刀已从兵卒手中脱落，飞到了圈子外。众人一阵惊呼，又是一阵喝彩。

就在四个兵卒惊慌失措时，辛弃疾横扫了几脚，四个兵卒便躺在地上了！抱着各自的胳膊和腿在那里疼得龇牙咧嘴。

头目拾起了刀，恶狠狠地朝辛弃疾背后扑来，他想偷袭。眼看着刀要砍下来了，辛弃疾双手抓住头目的脚，往前一摔，将他结结实实地砸在了地上，他的脸被地上的石头擦出了血。

辛弃疾用一只脚踩着头目的背，从绑腿上抽出匕首，对头目说道：“想死还是想活命？”

头目：“壮士饶命！”

辛弃疾：“那就乖乖跟我走！”

辛弃疾用脚将五把刀一一勾起，交给严友和薛潘文。两人脸上带着惊奇与钦佩。

严友说：“没想到辛大人的武功这么好，今天我们算是开了眼界！”

薛潘文说：“当然，否则当年怎么敢一人独闯金营抓叛徒！”

辛弃疾一行三人押着五个兵卒回到了刚才的那家酒楼。

头目被辛弃疾带进一隔间，严友和薛潘文在外看着四名兵卒。

过了很久，辛弃疾带着兵卒头目出来。

他们一行八人朝知府衙门走去。

知军赵善珏得知辛弃疾来了，忙出府衙迎接，一见辛弃疾押着几个兵卒进来，心中预知大事不好。

辛弃疾升堂审讯这几个兵卒。

兵卒们供认了帮助知军运输货物、丢失军械之事，对自己在民间强拿恶要也认罪伏法。知军赵善珏在一旁听得满头大汗，辛弃疾当堂将兵卒打入大牢，以军法论处。

接下来的几天，辛弃疾又微服到民间查访，查得赵善珏用百姓的租赋科折银两盈余入己。

辛弃疾向朝中奏了一本，任职才半年的赵善珏在六月十三日被朝廷特降一级罢官。

第十九章

藏起“御前金字牌”，两天变出了二十万片瓦！创建的“飞虎军”，成为金人惧惮的劲旅；开仓赈灾，敢于惩治屯粮的奸商。

剩云残日弄阴晴。晚山明，小溪横。枝上绵蛮、休作断肠声。但是青山山下路，春到处，总堪行。

当年彩笔赋芜城。忆平生，若为情。试取灵槎，归路问君平。花底夜深寒色重，须拚却，玉山倾。

——《江神子·和人韵》

1

窗外，雨淅淅沥沥下个不停，辛弃疾在衙署里踱来踱去。

书记薛潘文见辛弃疾坐立不安，问道：“辛帅有什么烦恼的事吧？”

辛弃疾说：“是啊，眼看这雨下个不停，令人心烦！”

薛潘文又问：“辛帅莫不是在等朝廷批复建军之事，让这场雨更添了愁绪？”

辛弃疾点了点头：“是啊，广东路有摧锋军，福建路有左翼军，荆南有神劲军，我们也该创设一军！”

薛潘文安慰辛弃疾：“辛帅别急，朝廷会批复的。”

辛弃疾听了薛潘文的话，点了点头，说道：“是的，我们不能再等了！现在就要着手准备，等朝廷批复下来，我们就加紧创建。”

辛弃疾在府衙召集众幕僚商议创建军队的事项。

辛弃疾：“诸位，纵观当前形势，我认为我路应当创设一军，众位可能在心中感觉没底，我能理解，不过事在人为。我想定名为‘飞虎军’，遥隶于朝廷的枢密院和侍卫步军司，近则专听湖南安抚使的节制和调度，诸位觉得如何？”

县令张平遥听了，摇了摇头：“湖南太穷，哪有那么多钱来创设军队？”

严友：“没有辛帅办不到的事，我想他已经胸有成竹了。”

薛潘文：“辛帅已经上书朝廷，不日就可批复下来。”

辛弃疾：“各路都在创设军队，军队若训练有素，对外可以抵御金兵，为恢复中原做准备，对内可以维护一方治安。我们定名为‘飞虎军’吧！”

县丞李大元说：“创设军队确实是应该的，可是我们连营房、马匹都没有，如何创建？”

辛弃疾说：“五代十国时，割据湖南的马殷在长沙所建营垒的故基还在，我们可以在那里建造营房。”

通判赵御河说：“辛帅高瞻远瞩，可是这一入秋就秋雨连绵，不知何时能建起来？”

辛弃疾点了点头，说：“这确实是个问题，不过各位只管积极配合，本官自有办法。一旦诏令下来，我们便要夜以继日地创建。”

几天后，朝廷“委以规划”的诏令下来了，紧张的筹建开始了。

辛弃疾带着官员们前往驼嘴者山。驼嘴者山在长沙城北，因为形状像骆驼的嘴巴，故得名。山上巨石林立，森林密布。众官员看到这些石头，惊叹不已，却又担心开采石头以及运输等困难。

看到大家的担忧，辛弃疾呵呵一笑，说：“诸位看到了，这里的石头可做我们垒营栅的基石。”

薛潘文说：“可是，这些石头运到故基那里，要花不少的人工，我们请民工吗？”

辛弃疾神秘地一笑说：“这个不用你们着急，我不花一分钱，便可以将石头运到目的地。”

卖人猜不透辛弃疾的葫芦里装的是什么药。

回到城里后，辛弃疾去了牢房，见了狱卒头目，让他把所有的犯人集中在一起，他要训话。

当所有的犯人集中好后，辛弃疾朝他们扫视了一眼，缓缓说道：“各位，我现在给一个你们立功赎罪的机会，我们准备在驼嘴者山开采石头，谁运得多，谁就立功多，可减少你们在牢狱的日子，具体的计数由狱卒统计。”

所有的犯人听到后，为自己能有机会减少牢狱的日子而高兴，纷纷对辛弃疾说了些感恩戴德的话，表示一定会尽最大的努力将石头运到故基。

采石工人已经有了。

安排好采石工作后，辛弃疾开始招募兵员了。

辛弃疾采取四方罗致的办法，即从本路各地原有的地方部队中选拔身体强壮的骁勇之士。听说辛弃疾招募军士，大家仰慕他，纷纷云集长沙，期盼辛弃疾能选中自己。不多久，辛弃疾选拔了步兵两千名，骑兵五百人。

这么多人怎么安置？辛弃疾将兵员分为两部分，一部分负责烧砖，一部分负责挖土运木建房，兵员住在临时搭建的帐篷里。

现在要去买马匹了。辛弃疾拨缗钱五万，派人到广西买好马五百匹，又上奏朝廷，请求朝廷下令广西经略安抚使司，要他代买战马三十匹，送往湖南飞虎军中使用。

对辛弃疾创设军队这道奏章，朝廷分为了两派，一派是支持辛弃疾的，一派是反对辛弃疾的，纷争很大。但孝宗考虑到创建一军可弹压湖南盗匪，也就同意了辛弃疾的奏章。

兵员有了，马匹有了，剩下的就是建造兵营。

有人告诉辛弃疾，朝廷枢密院有人从中作梗。知道了这些情况后，辛弃疾害怕夜长梦多，责令手下尽管建起营房。

这样一项工程所需要的钱是数以万计，辛弃疾凭着自己的威望，四处周旋，在湖南乡绅的支持下很快就筹集好了这笔资金。有几个酿酒发家的富户，因为辛弃疾施行榷酒法断了他们的财路，他们联名向朝廷奏了一本。

原来湖南造酒卖酒，都是私人所为，官府只收税钱，很多富户因为造酒卖酒发了财。辛弃疾到任后，施行榷酒法，即私人造酒，官府卖酒，所有利钱都由官府所有。此令一出，官府的收入增加了，卖酒的富户因此损失了一笔财源。

朝廷反对派们看到了这个奏本，认为是弹劾辛弃疾最好的机会。他们在皇帝面前劾奏辛弃疾借创设军队聚敛民财。孝宗耳根软，一听说湖南有百姓状告辛弃疾，便同意由枢密院降下“御前金字牌”，要辛弃疾将这项工作立即停止。

八月十八日，辛弃疾接到这道金字牌，他长叹一声，想到自己竭心尽力为朝廷做事，却被人陷害。营房现在已经完成了一大半，不能半途而废！倘若停止了营建，自己就真的背上了聚敛民财的罪名，两个多月苦心经营的军队就此解散了。面对这金字牌，辛弃疾一时也不知道怎么办。

忽然，辛弃疾果断做出了一个大胆的决定：藏起金字牌，工期加紧进行！

哪怕是掉脑袋，他也要将这件事情做成！

辛弃疾带着几位官员来到了营栅建造地，秋雨中，众多的士兵穿着蓑衣戴着斗笠在砌砖垒石，搬运木材。

辛弃疾招来监工们，说道：“这么多天来诸位为建造营栅不辞劳苦，各位再辛苦一些日子，现在你们将各自进展的情况报一报。”

负责搬运石头的监工说：“近些日子，犯人们搬运的石头足够建造房子的地基，他们还在采石，说再采一些留着备用。我想，他们实际上是想减少自己在狱中的日子。”

辛弃疾点点头说：“好！”

负责烧砖的监工说：“我们烧出的砖已经足够，可是瓦就无法烧制了，看这天气，阴雨连绵无法开窑。”

辛弃疾转过头来，问薛潘文：“从湖南到临安快马驿报需要多久？”

薛潘文说：“一般情况下十日，这阴雨天气怕是要半月。”

辛弃疾一听，高兴起来，说：“好！”他转过头来问主管建造营栅的监工，“全营完工，需要多少瓦？”

监工说：“需要二十万块瓦。”

辛弃疾击掌，笑着说：“好！我限你六天内将全部营栅完工，倘若不能完工，军法处置！其他各部衙门全力协助盖瓦完工，否则一并处置！”

负责烧瓦的监工哭丧着脸说：“辛帅，石头有了，砖有了，我们营栅的主体也基本完工了，可是瓦却没有！你看这秋雨连绵，瓦窑开不了窑，烧不了瓦，这二十万片瓦我如何筹集得出来？”

辛弃疾听了，点了点头，说：“也是，秋雨给我们带来了很多不便，这样三天之内，我给你变二十万片瓦出来如何？”

众位听了，面面相觑，三天之内变出二十万片瓦？岂不是神仙？就是从外地借瓦，路上运输也要一些时日呀。

看着众位疑虑的眼神，辛弃疾说：“明天就开始准备收瓦吧！你们边收瓦边盖瓦。营栅全部完工后，我要重赏各位！”

辛弃疾留下两位官员督工，便和其他几位官员回城了。

当天，街上到处贴满了告示：

告市民书：

因秋雨连绵，建造营栅无法烧瓦，恳请每家送瓦二十片，两日之内送交营栅处，并领取一百文钱。

潭州城内的百姓看到出这么高的价格买瓦，有的找出家中蓄存的旧瓦，有的揭下屋檐处的瓦，送到了营栅处，不出两天，所需的二十万瓦片全部备齐！

府衙内，辛弃疾让薛潘文绘制军营图册，并奏表一份，上面详呈建军始末、筹资情况、所需费用等，随即他委派严友进京，还为他选了一匹最好的马，让他将表及图册日夜兼程，十日之内必须送达朝廷，送到了，立功授奖，若送不到军法论处！

其实，辛弃疾是心急如焚的，若派出的官员先于朝廷官员到达，他就可免除了欺君之罪，否则就是欺君之罪！

辛弃疾亲自送严友上路，叮嘱他这份奏折与图册，关系到飞虎军几千人的前途与命运，希望他能安全送达。

严友果然是个好骑手，他马不停蹄地在第九日就到了临安，顾不得歇口气，立即将奏表送达了朝廷。

第二天，孝宗上朝，他看到了辛弃疾的奏表，又过目了建军的一些明细，他一边看一边问：“派去让辛弃疾缓建军队的朝官回了吗？”

枢密使王淮回答：“回圣上，还没有回。”

孝宗抬起头来，说：“辛弃疾还真是快，我上个月才下诏令同意他建军，这个月就把军队建起来了！此人办事，果断精明。我看他呈上的报表，所用钱财明细一概清楚，并不是如前所言。”

枢密使王淮：“可是，圣上……”

赵昚说：“不要多说了，收回成命吧！军队既然创建起来了，就不可撤销。”

辛弃疾接到朝廷收回停建军营的旨意后，长长地舒了一口气。

下一步，他要亲自抓军队的训练，他又将邹虎请来了，做打制兵器的顾问，又从军队中挑选精通武艺的将员，日夜加强训练。一支训练有素、严明律己的“飞虎军”成为沿江各地方军队中最上等的军队了。金人称为“虎儿军”，并十分畏惮。

2

范如山从临安来到潭州，专门来找辛弃疾。

在府衙，辛弃疾见妻兄不期而至，十分高兴。他倒上一杯茶，递给了范如山。向他谈了创建的飞虎军，还邀请他第二天去军营看看。

辛弃疾说：“如山兄，我创建的这支飞虎队，个个都是精兵强将，将来恢复中原，这支军队肯定会成为一支劲旅。要不你明天去看看？”

范如山说：“你时刻忘不了收复中原！”

辛弃疾说：“怎么忘得了呢？我的根在那里。”

范如山点头同意，说：“也是。社稷陵寝都在北方。唉，北伐！北伐！何时才能北伐啊？”

辛弃疾问范如山：“如山兄，你在临安可听到有关我的传言？”

范如山笑了，说：“说你做事果断干练。”他顿了顿，接着说道：“我在临安当然听到了不少你的闲话，他们说你将御前金字牌藏着，抓紧时间将军营抢着建起来，让那些反对你建军的人措手不及，结果是皇上收回了成命。”

辛弃疾呵呵一笑说：“如山兄，如不这么办，这支军队就建不起来！我贪污敛财的罪名也洗不清了。哦，对了，你这大忙人这个时候来，是不是有什么事？”

范如山说：“当然是有事啊。”他从包裹里拿出一卷诗稿摊在桌上：“你看，这是仪真教授周孚的遗稿，他临终前交代他儿子，让他将这诗稿和这封信交给你。这次我回临安，他儿子来我家里找我，让我转交给你。”

见妻兄提到周孚，辛弃疾不免叹息一声：“唉，周兄英年早逝，仕途上又不得志。”

辛弃疾拆开信，读了。原来是周孚托辛弃疾将他的诗稿刊印成书，诗集的序是枢密使丘密写的。辛弃疾将信递给范如山看。

范如山说：“唉，周兄虽然中了进士，却胆小谨慎，终成不了大事，仕途上也不得志。亡故之时，年仅四十三。毕生没积蓄，贫困一生。”

辛弃疾说：“是啊，周兄的诗稿，我一定要刊印出来。如山兄，我真是佩服你，不做官去做生意，生意做得风生水起，现在腰缠万贯了。”

范如山说：“幼安，你别这么说，这做生意得看机遇，人若是灵活多变，生意自然就做得好了。要不我教你几招？”

辛弃疾哈哈一笑，说：“如山兄，你妹妹常埋怨我不会挣钱，我认为当官就不能贪，若是贪钱就做不了好官！老百姓的眼睛都雪亮雪亮的。至于做生意，诚信是第一位的，我若是做生意，也许不会差吧？”

范如山说：“当然，当然，日后有生意我们一起做！”

原来范如山当了两任县令，自父亲去世后，就不再做官了，觉得官场黑暗，也不自由，便又做起生意来了。

晚上，辛弃疾和范如山在酒楼吃完饭，回到住处。

看到辛弃疾的住处冷冷清清，范如山说：“幼安，怎么连个婢女都没有？子钰没和你住在一起，你要学会自己照顾自己，你看你这里……唉，明天我去给你买两个婢女。”

辛弃疾连忙拒绝道：“不要！不要！我怕你妹妹又要埋怨我。”

范如山说：“你就说是我送给你的。”

辛弃疾说：“真的不要，你看我这官当的，朝廷将我调来调去，今天在这里，明天还不知道在哪里，到处漂泊不定，本来想将子钰接来潭州，可是家里人口太多，路上行动起来不方便，而且还不知道我在这里能待多久。”

范如山说：“幼安，不是我说你，你也要寻一处地方安个家，现在孩子一大群，临安的房子怎么住得下？”

辛弃疾说：“是啊，我一直在寻一处风水宝地，若寻着了，恐怕还要你帮忙。”

范如山说：“幼安，你说帮忙就见外了。你是我妹夫，我不帮你帮谁？若差钱找我，这几年我做生意挣了不少的钱。”

晚上，两人睡在一张床上，聊到深夜。

第二天，辛弃疾请了书匠，着手刊印周孚的诗集《蠹斋集》，然后带着范如山去了飞虎军的军营。看了军士们的训练，范如山称赞不已。

傍晚时分，两人又回到府衙。

范如山在潭州待了数日，给辛弃疾买了两个聪明伶俐的婢女，一个叫整整，一个叫香香，然后就去江西做生意去了。

这天，辛弃疾刚出府衙，就有人拦着轿子喊冤。

辛弃疾命轿夫停下轿子，他掀开帘子下来，看见几个年轻人跪在地上，一眉清目秀

的青年手托状纸喊冤。

辛弃疾接过状纸看了起来，这才明白这些年轻人是湖南的乡考生员。他们状告乡考中有人作弊，一名极差的考生竟然考中了，排第十七名。

辛弃疾将状告乡考舞弊的生员带到府衙，仔细询问了情况，并要他们拿出对方作弊的证据。几位生员面面相觑，说他们没有证据，他们只是根据对方文墨不通来判断的。

辛弃疾也不说什么，让他们退下去，说知道是怎么一回事了。

第二天，辛弃疾坐轿直接到贡院。

贡院里几名主考官还在，见知府大人亲自来了，连忙出来迎接。

寒暄过后，辛弃疾说要调阅生员的考卷。主考官们互相看了一眼，不知道辛弃疾葫芦里卖的什么药。

卷宗拿来后，辛弃疾首先看《春秋》卷。他抽出第十七名的卷子看了，发现卷子角落有一个小黑点，再读文章，觉得文笔平平，但是评语却很高。

辛弃疾启开密封处一看，是一个叫赵鼎的考生。

他生气地说道："佐国元勋，忠简一人，胡为又一赵鼎！"

原来赵鼎这个考生的名字，与南宋初年的大臣赵鼎同名。大臣赵鼎是山西闻喜人，字元镇，号得全居士。赵鼎出身贫寒，四岁就失去父亲，在母亲抚养和教育下成长。他二十一岁考中进士。金兵占领中原后，随着高宗南渡，任过侍御史、尚书右仆射、同中门书下平章士、兼枢密使。他积极主张抗金，与主和派秦桧意见不合，秦桧常在高宗面前说赵鼎的坏话，于是赵鼎罢官谪居岭南。离开京城时，秦桧还假惺惺地前去送行。赵鼎只拱拱手，对秦桧很蔑视。秦桧心中更加嫉恨赵鼎，将他越调越远，最后将赵鼎调到朱崖，命令地方官每月报告赵鼎是否还活着。赵鼎在朱崖住了三年，生活贫困，同僚都不敢去看他。六十二岁那年，赵鼎病重，他对儿子说他若不死，秦桧会对他们下毒手。若是死了，秦桧也许不会来找麻烦。他让儿子找来一面铭旗，在上面书写："身骑箕尾归天上，气作山河壮本朝。"

赵鼎绝食三天而死。

而现在这个叫赵鼎的考生，在试卷上做标记舞弊，让辛弃疾特别生气。

辛弃疾将试卷递给主考官们："这个叫赵鼎的考卷，你们看看，能取名次吗？"

众位考官接过卷子，看了起来，都不言语。

辛弃疾又从《礼记》考卷中抽出第十七名的卷子，读了文章后，暗自称奇，但是评语却不高。辛弃疾知道，这就是被调包的考卷。

辛弃疾启开密封处，见考生的名字是赵方。

他不动声色，将赵方的卷子递给几个主考官们看，让他们对两份卷子做比较。

辛弃疾厉声问道：“有人状告你们营私舞弊，可有此事？”

主考官连忙赔着笑脸说：“辛帅，没有这事，这两份卷子自然是赵方写得好。马有失蹄的时候，我们阅卷，有时也会看走眼。”

辛弃疾说：“嗯，知道就好。赵方的考卷，观其议论，必豪杰士也，此人不可失去。将赵鼎的名次作废，补上赵方。”

主考官们害怕追究，连忙照办。

半个月后，范如山从江西来到潭州，见了辛弃疾，高兴地对他说道：“幼安，这次我去江西，收获还真不小。一是生意做成了，江西的牛皮很贱，临安需要大量牛皮，我已经和江西的贩子们订了货；二是为你寻了一处安家的风水宝地。”

辛弃疾连忙问：“在哪里？”

范如山说：“信州（今上饶）。”

辛弃疾说：“信州？我路过几次，匆忙中未来得及细看。”

范如山说：“这就是你的不对了。信州北靠玉山，南临武夷，饶江东西横贯信州城，这里山光水色、土地肥沃，官道东通临安，西接湘赣。你的老友韩元吉老先生在城南买了地，在那里养老。不过城南的地已经没有了。信州城北有一湖，状如带子，叫带湖。那里风水极佳，你不如在城北带湖购地建房。”

辛弃疾说：“如山兄，你也不要急着回临安，过两日陪我去看看带湖。周孚的书也刊印得差不多了，正好我们从信州回来，你将刊印好的书带去临安，交给周兄的公子。”

两天后，辛弃疾和范如山到了信州。在信州城北灵山门外一里，有一处丘陵地带，横贯一个腰带状的湖泊，湖光山色，十分秀美，辛弃疾一眼便看中了带湖的风光。

第二天，他们去问地价，辛弃疾半天不说话了。

范如山知道辛弃疾没有多少积蓄，他把辛弃疾拉到一边，拍了拍他的肩膀，说：“幼安，你不要着急，我先帮你交定金，日后再来筹钱。你告诉我你的家底。”

辛弃疾说：“这个，这个我真不知道，钱都给了子钰，她当家，家里有多少我也没问。”

范如山说：“这样，我回去将我妹妹手中的钱都拿出来，在江西做一趟生意，保准你赚。”

辛弃疾问：“牛皮生意？”

范如山说：“对！”

辛弃疾说：“买地建房子，如山兄你都给我包了。你知道我府衙事多，脱不开身。”

范如山很爽快地说：“好，没问题！”

看好地，交了定金后，辛弃疾和范如山去城南看韩元吉。

已经两鬓斑白的韩元吉，见辛弃疾和范如山来了，非常开心。听说辛弃疾准备在带湖安家，更是十分赞同。

韩元吉，绍兴二十八年（1158年）曾为建安县令。隆兴年间，官至吏部尚书。乾道九年（1173年）为礼部尚书，出使金国。淳熙初，曾前后两次出守婺州，一次出守建宁。后晋封颍川郡公，归老于信州南涧，自号南涧翁。

韩元吉说："弃疾弟在带湖选宝地安家，可乐坏了我，以后我们可以常来往了。"

范如山说："是啊，以后我来江西做生意，也有落脚的地方了。"

辛弃疾说："能和韩相为邻，是弃疾的幸事，弃疾可以常听您的教诲了。"

韩元吉呵呵一笑，说："弃疾过谦了。你们在我这里住两日，我带你们在周围走走。"

范如山和辛弃疾见韩元吉这么热心，不好拂了他的美意，就在信州住了两天，每餐酒诗相伴，相互唱和。两天后，他们依依不舍地离开了信州。

3

辛弃疾施行榷酒法，断了潭州一些酒商的财路，他们必然嫉恨辛弃疾，于是转弯抹角在朝廷找到当权的人，送上一些钱财后，希望能将辛弃疾调离。他们联名写告状信，说辛弃疾聚敛钱财，贪赃枉法。

很多官员知道辛弃疾之所以要施行榷酒法，是因为官府收入太少了，而两千多人的军队开销是一笔很大的数目。辛弃疾施行榷酒法后，官府的收入比以前增加了一倍，税收的钱都用于军队的开支。

这天，早朝时，孝宗看见面前堆积的奏表，心烦不已。拿起一折，是江西灾情告急的奏章，再拿一折，还是江西灾情的奏章。他叹了口气，问道："湖南的灾情怎么样？"

有官员出班奏道："湖南尚可，能度过荒年。"

孝宗再拿起一份奏章，眉头一皱："怎么又是告辛弃疾的。"

枢密使王淮出班奏道："圣上，上次枢密院下金字招牌，停办飞虎军，据说辛弃疾将金牌藏起来，有欺君之罪。他高价收取民宅之瓦，阻挠朝廷委派官员去潭州，军中任职都是他一人说了算。圣上，唐末藩镇之弊我们不得不防！"

孝宗听见王淮这样说，知道他对辛弃疾一直不满，但是辛弃疾创建飞虎军，雄踞长江，对金人有很大的震慑作用，他是满意的。他咳嗽了一声，说道："辛爱卿也是为社稷着想，他没用朝廷一文钱就将军队创建起来，实属不易。他做事向来果断迅速，至于藏金牌只是传说，他的奏表先行到达朝廷，此事就不要再提了。"

右相赵雄出班奏道："圣上，老臣认为辛弃疾这些年来为朝廷做了不少实事，平定茶寇，治理滁州，平息湖南盗匪，创建飞虎军等，甚是有功，他是可用之人。如今隆兴灾情严重，何不将他迁官隆兴府，让他在那里有所作为呢？”

此时，周必大也出班奏道：“赵丞相所言极是，辛弃疾就像一匹难以驾驭的烈马，只有圣上才可以驾驭。此人有治理才能，迁官隆兴府，治理灾害，度过灾荒，他有经验。”

孝宗听后，点点头：“就依卿等所言，加辛弃疾右文殿修撰，差知隆兴府兼江南西路安抚使吧！”

右文殿修撰虽然级别很低，但是文人、学士更看重这种身份。

淳熙七年（1180年）腊月初，辛弃疾接到了诏令，离开潭州前去江西隆兴府上任，然后回临安过年。

腊月二十七，辛弃疾回到临安家中，辛文秋接过辛弃疾的包袱，这时孩子们围着辛弃疾叫呀、跳呀，辛弃疾一一抱过他们，拿出礼物分给他们，这才陆续散去。辛弃疾抱过田田手里的孩子，在她粉嘟嘟的脸上亲了一口。

田田被辛弃疾收做了小妾，去年生了一个女儿。钱钱怀孕回临安后，却不幸小产，孩子没保住，自己的命也差点丢了。在范子钰的精心调理下，才恢复了身体。

田田见辛弃疾满脸胡须，嗔怪道：“敏茹快叫爸爸！”

可能是认生，辛弃疾怀里的女儿娃娃大哭起来。

辛弃疾：“太忙了，抽不出时间回来，女儿都认生了。”

晚上，辛弃疾和范子钰商量，决定年初八全家一起去江西。

范子钰说：“幼安，哥哥来家里时给我说了，带湖那地方不错，我们就在那安家吧！”

辛弃疾说：“是啊，孩子们都大了，这房子住不下了。你看，连文秋叔叔的孩子加一起，都有十多个了，这么些年也真是辛苦你了！”

范子钰说：“看着孩子们一天天长大，心里特别高兴，可是我也老了。”

辛弃疾看了看范子钰的脸，看见了细密的皱纹，说：“是啊，你也老了。家里的事你只做安排就行了，不必事事躬亲，家里很多事可安排卿卿她们去做。”

范子钰苦笑了一下，说：“你呀，真是好福气，妻妾成群！你看看，卿卿、田田、钱钱、飞卿四个还不够，哥哥又给你添了更年轻的整整和香香。”

飞卿，是辛弃疾的一个文友送给辛弃疾的。那天，他们在一起饮酒赋诗，飞卿说对辛弃疾非常仰慕，文友便将飞卿送给辛弃疾了。

辛弃疾有点得意，说：“所以，用不着你做事啊，你分派她们就行。对了，大儿子是不是也该娶亲了？”

范子钰说：“缓两年吧，让他静心读书，考取功名再说。对了，我将家中的积蓄都给了大哥，托他替我们做生意，他说了赚的钱他一分不要我们的。”

辛弃疾说：“带湖买地的定金是你哥哥给的，到时候建房子恐怕还要向他借。”

范子钰说："不用你说，哥哥早准备好了。"

辛弃疾打了个哈欠，说："那就好！"

范子钰还想和辛弃疾说说话，可辛弃疾的鼾声已经一阵赶一阵了。

淳熙八年（1181 年）正月初八，辛弃疾安排女眷和孩子们坐着暖篷马车，他和辛文秋还有两个男仆骑着马上路了。天气依然寒冷，每到一个驿站，孩子们一下车就蹦呀跳的，叽叽喳喳说个不停。辛弃疾在一旁看着，心里暖暖的。

辛文秋将手搭在辛弃疾的肩上说："幼安，你看，好大一家人！你爷爷在九泉之下也安心了。"

辛弃疾点点头：说："是啊，我父亲单传，体弱多病。英年早逝，我也是单传，这下可好，已经有九个儿子、两个女儿了。文秋叔，你两儿两女，好福气啊！"

辛文秋说："那也是你带给我的！"

在驿站吃完饭后，他们又上路了，好在官道上一路平安，不日就到了隆兴府。在府衙后院安顿好家眷后，辛弃疾就到各县巡查。

隆兴府下辖八个县：武宁、分宁、靖安、奉新、进贤、丰城、南昌和新建。

这是辛弃疾第三次到江西为官。在湖南时，他就耳传江西官吏沆瀣一气，盘剥百姓，遇到灾年，就置百姓于不顾。辛弃疾巡查了月余，看到的是饿殍遍野，田地荒芜，百姓流离失所，四处逃荒，令人痛心疾首。各县情况都不相上下。

巡查一个月归来，辛弃疾阅读案牍上堆聚如山的文件，很多是百姓乞粮的联名信，也有的状告贪官污吏，有的状告不法粮商屯米不卖，乘机涨价……辛弃疾一一将这些文书归类。忽然他看到一封来自临安的信，拆开一看，原来是赵方考中进士写给辛弃疾的感谢信。在信中，他对辛弃疾感激不尽，说他已经就职蒲圻尉（属于江陵邑），不日即来拜谢辛弃疾。

这封信来了有一些时日，辛弃疾计算了一下，估计这几日赵方就要到了。果然，三天后，赵方来了，他在辛弃疾家里住了三天。赵方谈到治国方略，令辛弃疾十分欣喜，觉得他是不可多得的栋梁之材。辛弃疾勉励他像岳飞那样保家卫国。

辛弃疾看人很有眼力，赵方后来历官青阳知县、湖北置制使兼襄阳知府，最后官至刑部尚书。他任武官时主张抗金，数次打败金兵，使南宋没有北顾之忧。他重视人才，很多名将都出自他的麾下，成为一代名臣。

赵方要走了，辛弃疾心中发愁，看看家徒四壁，叹息了一声对范子钰说："近得一佳士，惜无以为赠。"

范子钰说："我有绢十匹尚在。"

于是，辛弃疾就将十匹绢送给赵方，又送了不少的书给他，赵方感激万分。

辛弃疾在带湖盖的房子即将完工，要上梁了，辛文秋回来请辛弃疾去上梁。辛弃疾说当前救荒很忙，府衙里脱不开身，有妻兄范如山和文秋叔两人做主操办就可，范子钰可跟随文秋叔一起去带湖。

晚上，辛弃疾写了一篇上梁文：

“百万买宅，千万买邻”，人生孰若安居之乐？一年种谷，十年种木，君子常有静退之心。久矣倦游，兹焉卜筑。稼轩居士，生长西北，仕宦东南，顷列郎星，继联卿月。两分帅阃，三驾使轺。不特风霜之手欲龟，亦恐名利之发将鹤。欲得置锥之地，遂营环堵之宫。虽在城邑阛阓之中，独出车马尘嚣之外。青山屋上，古木千章；白水田头，新荷十顷。亦将东阡西陌，混渔樵以交欢；稚子佳人，共团圞而一笑。梦寐少年之鞍马，沉酣古人之诗书。虽云富贵逼人，自觉林泉邀我。望物外逍遥之趣，“吾亦爱吾庐”；语人间奔竞之流，“卿自用卿法”。始扶修栋，庸庆抛梁：

抛梁东，坐看朝暾万丈红。直使便为江海客，也应忧国愿年丰。

抛梁西，万里江湖路欲迷。家本秦人真将种，不妨卖剑买锄犁。

抛梁南，小山排闼送晴岚。绕林鸟鹊栖枝稳，一枕熏风睡正酣。

抛梁北，京路尘昏断消息。人生直合住长沙，欲击单于老无力。

抛梁上，虎豹九关名莫向。且须天女散天花，时至维摩小方丈。

抛梁下，鸡酒何时入邻舍。只今居士有新巢，要辑轩窗看多稼。

伏愿上梁之后，早收尘迹，自乐余年。鬼神呵禁不祥，伏腊倍乘自给。座多佳客，日悦芳樽。

写罢，他将这篇文章交给范子钰，让她带给范如山。

范子钰特别高兴，与辛弃疾奔波多年，终于有一处自己的栖身之所了。

辛弃疾心中也十分开心，晚上，翻来覆去睡不着，又怕扰了妻子，因为她明天还要同辛文秋一起去带湖新居。于是，辛弃疾去了书房，填了一阕《菩萨蛮》：

稼轩日向儿童说。带湖买得新风月。头白早归来，种花花已开。

功名浑是错，更莫思量着。见说小楼东，好山千万重。

看了一遍后，辛弃疾收起笔墨，这才去睡。

4

去年江西大荒，开春时，百姓尚有存粮度荒，到了夏初四月，城中已经无粮可卖，百姓无衣无食，饿殍遍地。时任南康（今江西星子县）知军朱熹引经据典，向宋孝宗上了一道措辞尖锐、弹劾贪官污吏的奏章：

天下之大务，莫大于恤民，而恤民之本，在人君正心术以立纪纲。盖天下之纪纲，不能以自立，必人主之心术公平正大，无偏党反侧之私，然后有所系立。君心不能以自正，必亲贤臣，远小人，讲明义理之归，闭塞私邪之路，然后乃可得而正。

今宰相、台省、师傅、宾友、谏诤之臣皆失其职，而陛下所与亲密谋议者，不过一二近习之臣。上以蛊惑陛下之心志，使陛下不信先王之大道，而说于功利之卑说，不乐壮士之谠言，而安于私亵之鄙态。下则招集天下士大夫之嗜利无耻者，文武汇分，各入其门。所喜则阴为引援，擢置清显。所恶则密行訾毁，公肆挤排。交通货赂，所盗者皆陛下之财。命卿置将，所窃者皆陛下之柄。陛下所谓宰相、师傅、宾友、谏诤之臣，或反出入其门墙，承望其风旨；其幸能自立者，亦不过龊龊自守，而未尝敢一言以斥之；其甚畏公论者，乃能略警逐其徒党之一二，既不能深有所伤，而终亦不敢正言以捣其囊橐窟穴之所在。势成威立，中外靡然向之，使陛下之号令黜陟不复出于朝廷，而出于一二人之门，名为陛下独断，而实此一二人者阴执其柄。且云："莫大之祸，必至之忧，近在朝夕，而陛下独未之知也。"

朱熹，字元晦，又字仲晦，徽州婺源人。十八岁参加乡贡考试，后考中绍兴十八年进士。淳熙五年（1178 年），经宰相史浩推荐，朱熹出任南康知军。

这道措辞尖锐的奏章也是朱熹的激愤之作，他不仅将宰相以下的官僚政客抨击一番，而且竟然说皇上心术不正！

宋孝宗读了这道奏折后，非常生气，本想罢掉朱熹的官职，但是朱熹的名望很高，在百姓和士子中影响很大，只好让他仍然当南康县的知军。

在江西为官的，还有一位辛弃疾慕名的诗人陆游。陆游从四川罢官后，又复任江西常平提举，这是个很小的官职，主要负责管理常平仓里的官粮。看到江西百姓流离失所，四处讨饭，可是到处都缺粮，哪里还能讨到米呢？很多人饿死了，但官府依然是花天酒地，不把百姓的疾苦放在眼中，更不用说是向朝廷写奏折请求救灾了。陆游看到再不赈粮，百姓饿死的人会更多，于是，他连夜给朝廷写了奏折，但是没等到奏折批下来，他就传檄江西的常平仓开仓赈粮，这正好给嫉恨他的人留下了把柄：私自开仓赈粮，这是违抗圣旨。朝廷将陆游召到临安，免除他的一切官职！

朱熹和陆游两人的遭遇，让其他的官员们噤声了，他们害怕也和陆游一样被削了官职。

于是，各县州不法商人囤积粮食，哄抬米价。

辛弃疾就是在这样的情形下上任的，“任责荒政”是辛弃疾到江西任官的任务之一，他的前任在卸任之前，已经开始了举办荒政事项，江西转运判官钱佃，协助辛弃疾实施救荒事务。

钱佃，字仲耕，平江常熟（今江苏）人。绍兴十五年进士，现在隆兴府任转运副使。

此时，常平仓里已经没粮可供了，官道上到处都是逃荒的人，去年一年的饥荒，今年蔓延得更厉害了。已是春二月，但是已经连续多天没有下雨了，到处都是龟裂的田地。辛弃疾心中着急，大涝之年以后，紧接着又是一个旱灾年！春耕该怎么办？

辛弃疾了解到这些情况后，认识到首先要解决百姓的粮食问题。于是，他下令立即在隆兴府以及所属各县镇的大街要道上张贴文榜，上书八个大字：

闭粜者配，强籴者斩。

前面的一句是强制一切囤积米粮的人家，必须尽数卖出存粮，否则就要受到流放的处罚；后面一句，是禁止一切缺粮的人家向囤粮之户强行劫夺，否则，杀无赦！

老百姓围着文告，脸上露出了久违的笑容。

接着，辛弃疾又派出自己的僚属外出购粮，又将隆兴府的官吏、儒生、商贾、乡绅集中在一起，要他们保举一些精明之人数十名。

这天，辛弃疾将保举出来的几十人集中在隆兴府。

辛弃疾对他们说：“现在，我府遇到了饥荒，诸位是被推荐出来的精明强干之人，今年本府的百姓度过荒年，就全仰仗各位了！”

一位商人说：“辛大人，我们一定按照你的要求去做。”

另外一位乡绅也说：“辛大人，早就听说你的大名，你为百姓所急、所想，我们为乡亲做点事也是应该的。”

辛弃疾赞许地点点头，说：“我们已经将隆兴府官库中所存官钱和银器都清点了，现在分别借支给你们作为本钱，希望你们辛苦一趟，四处籴买粮食，限一月之内贩运到隆兴府境内粜卖，粜卖后照原借数目偿还官本，不取利息。”

“这个主意好！”

“我们老百姓可以度过荒年了。”

众人议论纷纷。

辛弃疾咳嗽了一声，提高了嗓音说：“诸位领了官钱后，尽早出发，八个县的百姓在等着你们！”

大家纷纷表示一定要完成购粮任务，随后离开了府衙。

从转运判官钱佃那里，辛弃疾听说新建县的县令汪义和做事果断干练，便传汪知县前来府衙相见。

第二天，门人报汪知县到了。

辛弃疾亲自出门迎接。

辛弃疾施礼道：“本官久候汪知府了！”

汪义和还礼说：“辛大人如此多礼，下官经受不起。”

辛弃疾说：“早就听说汪知县办事干练，今日请你来，想求教荒政之事。请到书房一坐！”

辛弃疾带着汪义和来到书房，亲自为汪义和端上一杯茶。

两人坐定后，辛弃疾说：“汪知县，我府上下对你赞颂有加，鉴于我府灾情严重，如何度过荒年，还请你多多赐教！”

汪义和说：“辛大人真是客气了，你在湖南的政绩已经传遍江南，朝廷委你以重任，恐怕你是成竹在胸了。”

辛弃疾叹了一口气说：“现在粮食还没有购回来，常平仓里也没有粮食了，我是心急如焚啊！”

汪义和说：“辛大人一来就访察民情，真是百姓的好官。现在我们要做的事情是访察民情、减免赋税、量灾救赈、安抚流民。”

辛弃疾点点头说：“本官委派你代表本府查巡八个县的民情，如何？”

汪义和笑了笑，说：“谢谢辛大人对我的信任，望辛大人对访察事宜，明示下官。”

辛弃疾：“巡视灾情，查实仓储，估拟减免赋税数额，抑制米价，严格执行‘闭粜者配，强籴者斩’八字之策，总之，要相宜行事！”

汪义和：“好，那下官告辞了。”

辛弃疾送汪义和出门了，看着五十多岁的汪义和消瘦的背影，他有些怀疑：他能行吗？

用人不疑，疑人不用，辛弃疾为自己多余的担心摇了摇头。

汪义和领命后，带着四个随从将八个县全部巡查一遍。这天，他们巡查到武宁县，见许多百姓围聚在一许姓粮铺前，汪义和带着随从也挤进了人群，只见前面的人在捶打店门。不一会儿，门开了，只放了十个人进去，门便关了。

其他的人站在店门前久久不肯散去，有的人叹了一口气，黯然地离开。突然，有一老汉饿晕了，倒在地上，众人一阵骚动。汪义和连忙上前，拿出随身带的水壶给老汉喂了一口水，又拿出半块面饼喂了下去。老汉缓过气来，连忙要给汪义和下跪。汪义和阻止了，问这家粮店是怎么回事？旁边的人抢着回答说，这家粮店主人姓许，非常黑心，他每天放十个人进去，虽是卖粮给他们，但粮价高得出奇，而且一天比一天高！买了粮的人都是从后门出去。

汪义和得知这家粮店的行为后，上前敲门，并说是奉府衙之命公干。

门童进去通报后，打开门，放汪义和等人进去了。

在门口准备散去的百姓听说官府的人进去了，便抱着侥幸的心情等着，或许等一会儿还有粮卖。

许姓粮商急忙点头哈腰迎接汪义和。

汪义和问："听说你哄抬粮价，囤粮不卖，可有此事？"

许姓粮商连忙说："大人明察，小人不敢，我是做小本生意的，家中只有一点存粮，见乡邻有难，便从口中省出一点粮食，周济他们。"

汪义和又问："街市上所贴的八字告示你可看到？"

"看到了，看到了！小人可是规规矩矩的生意人，岂敢违抗官府的命令？"许姓粮商急忙辩解。

汪义和说："那就好，倘若查到你违抗官府的命令，我们将按照告示上所说的办理。"

许姓商人连说："是！是！是！"

汪义和带着随从出了许姓粮商的门。

围聚在门口的百姓看见汪义和等人出来了，连忙围上去，问道："还有粮吗？"

汪义和摇了摇头。

"说谎！他在说谎！"一位中年人说道。

汪义和问："你怎么知道？"

那中年人说："我原来是他家伙房做饭的，有天我偷了碗饭带回家，准备给我母亲吃，被他们发现了，他们把我打一顿，赶了出来，工钱也没给。我知道他家的粮食囤在地下粮洞里，从最后面堆着杂物的房间进去，有一个梯子，可以下到地洞。"

汪义和听说后，便又敲开门进去了，这次他要求查实许姓粮商家是否有粮，见汪义和等人又返回来，粮商有点惊慌，连忙表白说家中确实没有粮了。

汪义和也不说什么，带着四位随从径直去了最后的房子，粮商想阻拦，四个随从将他控制住了。汪义和进去一看，见梁上吊着一个滑轮，滑轮下是木板铺的地面，汪义和撬起一块块木板，看见一个很大的地窖，他看见了梯子，顺着梯子下去，看见下面有很多麻袋，他在麻袋里摸了摸，都是粮食！

从地洞里上来后，汪义和问粮商："你还有什么话说？把粮食按平价卖掉！"

粮商照办了，等候在外面的百姓听说还有粮食卖，纷纷排起了长队，等候买粮。不到半日，地洞里的粮食就悉数卖光了！

汪义和在巡视八个县时，向灾民们宣布：淳熙八年的赋税减免十分之八，各县的灾民听了都十分高兴。

回到知府府衙后，汪义和将各县的受灾情况和所需要的粮食清单交给了辛弃疾，并说代辛弃疾对百姓宣布了减免了赋税十分之八。

辛弃疾十分生气：“本府让你巡查灾情，惩治不法商人，你怎么擅自减免赋税了，而且这么大的事情你也不和我商量。”

汪义和顶撞道：“你不是让我估拟减免赋税，相宜行事吗？”

辛弃疾说：“可是我没有让你减免赋税八成。”

汪义和大声说：“老百姓连吃的都没有，都快饿死了，哪里还有钱交赋税？我代你减免赋税是让百姓能留下来安心垦荒，不去他乡要饭，倘若是等我向你请示，百姓早都逃光了。”

辛弃疾想了想，汪义和说得有道理，这个人的脾气和自己有点相像。只是，没经过上报朝廷就减免赋税，怕是又给反对他的人抓住攻击他的把柄。

辛弃疾笑了笑，说：“好！好！减免就减免吧，我还得上奏朝廷请求减免赋税，这事我都做不了主。外出购粮的船陆续回了，你现在要组织一批人马巡视各地，监督粮米交易，防止有不法商人强行大批购买囤积，然后高价出售，要严格按照告示的八字来执行。对那些实在是没有钱买粮的穷苦百姓，可先赊给他们粮食，秋后偿还。”

汪义和高兴地说：“下官遵命！”

粮船陆续回到隆兴，辛弃疾将粮食售给粮商，并规定了价格，粮价很快就降下来了。

辛弃疾松了一口气，但仍担心不法粮商囤积粮食，他决定带着几个亲信出外暗访。

这天，辛弃疾刚要出门，范如山来了。

辛弃疾连忙请范如山进了府衙。

不等辛弃疾开口，范如山就急着说：“幼安，有件事情得你出面帮忙，否则我这次的生意就亏了，包括你的生意。”

辛弃疾听得莫名其妙，连忙问道：“别急，慢慢说。我的生意，我的什么生意？”

范如山说：“是这样，我去年给你说做牛皮生意，子钰把你家的全部积蓄都给我了，我运送了几船到临安，狠赚了一笔。这次用客船载牛皮运送到淮东总领所，以供军用，不料路经南康军境，被南康军守朱晦庵（朱熹）派人搜检拘没！”

辛弃疾：“嗯！”

范如山：“幼安，我的客船是挂着江西安抚占牌，以图沿途顺利，这个，我事先没给你商量。你看，朱军守那里……”

辛弃疾：“这样吧，我赈荒在即，要去八个县巡查赈粮的情况。我给朱军守写一封信，请求他归还。”说完，辛弃疾铺开纸，拿出笔写了起来。

范如山拿着辛弃疾的书信，匆忙离开了。

辛弃疾带着几位僚属，骑着马到各县州巡查赈粮情况，当他们来到武宁县时，听到百姓议论说汪义和杀了人。再仔细询问，得知是杀了一个买粮囤积的许姓粮商。很多百姓说杀得好，这个许姓粮商仗着有个族姑在后宫，在乡里不可一世，特别是这次粮荒，更是黑着良心狠赚了一笔。

到了丰城，又听说汪义和杀了两个人。辛弃疾心中着急，怕汪义和滥杀无辜。他明察暗访，发现所杀之人是扰乱市场的该杀之人。查巡后，辛弃疾发现几个县都粮价平稳，百姓有粮可吃，社会安定下来了。

汪义和回到隆兴府要给辛弃疾复命，却得知辛弃疾也下去巡视去了。等了五天，辛弃疾才回。

汪义和见了辛弃疾，说：“辛知府，下官巡查完毕，八个县的粮荒暂时缓解，百姓正在忙于春耕。按照大人的八字政策，我杀了三个人，所列罪状均在此。”说着，汪义和将文书呈给辛弃疾。

辛弃疾看完，沉默了一会，说：“杀的都是该杀之人，汪知县这次劳苦功高。我下去巡查了八县，所买回的粮食足够百姓度过饥荒，到夏收时，粮食就有所缓解。本府看到百姓忙于春耕，社会秩序井然，总算放下心来了。”

汪义和说：“那个许姓粮商被我正法，听说他有个族姑在后宫，估计这家不会轻易放过我们。我呢，已经老朽了，该告老还乡了。我怕此事会连累到大人。”

辛弃疾说：“我在武宁县暗访过，那许姓粮商就是仗着这层关系，在县里为非作歹，这次又昧着良心发财，该杀！杀了他百姓都拍手称快。我也是一个疾恶如仇之人，不过……”辛弃疾没有说下去。

汪义和：“辛帅，您好像没说完。”

辛弃疾没有回答，只是深深地叹了一口气。

第二十章

邻州百姓也是自己的百姓，拨出粮食支援他州的饥荒。虽因赈灾有功，却又被谗言所害，一贬再贬，削职为民了！

高阁临江渚，访层城、空余旧迹，黯然怀古。画栋珠帘当日事，不见朝去暮雨。但遗意、西山南浦。天宇修眉浮新绿，映悠悠潭影长如故。空有恨，奈何许。

王郎健笔夸翘楚。到如今、落霞孤鹜，竞传佳句。物换星移知几度，梦想珠歌翠舞。为徙倚，阑干凝伫。目断平芜苍波晚，快江风、一瞬澄襟暑。谁共饮？有诗侣。

——《贺新郎·赋滕王阁》

1

辛弃疾正在府衙办公，忽然门人来报：有一客人来拜访。

客人给辛弃疾递上一封信后，恭谦地站着，不肯落座。辛弃疾展开信笺读了，原来江南东路的信州也发生了饥荒，信州知府谢源明派人来见辛弃疾，乞米救灾。

信州（今上饶市）属于东路，下辖上饶、铅山、弋阳、贵溪、玉山、永丰六个县，与隆兴府是邻州。

辛弃疾让来人在会客厅等一会，说要和属僚们商量一下。听说要借粮给信州，有官员反对，说本州的粮食还不一定够，怎么能将粮食借给他州？有人说本州粮食够吃，夏收可以接济上来，信州肯定是揭不开锅了才来求助的。

辛弃疾说，都是大宋的子民，不能让百姓挨饿。于是，决定安排十分之三的粮食，让信州知府派人来运去。

辛弃疾回到会客厅，见那人还在站着，茶水没喝一口。

辛弃疾说："请坐！喝口茶吧！我们商量了，将我们所进粮食的十分之三给你们救急。你回去之后，速派船只运回去！"

来人见辛弃疾如此大度，感激万分地说："我代信州黎民百姓感谢你们的救命之恩！"

辛弃疾："你这么说就见外了，回去后代我向谢知府问好。请问你尊姓大名？"

来人说："在下陆翼言，字德隆。"

辛弃疾一听，连忙说："哎呀，是玉山县的陆知县啊，你怎么不早说？"

陆翼言说："不是我不说，是怕辛知府不肯借粮，我面子上过不去，感谢辛大人的雅量！”

辛弃疾要宴请陆翼言，陆翼言说谢知府还在等着他的消息，辛弃疾也就不强留了。

两天后，信州来船将粮食运回去了。

淳熙八年（1181 年）暮春时节，辛弃疾的上司、总领司马倬巡视江西，随同来的还有洪迈。当司马倬来到隆兴府时，辛弃疾的赈荒正在有条不不紊地进行。

这次，洪迈在吉州任知州期满，迁任赣州知州。他随司马倬归朝转官，到了隆兴府，给辛弃疾带来了他的大哥洪适的一阕词。

辛弃疾在滕王阁为司马倬和洪迈等人接风。

陪同的有转运副使张仲固（张坚）、钱佃、杨济翁等，还有城中几位饱读诗书的硕儒也被邀请。众人在隆兴府相聚后，出了城西门，来到赣江东边，登上了滕王阁的最高层。

俯瞰四周，东面是南昌城墙的西门楼，西面是烟雾迷蒙的赣江和青翠如滴的西山。南面是压江亭，北面是挹翠亭，南北两个辅亭由回廊连接。最高层处，酒菜已经摆好，歌伎也已伺候在旁，文房四宝也早已准备好了。

辛弃疾将司马倬请入上席，其余人按照长幼次序入座。春风拂面而来，江中帆船点点，笙箫歌舞助着酒兴，众人开怀畅饮。酒酣耳热后，有人提议写诗作词，大家齐声附和同意。于是，墨香飘散中，绝句短篇、排律长韵都从这些文人笔下写了出来。

司马倬说：“我们在此献丑，弃疾来压轴，如何？”

众人赞同。

辛弃疾说：“弃疾真的不能动笔，因有王勃的序文和题诗，故而不敢在此随便造次。”

张仲固说：“辛帅真是过谦了！”

司马倬说：“弃疾你这不是在说我们吗？大家都知道无法超越王勃，只是大家相聚高兴，以后能在此地相聚的机会恐怕不多，可别扫了大家的兴啊！”

辛弃疾说：“既然司马总领如此鼓励弃疾，那只好让各位见笑了。”他提起笔来，沉思片刻，提笔填了一阕《贺新郎·赋滕王阁》：

高阁临江渚，访层城、空余旧迹，黯然怀古。画栋珠帘当日事，不见朝去暮雨。但遗意、西山南浦。天宇修眉浮新绿，映悠悠潭影长如故。空有恨，奈何许。

王郎健笔夸翘楚。到如今、落霞孤鹜，竞传佳句。物换星移知几度，梦想珠歌翠舞。为徙倚，阑干凝伫。目断平芜苍波晚，快江风、一瞬澄襟暑。谁共饮？有诗侣。

众人读后，齐声叫好。

正在欣赏时，忽然听得楼下吵吵闹闹，钱佃说他下去看看是怎么回事。

原来是有一位游学的青年也要登楼赏景，但是因为辛弃疾等人已在楼上，守门人不

让游学青年上来，说有一些官员在上面饮酒作诗。青年说他也是诗人，为什么不能上楼？于是就发生了争吵。

钱佃向辛弃疾说了后，辛弃疾就让守门人请青年诗人上楼。

随着一阵“咚咚咚”的脚步声，一穿着长衫的青年上了楼，他见很多人在饮酒填词，先是一愣，然后双手抱拳，也不作揖，自报家门：“湖州学生胡时可见过诸位大人。”

辛弃疾见胡时可一脸英气，丝毫不因为这些要员在此而胆怯。

辛弃疾说：“请胡先生入席吧！”

胡时可说：“谢谢，入席不必，我就在上面赏赏风景。”

有人见胡时可如此举止，有些不屑。

辛弃疾说：“看先生也是读书人，有此雅兴赏景，何不赋诗？”

“是啊，你就赋诗一首吧。因为你也是诗人。”钱佃说。

胡时可微微一笑，看着江水，随口吟道：“滕王高阁临江渚”，他回过身来看着众人。

众人一听，笑声一片。有人说：“胡诗人，你这是背诗啊？”

原来这句是王勃《滕王阁序》后题诗的第一句原话。

听到众人的笑声，胡时可并不恼怒，接着吟诵：“帝王不来春已暮。”

众人一听，不禁愕然，有人惊呼：“好句子！”

胡时可见大家都在听，看了看几位歌伎，提高了嗓音：“莺啼红树柳摇风，犹是当年旧歌舞。”

原来滕王阁始建于唐朝永徽四年。贞观年间，唐高祖李渊之子、唐太宗李世民之弟李元婴，曾被封于山东滕州，所以他被称为滕王，且于滕州筑一阁楼，名以“滕王阁”。后来滕王李元婴调任江南洪州（今江西南昌），因思念故地滕州，修筑了“滕王阁”，此阁因王勃一首《滕王阁序》为后人熟知，特别是那一句“落霞与孤鹜齐飞，秋水共长天一色”让滕王阁名声大振。

辛弃疾将胡时可的诗重新吟诵了一遍。

司马倬赞道：“好诗！先生年纪轻轻就做出这样的好诗篇，太好了，请入座吧！”

胡时可：“据说诸位都是文坛泰斗，又是朝廷高官，学生乃一介布衣，不敢与诸位大人们同席。”说完，双手抱拳，准备下楼。

辛弃疾忙说：“胡诗人且慢！既然有缘相见，便是朋友，你若不入席，倘若传出去，别人会说我辛某的不是。”

胡时可听了，停下脚步，抬头看了看辛弃疾：“你就是辛帅？久仰大名，胡某今日无理了，请辛帅多多包涵！入席就免了，怕扰了诸位大人的雅兴。”

说完，抬腿便要走。

辛弃疾见此，便说：“既然诗人不肯入席，那我就尽地主之谊赠钱百文，以作川资。”随即，吩咐手下人取钱。

胡时可听了，抱拳相谢，收钱后，随即下了楼。

众人见胡时可这样不懂礼节，不禁摇了摇头。

这一天，大家在滕王阁尽兴玩了一天，才各自散去。辛弃疾陪着司马倬和洪迈等人回到府署，在路上，听到百姓议论纷纷，说有一个怪人，骑着马，穿城而过，见了乞丐便给钱，引得很多人跟着围观。有好事者跟着他，见他给出的钱有一百文，给完钱后就出城走了。

晚上，辛弃疾打开洪适的词，这是一阕《满庭芳》，从洪适被罢官退居饶州鄱阳，联想到自己这些年来在两湖和江西辗转为官，辛弃疾心中不免百感交集，他步洪适之韵，填了一阕《满庭芳》：

倾国无媒，入宫见妒，古来颦损蛾眉。看公如月，光彩众星稀。袖手高山流水，听群蛙鼓吹荒池。文章手，直须补衮，藻火粲宗彝。

痴儿公事了，吴蚕缠绕，自吐馀丝。幸一枝粗稳，三径新治。且约湖边风月，功名事欲使谁知。都休问，英雄千古，荒草没残碑。

词中，辛弃疾指出贤才遭妒，自古皆然，盛赞洪适的文章人品，说明贤才隐退，君国不幸。下阕写自己已在带湖筑居，哪一天也会如洪适一样，退居乡间。辛弃疾将诗笺放进信封，让洪迈带给他哥哥洪适。

两天后，司马倬回了临安。

洪迈说他也要走了，去福建建宁任职，正好路过带湖。

辛弃疾说：“弃疾送洪兄一程，顺便请兄看看我的陋室，还请洪兄为我的新居作一文。”

洪迈说：“只要弃疾不嫌弃我笔拙。”他欣然应允。

两人第二天启程去了带湖。

在城北一里许，便是田畴风光。只见远山四合，山下是绿意盎然的原野，一湖碧波轻轻荡漾，湖光水色之间，左边是稻田，右边是高阜，建有错落有致的房舍，房舍所占之地东西长一千二百余步，南北宽八百余步。

洪迈禁不住赞叹：“弃疾好眼力，相中了这么一块宝地！”

辛弃疾说：“见笑了，去年我和妻兄一起来这里买的荒地。”

两人进了屋子，辛文秋见辛弃疾和洪迈来了，连忙倒茶。辛弃疾问了问还有哪些地方没有完工，辛文秋一一做了回答。

辛弃疾说：“洪兄，我给这陋室起了名字，叫稼轩如何？我的名号，就叫‘稼轩居士’吧！”

洪迈笑道：“你正当朝廷重用，怎么想着当起居士来了？”

辛弃疾说：“谁都无法预料到未来，说不定哪一天一道圣旨，我就被罢官。”

洪迈眼里掠过一丝愁云：“是啊，你看我大哥……唉，不说了，我们去喝酒论诗吧！”

晚上，辛弃疾和洪迈住在新居里，辛弃疾给洪迈看了他规划的图纸，东面高阜上是集山楼，中间是三进的院落，主宅稼轩，西岗上是值杖亭，田边有一排平房，有稼轩亭，湖边有栈桥和楼台水榭。目前主宅院落建起来了，楼亭水榭还在施工之中。

第二天，洪迈去了福建，辛弃疾也回了隆兴府。

2

夏收丰产，百姓们又吃到了白花花的大米，辛弃疾心中的高兴都写在了脸上。这天，辛弃疾和杨济翁两人骑着马在豫章城内信马由缰，不一会马带着他们来到了东湖。只见湖岸曲曲折折，洲岛错落有致，早年曾有过的馆榭建筑已经破乱不堪，因为水灾频繁，淤泥堵塞，芦草丛生，原有的堤岸不见了踪影，湖边自生自灭生长着一些柳树，夕阳铺在湖面上，给湖水镀上了一层金黄。

辛弃疾看着东湖，对杨济翁说：“济翁，你看这东湖多美啊，只是可惜年久失修，加之水灾频频，要是疏通治理好了，又是一处绝美的风景。”

杨济翁说：“弃疾，疏浚东湖的费用可不是一笔小钱，百姓刚刚恢复生产，解决了肚子的饥饿，现在疏浚东湖是不是早了点？”

辛弃疾：“我试试看。”

两人边说边回到府衙。

辛弃疾做了隆兴知府后，请杨济翁来做幕僚，在一些大事的处理上，辛弃疾总是征询杨济翁的意见。

第二天，辛弃疾将南昌县和新建县县令找来，商议疏浚东湖之事，因为东湖属于两县管辖。

辛弃疾说：“两位知县在此，我想和你们商量疏浚东湖之事。”

南昌知县小心翼翼地问：“辛帅可知疏浚东湖需要多少工日？”

辛弃疾说：“我粗略地估算了一下，大约需要五十万个工日才能完工。”

新建知县汪义和当场反对说：“疏浚东湖，需要钱的数目巨大，辛帅府中可将钱准备好了？”

辛弃疾说：“钱是没有，可以以工代赋。”

汪义和说：“我已经代你宣布了今年减免赋税十分之八，你现在又以工代赋，在百姓眼中那不是不守信用，出尔反尔了吗？何况百姓刚刚喘了口气过来，东湖的水域又不灌溉农田，何必浪费资金呢？”

辛弃疾说：“我意已决，现令你县每日派工两千，明日起开始疏浚东湖！”

汪义和瞪着辛弃疾，说：“恕不从命！要不，你罢了我的知县！”

辛弃疾见汪义和顶撞自己，气得不行，连喝了几口茶：“你以为我不敢？”

杨济翁见状，连忙劝阻：“两位息怒，疏浚东湖是一件大事，我们慢慢商议。”

汪义和见杨济翁劝阻，气冲冲地说：“以后也不商议！”袖子一甩便走了。

南昌知县连忙说：“辛帅息怒，下官也告辞了。”他小心退出，然后走了。

室内只有辛弃疾和杨济翁两人，杨济翁见辛弃疾气得吹胡子瞪眼睛，大笑起来：“弃疾，你看你……汪义和怎么和你的脾气一样？”

辛弃疾说：“这个老头子比我倔多了！”

杨济翁说：“好了，你不要生气了！汪知县说得也有道理，百姓刚刚松了一口气，疏浚东湖是个大事，不是一日两日便可做成的，待时机成熟了，再治理也不迟。”

辛弃疾说：“谁知道我今天在任上，明年还在不在？”

杨济翁说：“是啊。所以，你别急着疏浚，万一你做到一半，调任了，后面的官员不愿意做，岂不是劳民又伤财？”

辛弃疾想了想，杨济翁说得也不无道理，自己这么多年来调来调去的，有的地方甚至只待了两三个月。他叹了一口气说：“你说的不是没有道理，暂且放下吧！”

杨济翁见辛弃疾不高兴，连忙转换了话题。

杨济翁：“弃疾，新居都完工了吗？你光顾着公事，上梁的那会，正赶上赈荒，只是后来你陪送洪迈去看了一次。”

辛弃疾：“是啊，按理也该建得差不多了。”

杨济翁：“今年过年可以进去住了吧？”

辛弃疾：“是这样打算的。”

两人正说着，信差送来了一封信，原来是洪迈从建宁寄来的信。

辛弃疾急忙拆开，读了起来：

郡治之北可里所，故有旷土存，三面傅城，前枕澄湖如宝带，其纵千有二百三十尺，其衡八百有三十尺，截然砥平，可庐以居，而莫识其处。天作地藏，择然后予。

济南辛侯幼安最后至，一旦独得之，既筑室百楹，才占地什四。乃荒左偏以立圃，稻田泱泱，居然衍十弓，意他日释位得归，必躬耕于是，故凭高作屋下临之，是为“稼轩”。田边立亭曰“植杖”，若将真秉耒耨之为者。东冈西阜北墅南麓以青径款竹扉锦路行海棠集山有楼婆娑有室信步有亭。皆约略位置，规岁月绪成之，而主人初未之识也。绘图畀予曰：“吾甚爱吾轩，为吾记。”

余谓侯本以中州隽人，抱忠仗义，章显闻于南邦，齐虏巧负国，赤手领五十骑，缚

取于五万众中，如挟狡兔。束马衔枚，间关西走淮，至通昼夜不粒食。壮声英概，懦士为之兴起，圣天子一见三叹息，用是见深知。入登九卿，出节使二道，四立连率幕府。顷赖氏祸作，自潭薄于江西，两地惊震，谈笑扫空之。使遭事会之来，挈中原还职方氏，彼周公瑾、谢安石事业，侯固饶为之。此志未偿，顾自诡放浪林泉，从老农学稼，无乃大不可欤？

若予者，伥伥一世间，不能为人知，乃当急须蓑笠，醉眠牛背，与荛童牧竖肩相摩，幸未黧老时及见侯展大功名，锦衣来归，竟厦屋深潭之乐。将荷笠棹舟，风乎玉溪之上，因园隶内谒曰："是尝有力于稼轩者。"侯当辍食迎门，同席而坐，握手一笑，拂壁间石细读之，庶不为生客。

侯名弃疾，今以右文殿修撰再安抚江南西路云。

辛弃疾读完后，递给杨济翁。原来，这是辛弃疾委托洪迈为新居撰写的文章。

"好文！洪迈不愧是大家。"杨济翁看后说道，"弃疾将一片荒地建成圃园，有眼光！"

辛弃疾说："你别夸我，看看我新近填的《沁园春·带湖新居将成》。"

杨济翁接过辛弃疾递过来的词，他吟诵起来：

三径初成，鹤怨猿惊，稼轩未来。甚云山自许，平生意气；衣冠人笑，抵死尘埃。意倦须还，身闲贵早，岂为莼羹鲈脍哉？秋江上，看惊弦雁避，骇浪船回。

东冈更葺茅斋。好都把轩窗临水开。要小舟行钓，先应种柳；疏篱护竹，莫碍观梅。秋菊堪餐，春兰可佩，留待先生手自栽。沉吟久，怕君恩未许，此意徘徊。

念完，杨济翁看着辛弃疾问道："弃疾，我怎么读出了你的退隐之心？"

辛弃疾回答："你看看洪丞相，他位极人丞，最后还是退隐，何况我呢？这几年你跟着我也看到了官场的险恶，好在我现在有了栖身之所。"

杨济翁说："弃疾多虑了，圣上正在重用你呢！"

辛弃疾说："你知道我的秉性，不巴结奉承人，又得罪了不少权贵，唉，世事难料！"

杨济翁说对了，因为辛弃疾举荒政之功，孝宗将辛弃疾转为奉议郎。奉议郎为文官第十六官阶，从六品上。

可是，辛弃疾对此并没有感到多大的高兴，他一直挂念的是什么时候能恢复大宋，如何将金人赶出中原，他重新回到故土。

3

秋天，转运判官张仲固转官，辛弃疾在撷云楼设宴相送。

辛弃疾举起杯子祝贺道："恭喜张判官高升为兴元府（今陕西汉中）兼利州安抚使！在此，弃疾借薄酒以表敬意！"说完，一饮而尽。

张仲固说："感谢辛帅对我的提携，我才有了今日。一直仰慕辛帅肩负历史兴亡之责，你对朝廷忠心耿耿，一心为民，是我辈的楷模！"

杨济翁也举起酒杯，祝张仲固前程远大。

席间，辛弃疾填了一阕词《木兰花慢·席上送张仲固帅兴元》送给张仲固：

汉中开汉业，问此地、是耶非？想剑指三秦，君王得意，一战东归。追亡事今不见，但山川满目泪沾衣。落日胡尘未断，西风塞马空肥。

一篇书是帝王师。小试去征西。更草草离筵，匆匆去路，愁满旌旗。君思我、回首处，正江涵秋影雁初飞。安得车轮四角，不堪带减腰围。

钱佃读后，感慨不已，说："从关中到汉中，这是李纲等人主张建立行都，出击金军之地。汉朝的基业也是从这里开始的，辛帅从这里起笔，真是绝妙。"

其他人对这阕词也称赞不已。

酒宴结束后，张仲固和辛弃疾一起又回到了府衙，两人边品茶边交谈。

张仲固："辛帅，我去朝中述职时，听到朝中对你有些议论，可能对你有些不利。"

辛弃疾叹了一口气说："这么多年来，朝中对我褒贬不一，随他去吧！"

张仲固说："我们知道你真是一心为朝廷着想，可总有那么一些小人从中搬弄是非，而你又是一个嫉恶如仇的人，率真耿直。"

辛弃疾问："不知道有哪些方面的议论？"

张仲固说："说你在湖南长沙创办飞虎军时用钱如流沙，在江西举办荒政杀人如草芥。"

辛弃疾说："飞虎军近两千人，想想每日的开支该有多少？江西举办荒政所谓的杀人如草芥，你是清楚这事的。"

张仲固说："是啊，就是汪义和杀的那个所谓的皇亲，到处散布不利于你的谣言。"

辛弃疾说："汪义和杀人也是杀的该杀之人，是我授权给他的。赈荒'八字'也是我宣布的，不这样做，当时的局面能控制得住吗？所有的责任我都担当起来，哪天我被罢官了，回家种地去！"

张仲固叹了口气说："可惜了你一腔忠心！奸佞当道，人心不古！"

辛弃疾说："南归几十年我也经历了宦海沉浮，只是可惜我没机会驰骋战场，收复失地，只在这江南辗转为官。当年的志向和抱负……不说了，这次你去兴元，那边和金国交界，你可要多留心。"

张仲固说："谢辛帅教诲，我如你一样，希望早日能收复失地，还我大宋河山。"

两人越说越投缘，不觉已经深夜。

辛文秋从带湖回到隆兴府，他告诉辛弃疾房舍都已经修建完工，稻田开始有了收成，园圃也修好了，剩下的就是那些靠近湖边的楼亭水榭以后再修建。

辛弃疾听后，非常满意，那么多房舍足够住下一家人。即使将来罢官了，那些田地也足以养活家人。辛弃疾感谢辛文秋将近一年的辛苦，辛文秋呵呵一笑，说这么多年颠沛流离，总算有了真正的家了。

范子铚也特别高兴，她在家收拾东西，还有几个月就要过年了，她将要带往新居的东西早早就准备好，一大家二十多口人，今年可以热热闹闹地过个年了。

辛弃疾这几天心中十分悲伤，好友吕伯恭（祖谦）于七月二十九日去世了，年仅四十五岁。吕祖谦是韩元吉的女婿，绍兴二十七年（1165 年）12 月 29 日，吕祖谦迎娶韩元吉的长女，不幸的是五年后韩元吉的长女去世，韩元吉亲自作墓志铭。乾道五年（1169 年），吕祖谦又迎娶韩元吉的三女儿五十一娘为继室，过了两年，又去世了，年仅二十七岁，姐妹俩同域异穴。失去两个女儿，这使韩元吉非常伤心。现在吕祖谦又英年早逝，韩元吉老泪纵横，在挽诗中写道：

青云途路本青毡，圣愿相期四十年。
台阁知嗟君卧疾，山林空叹我华巅。
伤心二女同新穴，拭目诸生续旧编。
斗酒无因相沃酹，朔风东望涕潸然。

辛弃疾写了一篇祭文悼念表达自己的哀思。

过了两天，辛弃疾接到了陆九渊的一封长信。

陆九渊，号象山，字子静，江西抚州市金溪县陆坊青田村人，比辛弃疾长一岁。乾道八年（1172 年）中进士，初任隆兴府靖安（今江西靖安）县主簿，后调建宁府崇安（今福建崇安）县主簿。陆九渊出身世家，家学渊博，他自幼好学，善于思考。陆氏家风，笃实严谨。

淳熙二年（1175 年）六月，应吕祖谦之邀，陆九渊与朱熹在江西上饶的鹅湖寺会晤，展开了有关“心”与“理”的大辩论，研讨治学方式与态度。朱熹主张通过博览群书和对外物的观察来启发内心的知识；陆九渊则认为应“先发明人之本心然后使之博览”，所谓“心即是理”，无须在读书穷理方面过多地费功夫。双方赋诗论辩。陆九渊指责朱熹“支离”，朱熹讥讽陆九渊“禅学”，两派学术见解争持不下。但他们友谊极厚，书信往来，论辩不已。陆九渊曾在朱熹主持的白鹿洞书院讲君子小人喻义利一章，听者泣下。

陆九渊的学生颇多，他从学生处听到了有关辛弃疾的传言，心中气愤，就给辛弃疾写了一封长信，信中一是论为政，二是严厉批评辛弃疾不顾人民疾苦，贪赃枉法，滥杀无辜：

与辛幼安书

辄有区区，欲效芹献，伏唯少留聪明，赐之是正，窃见近时有议论之弊，本出于小人之党，欲为容奸庋慝（隐藏邪恶）之地，而饰其辞说，托以美名，附以古训，要以利害，虽资质之美、心术之正者，苟思之不深、讲之不详，亦往往为其所惑。此在高明，必已洞照本末，而某私忧过计，未能去怀，敢悉布之……

今天子爱养之方丁宁于诏旨，勤恤之意焦劳于宵旰，贤牧伯班宣惟勤，劳来不怠，列郡成风，咸尚慈恕；而县邑之间，贪饕矫虔之吏，方且用吾君禁非惩恶之具，以逞私济欲，置民于囹圄、械系鞭棰之间，残其支体，竭其膏血，头会箕敛，槌骨沥髓，与奸胥猾徒厌饫咆哮于其上。巧为文书、转移出没，以欺上府。操其奇赢，与上府之左右缔交合党，以蔽上府之耳目……上之人，或浸淫闻其仿佛，欲加究治，则又有庸鄙浅陋、明不烛理、志不守正之人为之缓颊，敷陈仁爱宽厚有体之说，以杜吾穷治之意；游扬其文，具伪貌诞谩之事，以掩其罪恶之迹。遂使明天子勤恤之意，牧伯班宣之诚，壅底而不达……

陆九渊希望隆兴府兼江西安抚使的辛弃疾能“究宽仁之实”，“使圣天子爱养之方，勤恤之意，无远不暨，无幽不达”。

此外，陆九渊给好友徐子宜也写了一封信，信中说：“……某人始至，人甚望之。旧闻先生称其议论，意其必不碌碌，乃大不然。明不足以得事之实而奸黠得以肆其巧，公不足以遂其所而权势得以为之制。自用之果，反害正理，正士见疑，忠言不入。护吏而疾民，阳为不任吏而实阴为所卖。奸猾之谋无不得逞，贿赂所在无不如志……良民善士，疾首蹙额，饮恨吞声，而无所控诉”，在这封信中，某人指的就是辛弃疾。

陆九渊的学生很多，一时间不利于辛弃疾的流言四处传播。

辛弃疾也听到了这些传言，“清者自清，浊者自浊”，他没有理会这些议论。

刚入冬天，钱佃由江西转运副使的职位调任婺州（今浙江金华），辛弃疾在隆兴府设宴送别钱佃。张仲固已调走，如今钱佃又调任，熟识而又合得来的僚属越来越少了。辛弃疾有些伤感，席上的众位官员见辛弃疾情绪低落，也不免伤感。

辛弃疾填了一阕《西河·送钱仲耕自江西漕移守婺州》：

西江水，道似西江人泪。无情却解送行人，月明千里。从今日日倚高楼，伤心烟树如荠。

会君难，别君易。草草不如人意。十年著破绣衣茸，种成桃李。问君可是厌承明？东方鼓吹千骑。

对梅花更消一醉。看明年、调鼎风味。老病自怜憔悴。过吾庐定有、幽人相问：岁晚渊明归来未？

杨济翁读后，对辛弃疾说：“辛帅如此伤感，人生就如这筵席，哪有不散的呢？”

钱佃说：“感谢辛帅对我的教诲和提携，我当以辛帅为榜样，做一个清正廉明之官。”

辛弃疾说：“谢谢你这么说，今日一别，不知何时才能相会？今天确实有些伤感了。来，大家喝酒！”

众人见辛弃疾端起了酒杯，也纷纷敬酒，一时间，宴席上又热闹起来了。

大家闹到深夜，这才散去。

4

已经告老还乡的洪适收到辛弃疾步其韵的词，又得知辛弃疾在带湖筑了新居，他特地为辛弃疾的新居赋诗一首，名为《题辛幼安稼轩诗》：

济时方略满心胸，卜筑山城乐事重。
岂是求田谋万顷，聊因学圃问三农。
高牙暂借蕃维重，燕寝未须归兴浓。
且为君王开再造，他年值杖得从容。

辛弃疾的新居布局讲究，房舍楼亭的高低疏密错落有致，又有洪迈的文章，洪适的诗，一时间辛弃疾的新居成为信州的一景，很多人特地去带湖看辛弃疾的新居。朱熹此时由南康军守调任浙东常平茶盐提举，即管理浙东路各地的官茶官盐。信州属于浙东的管辖，朱熹借巡视之机，也特地去带湖看辛弃疾的新居。

由信州北门出城，一里多路后，便是带湖。朱熹绕过带湖，远远地看见高阜上的一些房子，低矮处便是稻田，花径竹扉，池塘茅舍，安排得错落有致。一条新修的小路直接通向三进院落，朱熹见高高的院墙围着，大门紧闭。他上前敲了敲门，不一会，一位男子打开了门，问朱熹找谁？朱熹说是辛弃疾的文友，特地来看看他的新居。

开门的是辛文秋，见来人说是辛弃疾的文友，连忙热情招待。

朱熹看见这三进院落，带有东西跨院，有几十间房。房子的布局呈对称状，非常讲究。雕梁画栋、影壁回廊、花畦鱼池、假山小苑、曲栏回廊等建得十分精美，房舍分类繁多。朱熹转到书房，洪迈的文章和洪适的诗被挂在书房的墙上，他站在那里仔细研读着每一个字。

登上集山楼，远处灵山若隐若现，俯瞰带湖，鸥鸟盘旋，朱熹心中赞叹：真是好地方！

辛文秋留朱熹吃饭，朱熹说还有事，他便告辞了。回去后，朱熹给陈亮写了一封信，说他看了辛弃疾的新居，是他“以耳目所未曾睹”。

陈亮接到朱熹的信后，给辛弃疾写了封信：“……始闻作室甚宏丽，传到《上梁文》，可想而知也。见元晦说潜入去看，以为耳目未曾睹，此老言必不妄。去年亮亦起数间，大有鷦鷯肖鹍鹏之意，较短量长，未堪奴仆命也。又闻往往寄词与钱仲耕，岂不能以一纸寄分呼？……”

辛弃疾的新居确实是太惹眼了，特别是名气很大的三洪兄弟，有两个为辛弃疾的新居作文，自视清高的朱熹也去偷看，这些消息源源不断地传到朝廷。那些嫉恨辛弃疾的人便将以此为把柄，说辛弃疾贪污公款，否则哪有那么多钱来建造那么多的房屋？

文笔如刀的监察御史王蔺，他整理着从湖南和江西递上来状告辛弃疾的状子，又将听说来的一些事添进去，和中书舍人崔敦诗各上了一本，弹劾辛弃疾。

辛弃疾确实得罪了一些人，在湖南，他施行榷酒法，断了那些酿卖酒人的财路，他们联名写信上朝廷告状；在江西他采取严厉的措施举荒政，断了那些不法粮商的财路，加上汪义和杀了几个囤粮奸商，也是在执行辛弃疾的八字政令，他们自然要去朝廷告状。适逢辛弃疾在带湖建有豪宅，自然会让人联想到贪污公款。

当朝的宰相是王淮和赵雄，他们是主和派，对辛弃疾等主战派采取排挤政策，这些年孝宗一直任用辛弃疾，是因为碰到众多棘手的事，只有辛弃疾才敢大刀阔斧去解决“麻烦”，他们见王蔺等弹劾辛弃疾，也在一旁鼓动孝宗处置辛弃疾。

于是，孝宗在两位宰相的说辞中，又在王蔺的“用钱如泥沙，杀人如草芥”的奏折中，将辛弃疾降为浙江西路提点刑狱。

朝使快马加鞭到了隆兴府，辛弃疾在隆兴府连忙跪下。

朝使高声宣读了诏书，辛弃疾这才得知自己已被朝廷降为浙江西路提点刑狱。

杨济翁默默地帮着辛弃疾收拾完府衙里的东西，辛弃疾给下属交代完公事后，和杨济翁一起回到家里。

杨济翁安慰辛弃疾说：“弃疾，别往心里去，这只是暂时的，你还有被启用的时候。”

辛弃疾说：“唉！这么多年，看惯了宦海沉浮。你看，朝廷的主战派都一一调离京城，何况我这个小官呢？升贬都在他们的一句话，想想岳飞，心中对这一切就淡然了。”

两人边说边走，不一会就到了辛弃疾的家中。

范子钰见杨济翁来了，连忙出来倒茶。

辛弃疾对范子钰说：“又调官了！”

范子钰问："这次去哪里？"

杨济翁回答："这次去浙江。"

范子钰说："那我和孩子们就不跟着去了，我们去带湖新居。"

辛弃疾表示赞同："好！跟着我又要受车马颠簸之罪。"

范子钰留杨济翁在家吃饭，杨济翁也不客气地答应了，他要陪陪辛弃疾。范子钰亲自下厨炒菜端进书房，辛弃疾和杨济翁两人边喝边聊，直到酩酊大醉。

几天后，辛弃疾正准备去临安转官述职，忽然又有朝使来到家中。

辛弃疾和范子钰等家人急忙跪下，听着朝使宣读诏令。

朝使声音严厉：

廷臣辛弃疾奸贪凶暴。帅湖南贪赃枉法，帅江西利用职权滥杀无辜。今朝野多人弹劾，查证所作所为具是实情。罢免其新除浙江西路提点刑狱之职，即刻起削职为民，钦此。

辛弃疾字字句句听得清清楚楚。

"臣辛弃疾接旨，谢主隆恩！"

朝使走后，范子钰安慰着辛弃疾："幼安，这么多年，我们夫妻总是两地分居，你呢，辗转为官，太累了。正好我们的新居也做起来了，我们去那里一起过日子。"

辛弃疾感激地朝范子钰苦笑了一下，说："是啊，是该歇一歇了，带着孩子们读书、事农，也其乐无穷！"

汪义和听说辛弃疾被罢官，匆忙赶到辛弃疾家中，他觉得辛弃疾之所以被贬，是和他杀人被告状有密切联系。

汪义和说："辛帅，是我处事不当，杀人之事与你无关，我上书朝廷，人是我杀的。"

辛弃疾拍了拍汪义和的肩膀："汪知县，安抚使有权掌握生死大权，你不过是执行我的命令。此事已经过去，你就不要再挑起来了，他们是针对我的。"

汪义和说："我不能让辛帅背着这样的名声，我要上书朝廷，陈述事情的经过。"

辛弃疾劝阻道："千万不可！我已厌倦了辗转为官，正好我可以好好歇息。有空去我的新居坐坐，我们一起喝酒。听我的，不要上书朝廷，别没事找事！"

汪义和说："好！我听你的，不过，是我连累了你。"

辛弃疾说："不要这么说，即使不杀那些不法之人，他们还会找到其他的理由。疏浚东湖之事，我还真要感谢你呢，幸亏你阻止了我，否则，我这一走，还真的不知道怎么收场。"

送走了汪义和后，辛弃疾带着家人和家中的东西，雇了几乘暖轿，几驾马车，带着全家二十多口人悄悄地朝信州驶去。

第二十一章

带湖买得新风月，耕读生活其乐融融；名人雅士汇聚信州，山水之乐有诗为证。

带湖吾甚爱，千丈翠奁开。先生杖屦无事，一日走千回。凡我同盟鸥鹭，今日既盟之后，来往莫相猜。白鹤在何处？尝试与偕来。

破青萍，排翠藻，立苍苔。窥鱼笑汝痴计，不解举吾杯。废沼荒丘畴昔，明月清风此夜，人世几欢哀。东岸绿荫少，杨柳更须栽。

——《水调歌头·盟鸥》

1

带湖边，信步亭内的桌子上已摆好了茶具，卿卿、整整、香香早在此等候。整整抚弄着他的笛子，香香把箜篌抱在怀里，卿卿在整理着自己的发髻。远处，碧空下灵山显得格外青翠；湖边，杨柳轻拂着水面，微风吹过，水面荡漾起粼粼波光；路边，野花在田埂上恣意地开着。植杖亭、集山楼、婆娑堂、信步亭、滌砚渚等景观让人赞叹不已。时值三月三，辛弃疾邀约韩元吉、汤邦彦、杨济翁和信州城内一些名人雅士，在家中聚会。

杨济翁是最先到的，辛弃疾罢官后，他也在信州城内买了一栋房子，然后在城南置了一块田，将家人接了过来一起居住。

住在城南的还有汤邦彦。当年汤邦彦出使金国被贬谪，送新州编管，后来又转到信州，这一谪便是八年了。在信州，他常常和韩元吉在一起论诗词，论国事。

辛弃疾的门生范开，在通往信州城的路上候着，他在等韩元吉。

范开，字廓之，二十多岁，皮肤白净，身材高大，春节前来带湖拜辛弃疾为师。他说他是范如山的同族远支，当年随着父母南渡住淮上，置有薄田数亩，耕读度日。后来父母相继病故，他卖了田产，外出拜师求学，以期他日取得功名。他从父亲那里听到了辛弃疾的故事，非常仰慕辛弃疾的为人，得知辛弃疾在江西安抚使任上，就带着范如山的信奔赴江西，不想辛弃疾刚被罢官，他又找到信州带湖。

辛弃疾读了范如山给他的推荐信，很高兴地收范开为自己的门生。

从此，范开成了辛弃疾的关门弟子，诗文密友，他在辛弃疾家中一住就是八年。

不多一会儿，韩元吉的马车来了，跟在后面骑在马上的还有汤邦彦、信州郡守钱象祖等。辛弃疾连忙迎了上去，扶着韩元吉下了马车。

韩元吉说："弃疾的这座房宅建得豪华气派，我们先上集山楼看看风景吧！"

大家众星拱月般拥簇着韩元吉上了集山楼，走上二楼，放眼望去，南边，信州城的横街竖巷历历在目；北面，湖水缥缈处，是灵山，只见七十二峰，连绵起伏，犹如一位侧躺着入睡的"睡美人"。近看稻田，有三两人正在春耕，那是辛弃疾的大儿子和二儿子在学做农活。俯视院内，辛弃疾的三个小儿子在天井处玩耍，透过书房的窗户，可看见他另外的三个儿子正在读书。

杨济翁说："韩丞相，弃疾还真的是会选地方，当年的一片荒地，现在成了一处绝美的风景地了！"

钱象祖说："是啊，谢知府来看后赞不绝口，他对辛帅的为人更是钦佩不已。"

原来信州知府谢源明得知辛弃疾被罢官，带着家人回到带湖定居后，立即前来拜访辛弃疾。他感谢辛弃疾在危难时候救了信州百姓，度过了灾荒。两人在带湖边的凉亭里喝酒、论诗、谈国事，畅谈了一整天。

辛弃疾说："谢谢对弃疾的谬赞。"

正说着，城内有几位名流也来了，众人下楼，前往带湖边的信步亭。

坐定后，香香一一给客人上茶。

喝完茶，范开挑着担子上来了，卿卿、香香等将热气腾腾的酒菜摆到了桌上。

辛弃疾说："今日三月三，弃疾略备薄酒请各位前来赏春。这些年来，弃疾辗转为官，难得与众位相聚。今天，请各位开怀畅饮！"

韩元吉呵呵一笑，说："弃疾，自临安一别，屈指算来十几年了。想当年，你我推杯畅饮，想联络一些志同道合的志士，辅佐君王抗金收复失地。不想，多年后我们在带湖边玩弄清风明月。唉，当年的一腔热血和雄心壮志只好赋予诗词了。"

钱象祖说："韩丞相，据说朝中正在大力筹划，抗金收复失地指日可待。"

韩元吉摇了摇头，说道："严子文告退了，定居泉州。赵德庄七年前就过世了。叶衡罢相后，一直隐居，据说身体不太好，史正志被人参了一本，被贬到永州，不久在永州病逝。可惜了这个人才，当年他在建康，疏浚河道、创修清溪阁、修缮贡院……到地方为官，又是勤勤恳恳，一心为国，但结果让人寒心啊。如今，朝中积极备战、收复失地的，又有几人？但愿如你所言。"

辛弃疾感叹说："宦海沉浮，世事难料！"

汤邦彦叹了一口气，说道："真的不甘心就这样弄明月清风啊！"

韩元吉："不甘心又能怎样？我现在每天看宅前清静幽雅的涧水，想想二十多岁出仕，四十多年的宦海风波，心也就淡然了。"

杨济翁："难怪韩丞相称自己为南涧先生。"

辛弃疾：“什么时候我们也去好好欣赏你的那条涧水。”

信州名士吴子勋说：“那条涧本有点小名气，如今因为韩丞相，就更有名了。”

钱象祖点点头，说：“韩老的生日宴我们是一定要去祝贺的！顺便好好看看那条涧。”

众人纷纷赞同，说韩丞相生日那天再聚。

酒酣耳热之际，辛弃疾让卿卿来一段唱词。

整整拿起笛子，香香立即调好弦，一阵清越的音乐后，卿卿随着琴声吟唱道：

带湖吾甚爱，千丈翠奁开。先生杖屦无事，一日走千回。凡我同盟鸥鹭，今日既盟之后，来往莫相猜。白鹤在何处？尝试与偕来。

破青萍，排翠藻，立苍苔。窥鱼笑汝痴计，不解举吾杯。废沼荒丘畴昔，明月清风此夜，人世几欢哀。东岸绿荫少，杨柳更须栽。

这是辛弃疾新作的词，被卿卿唱得缠绵婉转。

韩元吉大笑，说：“好一个同盟鸥鹭，苏东坡是‘侣鱼虾而友麋鹿’，弃疾嫌鸥鹭不够，还要招白鹤。这词好！”

辛弃疾谦逊地一笑，说：“比起韩丞相，我可是差得太远了，您在文献、政事、文学上堪称典范。”

韩元吉捋了捋胡须说：“老了，怎比得上弃疾呢？”

汤邦彦对韩元吉说：“晦庵赞你的文字‘尽和平有中原之旧，无南方啁哳之音’，韩丞相之文，确实豪放大气。”

杨济翁说：“是啊，韩丞相是江西派的文学盟主。”

接着大家边喝酒边玩着限韵赋诗的游戏，一直到太阳西沉才恋恋不舍地回去了。

不久，汤邦彦回朝任职，韩元吉写了《送汤朝美归金坛》相送，辛弃疾也填了一阕《满江红·送汤朝美自便归金坛》祝贺：

瘴雨蛮烟，十年梦、樽前休说。春正好、故园桃李，待君花发。儿女灯前和泪拜，鸡豚社里归时节。看依然、舌在齿牙牢，心如铁。

治国手，封侯骨。腾汗漫，排阊阖。待十分做了，诗书勋业。常日念君归去好，而今却恨中年别。笑江头、明月更多情，今宵缺。

转眼到了五月，韩元吉的寿诞到了。

辛弃疾、杨济翁、吴子勋、钱象祖、徐衡重等一些名士前去给韩元吉祝寿。

韩元吉二十三岁的儿子韩淲，忙前忙后地倒茶。韩淲，字仲止，号涧泉，现在家中

攻读诗书，以期他日一展宏图。辛弃疾看着韩淲，对韩元吉说："韩公子一表人才，胸怀大志，将来又是我朝的帅才。"

韩淲回过头来朝辛弃疾一笑，说："还望世叔多多提携栽培！"

辛弃疾微微一笑，说："以你现在的才干也该出仕了。"

钱象祖说："仲止的诗文的确不错！"

韩元吉看着儿子对大家说："我四十多岁才有这个儿子，养得娇惯了些，各位要多多教诲才是。"

很快，酒菜上桌了，众人按长幼秩序入席，大家举杯给韩元吉祝寿。辛弃疾填了一阕《太常引·寿韩南涧尚书》：

> 君王著意履声间，便令押、紫宸班。今代又尊韩，道吏部、文章泰山。
> 一杯千岁，问公何事，早伴赤松闲。功业后来看，似江左、风流谢安。

韩元吉将韩淲叫到身边说："仲止，你说说辛叔这阕词。"

韩淲仔细读了后，说道："我才学粗浅，若说得有遗漏错处，还请各位指正。辛叔这阕词，用的是托物比兴的手法，引出历史故事，来赞颂家父，同时鼓励家父如谢安一样，东山再起，这阕词用了五个典故，贴切自然。"

韩元吉点点头。

辛弃疾拍手笑道："韩丞相，仲止解读得极好！"

一时间，众位诗人纷纷给韩元吉献诗。

2

淳熙九年（1182 年）九月，朱熹因弹劾朱仲友之事，改除江南西路提点刑狱，从临安辞官后到福建，路过信州，朱熹去拜访韩元吉，并在他家住了下来。第二天，韩元吉约了诗人徐衡仲一道陪朱熹游南岩一滴泉。

南岩又名卢家岩，位于信江南岸，在县治西南十里。那里，有一处丹霞地质岩洞，此洞能容纳千人，称为千人洞。唐朝草衣禅师曾聚徒在这里说佛，达三十年之久。南岩寺初建时，只有一张绳床，草衣禅师在南岩洞内建起了广佛禅院、福殿僧舍。后来唐大义禅师驻锡讲座，将南岩寺的兴盛提升到历史之巅，使其成为释子求经悟禅的圣地，前往拜谒探禅的达官贵人络绎不绝。一滴泉在洞门口左侧半壁，无论晴雨寒暑交替，泉水滴落速度不变，清冽无比。

韩元吉一行三人骑着马，带着几位仆人行走在山路上，忽然听见后面有“嘚嘚嘚嘚”的马蹄声，韩元吉回头一看，见后面有两人骑着马飞奔而来。

韩元吉：“晦庵，你回头看看，是不是弃疾呀？”

朱熹停下马，回头一看，还真的是辛弃疾和范开。

辛弃疾将马勒住，说道：“总算追上你们了！”

韩元吉：“我派人去请你们，在家等了好久，见你没来，我们就先走了一步。”

一行人继续赶路，不多一会儿，就到了南岩。他们先去了千人洞，在洞内歇息。

朱熹：“我现在辞官不做了，哪天也在这里开个讲坛。”

韩元吉：“建个书院吧，向钱象祖说说，他肯定乐意出钱修建。”

辛弃疾：“是啊，这地方讲学还真不错。”

几个人说说笑笑，引起洞内其他人的好奇，一问得知是信州城里几位大家，都围拢来听他们说话。

徐衡仲见围的人越来越多，就提议去看一滴泉。

几人出了山洞，爬到一滴泉处，只见顺着山岩滴下的水珠，速度不变，一滴泉前面有一天然石坑，蓄着一滴泉滴下的水，石坑里的水清澈如镜，峰峦云天，倒映池中，秀丽无比，很多游人正在用泉水洗眼睛，说是可以明目。观赏完一滴泉后，他们又去了五级峰，此峰分为五级，他们登级而上，到了峰顶，举目四眺，云天丘壑，尽收眼底。接着，他们去看山顶的大义石，大义石是唐慧觉禅师的宴坐处。岩洞左右是石壁，被称为百丈壁，如刀削斧砍一般，无土无坡，不可攀登，上面刻满了自唐以来名家的题字刻石。时近中午，他们去看岩洞里的一眼古井。朱熹看了那古井后，十分喜欢，当即口占了一首《咏南岩》：

南岩兜率境，形胜自天成。
崖雨前楹下，山云后殿生。
泉堪清病目，井可濯尘缨。
五级峰头立，何须步玉京。

众人鼓掌称好。

辛弃疾说：“晦庵兄的诗真是让人耳目一新，还记得你的那首《春日》，‘胜日寻芳泗水滨，无边光景一时新。等闲识得东风面，万紫千红总是春。’巧妙地将哲理寓于其中，这首是诗中有画，画中有诗。”

午饭时，范开拿出带来的酒菜，放在洞内的一石桌上，几个人坐下来喝酒吃菜。范开喝了一杯酒，诗兴上来，填了一阕《满江红》，辛弃疾旋即和了一阕《满江红·和范先之韵》：

笑拍洪崖，问千丈翠岩谁削？依旧是、西风白马，北村南郭。似整复斜僧屋乱，欲吞还吐林烟薄。觉人间、万事到秋来，都摇落。

呼斗酒，同君酌。更小隐，寻幽约。且丁宁休负，北山猿鹤。有鹿从渠求鹿梦，非鱼定未知鱼乐。正仰看、飞鸟却应人，回头错。

众人以诗伴酒，尽兴饮酒赋诗，一直玩到太阳将要落山，才恋恋不舍地离开。

韩淲听父亲讲了游玩的经过后，写了一首诗《访南岩一滴泉》：

忆昨淳熙秋，诸老所闲燕。
晦庵持节归，行李自畿甸。
来访吾翁庐，翁出成饮饯。
因约徐衡仲，西风过游衍。
辛帅倏然至，载酒具肴膳。
四人语笑处，识者知叹羡。

这次南岩聚会，成了信州的文坛佳话。

转眼到了淳熙十年（1183 年）夏，辛弃疾不到十岁的儿子铁柱生病了，辛弃疾遍请城中的郎中，为此，他填了一阕《清平乐·为儿铁柱作》：

灵皇醮罢。福禄都来也。试引鹓雏花树下。断了惊惊怕怕。
从今日日聪明。更宜潭妹嵩兄。看取辛家铁柱，无灾无难公卿。

铁柱是辛弃疾最小的儿子，也是他最喜欢的，半个月后，铁柱在辛弃疾的怀中闭上了眼睛。

辛弃疾泪流满面，悲痛欲绝。范子钰伤心得几天吃不下饭，也大病一场。

辛弃疾将铁柱葬在湖边，插上一棵杨柳做标记。回到家后，想起小儿的啼哭、欢笑，仿佛还在耳边，他流着泪写道：

方看竹马戏，已作《薤露歌》。
哀哉天丧予，老泪如倾河。
念汝虽孩童，气已负山岳。
送汝已成人，行路已悲愕……

淳熙十四年（1187年）二月，王淮和周必大为左右相，王淮想启用辛弃疾为安抚使，周必大不肯。皇上问原因，周必大说辛弃疾难以驾驭，建议皇上让辛弃疾任冲佑观。

冲佑观是宫观名，在福建省武夷山，是道教活动中心之一，朝廷常常让退职官员主管观事，以领取半俸。其实观里也没有什么事，不过是挂个虚名，辛弃疾也乐得清闲，偶尔去看一看。

五月十二日，是韩元吉的七十大寿，辛弃疾和范开一早起来，备了一些礼品前去祝寿。不久，城中的名士们都陆续来了。席间，辛弃疾填了一阕《水调歌头·寿韩南涧七十》送给韩元吉：

上古八千岁，才是一春秋。不应此日，刚把七十寿君侯。看取垂天云翼，九万里风在下，与造物同游。君欲计岁月，尝试问庄周。

醉淋浪，歌窈窕，舞温柔。从今杖屦南涧，白日为君留。闻道钧天帝所，频上玉卮春酒，冠佩拥龙楼。快上星辰去，名姓动金瓯。

不幸的是，韩元吉七十大寿后不久，就去世了。辛弃疾想起和韩元吉在雪楼上观赏雪景吟诗赋词的往事，心中异常悲痛。接着，汤邦彦和钱佃两人也在这一年相继去世。而叶衡和洪适早在四五年前就去世了，这些抗金志士的离世，让辛弃疾感到抗金北上的力量又少了许多。

正月，范开编刊的《稼轩词甲集》完成，这本诗集的刊印让辛弃疾开心起来。可不到三天，范子钰病了。辛弃疾请遍了信州城内的名医来诊治，却不见好转。范子钰躺在床上，气息奄奄，几个儿子跪在床前哭成一团。辛弃疾在房间里踱来踱去，不知道怎么办才好。

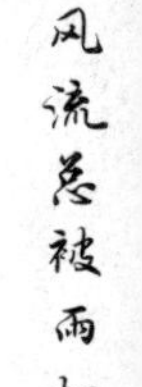

辛文秋见辛弃疾这个样子，欲言又止。

辛弃疾看见了，连忙问："文秋叔，你是不是有什么话要说？"

辛文秋说："我前日在市面上，听人说铅山那里有个郎中医术不错，我们不妨去请他来。"

辛齐疾听了，一把抓住辛文秋："好！我让辛稹马上去请！"

范开听了，连忙说："我也去吧！"

辛弃疾听了，连声说："好！好！廓之，你和辛稹都去，对郎中要恭敬、诚恳，你们一定要请到郎中！"

辛稹和范开骑上马，立即出发了。

范子钰脸色苍白，辛弃疾拉着范子钰的手，哽咽着说："子钰，稹儿去请郎中了，一会就回来。"

范子钰的手在辛弃疾手中动了一下，她气若游丝，断断续续地说道："幼安，不……不请郎中了，这些……这些日子……请大夫……花了不少的钱……我……我好不了了，

家里人口……多，开……开销大……”话未说完，便又昏过去了。

几个儿女又哭起来了。

辛弃疾说：“卿卿，你把他们带出去，让子钰好好休息下。”

卿卿带着孩子们都出去了，此时辛弃疾眼泪“哗哗”地淌了下来。想到这么多年来，自己在外辗转为官，她在家操持家务，将一个大家料理得和和睦睦，现在她却病倒了。

傍晚时分，辛積和范开将郎中请来了。辛弃疾连忙将郎中引到内室，整整和田田在一旁站着。郎中先是将范子钰的两手把了脉，然后翻看了她的眼皮，摇了摇头。

辛弃疾见郎中摇头，以为范子钰没救了，他心中十分紧张。

郎中看完了，整整端着水让郎中洗手，郎中抬头看了看整整，发现整整也在看着他，郎中眼神有点慌乱。整整太漂亮了，一双眼睛看人像勾魂似的。

辛弃疾陪着郎中走到桌前，将笔递到郎中的手上。

郎中开始写药方，写好后交给辛弃疾。

辛弃疾对整整说：“整整，将这方子拿去给辛秬，让他赶快去抓药。”

整整清脆地答应一声，接过药方就出去了。

郎中开口说话了：“你家夫人这病拖得太久了，恐怕三两天难以有起色。”

辛弃疾说：“那烦请大夫在陋室多住些时日，给内人治病。”

郎中点点头，说：“她的病情复杂，要根据每天的病情调剂药量。”

整整和香香负责伺候郎中，卿卿和田田负责熬药，一连三天，郎中没让范子钰吃一口饭，喝一口水，辛弃疾的儿子辛颐说他母亲体内的血用药洗了一遍。

那天吃晚饭时，郎中碗里的饭吃完了，整整接过郎中的碗去添饭。郎中的眼睛也跟着整整转，辛弃疾看后心知郎中垂涎整整的美貌，笑着说：“大夫，您若是将我内人的病治好了，整整就送给你。”

郎中连连摆手：“岂敢！岂敢！”嘴里拒绝，眼睛不自觉地又瞟了整整一眼。

整整是辛弃疾的侍妾中最年轻漂亮的一个，人特别乖巧伶俐，辛弃疾也非常喜欢她。十天后，范子钰的病减轻了不少，半个月后，能下地走路了。郎中开了一些调养的药方后，就要走了。

辛弃疾让郎中带走整整，郎中连连摆手：“岂敢夺人所爱！辛大人，此事不可。”

辛弃疾说：“当初我说你若医好我夫人的病，就将整整送给你，我不能食言，此女子聪明伶俐，乖巧善良，笛子也吹得好。”

整整进去向范子钰告别，出来后和郎中一起上了马车。辛弃疾带着辛積和辛秬送了郎中一程后，便回来了。

已经有多日没沾酒的辛弃疾和辛文秋，一起喝得晕晕乎乎的。辛弃疾回到书房后，拿起笔，蘸着浓墨，填了一阕《好事近》：

医者索酬劳，那得许多钱物？只有一个整整，也盒盘盛得。

下官歌舞转凄惶，剩得几枝笛。觑着这般火色，告妈妈将息。

范子铚的病调养一个月后好了，辛弃疾却又病了。

3

辛弃疾在床上躺了两个月，病情时好时坏。朝廷邸报刊出消息说，当初辛弃疾是因病挂冠，这消息是为当年弹劾辛弃疾作开脱之词，为此，辛弃疾填了一阕《沁园春·戊申岁，奏邸忽腾报谓余以病挂冠，因赋此》，驳斥了邸报上的内容。

闲居在家的辛弃疾和文友之间诗词唱和，来往频繁。当衡州守郑厚卿（字如密）上任后，辛弃疾赋词送给他，友人赵昌父（字蕃）归自湖南，以诗卷寄赠辛弃疾，此外，与信州名士之间也常有酬答之作。

转眼到了冬月，这天，下起了大雪，辛弃疾拖着虚弱的身子，在卿卿和钱钱的搀扶下，登上雪楼赏雪。雪楼即是以前的集山楼。钱钱泡好茶，递给辛弃疾。卿卿怀抱琵琶，清了清嗓子，唱了起来：

茅檐低小，溪上青青草。醉里吴音相媚好，白发谁家翁媪？大儿锄豆溪东，中儿正织鸡笼；最喜小儿无赖，溪头卧剥莲蓬。

辛弃疾闭上眼睛，听着这阕《清平乐·村居》。去年夏天他路过邻居家的场景又出现在眼前。在辛弃疾居所的三里外，住着一户从苏州流落到此处的张老汉，张老汉一家在带湖边开垦了一块荒地，一家人便住了下来，辛弃疾和张老汉常常在一起聊天，也成了好朋友。每次路过张老汉家，辛弃疾总会进去坐一会，喝碗水，和老汉说几句话。张老汉家的小儿子和辛弃疾的小儿子一样大，两个孩子也成了朋友。辛弃疾因此有感，写了这阕《清平乐·村居》

一下午的时光，辛弃疾在卿卿的唱词中度过了。

晚上，辛弃疾躺在床上，炉火正红，草药在砂罐里翻滚，阵阵药香弥漫。窗外寒风正刮着，范子铚走过来说：“幼安，不冷吧？”

辛弃疾虚弱地点点头，随后又披衣起床，走到窗前看了看外面，见儿子们书房的灯还亮着，映照着他们读书的影子。他回过头来对范子铚说：“儿子们读书很勤奋，但愿他日能成为栋梁之材！”

范子钰将辛弃疾扶到床边坐下，说：“是啊，他们很用功。你看你，小心着凉了，快上床去躺着吧！”

辛弃疾又回到床上躺下。

忽然，辛弃疾的第三个儿子辛秬在门外喊道：“父亲，同甫叔来了！”

辛弃疾一惊，问道：“谁啊？”

辛秬提高了声音：“是同甫叔叔！”

辛弃疾连忙坐起来，冲出房门，见门口站着一个人，浑身披着雪，辛秬陪着站在一旁。

辛弃疾揉了揉眼睛，不禁高兴地喊起来：“同甫，是你！真的是你！”

辛弃疾伸出臂膀，抱住陈亮：“真的是你，我天天都在盼着你来，你怎么不告诉我一声就来了呢？”

范子钰拿着辛弃疾的衣服给他披上，见辛弃疾这么激动，连忙说道：“幼安，外面冷，同甫大老远的来了，身上的雪都将衣服打湿了，你怎么让他站在廊里？快带他去书房暖和暖和，换换衣服，我去做点热饭给同甫吃。卿卿！”

卿卿应了一声：“哎！”

范子钰说：“你把你房间的火炉提到书房。”

辛弃疾说：“提到雪楼上去吧。卿卿，把我的衣服找一套来，给同甫换上。”

辛弃疾带着陈亮上了雪楼。

卿卿将她房间的火炉提到雪楼，衣服也拿到雪楼上去了。随后，钱钱又将辛弃疾喝的药端过来，看着辛弃疾喝下去了，二人才下了雪楼。

在雪楼上，陈亮发现辛弃疾面容憔悴，他关切地问道：“弃疾，怎么，你病了？”环顾四周，陈亮忽然发现辛弃疾有一首《止酒》诗贴在雪楼的柱子上：

渊明爱酒得之天，岁晚还吟《止酒》篇。
日醉得非促龄具，只今病渴已三年。

辛弃疾兴奋地说：“你一来，我的病就好了。五年前，你给我写信，说秋后来信州，可是我等啊，等啊，你都没来，结果你进了大理寺。”

陈亮叹了一口气说：“我坐牢的原因，就是给圣上的奏章触犯了当权人，那些昏庸的乡吏也恨我用文字痛骂他们，所以他们才诬告我。”

十年前，陈亮到临安参加进士考试，他几次上书孝宗，竭力主张北伐，触怒了当权的投降派，他们不但让陈亮落第，还嫉恨在心。

陈亮还主张迁都建康，励志复仇，在奏章的后半部分，他对于当代的儒生和官僚们提出了严厉的斥责。陈亮连上几次奏章，孝宗派了一位衙吏去见陈亮。陈亮慷慨陈述了北伐的重要性。这位衙吏见陈亮侃侃而谈，便答应，可让他任一官职。陈亮正色道：“我陈亮不是为求官上书的。”他辞官不做。

陈亮和辛弃疾两人志趣相投，成了好朋友。在临安，每次相聚畅谈，都十分愉快。后来，辛弃疾辗转为官，继而退隐上饶。陈亮几次落第之后，回到家乡永康（今浙江省永康县），两人再无缘见面，只是书信往来，诗词相和。淳熙十一年（1184 年），陈亮与乡邻同桌喝酒，其中卢姓父子与一吕姓有仇隙，卢姓父亲喝酒回家后身亡，其子状告吕姓与陈亮合谋在酒中下毒，害死了他父亲。

当地州县官员早就对陈亮不满，因为陈亮时时用文字斥责他们的昏庸，借此机会他们将陈亮投进了监狱，关了七八十天，因为没有证据，又将陈亮放了。

范子钰和卿卿端着酒菜上了雪楼，听到陈亮说他被诬告，范子钰便安慰陈亮：“同甫，一切都过去了，情况会好起来的。”

辛弃疾边帮着摆筷子，边说道：“我也有些心冷了，南渡的遗老已经不多了，叶公梦锡和洪公景伯去世有几年了，韩公元吉也去世了。朱熹在南岩相会之后，去了武夷山，于淳熙十年（1183 年）率门人在武夷山下建武夷精舍，忙于讲学。倘若我们不联络有志之士北伐抗金，何时才能恢复中原？”

陈亮说：“去年，我去应试礼部，不料突染重病，病好之后，便前往金陵、金口查看边防形势，考察进退攻守地形。接着又去了临安，给圣上上书，陈说北伐方略，不料圣上壮心已经消沉，没有回音。”

卿卿要给辛弃疾和陈亮倒酒，辛弃疾阻止说：“卿卿，天很冷，你去睡吧，这里不用你。”

卿卿道了一声晚安，就离去了。

辛弃疾给陈亮倒上酒，也给自己满上，两人碰了碰杯一饮而尽。

辛弃疾问陈亮：“你在临安听到朝廷有什么变化吗？”

陈亮答道：“当今圣上想退位，周必大目前还是右丞相，王蔺可能会出任枢密使或参知政事。”

“哦，我就是被那个王蔺弹劾罢官的。据说，周必大对我创建飞虎军也是十分不满，这些人当权，他们哪里会想到北伐大业？”辛弃疾将杯中的酒一饮而尽。

陈亮呷了一口酒，说：“中原沦陷已经几十年了，朝廷上下死气沉沉，整天只知道歌舞升平，苟且偷安。这么多年来，凡是主战的人，贬的贬，杀的杀，而那些阿谀逢迎的小人、庸才，却得到了重用，倘若不来一场大的变革，国家恐怕就要灭亡了！”

辛弃疾叹了一口气说：“当权派不积极北伐，还口口声声说什么‘南北有定式，抗战只是孤注一掷，敌强我弱，开战必败’，他们所谓的依据，就是张浚北伐失败！还说什么‘守着半壁河山，就是上应天命，下合人心’，简直是胡说！”

陈亮气愤地说道：“什么天命，人心？那是为他们投降妥协，苟且偷生做开脱！”

辛弃疾沉思了一会说："我们要联络一些主战志士，图谋恢复大计。"

陈亮赞同，两人越说越投机，酒也越喝越多，不觉已到三更。辛弃疾从墙上摘下剑，擦拭了几下，说道："这把剑跟随我几十年了，今晚我们雪地舞剑吧"

两人来到庭院子里，雪光映照着辛弃疾严肃的面容，他开始舞剑了。此时，他高大微胖的身躯，变得矫健灵活起来，只见寒光团团，不知道是剑声还是风声在呼呼作响。忽然，辛弃疾舞着剑高歌起来：

危楼还望，叹此意、今古几人曾会？鬼设神施，浑认作、天限南疆北界。一水横陈，连岗三面，做出争雄势。六朝何事，只成门户私计？

因笑王谢诸人，登高怀远，也学英雄涕。凭却江山，管不到，河洛腥膻无际。正好长驱，不须反顾，寻取中流誓。小儿破贼，势成宁问强对！

这是陈亮以前填的《念奴娇·登多景楼》一词，辛弃疾边舞剑边慷慨而歌，平添了几分苍凉豪迈之气。

辛弃疾稳稳地以一个白鹤展翅的招式收剑。

陈亮接过辛弃疾的剑也舞了起来，不过他的剑法与辛弃疾的不同，绵柔中宝剑似青蛇出动，迅疾，凶猛。舞到酣畅处，陈亮也高歌起来：

醉里挑灯看剑，梦回吹角连营。八百里分麾下炙，五十弦翻塞外声。沙场秋点兵。马作的卢飞快，弓如霹雳弦惊。了却君王天下事，赢得生前身后名。可怜白发生！

陈亮以一个童子捧书的招式收剑。

有人击掌赞道："好！好！好一个醉里挑灯看剑！"

两人回头一看，原来是辛稹。

辛弃疾问道："稹儿，怎么还没睡啊？"

辛稹回答："回父亲，我正在读书，见你们舞剑，我就看了一会。"

陈亮说："我吟的是你父亲寄给我的《破阵子》"

辛弃疾所填的词《破阵子·为陈同甫赋壮词以寄之》是去年寄给陈亮的。

此时，天渐渐亮了，二人才进房去歇息。

4

陈亮和辛弃疾两人一觉睡到下午才醒来。

两人又在值杖亭品茗共论天下大事，并且还商定次日去游鹅湖。

在铅山县东北境和上饶地界相接的地方，有一个期思渡，那年辛弃疾、朱熹和韩元吉来这里游玩，辛弃疾很喜欢这个地方，便买了一块地，在这里营建了一所新居。在新居附近，有一池泉水，池形如臼，清澈见底，辛弃疾也将这眼泉水买了下来，并给它取了一个名字叫“瓢泉”。距新居稍远的地方有一座山，山脉从福建境内蜿蜒而来，绵亘百余里，这里的主峰叫鹅湖，山下的官道旁有一座寺庙，叫鹅湖寺。寺前苍松翠柏，遮天蔽日。淳熙二年（1175年），朱熹、吕祖谦、刘清之、陆九龄、陆九渊等在这寺中聚会，为各自的哲学观点展开辩论，自此，鹅湖寺便扬名天下了。

听说辛弃疾和陈亮要去鹅湖，范子钰劝阻道：“幼安，你病还没好，天气又冷，山里恐怕还下着雪，你和同甫就在带湖看看，也一样啊。”

辛弃疾听了后，说道：“同甫一来，我的病就好了。”

陈亮也说：“嫂夫人，弃疾兄是心病，他是着急恢复大计才生的病。我出发前和朱晦庵邀约好了，在赣州和闽州交接的紫溪地方等候他。估计他在路上还要些时日，我们就先去鹅湖，你别着急，我们住在铅山新居里。”

范子钰听了，也就不劝阻了。

辛積从城里叫了一辆暖棚马车，他随着马车将辛弃疾和陈亮送到期思渡后，又跟着马车回到带湖。

在铅山新居，辛弃疾和陈亮同游鹅湖，共饮瓢泉水，挑灯夜谈，纵论国事。陈亮说他这次约了朱熹，就是想利用朱熹的名气，号召全国上下一致北伐救国。辛弃疾有个预感，感觉朱熹不会来。陈亮说，朱熹答应了，不会失约。

两人在一起待了九天，第十天，他们一早去了紫溪镇等朱熹，他们在紫溪一家酒楼里从早晨等到傍晚，朱熹还是没有来。

辛弃疾说：“晦庵没有来，许是有什么事？”

陈亮有些不高兴地说：“我又不是和他辩论各自的观点，这次是商谈收复中原之事。”

辛弃疾说：“你主张经世致用，兼行王霸之术，他呢，有他的一套理论，这么多年来你们的辩论多次，谁都说服不了谁。”

陈亮说：“是啊，我还是一介布衣，他是门生满天下。如若他能上书朝廷，北伐抗金，朝廷会考虑他的影响力的。”

辛弃疾说：“可惜他没有来！”

陈亮埋怨道：“还门生满天下，如此不守信！”

第二天早晨，陈亮告别了辛弃疾，要回永康。他握着辛弃疾的手，说道：“幼安兄，送人千里，终有一别。你我只要有丹心铁骨，至死不变，总有机会收拾这破碎的河山！”

辛弃疾叹口气说：“壮志未酬，已经两鬓生霜了。”

陈亮说：“不要悲观，朝中时局即将有变化，北伐的机会就会有的。”

两人四目相对，看到的是对方坚定的眼神。

在一座小桥边，两人分手了，辛弃疾恋恋不舍地看着陈亮离去。回到瓢泉居所后，辛弃疾回想起这些天来和陈亮所谈的国事，不禁心潮起伏。要是陈亮多待些时日该有多好！

晚上，北风怒吼，天气变得更加寒冷了，辛弃疾想着陈亮衣服单薄，抵御不了寒冷，便辗转难眠。一大早辛弃疾就起了床，带着衣服骑着马去追赶陈亮，他要挽留陈亮多住些时日，两人接着谋划畅谈。他想陈亮只走了一天，若是从山中抄近路，便可以追上陈亮。于是，辛弃疾骑着马走山路前往追赶。山中寒风凛冽，又下着鹅毛大雪，越往山里走，雪越深。辛弃疾来到鹭鸶林，雪深路滑，无法前行。夜半，他投宿泉湖一吴姓人家，难眠之际，忽然听到邻里有笛声传来，甚是悲切。他披衣起床，在灯下填了一阕《贺新郎》：

把酒长亭说。看渊明、风流酷似，卧龙诸葛。何处飞来林间鹊，蹙踏松梢残雪。要破帽、多添华发。剩水残山无态度，被疏梅、料理成风月。两三雁，也萧瑟。

佳人重约还轻别。怅清江、天寒不渡，水深冰合。路断车轮生四角，此地行人销骨。问谁使、君来愁绝？铸就而今相思错，料当初、费尽人间铁。长夜笛，莫吹裂。

数天后，陈亮来信索要辛弃疾的词作，辛弃疾将《贺新郎》寄给他，陈亮和了一阕。辛弃疾再用同韵酬答他："……我最怜君中宵舞，道男儿、到死心如铁。看试手，补天裂。"两人信来书往，用同一词牌，同一韵脚，一连唱和了五阕《贺新郎》。

朱熹对未赴紫溪之约深表歉意，他给陈亮的书信中写道："奉告老兄，且莫相撺掇，留取闲汉在山里咬菜根……古往今来多少圣贤豪杰，韫经纶事业不得做，只恁么死了底何限；顾此腐儒，又何足为轻重？"陈亮读后，明白朱熹不愿参与政事，心中十分不快。

淳熙十六年（1189 年）二月，孝宗禅位于光宗（赵惇），称太上皇，移居重华宫。

这年五月，恰好是辛弃疾五十大寿，范子铥与辛弃疾同年，也是五十大寿，辛弃疾的子女们决定一起庆贺他们的五十寿诞。此时，辛弃疾的八个儿子有三个儿子已经成家，两个女儿也楚楚动人，妾有田田和钱钱，侍女有香香、卿卿、飞卿，外加两位男仆；门人有范开；以及辛文秋夫妇和他们的四个孩子，辛家总共有几十口人，加上信州地方名士，官吏，一时间，辛弃疾带湖的居所热闹非凡。

席间，辛弃疾给范子铥敬酒，然后拿出已填好的一阕词《浣溪沙·寿内子》献给范子铥：

寿酒同斟喜有余。朱颜却对白髭须。两人百岁恰乘除。

婚嫁剩添儿女拜，平安频拆外家书。年年堂上寿星图。

卿卿和飞卿在席上将这词唱了出来。

其他祝寿者纷纷献词给辛弃疾夫妇，卿卿和飞卿一一吟唱。

范开敬了祝寿酒后说道："恩师，学生听说新皇继位以后，昭命勋臣子孙无见仕者，准备视才录用，所以我打算先去建康，再去临安，谋个一官半职，也好成家立业，建立功勋，以免辱没祖先英名。"

辛弃疾问道："不知你祖上是哪一位功勋？"

范开回答："曾祖父范仲淹，祖父范仁纯，都曾做过尚书、仆射、参知政事等官职。"

辛弃疾听了，大吃一惊，这个跟着他八年之久的门生，竟然是名臣范仲淹的后人！

在座之人也都惊奇万分。

辛弃疾又问道："你家可有谱牒传世？"

范开回答："学生有，待我去取来。"

不一会，范开从他住处拿来一个布包。他一层层展开，小心翼翼地捧起一个匣子，递给辛弃疾。

辛弃疾打开匣子，取出一卷谱牒，翻开扉页，再看一页，说道："果然是范氏之谱！果然是名臣之后！你怎么不早说呢？"

范开回答："学生家道中落，自己一事无成，无颜提及先祖。"

辛弃疾说："数年来，你学业大有长进，这次进京，定能如愿。来，老朽敬你一杯，祝你鹏程远大，成为国家栋梁之材！"

范开惶恐地说道："学生不敢让恩师敬酒，这八年来学生与恩师唱和许多，从你这里学到了很多做人的道理，做事的准则。学生敬恩师一杯！"说完，一饮而尽。

两天后，范开辞别辛弃疾。临行之前，他拿出一卷诗集，说道："学生在此八年之久，耳濡目染恩师之高尚德行。凡是恩师之作，学生细心雪藏，今汇聚成册，并斗胆作一小序，今送给恩师斧正！"

辛弃疾接过来一看，只见这些诗词都是他平时所作，有的还是随手一丢的词作，没想到细心的范开都誊抄工整，汇聚成册了，再看前面的序，范开写道："……器大者声必闳，志高者意必远。知夫声与意之本原，则知歌词之所自出…… 世言稼轩居士辛公之词似东坡，非有意于学坡也，自其发于所蓄者言之，则不能不坡若也。"

在范开眼中，辛弃疾的词与苏东坡同属豪放风格。

辛弃疾将已经填好了的几阕词送给范开，其中《定风波·席上送范先之游建康》，特别沉郁悲凉：

> 听我尊前醉后歌，人生无奈别离何。但使情亲千里近，须信。无情对面是山河。
> 寄语石头城下水：居士，而今浑不怕风波。借使未如鸥鸟惯。相伴。也应学得老渔蓑。

范开将辛弃疾的赠词放进书囊，跪下来拜别老师。

辛弃疾看着范开远去的车马，不禁流下了眼泪。

第二十二章

宦海无边，起起伏伏中藏着难测的凶险；岁月无情，蘸着热血写就的佳篇永远不会老去。

一水西来，千丈晴虹，十里翠屏。喜草堂经岁，重来杜老；斜川好景，不负渊明。老鹤高飞，一枝投宿，长笑蜗牛戴屋行。平章了，待十分佳处，著个茅亭。

青山意气峥嵘。似为我、归来妩媚生。解频教花鸟，前歌后舞，更催云水，暮送朝迎。酒圣诗豪，可能无势，我乃而今驾驭卿。清溪上，被山灵却笑，白发归耕。

——《沁园春·再到期思卜居》

1

闲居十年之后，辛弃疾于绍熙三年（1192 年）春重被启用，诏为福建提点刑狱。

去年春，辛弃疾为陈亮入狱之事颇费周折。

前年（绍熙元年）冬，陈亮又被人诬告入狱。原来，陈亮有一乡邻是个无赖，曾侮辱过陈亮的父亲。后来，那个无赖在邻县遇到陈亮家的一个仆从，两人发生口角，年轻气盛的仆人失手将无赖打死，仆人被投进了监狱。无赖的家人诬告是陈亮指使仆人将人打死，并找出一人作了伪证。

先前饮酒暴亡的那家也出来诬告陈亮，并且还贿赂了地方官吏，于是，县令王恬认为陈亮指使杀人是事实，多次严刑拷打，企图屈打成招。陈亮宁死不屈，他们就将陈亮又投进了监狱。这次是两家一齐告，并且大有不将陈亮处死不罢休的架势。很多人认为，陈亮此次必死无疑，陈亮也在心中叹道：“我命休矣！”。

辛弃疾心急如焚，他脑海里细数着能够帮得上忙的人。忽然，一个人在辛弃疾脑海里一闪：郑汝楷（字厚卿）！对，郑汝楷可以救陈亮！

郑汝楷现在任大理寺少卿，他有权断此案子。当年郑汝楷任信州守时，与辛弃疾诗词酬唱，往来较多。辛弃疾当即修书一封，派二儿子连夜出发送到临安。

郑汝楷接到辛弃疾的来信，心中也是一惊，他认定其中必有冤情，以陈亮的才学和为人，断然不会做出这样的事。可是，要翻案还真的有很大的难度，因为陈亮杀人案已经定案，只等皇帝钦点后，秋后问斩。于是，郑汝楷派人到永康明察暗访，终于查出是冤案。他将案情陈述给皇上光宗，断定此案是冤案。

光宗看了后，心中明了，他对郑汝楷说，此案不急，释放是迟早的事。郑汝楷得到皇上的话后，心里有底了，他写了一封信给辛弃疾，说明了此事。其实，不管陈亮的案子是不是冤案，光宗都不想杀陈亮。当年光宗做太子的时候，陈亮在给孝宗的奏疏中，要孝宗让光宗赵惇监国历练，好在未来承袭大统之制。尽管孝宗未加理会，但就是这个奏折让当了十几年太子的赵惇，心中十分感激。

辛弃疾接到郑汝楷的信，心中的一块石头落地了，果然，绍熙三年二月，陈亮被释。

辛弃疾带着卿卿和钱钱还有两个仆人去了福建，路经崇安时，辛弃疾去武夷精舍拜访了朱熹。辛弃疾谈到陆九渊为政荆门军，政绩斐然，赞叹不已。在武夷精舍待了两天后，辛弃疾又启程了。

闽中人听说辛弃疾任提点刑狱，一时间鸣冤的状子像雪片一样飞来。辛弃疾阅完后，发现大多是有关田产纠纷的。他找来主簿询问“经界”的事情。“经界”是清查地亩所有权和均平赋役负担的意思，近些年来，豪强大地主兼并土地，却享有免税、免役的特权，土地集中到他们手上，赋税徭役的负担却落到了原来业主身上。一方面是有土地不交赋税，另一方面是没土地却要交赋税。因为这种不合理的状况，六十多年前经李椿年的建议，朝廷在部分地区推行过“经界”的法令，而福建各地，特别是汀州六县，就根本没有推行过。赵汝忠在奏折中曾谈及这些问题，没有田产的百姓却要负担赋税徭役，很多人被迫离开了家乡。

绍熙元年（1190 年），朱熹任漳州守时曾上书朝廷，在福建路的漳、泉、汀等诸州内推行“经界”之法，朱熹提出行“经界”，即核实田亩，随地亩纳税。这一建议势必减轻农民负担，但却损害大地主的利益，所以遭到后者的强烈反对，“经界”终于未能推行。

辛弃疾的职责是巡行福建路所辖二府四州两军四十三县，按察案狱，裁定囚徒罪行等诸事务，他的许多囚犯的案子都与“经界”有关，他觉得不解决“经界”问题，这些由土地纠纷引发的案件就永远断不完。

看完手中的案卷，辛弃疾决定去拜访福建知府兼安抚使林枅，商量解决“经界”之事。

林枅，字子方。高宗绍兴二十一年（1151 年）进士。乾道九年（1173 年）二月，林枅除秘书省正字。六月迁校书郎，力求补外，知信州。林枅与杨万里非常要好，杨万里在临安任少监时，在西湖净慈寺送别赴任信州的林枅，作了《晓出净慈送林子方》一诗送林枅：

出得西湖月尚残，荷花荡里柳阴间；
红香世畔清凉国，行了南山又北山。

毕竟西湖六月中，风光不与四时同；

接天莲叶无穷碧，映日荷花别样红。

林枅正在府衙案牍前看文案，门房通报辛弃疾来访，他头也不抬地说：“让他进来吧！”

辛弃疾进去后，施礼道：“下官辛弃疾前来拜见林知府！”

林枅抬起头，看了辛弃疾一眼，说道：“请坐吧！”

辛弃疾是个急性子，他将昨晚拟定的一套解决“经界”的办法呈给林枅。林枅接过来，一页页地翻看，嘴上虽然没说什么，但是心里有些不高兴：“经界”是多少年没解决的问题，你一来就插手我的事情，是不是管多了？但是林枅很有修养，从不把喜怒显在脸上，他咳嗽两声说道：“辛大人这个建议很好！不过，这不属于提点刑狱所管辖的范围吧？”

辛弃疾回答：“回林知府，据下官所知，泉、漳、汀等州地亩未曾经界，所以田亩纠纷之案时有发生。依下官之见，若能派出官员查核历年档案，各州各县重新经界，并将新经之地重新造册，历时大约一年便可完成。下官本不该过问经界之时，但是倘若重新经界，刑狱之案会少了许多，民间会更安宁，百姓的赋税也不存在不公平了。请帅守斟酌而行。”

林枅抬头看了辛弃疾一眼，说：“辛大人所提建议，我等要商量后再做定夺。”说完，又咳嗽了两声，低着头看公文。

辛弃疾见状，客气地告辞了。

接着，辛弃疾下去巡察，还发现了一件极不合理的现象，那就是盐法。福建路的盐法上四州和下四州不一样，上四州即建宁府、南剑州、汀州、邵武军实行官运官销，下四州即漳州、泉州、兴化州、福州则实行“钞法”，其方法是由盐商认缴若干税款，即由官府发一张运销许可证，允许贩卖包销若干数量的食盐。官运官销产生了许多弊端，当初赵汝愚的奏折说得很清楚明了。辛弃疾经过大半年的巡视，知道了经界和官销法给民众带来了深重的祸害。他上书朝廷，要求推行经界和改行盐钞法。

这天，汀州有一状子到了辛弃疾的手上。有一件案子久决不下，关押的死囚家属递状子喊冤。辛弃疾派上杭（今福建省龙岩市辖县）县令鲍粹然去决断。鲍粹然到了汀州后，深入调查，终于还原了案情的原委，死囚犯被释。

辛弃疾因为巡查福建路各县监狱，有时到了离朱熹讲学很近的地方，他便去拜访朱熹，询问为政的一些治理方法。在朱熹这里，辛弃疾认识了陈骏，两人不仅成了好友，还成了亲家。陈骏，绍兴二十七年（1157年）进士，是朱熹的门生。陈骏的儿子陈成父，字汝玉，克承家学，深得辛弃疾喜爱，辛弃疾便将长女许配给他，所有的婚事交由卿卿代办。

九月，林枅去世，辛弃疾接任福建路知府兼安抚使，隐居在武夷山中的朱熹知道了，他写了一封信给辛弃疾，信中只有四个字：“何以为政？”辛弃疾接到信，乐了，也只写了十二个字：“临民以宽，待士以礼，驭吏以严”，辛弃疾也是按照这十二个字去治理，一时间，福建路的官吏的腐败行径收敛了很多。

福建的百姓对辛弃疾倍加称赞，辛弃疾的大名，家喻户晓。

2

辛弃疾从九月帅福建，到十二月新的知府上任，他只做了四个月的知府。此时，朝廷召辛弃疾到临安面圣，曾给事的陈瑞仁为辛弃疾饯行时，辛弃疾作了一阕《水调歌头·壬子三山被召，陈瑞仁给事饮饯席上作》：

长恨复长恨，裁作短歌行。何人为我楚舞，听我楚狂声？余既滋兰九畹，又树蕙之百亩，秋菊更餐英。门外沧浪水，可以濯吾缨。

一杯酒，问何似，身后名。人间万事，毫发常重泰山轻。悲莫悲生离别，乐莫乐新相识，儿女古今情。富贵非吾事，归与白鸥盟。

陈瑞仁，名岘，绍兴二十七年进士。闲居在家的陈瑞仁和辛弃疾成了无话不谈的朋友，辛弃疾离开时，陈瑞仁送了几站的路程。

途径建阳，辛弃疾去拜见朱熹。辛弃疾的不期而至，令朱熹十分高兴。因为朱熹正犹豫去不去广右任经略安抚使，他征询辛弃疾的意见，辛弃疾力劝他去就任。两人白天在武夷山游玩，晚上畅谈时政。朱熹写了《九曲棹歌》，辛弃疾和了《九曲棹歌》。其中第九首，辛弃疾将朱熹比喻成隐居的帝王，“山中有客帝王师”，足见辛弃疾对朱熹的尊重与崇拜。

在浙东，辛弃疾又见到了陈亮，陈亮准备到临安应试，谈到新近去世的陆九渊，两人又是一阵叹息。

终于，辛弃疾带着卿卿等眷属回到了带湖。

一家人在一起吃团圆饭，看着孩子们一一给他敬酒，辛弃疾眼睛有些湿润了。范子钰听说皇上要面见辛弃疾，不免有些惶恐。她不知道这是祸还是福，她轻声问道：“幼安，没听谁说皇上为了什么召见你？”

辛弃疾说：“不知道，我也懒得问。在福建，我正要开始为百姓做点实事，一纸诏

书让我什么事也做不了。唉，这次我面君后，打算辞官隐居，铅山瓢泉那地方我准备再兴建一些房子，我们搬到那里去住吧。”

辛稹听说父亲要辞官，有些不高兴地说：“父亲，既然要搬到瓢泉，我以为田产未置，不宜辞官！”

辛弃疾看了儿子一眼，说：“这是为何？”

辛稹说：“父亲，你看信州城周围住的官员，哪个不是将田产置办充裕了才辞官？家里这么多人，我们那点田产是远远不够的。”

辛弃疾没想到儿子说出这样的话来，他气得指着辛稹说：“你读了这么多年的书，说出这样的话，不想着怎么考功名，为恢复中原做有用之人，只想着自己的田产，没有国哪里还有什么家？你知道你是哪里人？你家在历城！在北方！在金人占领的地方！你……你……你都要气死我了。”

范子钰见辛弃疾生气了，连忙拉着他说：“幼安，这大年纪了，你就不要生气了，你看，你大眼睛一瞪，孩子们都不敢出声，饭也不敢吃了。”

卿卿也过来安慰辛弃疾：“好了，好了，才回来就不要生气了，过两天你又要上路去临安。稹儿说的也是实话，没有田产，这一家人喝西北风去啊？”

辛弃疾说：“好，过年之后，老大，辛稹；老二，辛秬；老三，辛穮，你们先去立业，做一番事业，现在圣上四处招纳人才，你们读了这么多年的书，可以出去自谋职位了。吃饭吧！”

见辛弃疾脸色温和了，孩子们又畅快地吃起饭菜。

晚上，辛稹站在辛弃疾的书房外问：“父亲，我可以进来吗？”

辛弃疾说：“进来吧！”

辛稹低着头说：“父亲，我错了，我不该说出那样的话。”

辛弃疾站起来，摸着儿子的头说：“知道错了就好，你是家中的长子，处处要做出榜样，男子汉大丈夫立于天地之间，不能只想着自己的安乐，要将国家的兴衰当作己任。”

辛稹说：“我知道了。”

辛弃疾叹了一口气，将桌上刚填的一阕词递给辛稹：“你拿去好好读读，其中的道理你好好琢磨。”

辛稹拿过来一看，见上面写着：

最高楼·吾拟乞归，犬子以田产未置止我，赋此骂之。

吾衰矣，须富贵何时。富贵是危机。暂忘设醴抽身去，未曾得米弃官归。穆先生，陶县令，是吾师。

待葺个，园儿名“佚老”，更作个、亭儿名“亦好”，闲饮酒、醉吟诗。千年田换八百主，一人口插几张匙。便休休，更说甚，是和非！

辛積拿了词出去了，辛弃疾走到窗前，看到七子和八子在玩爆竹，看得有些忘神。飞卿送茶进来，连喊他两声他都没有听到。飞卿拉了拉辛弃疾的衣袖，辛弃疾才回过神来。

飞卿说：“先生，这是武夷山的大红袍，是泡的第二遍茶。”

辛弃疾接过杯子，闻了闻说：“嗯，很香。飞卿，你和卿卿给我唱两阕词。”

飞卿答应一声就出去了。

一会，两人手持乐器，进来了。

卿卿问道：“先生，这次唱哪一阕？”

辛弃疾沉吟了一会，说道：“就唱那阕《西江月 · 夜行黄沙道中》”

卿卿调试了下琴弦，随即和飞卿一起唱了起来：

明月别枝惊鹊，清风半夜鸣蝉。稻花香里说丰年，听取蛙声一片。

七八个星天外，两三点雨山前。旧时茅店社林边，路转溪头忽见。

这阕词是辛弃疾写黄沙岭周围的夜景。黄沙岭在信州西四十里，有一眼泉水，那里有黄沙书院，辛弃疾曾在那里小住，在读书堂读书。一次，夜行黄沙岭途中，见夜景十分美丽，便写了这阕《西江月》。

辛弃疾又拿出一阕词，递给卿卿，这是一阕《浣溪沙 · 壬子春，赴闽宪，别瓢泉》，是出任福建提点刑狱所做的。

飞卿和卿卿又唱了起来：

细听春山杜宇啼。一声声是送行诗。朝来白鸟背人飞。

对郑子真岩石卧。赴陶元亮菊花期。而今堪诵《北山移》。

不知道什么时候，辛弃疾睡着了，卿卿不忍叫醒辛弃疾，因为一旦叫醒，他可能又是彻夜无眠。卿卿抱着棉袍给辛弃疾盖上，又给炉火里添上一些碳，卿卿和飞卿轻轻地走出了书房门。

绍熙四年（1193 年）正月初，光宗皇帝在便殿召见辛弃疾，辛弃疾奏论荆襄上流为东南重地，应妥为备御，皇上对辛弃疾的奏论非常满意。下诏辛弃疾为太府寺少卿。

太府寺最早只是掌管皇宫里的祭祀香币、帨巾、神席，及校造斗、升、衡尺等衡量器具的部门，后来又增加了制定发布国家财货之政令、库藏之出纳、商税之平准等文书

告示事宜。这是一个清闲的官职，辛弃疾没有多少事，就与一些文学朋友诗词酬和。

不久，辛弃疾收到了陈亮的好消息，他中了进士第一。

秋八月，辛弃疾加集英殿修撰，知福州、兼福建安抚使。

时间过了大半年，辛弃疾又回到了福州，这次，他不急不躁、有条不紊地实行他的经界计划和整顿盐政，不久，福建地方大治。

福州城北的越王山又称越山、平山。因山形如屏，障护城北，因此又称为屏山。越王山是福州三山中最高的山，也是辛弃疾最喜欢的山。此山山巅有环峰亭、绝学寮，是宋丞相张浚读书处。又有天泉池、泉山堂、玩琴石，相传为闽越王鼓琴处。山下一泓清泉，传为闽越王饮马泉，山南麓有乾元寺。这天，辛弃疾和同僚徐泓清一同登上越王山，游玩半日后，辛弃疾感觉累了，他们在乾元寺休息时，二人在禅房下起棋来，下了三盘，都打了平手。辛弃疾感觉有些累，便在木榻上和衣睡了。

忽然，有一青年要进禅房拜谒辛弃疾，在门外看书的徐泓清不肯让他进来，说辛弃疾在休息。这青年踮起脚朝窗户里面看了看，果然看到辛弃疾在木榻上侧卧着睡觉。青年说他在门外等候，等了好久，也不见辛弃疾醒来，他便从书囊中拿出笔墨，写了一首诗留下，然后告辞下山了。

辛弃疾一觉醒来，徐泓清说，有一青年要拜访他，因等不到他醒来就走了，还留下一首诗。

“诗呢？”辛弃疾问道。

徐泓清连忙拿出一张纸，上面写有一首七绝诗：棋子声乾案接尘，午窗诗梦暖如春。清风不动阶前竹，谁道今朝有故人。

辛弃疾一拍几案：“好诗！好诗！人呢？”

徐泓清说：“走了一会。”

辛弃疾说：“快去把他追回来！”

徐泓清骑上马下了山，终于在山脚下追上了那位青年。

当青年站在辛弃疾面前时，辛弃疾问道：“请问，你叫什么名字？”

“学生叫彭止，字应期，自号漫者，崇安（今福建武夷山）人。”青年回答。

辛弃疾想了半天，还是想不起来这个彭止是谁。

看着辛弃疾迷茫的样子，彭止说道：“那年在滕王阁，学生跟随在洪大人身边，后来胡时可上来赋诗……”

辛弃疾恍然大悟：“哦，我想起来了，你那时候才是个十几岁的孩子，是的，是的。”

彭止说：“学生在山上游玩，远远地看见老师了，就赶过来，怕认错了，等到从窗户里看到老师，才知道真的是老师！”

辛弃疾与彭止谈论了一番，又就治国谈论了一些问题，他觉得彭止思维敏捷，谈吐不凡，胸怀大志，十分喜欢，便将彭止带到府衙，留住了一个多月。

3

辛弃疾作为一路安抚使，他全盘筹划，将开支加以撙节，并设置一座“备安库”，把撙节下来的数目全部储存在库内。经过几个月的运作，库中所存数目已满五十万贯。这一年，福建风调雨顺，年景较好，谷价下降，动用这五十万贯现款，可以籴买两万石粮食，便足够供给官府和军队的粮饷，北伐也就有备无患了。

现在，辛弃疾开始着手训练军队，为了防御海盗和境内发生事故，他要创建一支像湖南飞虎军那样的军队。他雄心勃勃，让僚属去请来工匠，准备打造一万副铠甲，招募强壮的士兵，把军额扩充到一万人。对这支军队严加训练，为将来北伐做准备。

这天，府衙的书记递给辛弃疾一封急信，是从建康发来的。辛弃疾拆开一看，不禁流泪了，陈亮在建康任上去世了。原来陈亮中进士第一后，授承事郎，建康军节度判官。才任职一年，便猝然去世，年五十二。

辛弃疾跌坐在椅子上，沉默了一会，又站起来，默默地擦干了眼泪，缓缓走向案几，蘸着墨想写点什么，可什么也写不出来。陈亮的去世让辛弃疾少了一个知音，一个坚持北伐的战友。

晚上，辛弃疾写了一篇祭文《祭陈同甫文》：

鸣呼！同甫之才，落笔千言。俊丽雄伟，珠明玉坚。人方窘步，我则沛然。庄周、李白，庸敢先鞭。

同甫之志，平盖万夫。横渠少日，慷慨是须。拟将十万，登封狼胥。彼臧马辈，殆其庸奴。

天于同甫，既丰厥禀：智略横生，议论风凛。使之早遇，岂愧桓伊？

行年五十，犹一布衣。间以才豪，跌宕四出。要其所厌，千人一律。

不然少贬，动顾规检；夫人能之，同甫非短。

至今海内，能诵三书；世无杨意，孰主相如？

中更险困，如履冰崖；人皆欲杀，我独怜才。

脱廷尉系，先多士鸣，耿耿未阻，厥声浸宏。盖至是而世未知同甫者，益信其为天下之伟人矣。

鸣呼！人才之难，自古而然。匪难其人，抑难其天。使乖崖公而不遇，安得征吴人蜀之休绩？太原决胜，即异时落魄之齐贤。方同甫之约处，孰不望夫上之人，谓握瑜而不宣？今同甫发策大廷，天子亲置之第一，是不忧其不用；以同甫之才与志，天下之事孰不可为？所不能自为者：天靳之年！

闽浙相望，信问未绝，子胡一病，遽与我诀！呜呼同甫，而止是耶？

而今而后，欲与同甫憩鹅湖之清阴，酌瓢泉而共饮，长歌相答，极论世事，可复得耶？

千里寓辞，知悲之无益，而涕不能已。呜呼同甫，尚或临监之否？

写好后，辛弃疾誊写了一份，拿到屋外，连同纸钱一起烧掉了。

几乎是一宿未眠的辛弃疾，第二天一早就到了府衙，案几上又有一份联名伸冤的状子。辛弃疾拆开看了，便让书记去喊主簿。不一会，主簿傅大声来了。

傅大声问："辛帅有什么吩咐？"

辛弃疾说："长溪县（今福建霞浦）有个案子请你去处理，这个案子又是由经界引起的，涉事者五十多人，你要查访案情，有什么事情即时向我汇报。你带两个人一起去吧！"

傅大声带着两个同僚到了长溪县，提审了犯人，弄清了事情的原委。原来这里有一李姓大户，因潮水冲毁了他家的土地，他就凭借县里的陈年旧档，四处侵占别人家的土地。因为没有石砧界碑，便发生了争吵，被侵占土地的业主联合起来，与李姓发生了械斗，将李姓的家奴打死了两个，县令派出衙役捕快将参与械斗的五十多人都抓进了监狱。

傅大声到了县衙，县令对他不理不睬，也不安排吃饭住宿，他们只好住进旅店。他们在民间调查李姓的田地经界时，又查找了旧有档案，终于查清了李姓的田地经界，重新划定土地经界。傅大声派人向辛弃疾禀报了案情，恳请辛弃疾来处理这五十人。

辛弃疾骑着马赶到长溪县，审问了被抓之人后，只把失手打死两人的几个人关进监狱，其他四十多人全都放了。辛弃疾知道县令收了钱才偏袒李家，他严厉质问知县。知县理亏，连连赔罪。辛弃疾处理公正，赢得了长溪县百姓的赞许。

大兴学堂也是辛弃疾的计划之一，辛弃疾拨款修建福州郡学。正当辛弃疾在福建大展宏图，修学宫、筹武备的时候，临安皇宫内权利之争也正在激烈地进行。

高宗传位于孝宗赵昚后，孝宗对高宗非常孝顺。孝宗皇后郭氏生有4个儿子，长子邓王赵愭，次子庆王赵恺，三子恭王赵惇（即光宗），四子早夭。孝宗最先立长子赵愭为皇太子，但不久赵愭病死。按照礼法，庆王、恭王同为嫡出，当立庆王为太子。然而，孝宗认为庆王秉性过于宽厚仁慈，不如恭王"英武类己"，决定舍长立幼，于乾道七年（1171年）二月，立恭王赵惇为太子。

在东宫时，为了稳定储君的地位，赵惇对孝宗毕恭毕敬，孝宗常以诗作赐予太子，不断提醒他继承自己恢复故国之宏图壮志。太子在和诗中也竭尽所能称颂父皇的功绩，努力表现自己的中兴大志。但他一旦登上皇位，便对孝宗产生极大的疑惧和不信任，甚至是不孝。

淳熙十四年（1187年）十月，高宗驾崩，孝宗悲痛欲绝。对高宗的禅位之恩，孝宗一直心存感激，加上自己已年逾六旬，对恢复中原也深感力不从心，因此他一改以往为先帝服丧以日代月的惯例，坚持守三年之丧，表明他对高宗的孝心。

淳熙十六年（1189年）二月，时年43岁的赵惇终于盼到了内禅大典。孝宗传位于太子后，退居重华宫。

光宗赵惇的不孝以及父子间的矛盾，很多都是光宗的妃子李凤娘造成的。李凤娘出身武将之家，据说她出生时，其父李道的军营前有黑凤栖息，于是起名“凤娘”。凤娘十几岁时，一个擅长相面之术的道士皇甫坦到李府做客，李道命女儿出来拜见，皇甫坦故作惊惶之状，不敢接受，说：“令嫒将来必贵为天下之母，怎敢受她的拜礼呢！”

绍兴末年，皇甫坦受到高宗的召见，鼎力举荐李凤娘，并将李凤娘出生时的事添油加醋说得天花乱坠，高宗听信其言，遂聘李凤娘为恭王赵惇之妃。

在做恭王妃期间，李凤娘尚能安分守己。赵惇被立为太子后，太子妃李凤娘开始暴露出她骄横蛮悍、无事生非的本性。她不断在高宗、孝宗、太子三宫之间搬弄是非。高宗见李凤娘如此德行后悔不已，他认为自己受了皇甫坦的蒙骗而撮合了这门亲事。

孝宗召集宰执大臣，表示自己欲行内禅之举，大臣们都交口赞同，唯独知枢密院事黄洽不发一语，孝宗问他：“卿意如何？”黄洽回奏道：“太子可负大任，但李氏不足以母仪天下，望陛下三思。”

孝宗有些不高兴，李凤娘毕竟是自己的儿媳：“嗯？”

黄洽接着奏道：“陛下问臣，臣不敢不言。他日陛下想起臣的这番话，再想见臣恐怕是难有机会了。”退朝后，黄洽即请求辞职。此时，孝宗以为李氏虽然刁蛮骄横，还不至于祸乱朝政，凌驾于皇帝之上。

但是孝宗错了，李凤娘在三宫搬弄是非，挑拨关系，在光宗面前颇为指使，又是一个醋意十足的人。光宗即位后，她成为皇后，更加肆无忌惮。

面对强悍的妻子，懦弱的光宗既惧怕又无可奈何。一次，光宗洗手时见端着盥盆的宫女双手细白娇嫩，便摸了一下，不料被李凤娘看到。几天后，她派人送来一具食盒，光宗打开一看，里面装的竟是上次那个端盆宫女的双手！

光宗吓得脸色惨白，一连多天脑子里都是那双断手，吃饭时便作呕。

光宗在东宫时，高宗曾赐给他一名侍姬黄氏，光宗即位后晋为贵妃，倍加宠爱。李凤娘妒火中烧，她趁光宗出宫祭祀之机，虐杀了黄贵妃，然后派人告诉光宗说黄贵妃“暴死”。光宗明知是皇后下的毒手，但惊骇伤心之余，除了哭泣，连质问皇后的勇气都没有。第二天祭祀时，突然狂风大作，电闪雷鸣，一场大雨浇灭了点燃的蜡烛，这一连串的事导致光宗的精神彻底崩溃。

光宗的病时好时坏，这时李凤娘便掌权在手，她大肆为娘家封官，捞钱。今年五月，孝宗病重，光宗仍一次也没有进宫探视，丞相留正等大臣再三恳请光宗过宫探视孝宗，光宗不听，拂衣而去。留正紧拉光宗的衣裾，苦苦进谏，光宗仍不为所动，自回内宫，

群臣只得恸哭而退。

六月，孝宗驾崩，光宗仍然不顾百官奏请，连丧事也不肯主持，群臣们只好请已经八十岁的太皇吴太后代其主丧。其实，这个时候光宗的精神上已经出现了异常，他内心深处仍然畏惧着孝宗，不相信孝宗已死，以为这是一个篡夺自己皇位的圈套。他不仅身居深宫，宴饮如故，不为孝宗服丧，而且担心遭人暗算，时刻带剑携弓用以自卫。

大臣们对光宗失望了，他们商议要立新的储君。光宗有两个儿子，长子保宁军节度使赵梃，已亡，次子赵扩，大臣们决定拥立赵扩登基。绍熙五年（1194 年）七月，嘉王赵扩在太皇吴太后的支持和大臣赵汝愚、韩侂胄等人的拥立下即位，即为宁宗。

光宗此时对皇位的更迭并不知晓，当他知道后，长期拒绝接受宁宗的朝见，依然住在皇宫之中，不肯搬到为太上皇预备的寝宫里。他对于失去皇位的担心终于应验，病情因此又加重了。失势的李凤娘也没有了以前的骄横，更不能左右朝政，与光宗大有同病相怜之感。

登上皇位的宁宗已经三十岁了，他将辅佐他登上皇位的吏部尚书兼枢密使赵汝愚升为宰相，其他拥立他的大臣也封了官职。

在加封韩侂胄时，赵汝愚说：“我是宗室大臣，你是皇亲外戚，怎么可以言功呢？”

韩侂胄（1152 – 1207 年），字节夫，祖籍河南安阳，其曾祖父先后事仁宗、英宗、神宗三朝，并官至宰相。父亲韩诚娶高宗吴皇后之妹，官至宝宁军承宣使。韩侂胄因父荫入仕，先后担任阁门祗候、宣赞舍人、带御器械等。他娶吴皇后侄女为妻，没有儿子，他一家几代均为皇亲国戚。

韩侂胄听了赵汝愚的话，心中非常气愤：你自己独居相位，只给我以宜州观察使兼枢密院都承旨，分明和我过不去。

韩侂胄落官阶，为汝州防御使。

从此两人产生嫌隙。

新皇帝宁宗即位，广开言路。一些谏臣为了邀宠，捕风捉影以求进身，辛弃疾又成了他们的靶子。左司谏官黄艾串通几个嫉贤妒能的大臣上了一本，弹劾福建安抚使辛弃疾“残酷贪饕，奸赃狼藉，应予以罢官”等等，于是辛弃疾的实职又被全部撤销，只留下一个挂名的差事：主管建宁府武夷山冲佑观。

刚刚修建的郡学没完工，打造铠甲的炉子还未生火，辛弃疾辛苦了几个月的抗金大略，又成了泡影。

4

随着朝廷中明争暗斗的白热化，辛弃疾成了他们斗争的牺牲品。

辛弃疾回到信州时，朱熹被右丞相赵汝愚授予焕章阁待制兼侍讲，被推荐到宫中为宁宗讲解道学理论。朱熹看到韩侂胄专权，朝廷官员的任免一概由他假借皇帝的名义“内批”作处理，不通过中书省用政事的手续办理，觉得是外戚干政。他在宁宗面前弹劾韩侂胄“擅权害正”等罪状。

在宁宗身边，赵汝愚和韩侂胄两股势力在较着劲。赵汝愚重用黄裳、陈傅良、彭龟年等。韩侂胄正得宁宗信任，他在皇帝身边安插了自己的党羽，如言官李沐、谢深甫、刘德秀等。于是，朱熹的弹劾不禁没有起到作用，反而在十月被韩侂胄用“内批”罢免了侍讲的官职。

赵汝愚，陈傅良、刘光祖、邓驿等纷纷请求留朱熹在朝，都被宁宗拒绝。彭龟年上书弹劾韩侂胄，说：“陛下近日逐得朱某太暴，所以也要陛下逐去此小人”。彭龟年因为此言被贬官出朝。

九月下旬，御史中丞谢深甫对辛弃疾又提出了弹劾，说他“交接时相（指赵汝愚），敢为贪酷，虽已黜责，未快公论”，将辛弃疾由集英殿修撰降充为密阁修撰。

十一月，韩侂胄任宜州观察室兼枢密都承旨，十二月谢深甫弹劾陈傅良，又涉及辛弃疾，说谢深甫依托朱熹，庇护辛弃疾。

于是，赵汝愚启用的人逐一废黜。

庆元元年（1195 年）二月，韩党言官李沐和谢深甫先后奏论赵汝愚“以同姓而居于相位，将不利于社稷”，赵汝愚被罢相出朝！后又被弹劾曾图谋篡权，赵汝愚被贬斥到永州（今湖南零陵县），庆元二年（1196 年）正月，赵汝愚前往永州时，刚到衡阳，便病死在船上了。

韩侂胄铲除了异己，他加开府仪同三司，权位重于宰相。朝中反道学的官员，纷纷指责朱熹道学的虚伪，称道学是伪学。绵州知府王沇上书，请置“伪学之籍”。宁宗下诏，订立伪学逆党籍。其人员为，宰执四人：赵汝愚、留正、王蔺、周必大；待制以上，朱熹、彭龟年、薛叔似等十三人；余官刘光祖、叶适等三十一人；武臣和士人十一人；共五十九人。其实列入伪学逆党籍的人员，并非都是信奉道学，宁宗不过是借禁道学的名义，清除朱熹所依附的赵汝愚一派官员，专任韩侂胄当政。并且规定凡是道学之门徒，功名一概不取！朱熹门徒，纷纷离去。

辛弃疾看到朝中权利的角逐，让自己也卷入其中，不禁感到深深的悲哀。他现在只想像陶渊明那样寄情于山水。前年从福州回来途中，去了铅山期思渡，在自己的房子住了两日。一天，他在瓢泉附近闲逛，发现离瓢泉不远有一处地方，清净幽雅，他请风水先生去指点：“先生，我想在崩洪和芙蓉两地选取之一建房舍，不知哪个地方更佳？”

风水先生说：“两地皆吉。但崩洪发甚速，不及芙蓉洲悠久。”

辛弃疾沉吟片刻，说道：“那我取崩洪吧！”

风水先生掐算了一会儿，说道：“贪了崩洪，失却芙蓉，五百年后，只见芙蓉，不见崩洪。"

辛弃疾将这块地丈量后买了下来，他要在这里置一处家业，以后在这里终老山水。晚上，辛弃疾着手绘制房屋楼亭，并填了一阕词，《沁园春·再到期思卜居》：

一水西来，千丈晴虹，十里翠屏。喜草堂经岁，重来杜老；斜川好景，不负渊明。老鹤高飞，一枝投宿，长笑蜗牛戴屋行。平章了，待十分佳处，著个茅亭。

青山意气峥嵘。似为我、归来妩媚生。解频教花鸟，前歌后舞，更催云水，暮送朝迎。酒圣诗豪，可能无势，我乃而今驾驭卿。清溪上，被山灵却笑，白发归耕。

十月，正当辛弃疾忙于在铅山期思渡筑建新居时，新的御史中丞何澹又弹劾了辛弃疾，这次一纸诏令将他所有的功名都削夺了。

辛弃疾无官一身轻，在带湖躬耕赏景，与周围的文人雅士诗词唱和，因为饮酒，常常大醉，身体每况愈下，又生病了。

范子钰写了一个止酒令，贴在辛弃疾书房的窗上，让他戒酒。

一个冬夜，辛弃疾与范子钰在熟睡中，突然听到"起火了！"的呼声，两人起来一看，窗户外火光冲天，他俩急忙穿着衣服奔出房门，参与救火。

等到将火扑灭，三进院落全部烧毁！只有雪楼和前边的厢房未毁。辛弃疾仰起头来，叹了一口气，诘问："苍天怎么如此待我？"

范子钰安慰道："天意难违，这是让我们早日搬到铅山。"

辛弃疾说道："可是，那边还没有完工啊！"

范子钰说："那就在这剩下的房子里过完年再搬吧，稻田旁还有一排房子，可以住一些人。"

"只好如此了。"辛弃疾说。

官职全罢，带湖失火，自己又在生病！今年五月，他的知音、妻兄范如山去世，一连串的事情让辛弃疾倍感孤独，他的情绪低落到了极点。本有屈原事君报国之志，作昂昂千里之驹，几十年过去了，报国宏愿难以实现，宦海沉浮之后，只剩下一躯病体。他现在要效仿白居易，遣去身边的侍者。

晚上，辛弃疾将全家集中在雪楼，他要开个家庭会议。

待所有人到齐后，辛弃疾开口说道："今家遭天灾，我又逢人祸，请大家来，是有件事我要宣布：我要遣散家里的婢女侍妾。"

卿卿、田田、钱钱、飞卿、香香一听，顿时抽泣起来。

辛弃疾咳嗽了一声，说："你们不要哭，我都替你们安排好了，除田田因为孩子还没成人，留家里外，卿卿、钱钱、香香、飞卿明日拿着我写的书信，让辛穑送你们到新的人家。他们都是我的朋友，他们又都是书香世家，你们去后，他们会善待你们。”

卿卿等人跪在辛弃疾面前，哭成了一团。辛弃疾一一扶起她们：“不要哭了，我今年五十七了，几近是花甲老人了，天下没有不散的筵席，你们跟着我这么多年，我也舍不得你们，可是我老了，你们还年轻，以后还有几十年的好光阴，我不能耽搁你们。好了，你们回去早点睡吧！”

辛弃疾将家中的两个男仆也做了安排。

卿卿等人走后，辛弃疾对辛文秋说：“文秋叔，我这个家这么多年来全靠你支撑，如今家中遭此厄难，也许是天意。年后，我们就搬到铅山期思渡，这里还有一些房屋，你看你是留在这里居住，还是和我一起去期思渡？”

辛文秋想了一下说：“幼安，我让两个儿子在这里住，耕种田地，我和老伴玉枝跟你去铅山，你和子钰身体不好，还有几个孩子都没有成人，家中的婢女又遣散了，需要人手。”

辛弃疾说：“好！文秋叔，我真怕你不去，对农事我不在行，你去了，可以带着我的几个儿子做农事。搬铅山后，在瓢泉新居给你祝六十大寿。”

辛文秋忙摆手：“祝寿倒是不必！”

辛弃疾说：“在江南，你是我的族辈，这么多年你为我做了很多，我却没有好好孝敬你。虽然你只比我大三岁，可时刻以长辈的身份爱护着我。”说着说着，辛弃疾动情了，哽咽着说不下去了，他长长地舒了一口气，继续说：“都去睡吧，时间不早了！”

辛弃疾进了书房，他静坐片刻，心中感慨万千，提笔填了一阕《水调歌头》：

将迁新居不成有感戏作。时以病止酒，且遣去歌者，末章及之。

我亦卜居者，岁晚望三间。昂昂千里，泛泛不作水中凫。好在书携一束，莫问家徒四壁，往日置锥无。借车载家具，家具少于车。

舞乌有，歌亡是，饮子虚。二三子者爱我，此外故人疏。幽事欲论谁共，白鹤飞来似可，忽去复何如？众鸟欣有托，吾亦爱吾庐。

过完年后，辛弃疾全家就搬进铅山瓢泉居所，在这里，他与诗友游山玩水，填词赋诗。其中富商傅为栋、赵蕃、徐文卿、赵宋的宗室赵茂中、赵晋臣等常常诗词唱和，后来又和铅山县尉吴子似唱和频繁。他们在吴子似建的读书亭里饮酒作诗，十分热闹。辛弃疾的瓢泉居所离朱熹建阳的沧州精舍更近了，尽管朝廷严禁与朱熹“伪学”党来往，但是辛弃疾却不顾这些禁令，经常去朱熹那里畅谈。庆元四年（1198 年），朝廷又恢复了辛弃疾的集英殿修撰，主管建宁府武夷山冲佑观，辛弃疾去朱熹那里就更勤了。

庆元六年（1200 年）入春以后，朱熹足疾大发，病情恶化，生命垂危。此时他左眼已瞎，右眼也几乎完全失明。他知道自己大限将至，于是以更旺盛的精力加紧整理残篇，他希望能将自己生平的所有著作全部完稿，使道统后继有人。

三月初九，七十一岁的朱熹病死在武夷山中。朝廷下诏，禁止人们去武夷山会葬，朱熹的门生和一些故人朋友果然不敢前往。辛弃疾得知消息后，立即填了一阕《感皇恩·读〈庄子〉，闻朱晦庵即世》哀悼：

案上数编书，非《庄》即《老》。会说忘言始知道。万言千句，不自能忘堪笑。今朝梅雨霁，青天好。

一壑一丘，轻衫短帽。白发多时故人少。子云何在，应有《玄经》遗草。江河流日夜，何时了。

十一月二十日，朱熹葬于建阳县黄坑大林谷，参加会葬者仍然有近千人之多。辛弃疾又写了一篇祭文，前往武夷山中祭悼：

所不朽者，垂万世名。孰谓公死，凛凛犹生。

第二十三章

国破山河碎时，君王才想起了他；诏命送达时，却已回天无力了……

贤愚相去，算其间能几？差以毫厘缪千里。细思量义利，舜跖之分，孳孳者，等是鸡鸣而起。

味甘终易坏，岁晚还知，君子之交淡如水。一饷聚飞蚊，其响如雷，深自觉、昨非今是。羡安乐窝中泰和汤，更剧饮，无过半醺而已。

——《洞仙歌·丁卯八月病中作》

1

韩侂胄在朝廷的位置坐稳了，他也想做一番事业名垂千古，那就是北伐，收复失地。他也需要像辛弃疾这样的主战派。于是，嘉泰三年（1203 年）夏，宁宗又启用了六十四岁的辛弃疾。

第一次罢官，辛弃疾闲居十年；第二次罢官，又闲居八年。人生能有多少个十年八年？辛弃疾悲哀地叹息了几声，在范子钰关切的目光中，他收拾了行李又上路了。这次，他是以朝请大夫集英殿修撰，任职绍兴府知府兼浙东安抚使，六月十一日到任。

辛弃疾将鲁峰师父所赠予那柄鱼肠古剑，挂在书房的壁上，每每看到这把剑，他就想起年轻时往事，他一直以为能携这柄剑在战场上杀敌，可是，这柄剑跟着他这么多年了，剑鞘已经有些陈旧，却一直没能派上用场。昨日，接到临安好友的信，说朝廷正在备战，这个消息让他倍感兴奋。三更时分，他起床练了一会剑，顿时感觉身体舒坦多了。

到任不多久，辛弃疾深入到民间查巡赋税情况。这天，他穿着便服来到一座村庄，见一茅屋前坐着一位七十多岁的老人，就和他攀谈起来。

辛弃疾问：“老人家，您贵姓，今年收成怎样？”

老人回答：“免贵姓王，说到今年的收成，还不错，就是赋税重了，现在折变成风，坑死人了！”

辛弃疾知道，自南宋初年来，折变成为官府增加收入的一项重要政策，就是变卖或出卖实物，换成现款，是赋税输纳办法之一，实际也是一种加税名目。

辛弃疾又问：“王大哥，你们这里是怎样折变的？”

王老汉：“早在五月，官府就在压价，把麦价压得很低很低，如麦收在六月，州县

遂串通市司于五月中先减麦价，仅留三四分，待折已定，即顿增价。小麦实价每斗为钱一百二十文，而折变只作五十二文。”

辛弃疾又问：“还有其他税种吗？”

王老汉回答：“有啊！”

他对辛弃疾一一说出了额外收的一些税。

辛弃疾在对各州郡的账簿进行核查后得知，因为反复扭折，致使税户陡增六七倍之赋！还有，地方官吏巧夺豪取，他们枉法向民户多要“斗面米”和多收钱货。如有一个官吏在某处做郡守四年，向农户多收了斗面米六十万斛，钱百万余贯，都贮藏在另外的谷仓和钱库当中，后来把这六十万斛粮米交出，却假称是用那百多万贯钱籴米买来的，于是这一大笔现款便装进了这个官吏的私囊了。

针对这些情况，辛弃疾给朝廷上了一道奏章，论述“州县害农甚者六事”。在奏章结尾，辛弃疾说，希望朝廷通令朝内的言官和各路的提点刑狱“查劾无赦”。

浙东的盐鬻为害，辛弃疾大力整顿，终于扭转了贩卖私盐的不法行为。

刘过，字改之，吉州太和人，颇有才气，辛弃疾将他招至幕府佐政。赵汝鐩，字明翁，号野谷，袁州宜春（今属江西）人。宋太宗八世孙。宁宗嘉泰二年（1202 年）进士，辛弃疾爱其才，也将他请到自己的幕府。作为一路之帅，辛弃疾招贤纳才，治理一方，他要让浙东成为北伐的军事基地。

绍兴府治背靠卧龙山，唐朝时州宅内亭台楼榭胜迹非凡，犹如仙境。乾宁二年（895 年），董昌在越国称帝，举起反旗，以州治厅堂作为宫殿。钱镠奉诏命平董昌之乱后，所毁楼台重建。宋高宗南渡后，于建炎初驻跸越州，以州治作为行宫，将州治中的设厅改为名堂，行祭天祭祖大礼。后来，高宗迁都临安，这里的行宫又恢复成了州治。此刻，辛弃疾站在观风堂的遗址上，他要在这遗址的一侧建一座秋风亭。亭子建好后，他填了一阕词《汉宫春·会稽秋风亭观雨》：

亭上秋风，记去年袅袅，曾到吾庐。山河举目虽异，风景非殊。功成者去，觉团扇、便与人疏。吹不断，斜阳依旧，茫茫禹迹都无。

千古茂陵词在，甚风流章句，解拟相如。只今木落江冷，眇眇愁余。故人书报：“莫因循、忘却莼鲈。”谁念我、新凉灯火，一编太史公书。

辛弃疾将填好的词寄给张镃，当丘密和姜夔读了这阕词后，相继填词唱和。

辛弃疾上任已经一个月了，府内的公务已经理清了眉目，他现在要去拜访一个人——陆游。陆游曾参与过孝宗一朝组织的北伐，又因其诗才出众，在朝野中名望颇高。

五月，七十八岁高龄的陆游从临安回到绍兴山阴，居住在绍兴城外的鉴湖。辛弃疾备了些礼品，带着家童，坐着马车前去拜访陆游。

出了绍兴城门往西南走了约莫九里地，只见一座湖泊碧水清清，岸边林木葱茏，这就是鉴湖。在鉴湖南岸，有一处山丘，当地人称为三山，临山畔水处有一座庭院，已经很破旧了，但是干净整洁。辛弃疾下了马，敲了敲门，“吱呀”一声，一女子打开了门。

辛弃疾问：“请问这是陆老先生的家吗？”

那女子回答：“是的，请问你是？”

书童说道：“他是福州知府辛大人，来拜访陆老先生。”

女子忙施礼：“不知知府大人前来，小女子眼拙。请进，家父在书房里。”

这时，从一房间里传出问话：“紫瑄，是哪位客人来了？”声音洪亮。

女子回答：“父亲，是知府大人来了。”

辛弃疾跟着紫瑄走进院子，这时，一位精神矍铄的老人走出了房门。

辛弃疾连忙施礼：“下官辛弃疾拜谒陆先生！”

一阵爽朗的笑声后，陆游伸出双手抱住了辛弃疾。

陆游说：“是弃疾啊，早就闻你大名，今日才有机会相见！”

辛弃疾内心十分激动：“是弃疾的不是，本应早来拜访陆先生的，无奈琐事缠身，迟至今日才来，请先生见谅。”

陆游：“不迟，不迟！”

陆游拉着辛弃疾的手，走到了会客室。

紫瑄泡好了茶，出来上茶。

陆游看着紫瑄，笑眯眯地说：“这是小女紫瑄，我呀，有七个儿子，就这个独女儿，她又最小，从小被我惯坏了！”

看得出，陆游很喜欢他这个女儿。紫瑄朝辛弃疾笑了笑，便退下了。

辛弃疾环顾四周，看到家里陈设简单，房子似乎多年没有修葺，便说道：“先生一生清廉，光明磊落，是抗金的一面旌旗。”

陆游说：“辛帅过奖了。”

两人都是抗金人士，很快他们直接奔入了主题。

辛弃疾说：“先生刚从帝都归来，不知道朝中对金有何行动？”

陆游叹了一口气说：“辛帅，你和我一样，两度被罢官，如今朝中掌权的韩侂胄准备北伐，但是他们缺少凝聚力，所以需要我们这些老一辈的抗金人士，助他一臂之力。”

辛弃疾说道：“是啊，从让我复职的那时起，我就知道这点。不过，朝廷能积极备战，发动对金作战，这是我们期盼很久的。”

陆游摇了摇头说：“我最初也和你一样，听说要发动对金作战，心情激动不已。不管韩侂胄出于什么目的，他请我出山，我还是抱病去了。隐居在江西六年未通信的杨万里，直言不讳地说我晚节不保！”陆游呵呵一笑，接着吟诵道，“君居东浙我江西，镜里新添几缕丝。花落六回疏信息，月明千里两相思。不应李杜翻鲸海，更羡夔龙集凤池。道是樊川轻薄杀，犹将万户比千诗。”

辛弃疾听后，微微一笑说：“这诗的末尾是在劝你呢。”

陆游说：“是啊，他在说我攀龙附凤！北伐比不得写诗，事关千家万户的性命，我何尝又不知呢？收复中原是众多抗金人士孜孜以求的心愿。现在，金国内部很乱，外部又受北鄙鞑靼等部落侵扰，这是个契机，可是，我们的兵呢？多年没实战，平时又没训练，你看除你之外，哪一路在加强军事训练？你当初在湖南创建飞虎军，现在的飞虎军恐怕成了病猫了，唉！”陆游又重重地叹了一口气，“弃疾，我说了这么多，你看呢？”

辛弃疾说：“我认为先要派人到金国摸清他们的国情，多搜集他们的国情军情，还要查看地形，哪些地方利于我们的军队作战。这些年我派了不少的人去金国刺探情报，我当年绘制的金国地形图这次可以派上用场了。我想广招谋臣武将，厉兵秣马，等待时机成熟，一举攻到燕京！”

陆游听后表示赞同，他接着说：“依我看，韩侂胄战前的准备做得不充分，他又没有实战经验，空想是不行的！当年张浚失败，也是因准备工作没有做好；再就是兵士，平时不训练，一交战就溃退，贪生怕死，能作战吗？上次张浚兵败，是带兵的将领不能顾全大局，不以国家利益为重，配合不默契。去年韩侂胄将我请到朝中，我发现他们不过是借我的名号，既不询问战略战术，也不让我参与他们的作战计划，只让我参加修撰孝宗、光宗两朝实录及三朝史，所以，一编撰完了我就坚决要回来。”

辛弃疾说：“哦，我觉得在兵力部署上要仔细研究，南方的士兵与北方民兵的布阵很重要。”

陆游说：“弃疾对作战有自己独特的见解。我想推荐一后生到你幕府，此人胸怀大志，又是名将后代，爱国之心可嘉。”

辛弃疾问：“先生推荐之人必是栋梁之材，只是不知道所荐者为何人？”

陆游说：“是抗金名将岳飞之孙岳珂。”

辛弃疾高兴地说：“名将之后，自当招纳！他现在在何处？”

陆游说：“去年和我一起到临安，后来他去江淮了，估计近段时间要回来。”

辛弃疾说：“若是回来，就请他来府衙见我，不，不，我去请他。”

陆游点了点头，说：“好！你来福州有一个多月，下面州县情况巡查得差不多了吧？”

“嗯，是的。诸暨县枫桥镇是浙江东路的要冲，现只有镇、税官各一名，有事时无力弹压；奸民肆无忌惮，我已经奏报朝廷，请求增加县尉一名。此外，税官贪赃枉法，我已罢免，让镇官兼任。”

陆游说：“做得好，若是前方开战，后方不可出现动乱。”

辛弃疾说：“是啊，若每个州县都像会稽县丞朱圣与一样尽职勤勉就好了。”辛弃疾环视一下陆游的房子，转移了话题：“据说先生已经写了一万余首诗，恐怕是前无古人！可先生还住着这么破旧的房子，是我朝的悲哀，也是我绍兴府的不是。先生可选个宅基，我为先生筹钱建一宅子吧。”

陆游连连摆手拒绝：“不可，辛帅不可。虽然这几间草房破旧，但是能避风遮雨，比起很多遭受饥饿冻馁之民，强多了。”

辛弃疾说：“先生，要不我将这房子修葺一番？”

陆游说：“谢谢辛帅的好意，不用修葺了。”

紫瑄做好了饭，素菜淡酒。辛弃疾和陆游两人边吃边聊，十分投机，午饭后，辛弃疾便回城了。后来只要有空闲时间，辛弃疾就会来这里，和陆游论诗议政，两个年龄相差十五岁的人成了忘年之交。

2

当年（1188 年）陈亮约朱熹在兰溪与辛弃疾晤谈，朱熹爽约。后来朱熹派门人杜斿去解释失约的原因，借以疏通关系。杜斿字叔高，金华人。与兄伯高杜旟，仲高杜旃、弟季高杜旞、幼高杜旝齐名，人称“金华五高”。陈亮曾评价杜斿的诗歌“叔高之诗，如干戈森立，有吞虎食牛之气”。因为杜斿的到访，辛弃疾与朱熹消除了误会，又往来密切，辛弃疾也与杜氏兄弟成了好友。淳熙十六年（1189 年）年和庆元六年（1200 年）年杜斿先后两次拜访辛弃疾，辛弃疾酬答诗歌两首，词十二首，这是辛弃疾与好友酬答中比较多的。杜斿的哥哥杜旃（仲高），移居清河时，辛弃疾为他开山田。

上任才半年，十二月二十八日，辛弃疾又被朝廷召回临安。

临行前，辛弃疾去看望陆游，要留下一些钱给陆游修缮房舍，陆游坚决辞掉，并写了一首《送辛幼安殿撰造朝》送辛弃疾，希望他以国事为重：

稼轩落笔凌鲍谢，退避声名称学稼。
十年高卧不出门，参透南宗牧牛话。
功名固是券内事，且葺园庐了婚嫁。
千篇昌谷诗满囊，万卷邺侯书插架。
忽然起冠东诸侯，黄旗皂纛从天下。
圣朝仄席意未快，尺一东来烦促驾。
大材小用古所叹，管仲萧何实流亚。
天山挂旆或少须，先挽银河洗嵩华。
中原麟凤争自奋，残虏犬羊何足吓。
但令小试出绪余，青史英豪可雄跨。

古来立事戒轻发，往往谗夫出乘罅。
深仇积愤在逆胡，不用追思灞亭夜。

“深仇积愤在逆胡，不用追思灞亭夜。”辛弃疾念出了声，午饭时，两人就对金国用兵之事又做了一番探讨。辛弃疾恋恋不舍地告别了陆游，他为没有给陆游修缮房子之事深感遗憾。陆游将辛弃疾送上官道，一直到看不见马车的影子才回去。

不想这是两人最后的一次见面。

安丰军知府厉仲方上奏朝廷说，淮北流民不堪金人压迫，都愿意归附宋朝，加之金军被北面异族侵扰，内忧外患，韩侂胄认为北伐的时机到了！

嘉泰四年（1204 年）春，宁宗召见辛弃疾，问及北伐事宜。辛弃疾向皇上陈述了自己的抗金主张。他建议北伐前要知己知彼，先派人侦查金国情况，国内加强备战，抓紧时机筹备军需物质，训练军队，为北伐做准备。

辛弃疾任职绍兴府后，先后多次派人深入金国进行侦查，侦查人员出发前，辛弃疾向他们介绍山东、河北的一些情况，向他们指出金军的重要军事据点。他们到达后根据辛弃疾的指点，侦查金军的官衙仓库、兵马数目和将帅姓名，以及营寨的分布情况，并一一做了记录。辛弃疾接到这些情报后，将原来绘在绢上的一些地域图做了修改，因为他离开山东已有多年。除了地域外，金军的军事部署肯定也有了变化。辛弃疾一边向宁宗谈及自己的建议，一边拿出绘制的金国地图，上面都标记着金军的驻地、地形，以及交战双方的地形，适合怎样的战术等。辛弃疾还将多年来派人去金国刺探的情报都汇聚成册。

宁宗看后龙颜大悦，加封辛弃疾为宝谟阁待制，提举神佑观，奏朝请。

韩侂胄将辛弃疾请到自己的府中，极尽恭谦，请辛弃疾和他共商军国大事。辛弃疾听了他的计划后，觉得他有些轻敌，轻浮冒进，好大喜功。但是辛弃疾说得很委婉，他说不能在敌情不明的情况下贸然起兵，要做好充分的准备，还有，在任用将领上，千万不能重蹈张浚之覆辙。

这次会见之后，“奉上密旨，守国要冲”，辛弃疾除绍兴府知府，改知镇江知府，赐金带。

镇江位于京杭大运河和长江的交汇处，隔着长江与瓜洲古渡相望，镇江也称为京口，是临安的北大门。这里是历代兵家的必争之地，发生过无数次激烈的战争，朝廷再次将重任托付给了辛弃疾。

辛弃疾三月到任，到任后，他首先巡视全城，查看城垣堡垒，巡视军队，积极备战。他又修书一封，请自己的族弟辛茂嘉来做他的幕僚。这位与他一同南渡的族弟，排行十二，博取功名后也四处为官。当年辛弃疾闲居瓢泉之时，辛茂嘉赴调桂林，来看辛弃疾，并留住两日。辛弃疾填了一阕《永遇乐·戏赋辛字，送茂嘉十二弟赴调》：

烈日秋霜，忠肝义胆，千载家谱。得姓何年，细参辛字，一笑君听取。艰辛做就，悲辛滋味，总是辛酸辛苦。更十分、向人辛辣，椒桂捣残堪吐。

世间应有，芳甘浓美，不到吾家门户。比着儿曹，累累却有，金印光垂组。付君此事，从今直上，休忆对床风雨。但赢得，靴纹绉面，记余戏语。

临别之时，辛弃疾又填了一阕《贺新郎·别茂嘉十二弟》：

绿树听鹈鴂，更那堪、鹧鸪声住，杜鹃声切。啼到春归无寻处，苦恨芳菲都歇。算未抵、人间离别，马上琵琶关塞黑，更长门、翠辇辞金阙，看燕燕，送归妾。

将军百战身名裂，向河梁、回头万里，故人长绝。易水萧萧西风冷，满座衣冠似雪。正壮士、悲歌未彻。啼鸟还知如许恨，料不啼、清泪长啼血，谁共我，醉明月？

这阕词用了鹈鴂、鹧鸪、杜鹃三个啼鸟的典故，又用了五个离别的典故，将这阕送别诗写到了极致。

辛茂嘉读后，对辛弃疾说：“族兄明是写别恨，可我看出是写国恨。”

辛弃疾点点头：“十二弟知道我的心事，恢复中原是你我不可推卸的责任。”

现在，辛弃疾做了镇江知府，开战在即，他急需人才，辛茂嘉有过军旅生涯，谙熟金国地形，他去信一封，邀请辛茂嘉来自己的幕府。半个月后，辛茂嘉风雨兼程地赶到了镇江。

辛弃疾命人缝制了一万件军用夹衣，又准备请工匠打制兵器。他又从军营中选出五十个年轻机敏的军士，由辛茂嘉带领，潜入金国刺探情报，在江边，辛弃疾亲自为他们送行。

三月下旬的一天，一年轻人来到府衙，说要求见辛弃疾。辛弃疾见了后才知道，这是陆游推荐的岳珂。

听说要派一批军士潜入金国刺探情报，岳珂也要去，但被辛弃疾拒绝了。岳飞后裔就只存这一脉了，他不能让岳珂去冒险。他让岳珂做饷幕庾吏。

岳珂有些不愿意：“辛帅，我觉得我也应该前往金国刺探消息，我刚从北方游学回来。”

辛弃疾：“岳珂，去北方的军士现在恐怕已到了金国，他们出发前都有联络方式，倘若你一个人去，和他们联系不上。再说，岳家就只剩下你这一脉了，我不能做岳家的罪人。”

岳珂说："可是辛帅，那是家事，这国恨需要我们去雪，没有国，哪有家？"

辛弃疾说："我意已决，你就做饷幕庾吏，俗话说'兵马未动，粮草先行'，目前备战时期，筹备粮草，供应粮草是作战的胜利保障。"

岳珂见此，不再坚持。过了几日，岳珂拿出一个精致的匣子，递给辛弃疾："辛帅，此匣里装的是已故老相国陈康伯为高宗皇帝所写的《亲征诏草》，陈氏后人得知我在辛帅这里供职，托我请大人为此文作跋，以传于后世。"

辛弃疾边接匣子边说："陈相国在世时力主抗金，挫败完颜亮之功绩流传千古，能为此文作跋也是下官的幸事。"

辛弃疾打开匣子，展开诏书一看，怦然心动，一股热血涌上心头。当年完颜亮南犯，陈康伯力劝高宗亲征，绍兴三十一年十月初四，这是他代皇上起草的诏书原稿。因为激动，辛弃疾的手有些颤抖，他将诏书举过头顶，朗声念了起来。这篇由骈体文写就的诏书，言辞华美，感染力强，念着念着，辛弃疾的眼睛湿润了。他放下诏书，饱蘸墨水，写下了一行字：

使此诏出于绍兴之初，可以无事仇之大耻。使此诏行于隆兴之后，可以卒不世之大功。今此诏与此虏犹俱存也，悲夫。嘉泰四年三月门生弃疾拜手谨书。

辛弃疾以寥寥数语概述了南宋历史上的两次错误：一是如果不召回岳家军，历史将重写。二是完颜亮被杀之时，若能实行诏书的目标，也可以统一国家，收复失地。联想到眼前这种状况，辛弃疾非常担忧这次北伐。

3

去北国刺探情报的士兵逐渐回到了京口，辛弃疾将所有的军事情报整理后，上奏朝廷暂缓用兵。

嘉泰五年（1205 年）正月，辛弃疾接到改元诏书，称为开禧元年。

这是韩侂胄的主意，为图北伐胜利，他取宋太祖赵匡胤开宝年号和宋真宗天禧年号，这两个年号里，北宋两次用兵取胜。

不久，辛弃疾突然连降两级，由宝谟阁待制降朝散大夫。原因是辛弃疾推荐之人通直郎张某不法，坐谬举之责。通直郎是文官，从六品。

春夏之交，刘改之到京口拜访辛弃疾。原来辛弃疾从绍兴府调任后，刘改之也辞掉了幕府的职位。刚过一天，姜夔也来了，辛弃疾这才知道两人是约好来看望他的。于是，辛弃疾与刘改之、姜夔去北固山游玩，岳珂、辛茂嘉也一同前往。

一行五人登上北固山。北固山由前峰、中峰和后峰三部分组成，主峰即后峰，甘露

寺、多景楼等都在后峰。他们在山下拴好马，步行上山，边走边聊。

辛弃疾说："当年我登此山，与周孚相识，那时意气风发。唉，时间不饶人啊。"

刘改之见提到周孚，不禁叹了一口气："唉！上苍对他也太不公了，英年早逝。"

姜夔说："是啊，人生无常。你看，去年周必大、袁启岩也谢世了。"

不一会，他们到了后峰，在路边，他们看到一块石头犹如一头羊伏卧在那里。

辛弃疾说："看，这就是那块石头。当年刘备和孙权在此石上论如何抗曹，赤壁之战大约就是在这里定下的吧？"

辛嘉茂笑着说："苏东坡说这石头是后来僧人运来的，原先的石头不见了。"

不多时，他们来到了甘露寺，甘露寺建于东吴甘露年间，刘备就是在这里招亲的。

甘露寺的主持见辛弃疾等人来了，连忙上茶。不一会，又上了一桌酒菜。

主持说："辛帅，招待不周，多有怠慢，您和客人慢用！"说完，就离开了。

酒过三巡，大家又谈起了魏蜀吴三分天下。说着说着，又谈到了当今如何对金用兵。喝到畅快处，竟然对皇上和韩侂胄指责起来。

刘改之见状，连忙转移话题："辛帅，今天这么好的天气，大家难得一聚，何不填阕词以助酒兴？"

姜燮将酒一饮而尽，说道："好主意！"

辛弃疾喝得有点晕晕乎乎，他围着桌子转了一圈，说："我来填一阕《永遇乐·京口北固亭怀古》。"沉吟片刻，便开始吟诵：

千古江山，英雄无觅，孙仲谋处。舞榭歌台，风流总被，雨打风吹去。斜阳草树，寻常巷陌，人道寄奴曾住。想当年，金戈铁马，气吞万里如虎。

元嘉草草，封狼居胥，赢得仓皇北顾。四十三年，望中犹记，烽火扬州路。可堪回首，佛狸祠下，一片神鸦社鼓。凭谁问，廉颇老矣，尚能饭否。

吟诵完后，辛弃疾端起酒杯，一饮而尽。

辛茂嘉赞道："好气势！'想当年，金戈铁马，气吞万里如虎'，这词让人回想起当年你的往事。"

刘改之说："这阕词中怀古、忧世、抒志都极绝妙。定会流传千古！"

辛弃疾说："各位过奖了，岳珂，你觉得呢？"

岳珂说："确实是好词，不过，我觉得用典太多。"

姜夔说："岳珂可是实话实说。"

刘改之回过头看了一眼姜夔："白石道人，轮到你啦，你也来一阕。"

姜夔说："那我就献丑了，我步辛帅《永遇乐》的韵吧。"思索了一会，他高声吟诵道：

云隔迷楼，苔封很石，人向何处？数骑秋烟，一篙寒汐，千古穴来去。使君心在，苍岸绿嶂，苦被北门留住。有尊中酒差可饮，大旗尽绣熊虎。

前身诸葛，来游此地，数语便酬三顾。楼外冥冥，江皋隐隐，认得征西路。中原生聚，神京耆老，南望长淮金鼓。问当时依依种柳，至今在否？

辛弃疾赞道："好词，好词！我请寺中住持将这两阕词，刻在石崖上。"

刘改之说："可惜吴琚已不在世，否则，让他写出来多好啊。"

吴琚字居父，号云壑，汴京人。太宁郡王、卫王吴益的儿子、高宗宪圣皇后的侄儿。他没有别的爱好，每日临帖自娱，擅长书画，其字画颇似米芾，屡受高宗赏赉。孝宗常召他论诗作字。北固山的"天下第一江山"实际就是他临摹的墨迹。庆元年间去世，世人称他为"吴七郡王"。

辛弃疾说："这位住持的字也不差，一会儿他来了，你们要谁的字，他都可以摹出来。"

大家一听寺中的住持能摹他人的字体，顿时来了兴趣，让岳珂去请。

辛弃疾说："岳珂请不动的，我去请吧！"

住持随着辛弃疾来了，他不多言语，众人也不敢乱说话，只提出要摹谁的字。刘改之要他摹王羲之的书法，岳珂要他摹南朝梁武帝的书法，住持一一摹写。

写完后，住持留了两幅，即抄写的辛弃疾和姜夔的两阕词。

出了甘露寺，他们又去了多景楼和凌云亭，直到暮色四垂才下山。

辛弃疾在镇江上任不到三个月，六月十九日又改知隆兴府。辛弃疾将公务交接后，收拾了行装，正准备去隆兴府就任，忽然一纸诏书又到了，除辛弃疾隆兴府知府，只保留宫观之职。

三度罢官，招之即来，挥之即去，让辛弃疾看到了世态的炎凉，激愤之中，辛弃疾连填了三阕词。

这次罢官奉祠，让辛弃疾心灰意冷，他要回铅山了。他想念他的儿孙们，这次回去，还要让小女儿和范如山的儿子范炎完婚。范如山在世时他们定下的亲事，两个孩子早已成人了，因为一些琐事，让婚事一拖再拖。儿子们也都走上了仕途，特别是三儿子，让辛弃疾倍感欣慰。

次日，辛茂嘉、辛弃疾和他的书童一行三人乘船回铅山，镇江的一些同僚前来相送。辛弃疾站在船头，秋风吹起了他的白发，他高大的身躯像一坐铁塔。在同僚们"多保重"的祝福声中，船离开了镇江的港口。

当船将到仙人矶时，辛弃疾站在船头上，随口吟诵起来：

江头一带斜阳树，总是六朝人住处。悠悠兴废不关心，惟有沙洲双白鹭。

仙人矶下多风雨，好卸征帆留不住。直须抖擞尽尘埃，却趁新凉秋水去。

“嘉茂，你觉得这阕《玉楼春·乙丑京口奉祠西归，将至仙人矶》怎么样？”吟诵完后，辛弃疾问辛茂嘉。

辛茂嘉说：“对诗词，我可是个门外汉。不过，这阕词让我感觉到你有一种摆脱政务的轻松。”

辛弃疾说：“是啊，回到瓢泉，日日看鸥，与山水为伴，其乐无穷啊！”

当船行到余干县时，辛弃疾等人上了岸，去买一些吃的，晚上在船上辛弃疾与辛茂嘉两人对饮，辛弃疾兴之所至又填了一阕《瑞鹧鸪·乙丑奉祠归舟次余干赋》：

江头日日打头风，憔悴归来邴曼容。郑贾正应求死鼠，叶公岂是好真龙。

孰居无事陪犀首，未办求封遇万松。却笑千年曹孟德，梦中相对也龙钟。

辛嘉茂读了，说道：“词中的‘郑贾正应求死鼠，叶公岂是好真龙’应是讽刺朝廷某人借北伐之事，为自己扬名，对吗？”

辛弃疾喝了一口酒，说：“是的！朝中有人奏我‘好色贪财、淫刑聚敛’，并以此为由罢我官职，我知道这是我对下属过于严厉得罪了人，又在奏疏中陈述北伐的弊端，给某些人泼了一盆冷水，他们很不自在，所以干脆罢掉我所有的官职。”

辛嘉茂说：“我以为，这一切都是韩丞相一手造成的！你看他现在，位居宰相，独揽大权，不可一世，但却不敢启用正直之士！”

辛弃疾苦笑了一下，说：“我六十六了，却落得个好色、聚敛的名声，真是滑天下之大稽。”

辛茂嘉说：“或许是弃疾兄写的奏折，直言他们北伐的轻率而得罪了权贵，他们将你搁置一旁；或许是怕你抢了他们的功劳。”

辛弃疾说：“韩丞相有些好大喜功，以为打仗是那么容易的事，兵不练，将不训，敌情不明，粮草未备，我真是为他着急！削我官职事小，国家存亡可是大事啊！”

说完，辛弃疾又将一杯酒倒进口中，终于酩酊大醉了。

4

辛弃疾突然回到家中，范子钰高兴异常，她抚摸着辛弃疾的白发，看着辛弃疾苍老的面容，叹口气说：“幼安，你看你白发又多了不少，这次回来就不要出去了！”

“是啊，我也累了，回来好好休养身子骨。”辛弃疾说。

小女儿敏茹说：“父亲恐怕只是暂时回来住些日子，现在对金开战在即，一旦朝中诏书一下，父亲还不是又走了？”

范子钰说：“说的也是，你父亲就是这样，一心忠君。”

辛弃疾说：“你这孩子，得把你嫁出去了！你看，我一回来，你就叽叽喳喳。”

敏茹撒娇道：“父亲，我还小嘛！”

范子钰说：“不小了，你表兄范炎几次提出要早日完婚，都是因为我在任上，忙于公事，没回来。婚嫁这么大的事情，做父亲的非参加不可！”

敏茹：“七哥、八哥还没成婚啊！”

辛弃疾：“你七哥、八哥还没取得功名，男孩子先立业，再成家。”辛弃疾转过头来对范子钰说：“范炎是文散官，已至第十七阶。如山兄在世时提过，何时完婚让我们家定夺，我看下个月选个吉日完婚吧！”

辛弃疾的八个儿子，分别是辛稹、辛秬、辛秠、辛穮、辛穰、辛穟、辛秸、辛褎，此时除了辛秸、辛褎外，其余六个儿子都在为官。女儿出嫁时，儿子们都回来了，婚礼的场面非常热闹。

开禧二年（1206年），宋朝对金的作战已经拉开了序幕。镇江都统制陈孝庆收复了泗州，江州统制许进收复了新息县，光州忠义人孙成收复了褒信县。五月，陈孝先又收复了虹县。

韩侂胄得知已经收复了泗州和新息、褒信、颍上、虹县，十分欣慰，命令直学士院李壁草诏，下伐金诏书。

然而，战场上的情况直转而下。郭倪派郭倬、李汝翼会兵攻打宿州时，兵败；建安都统李爽攻打寿州，也更是大败；皇甫斌攻打唐州，兵败；江州都统攻打蔡州，也是不克而溃！

此时，朝廷急了，以丘崈为两淮宣抚使。将败将邓友龙、王大节、李汝翼、皇甫斌、李爽都予以贬谪；郭倬斩首于镇江；苏师旦罢官、抄家，贬至韶州。

朝廷此时又想到了辛弃疾，请他出山。诏命为绍兴府知府、两浙东路安抚使。谁知辛弃疾上奏辞免。

接着，朝廷又下诏书给辛弃疾：进龙图阁待制、知江陵府、赴行在奏事。

辛弃疾只好即刻启程赴任，因为军情紧急，皇上诏令辛弃疾在临安商议军情。

十月，金兵十四万分九路南下。

纥石烈执中领兵由清河口率先渡淮，进围楚州（今江苏淮安），镇江副都统制毕再遇奉命率部自盱眙军（今江苏盱眙）驰援。金兵乘虚攻克盱眙，毕再遇回师再收复盱眙，而后率部驰援楚州。当时金军以七万重兵围困楚州，毕再遇鉴于彼强己弱，兵力悬殊，与其正面交锋不利，遂派统领许俊率部乘夜由间道趋淮阴（今江苏淮阴西南）袭烧金军粮草，金军惊退。

十一月，丘密督视江、淮兵马。有人劝丘密放弃庐州、和州，为守江之计。丘密说：“弃淮则与敌共长江之险，吾当与淮南共存亡。”于是加强了军事防守。

金将完颜匡攻陷光化、枣阳、江陵，副都统魏友亮突围奔襄阳。

招抚使赵淳焚樊城，金兵攻破信阳、襄阳、随州，进而围攻德安府。

金将仆散揆率金兵至淮河，派奥屯骧扬兵攻打蔡州（今安徽凤台），守将何汝励、姚公佐率众军士屯驻在花魇防备金兵，不想仆散揆暗地里派兵在八叠河渡淮，并驻扎在南岸。宋兵没料到金兵突至，不战而溃，相互踩踏者不计其数。仆散揆夺得颍口，攻克安丰（今安徽寿县）及霍丘县，继而纵师深入，攻陷庐州、和州，再败宋军于六合（今属安徽），进驻瓦梁河（今安徽六合西南），控制了真州（今江苏仪征）、扬州（今属江苏）等诸州要冲，然后沿江上下布阵，江南地区大震。

十二月，纥石烈子仁攻陷滁州，又于真州大败宋军，斩宋军两万余人，攻陷真州。

在西线，由于四川宣抚副使吴曦降附金国，撤除了关隘守军，金兵迅速占领大散关（今陕西宝鸡西南）及成、阶（今甘肃成县，武都东南）、凤（今陕西凤县东北）等州。

现在，宁宗终于明白了当初辛弃疾在奏章中所言极为正确，即诏命辛弃疾试兵部侍郎。

金人想议和罢兵，丘密将此消息告知韩侂胄。

韩侂胄以出师屡败，变卖家产二十余万，以助宋军。又命丘密派人与金议和。于是，丘密派陈壁持信前往金营，提出愿意讲和息兵。

但金人提出“称臣、割地、献首祸之首级，乃可”。

丘密得到回复后，又派王文前往金营。

王文说：“用兵是苏师旦、邓友龙、皇甫斌所为，不是朝廷之意。”又说，“如今这三人已经贬黜。”

金人说：“韩侂胄倘若没有用兵的意思，师旦等敢擅自做主吗？”金人要的是韩侂胄的人头。

王文回来后，回复了丘密。丘密又遣使前往金国，答应金人归还淮北流移人口以及今年的岁币。金人这才答应息兵。

宁宗与辛弃疾相对而坐，他与辛弃疾刚刚议论了时局，又命人将辛弃疾当初的奏折送上来。宁宗翻阅着辛弃疾的两份奏章，逐字逐句地细读，叹了一口气，随即站起来，面朝北方，泪流满面……

开禧三年正月，宋、金均有罢兵议和的意愿。丘崈上疏说，既然金人指定韩侂胄为这次战争的主谋，若和金兵讲和，可暂时免除韩侂胄的一切官职。

韩侂胄知道后，非常生气，立即罢免了丘崈，命张岩督视江、淮兵马。

二月，建康知府叶适上奏朝廷："三国孙氏，皆以江北守江，自南唐以来始失之。乞兼节制江北诸州。"宁宗答应，于是叶适又兼江淮制置使。叶适治理有方，军需都是官供，不扰百姓，防守皆尽法度。

辛弃疾见议和派又在牺牲国家利益，苟且偷生，他立即上奏，辞去兵部侍郎之职，宁宗不准。

过了数日，辛弃疾再次请辞兵部侍郎之职，宁宗终于准了。但要辛弃疾仍在临安，在京宫观。

三月二十六日，吏部尚书兼给事中陆峻、兵部尚书宇文绍节、龙图阁待制在京宫观辛弃疾等官员上书状奏："叛逆曦就戳，族属悉当连坐，供奉圣旨，令臣等集议合得刑名闻奏。"

宇文绍节，字挺臣，成都广都人。这场对金战争中，宇文绍节建议修筑古城，创造砦栅，加固城防。淮西转运判官邓友龙向韩侂胄进谗言，说宇文绍节不过是一个城守，徒耗财力，无益于事。

韩侂胄寄信给宇文绍节，宇文绍节在回信中写道："公有复仇之志，而无复仇之略；有开边之害，而无开边之利。不量国力，浪为进取计，非所敢知。"韩侂胄收到信后极不高兴，宇文绍节的直言戳到了韩侂胄的痛处，于是以李爽代替宇文绍节。

吴曦降金叛宋之后，自称蜀王。宁宗召集辛弃疾、宇文绍节等人商议西讨之事。众人认为若是派兵去征讨，跋山涉水，路途遥远，不如智取。随军转运安丙素怀忠义，现在吴曦那里任职，若下密旨令其讨贼，必能成功。于是朝廷派遣密使前去以帛书传达宁宗的诏令，安丙派兵诛杀了吴曦，接着又率兵将金军击败，收复所失诸州。

宋朝官阶，朝议大夫之下为朝请大夫、朝散大夫，辛弃疾因为所荐之人张某不法，失举连坐，由朝议大夫降为朝散大夫，虽然官职一直在变，但是官阶依然没有升起来。三月底，朝廷又恢复了辛弃疾的朝请大夫，接着，七月二十二日又恢复了他的朝议大夫官阶。

韩侂胄已于四月派方信孺去金国议和，伐金大业已经彻底无望了。八月初，辛弃疾坚决辞官回乡，宁宗准奏后，他便匆匆离开了临安。

回家之后，辛弃疾患病，卧床多日。有一天，见天空晴朗，在范子钰的搀扶下，他去了瓢泉。回来后，填了一阕《洞仙歌·丁卯八月病中作》：

贤愚相去，算其间能几？差以毫厘缪千里。细思量义利，舜跖之分，孳孳者，等是鸡鸣而起。

味甘终易坏，岁晚还知，君子之交淡如水。一饷聚飞蚊，其响如雷，深自觉、昨非今是。羡安乐窝中泰和汤，更剧饮，无过半醺而已。

写完后，辛弃疾一阵咳嗽。范子钰拍了拍他的后背，搀扶着他躺回到床上，范子钰用苍老的声音唱诵了这阕词，之后，便是四目相对，这目光只有他俩才懂。

宋使使金后，金人提出了非常苛刻的条件，和谈未成。

九月，韩侂胄又有用兵之意，朝廷任辛弃疾为枢密院都承旨，令辛弃疾疾速赴行在奏事。

皇上的诏令还在路上，九月十日深夜，躺在床上的辛弃疾忽然坐了起来，他看着墙上的古剑，大声喊道："杀贼！杀贼！杀贼！"刚刚喊完，便溘然长逝！

铅山州南十五里的阳原山中，辛弃疾带着中原未收复的遗憾，安卧在一抔新土之中。

陆游在诗中哀悼："君看幼安气如虎，一病遽已归荒墟。"

二十三年后，铅山县宰章谦亨建了西湖群贤堂，祀铅山乡贤十六人，辛弃疾是其中之一。

二十六年后，赠光禄大夫。

六十八年后，加赠少师，谥忠敏。

其实，人们对这些虚名荣誉，早已遗忘了，只知道他是一位刚烈的民族英雄，才气横溢的伟大词人！

2017 年 3 月 17 日修改初稿

2017 年 3 月 24 日修改 1 稿

2017 年 4 月 6 日修改 2 稿

2017 年 4 月 9 日修改 3 稿